죽은 자의
결혼식

좋은 자의
결혼식

제이미 린 헨드릭스 지음
장미정 옮김

날

남편 존에게,

당신이 곁에 없었다면
그 무엇도 해내지 못했을 거야.

목차

Part. 1

1장

살인자

정말 빠져나갈 수 있으리라 생각했나 보다.

오만하기는.

일은 순식간에 벌어졌다. 결혼식 피로연에 참석한 이들이 모두 술에 취해 무대에서 춤을 추느라 아무도 주의를 기울이지 않던 그 순간에. 모두가 설탕에 취한 다섯 살짜리 아이처럼 통 안에 든 반짝이를 집어 던지고, 인스타그램 라이브 영상에 나오려고 다 같이 큰 소리로 떠들어댔다. 하지만 나는 똑똑히 지켜봤다. 트레버의 윗입술이 저절로 말려 들어가고 얼굴이 살짝 붉은빛으로 변하는 모습을. 쿨 앤드 더 갱Kool & the Gang의 노래에 맞춰 신나게 뛰던 걸 멈추고는 나비넥타이를 느슨하게 풀었다. 하지만 이마 위로 툭 불거져 나온 혈관을 가라앉히기엔 역부족이었다.

다음 순간 콰당, 큰 소리를 내며 트레버가 바닥으로 쓰러졌다.

처음에는 다들 깜짝 놀랐다가 새신부 피오나가 신랑 신부 자리에 있는 가방에서 에피펜Epipen을 가져다 달라고 울부짖자 주변은 금세 아수라장이 되었다. 하객 절반은 트레버를 살려달라 소리쳤고, 나머지 절반은 숨을 쉴 공간을 마련해주려 애썼다. 그렇게 모두가 어쩔 줄 몰라 하는 사이 그의 아나필락시스는 심각해져만 갔다.

트레버의 다리에 경련이 일어나고, 얼굴은 붉어지며 입술까지 부어올랐다. 절망적인 모습을 한 그가 이 일을 벌인 게 나라는 걸 아는지 확신할 순 없었지만, 나를 바라보는 그를 쳐다보며 나는 일말의 희열을 느꼈다. 내가 한 짓을 친구들에게 다 폭로하고, 내가 사랑하는 이들에게 상처를 주겠다고 협박한 그를 더는 견딜 수 없었다. 그런 그에게 "죽어버려."라고 소리 없이 말했다. 숨이 막혀 목을 움켜쥐고 있는 그의 손에서 새 결혼반지가 천장에 달린 미러볼 조명을 받아 반짝거렸다. 잘생긴 그의 얼굴은 숨을 헐떡이며 일그러졌고, 혈관에 산소가 공급되지 않아 눈에는 핏발이 섰다. 그러다 숨소리가 멈췄다. 그리고 움직임까지 완전히.

피오나가 늘 가지고 다니던 에피펜은 어디에서도 찾을 수 없었다. 그녀는 트레버의 곁을 떠나지 못한 채 그의 얼굴을 연거푸 때리며 일어나라고 소리를 질렀다. 심지어는 주변 사람들에게 욕설을 퍼붓기도 했다. 이내 라이브 영상이 멈추고 디제이가 음악까지 끄고 나자, 피오나의 목소리는 더욱더 크고 절박하게 들렸다.

연회 담당 지배인이 응급 에피펜을 찾아 돌아왔지만 이미 때는 너무 늦었다. 트레버의 숨이 멎은 지 한참 지난 후였으니까. 에피펜은 그의 다리에 꽂혔다가 10초 후에 뽑혀 나왔다. 트레버의 머리를 드레스 위에 얹은 채 바닥에 주저앉아 있던 피오나는 그가 주사를 맞은 뒤에도 아무런 반응이 없자 소스라치게 놀라 팔을 버둥대며 울어댔다.

그런 피오나 주위로 나까지 다섯 명의 절친한 친구들이 모여들었다. 슬픔에 빠진 그녀는 방금 무슨 일이 일어났는지 전혀 이해하지 못했다. 케이크 커팅식도, 파리로 떠나는 신혼여행도, 나무 울타리가 쳐진 집도, 반려동물도, 아이들도, 손주들도 없을 것이다. 적어도 트레버와 함께는. 피오나는 겨우 서른두 살이었다. 언젠가는 다른 사람을 만나 새로운 삶을 시작할 수 있을 정도로 젊은 나이가 아닌가. 결혼식 당일에 남편이 죽었으니 당연히 슬프겠지만 이겨낼 것이다.

트레버가 미동도 없이 누워있는 동안 하객들은 모두 밖으로 나왔다. 피로연장 안에는 양가 부모님과 피오나만이 남아 있었다. 피오나의 어머니 수잔과 삼촌 존, 남동생 제스와 그의 남자친구 헥터가 한쪽에, 트레버의 부모님인 마고 본과 해리슨 본이 그 맞은편에 서 있었다.

한편, 로비 바에 모여있던 우리 다섯 모두는 방금 일어난 일을 믿을 수가 없었다. 그래서 눈물을 흘리거나 멍한 얼굴을 하고서 말했다.

"이런 일이 일어나다니 믿을 수가 없네."

"불쌍한 피오나."

"땅콩 알레르기였어?"

"왜 에피펜이 효과가 없었을까?"

"우린 이제 어떡해야 하는 거야?"

다른 사람들 모두가 다가와 어깨와 허리를 토닥이며 우리더러 좋은 친구를 잃었다고 위로를 건넸다. 웃기고 있네. 1년 전 피오나랑 만나기 시작한 이후로 트레버는 줄곧 아웃사이더였다. 우리 중에서 서로서로 만나다가 들킨 적은 많았지만 결혼까지 이어진 건 딱 두 번이었다. 아니, 한 번뿐이지. 한 번은 제대로 성사되지도 않았으니까.

한 명도 빠짐없이 모두 다 같이 술을 한 잔씩 마셨는데도 들것이 들어오는 장면은 여전히 충격적이었다. 응급 구조사들이 피로연장 안으로 들어가고 5분 정도 지났을까. 안에서 비명 소리가 들려왔다. 지금은 해줄 수 있는 게 아무것도 없다고 가족들에게 말했을 테지. 그렇게 트레버가 죽었다. 그것도 결혼식 당일에. 자기 장례식을 위한 의복을 이미 다 갖춰 입고 죽은 꼴이라니, 이 얼마나 멋진 일인가. 오늘 정말 사랑스러워 보였는데. 참 안타깝기도 하지.

하지만 아직 내 일이 끝난 건 아니었다. 트레버가 절대 실패하지 않을 계획을 세워뒀을 수도 있었으니까. 하지만 지금 당장은 바에서 낮게 흘러나오는 라운지 음악에 맞춰 몸을 흔들지 않으려 애써야 했다. 어쨌든 축하가 아니라 애도해야 하는 상황이었으니까.

이윽고 머리를 숙이고 고개를 돌리는 사람들 사이로 시체 가방이 들것에 실려 나왔다. 지퍼는 잠긴 모습이었다. 대기하고 있던 응급 구조사 두 명이 트레버를 구급차에 실었다. 그리고 그의 부모님이 넋이 나간 채 구급차에 함께 올라탔다. 공식적으로 신원을 확인하고 아마도 부검 날짜를 잡을 테지.

곧이어 피오나가 어머니와 존 삼촌의 부축을 받으며 피로연장 밖으로 나왔다. 화장은 이미 다 번진 뒤였고, 눈물을 타고 뚝뚝 흘러내린 색조 화장에 새하얀 드레스 앞면이 모네의 그림처럼 물들어 있었다. 게다가 머리는 오늘 폭풍우를 뚫고 오던 때와 마찬가지로 또다시 다 헝클어져 있었다. 그 모습이 마치 불과 몇 시간 전 해변에서 결혼식을 마친 여인이 아니라 프랑켄슈타인의 신부 같았다.

가족들은 피오나가 쉴 수 있도록 그녀를 허니문 스위트룸으로 데려갈 테지. 어차피 제 이름값도 못 할 방으로.

곧 형사들이 와서 모두를 심문할 것이다. 법의학 검사가 얼마나 구체적으로 진행될지는 알 수 없었다. 호텔 직원들이나 출장 요리사들을 곤경에 빠트리고 싶지는 않았다. 하지만 나와 상관없는 누군가에게 책임을 떠넘길 수만 있다면, 뭐. 그들은 전쟁의 희생양인 셈이지.

그리고 실로도 전쟁 그 자체였다.

2장

이선

결혼식 이틀 전, 9시

이선 피어스는 사랑스러운 아내의 손을 잡고 싶었지만 그럴 수가 없었다. 짐가방을 끌고 공항을 바삐 걸어가는 내내 가방에 달린 바퀴가 둔탁한 소리를 내며 리놀륨 바닥 위를 빠르게 회전했다. 이선과 엠마는 라과디아 공항 안쪽으로 사람들 사이를 요리조리 헤치며 걸어갔다. 목요일 아침 공항은 여느 때와 마찬가지로 업무를 보거나 휴가를 온 외국인과 내국인들로 발 디딜 틈도 없이 북적였다.

크리스마스를 2주 앞둔 시점이었다. 이맘때면 늘 그렇듯 뉴욕 미드타운에 있는 아파트를 나서는 순간부터 도로는 이미 차들로 꽉 막혀 있었다. 더군다나 두 사람을 태운 택시는 록펠러 센터를 지나가야 했는데, 센터 주변에는 아이들을 즐겁게 해주는 산타, 그리고 기부하라며 종을 울려대는 구세군이 거리 곳곳을 메우고 있었다. 게다가 크리스마스트리를 보러 온 관광객들은 신호를 무시

한 채 도로를 종횡무진했다. 이처럼 떼 지어 다니며 거리를 점령한 이들 탓에 바삐 갈 곳이 있는 뉴욕 시민들은 그들 사이를 뚫고 지나가야만 했다. 앞친 데 덮친 격으로 밤새 내린 눈 때문에 고속도로에서는 사고가 잇달았다. 결국 탑승 시간에는 이미 늦어 버렸지만, 마이애미에서 열리는 대학 친구의 결혼식을 놓칠 수는 없었다. 피오나가 빌어먹을 트레버 본과 결혼을 한다.

이선은 트레버의 이름을 말할 때면 늘 행복한 표정을 지으며 친한 친구인 척을 했다. 트레버가 그러라고 시켰으니까.

안 그랬다가는…….

안 그랬다가는 이선이 지금껏 숨겨왔던 비밀을 사랑하는 아내에게 다 폭로하겠다고 했다.

마침내 가쁜 숨을 내쉬며 B42 탑승구에 도착하자 족히 이백 명은 되어 보이는 사람들이 탑승 안내선 주변을 서성이고 있었다. 다행히 아직 탑승이 시작되기 전이었다. 이선은 자신을 바라보는 엠마를 향해 의기양양한 미소를 지어 보였다.

"거봐, 내 말이 맞았지." 이선이 작은 목소리로 중얼거리듯 말했다. 엠마가 자신의 말소리는 들어도 무슨 뜻인지는 알아들을 수 없도록.

"Com licença?" 그의 빈정거림이 익숙한 엠마는 웃으며 '뭐라고?' 하고 되물었다. 포르투갈 혼혈인 그녀는 이선을 미안하게 만들고 싶을 때면 아버지의 모국어를 사용했다.

"아무것도 아니야, 자기야." 이선이 엠마의 목을 팔로 감싸 안으며 말했다. 그러고는 몸을 아래로 숙여 그녀의 검은 머리 아래 관자놀이에 입을 맞추었다. 이에 엠마는 선명한 녹색 눈을 반짝이며 발꿈치를 들어 그와 키를 맞추었다.

이선은 엠마의 어깨에 팔 한쪽을 얹은 채 다른 손으로 자신의 뒷주머니를 더듬으며 손바닥에 닿는 담뱃갑의 감촉에서 위안을 느꼈다. 그러고는 검은 머리 위로 뉴욕 레인저스 모자를 고쳐 쓰고, 파란 눈을 바삐 움직여 초조한 표정의 승객들 사이에서 익숙한 얼굴이 있는지 살펴보았다. 더치와 비제이, 앨리를 탑승구에서 만나기로 했는데 아무도 보이지 않았다. 비행기가 지연된 탓에 회의에 늦어 화를 내며 시계만 쳐다보는 사업가들과 스마트폰에서 눈을 떼지 못하고 인스타그램을 스크롤하며 #비행기아직도안뜸 #내가비행을싫어하는이유 #해변가로데려가줘 따위의 해시태그를 달고 있는 좀비 같은 사람들만 보였다.

바로 그때, 부스스한 백금색 머리에 굵은 웨이브를 넣은 남자 하나가 눈에 들어왔다. 더치가 젊은 승무원과 이야기를 나누고 있었다. 오랫동안 혼자였던 그는 여자만 보면 열 추적 미사일처럼 돌진했다. 편안해 보이는 친구의 모습에 이선은 안도의 한숨을 내쉬었다. 고등학교 시절부터 친한 친구였던 로저와 사이가 틀어진 데다 부모님의 지저분한 이혼까지 겪으면서 지난 몇 달간 더치가 굉장히 힘들어했기 때문이었다.

사실, 더치뿐만 아니라 모두가 로저의 기만과 배신에 충격을 받았다. 그리고 이선은 그 일을 경고로 받아들였다. 시키는 대로 하라는 뜻으로. 로저가 친구들로부터 버림받게 만든 것도 다 트레버가 꾸민 짓이 분명했다. 엠마에 대한 사랑을 제외하고, 이선이 이 정도로 확신한 적은 없었다.

"더치 진짜 저러고 있을 줄 알았어." 이선이 엠마를 향해 웃으며 말했다. 그런 다음, 아침에 서둘러 나오느라 콘택트렌즈를 끼는 걸 깜빡해서 뿌연 눈을 가늘게 뜨고서 탑승구 뒤 전자 안내판을 쳐다봤다.

"어젯밤 내린 눈 때문에 비행기가 조금 지연되나 봐. 코린이 우리 보고 운이 좋다고 하더라. 이번 주말에 뉴욕을 벗어난다고. 여긴 진짜 얼어 죽을 만큼 추운데 마이애미로 간다고 말이야. 거기도 뭐 기록적인 찜통더위라고 하긴 하지만. 여하튼 우린 참 운도 좋다니까."

이선은 뉴욕 지역 채널의 뉴스실에서 일했고, 코린은 같은 회사의 기상학자였다. 그는 빨리 프로듀서로 승진해 대중에게 전달되는 뉴스 기사를 제작하는 일을 지휘하고 싶었다. 정신없이 바쁠 때도 있었지만, 자기 일을 사랑했다. 폭풍우와 스캔들, 학교 휴교 등에 대해 누구보다 먼저 알 수 있었으니까. 스캔들 얘기가 나와서 말인데…….

이선의 시선이 다시 더치에게로 향했다. 승무원은 못 이기는 척 더치의 아이폰에 자기 전화번호를 찍어주고는 그의 볼을 장난스럽게 톡 쳤다. 더치는 뒤돌아서서 핸드폰을 청바지 뒷주머니에 꽂았다. 그러고는 만족스러운 얼굴로 친구들을 발견했다.

"얘들아!" 더치가 이선과 엠마에게 다가오며 외쳤다. 그러고는 두 사람과 하이파이브를 했는데, 이는 지난 10년간 청소년 센터에서 봉사활동을 하고 불우한 청소년들을 도우며 배운 그만의 '인사법'이었다.

"신랑 들러리 설 준비 됐냐?"

더치가 턱시도 가방을 손에 쥔 채 함박웃음을 지으며 물었다.

다섯 모두 피오나의 친구지 트레버의 친구가 아니었다. 더군다나 그에 대해선 아는 것도 거의 없었다. 그래서 더치와 비제이가 이 일에 왜 이리 야단들인지 당최 이해할 수가 없었다. 이선은 협박을 당해서 들러리를 서는 것일 뿐이었으니까.

"비제이는?" 이선이 더치 주위를 기웃거리며 물었다. "시내에서 같이 택시 타고 온 거 아니었어?"

그러자 더치가 고갯짓으로 왼쪽을 가리키며 대답했다. "어. 화장실 갔거나 뭐 또 외계인 같은 거 나오는 이상한 책 사러 갔겠지. 그리고 앨리야 뭐 당연히 제일 늦게 올 거고. 갠 지 장례식에도 늦을 애잖냐."

"말조심해." 역시나 엠마가 제일 친한 친구를 감싸며 말했다.

그 순간 기장과 승무원들이 비행기에 타기 위해 탑승 통로의 문을 열었다. 얼음장같이 찬바람이 대기실 안으로 밀려 들어왔다. 승무원들이 들어간 뒤 문은 닫혔지만, 살을 에는 듯한 추위는 그대로 남았다. 엠마가 몸을 덜덜 떨며 캐시미어 스웨터를 어깨 쪽으로 좀더 단단히 여미자 이선이 지나치다 싶을 정도로 그녀를 챙기며 물었다.

"괜찮아?" 더치의 눈을 피해 이선이 엠마에게 귓속말로 속삭였다. "둘 다 괜찮은 거지?" 그러고는 그의 시선이 아래쪽을 향했다.

아직 7주차여서 이른 감이 있었지만 호텔에 도착해 짐을 풀자마자 엠마의 임신 소식을 모두에게 알릴 계획이었다. 어차피 엠마가 이 짧은 휴가 동안 제일 친한 친구의 결혼식에서 와인을 한 모금도 마시지 않는다면 왜 그러냐고 물어댈 게 불 보듯 뻔했으니까.

반면, 이선은 칵테일이라면 사족을 못 썼다. 이십 대 때 이 버릇을 고치기란 힘들었고, 그 때문에 지난 12년간 엠마와 두 번이나 헤어졌었다. 서른세 살 된 지금에서야 정신을 차릴 때가 되었다는 생각이 들었다. 게다가 곧 아기도 태어날 테니까. 엠마는 멀리 대서양 건너 포르투갈에 있는 조카 비앙카를 끔찍이 아꼈기에 이선은 그녀가 어떤 엄마가 될지 너무 궁금했다. 그리고 두 사람이 함께 어떤 부모가 될지도.

엠마는 늘 술 한 병을 비워내는 것보다 더 큰 기쁨을 안겨주었다.

두 사람이 헤어진 사이에 그가 무슨 짓을 했는지, 어떤 거짓말을 했는지도 모른 채.

3장

엠마

"아기는 괜찮아, 쉿." 엠마가 웃으면서 이선에게 괜찮다는 표정을 지어 보였다.

이선이 마주 웃으며 그녀를 가슴 가까이 끌어당겼다. 그리고 머리 위에 입을 맞추었는데, 엠마는 그의 이런 행동이 좋았다. 그녀는 대학생 때 인문학 입문 수업에서 이선을 처음 본 순간부터 사랑에 빠졌다. 하지만 경험이 너무 없었던 터라 먼저 다가갈 용기가 없었기에 기다리고 또 기다렸다. 마침내 이선에게 데이트 신청을 받기까지 꼬박 2년이 걸렸지만, 그녀는 후회하지 않았다.

그렇게 자기 잘못을 합리화했다. 실수는 저질렀을지 몰라도 마음만은 진실했다고.

이윽고 엠마는 남편의 포근한 품에서 벗어나 주위를 두리번댔다. 키가 크고 빨간 머리를 한 터라 눈에 쉽게 띌 텐데도 앨리는 보이지 않았다. 평소 남 이야기하기를 좋아하는 엠마는 얼마 전 앨리와 와튼이 이혼한 이유가 뭔지 자세히 듣고 싶었다. 하지만 앨리는 애매하게 둘러대기만 했다. 결혼한 지 5년이 넘었는데도 앨리가 왜 자기보다 나이가 두 배는 많은 와튼과 사랑에 빠졌는지 도무지 이해할 수 없었다. 뭐 그렇다고 엠마에게 연애 경험이 많은 것은 아니었다. 진지하게 만난 사람은 이선이 처음이었다. 모든 게 다 처음이었다.

비록 자기 말대로 순진하지는 않았지만.

엠마는 다섯 달 전 트레버가 했던 말을 떠올릴 때마다 심장이 덜컥 내려앉았다. 자신의 과거를 다 알고 있다고 했다. 지금까지도 그녀를 괴롭히는 그 일을 다 알고 있다고.

"너 하나 때문에 이러는 건 아냐, 엠마. 이 일이 밝혀지면 다들 서로서로 등 돌리느라 바쁘겠지."

정말 끔찍하게도, 트레버의 말이 옳다는 걸 그녀 역시 익히 알고 있었다. 제길, 다섯 달 전 피오나와 트레버가 약혼한 직후 로저의 비밀이 까발려졌을 때도 모두가 그와 연을 끊어버렸었다. 엠마의 경우라면 아마 편이 나뉘게 될 것이었다. 앨리야 물론 엠마의 편에 서겠지만, 그녀조차도 엠마를 다시 보게 되겠지. 이 결혼식과 함께 트레버의 꼭두각시 인형처럼 조종당하는 일 역시 끝나기를 바랐다. 트레버가 좋은 사람이라고 말하는 것도 넌더리가 났다.

"앨리가 왜 이혼했는지 너희 둘한테 뭐 자세히 얘기한 거 없어?" 엠마가 물었다. 다른 비행기가 탑승을 시작하면서 들려오는 소음에 내심 다행이라고 생각하면서. 동시에 파리, 런던, 그리고 무엇보다도 리스본으로 떠나는 이들에 대한 질투심을 억누르면서.

더치가 안타깝다는 듯 고개를 저으며 대답했다. "아니, 나한텐 아무 말 안 하던데. 근데 와튼 같은 늙은이 부자들 보니까 막 몇 년마다 더 어린애로 갈아치우고 그러던데. 앨리도 뭐 이제 서른이 넘었으니." 더치가 샐쭉거렸다. "안타깝긴 하다만. 근데 걔도 매력적인데 뭐."

더치의 아버지 또한 늙은이 부자였는데, 그는 아버지를 싫어했다. 그리고 엠마는 늘 그 이유가 궁금했다. 부모님이 이혼한 건 어머니 잘못 때문이었고, 더치가 유복한 환경에서 자랄 수 있었던 건 뉴욕에서 잘나가는 부동산 개발업자인 아버지 덕이었기 때문이었다.

"앨리도 참 딱하지." 엠마가 눈살을 찌푸린 채 고개를 일부러 천천히 저으며 말했다. "안 그래도 앨리한테 우리 회사에서 출간 예정인 로맨스 책을 한 상자는 보내줬다니까. 그 책들 읽고 이혼 생각 좀 떨쳐냈으면 해서." 엠마는 아이비리그 대학에서 영문학을 전공한 덕분에 뉴욕 일류 출판사 한 군데서 부편집장으로 일했다. 침울한 목소리로 그녀가 물었다. "와튼이 바람이라도 피웠나?"

말이 끝나자마자 엠마는 더치 앞에서 말실수했다 싶어 얼른 입을 다물었다. 하지만 이혼이라면 대부분이 불륜 문제였다.

이선은 지금껏 엠마를 두고 바람을 피운 적은 없었다. 적어도 공식적으론 그랬다. 둘이 헤어졌을 때 벌어진 일이었으니까. 그가 다른 여자들과 잠자리를 같이했다는 사실을 알고는 무척 비참했지만, 두 번 다 헤어지자고 했던 건 그녀였다. 그러니 이선이 뭐 성직자도 아닌데 뭘 어떡했어야 했겠냐고.

엠마와 이선은 열여덟 살에 만나 스무 살부터 사귀기 시작했고, 10년을 만난 뒤 결혼했다. 대학을 갓 졸업했을 때 첫 이별을 겪었고 3개월 동안 헤어졌었다. 둘 다 어렸을 때였지만, 엠마는 끊임없이 파티와 술을 즐기던 이선을 더는 참을 수가 없었다. 그렇게 3개월이 지나 바뀌겠다는 그의 말을 믿고 다시 받아줬다. 하지만 그 약속은 오래가지 못했고, 또다시 1년 동안 헤어졌었다. 여러 가지 이유로 엠마의 인생에서 제일 암울했던 시기였다. 헤어진 동안 이선은 진짜로 바뀌었고 그런 그를 다시 받아주고 싶었지만 그럴 수가 없었다.

그런데 그 이유를 트레버가 알아냈다. 그리고 그는 지난 다섯 달 동안 끊임없이 엠마를 괴롭혀 왔다.

"내가 시키는 대로만 해. 그럼, 죽을 때까지 이선에게는 비밀로 해줄 테니까."

이 말만으로도 엠마는 트레버의 가학적인 게임에 기꺼이 놀아났다.

띵, 그 순간 핸드폰에서 소리가 울리며 언니에게서 문자 메시지가 도착했다. 포르투갈에 사는 카산드라에게서 연락이 올 때면 엠마는 항상 하던 일을 다 제쳐두고 핸드폰에 시선을 고정했다.

"왜 그래? 무슨 일 있어?" 이선이 물었다.

잠시간 화면에서 눈을 떼지 못하던 엠마는 핸드폰을 돌려 이선에게 보여줬다.

"아, 너무 귀여워." 이선이 말했다.

화면 속 비앙카가 산타의 무릎에 앉아 있었다. 엠마의 기억 속 비앙카는 여전히 아장아장 걷는 아기였는데, 어느새 무럭무럭 자라 작은 꼬마가 되어있었다. 연말 축제 분위기에 맞춰 빨간 원피스를 입고, 빨간색과 흰색 줄무늬가 들어간 타이츠, 그리고 녹색과 검은색이 섞인 요정 신발을 신고 있었다. 검고 부드러운 머리 위에는 빨간색과 녹색의 리본 방울이 매달린 모습이었다. 다섯 살배기 아이들은 대부분 산타의 거대한 몸집과 수염에 겁을 먹고는 했지만 비앙카는 달랐다. 눈을 반짝이며 산타를 쳐다보고 있었다. 마치 곰 인형이나 아이패드를 선물로 가져다줄 마법 같은 존재를 바라보듯이. 엠마는 비앙카가 이모를 보고 싶어 하길 바랐다. 그녀가 원하는 건 그뿐이었다.

"얘 얼굴 좀 봐!" 한껏 들뜬 목소리로 말하고는 엠마가 아이폰 화면을 만지작거렸다. 그녀의 손길을 비앙카가 느낄 수 있기라도 한 것처럼.

이선이 엠마를 가까이 끌어당겨 관자놀이에 입을 맞췄다.

"딸이었으면 좋겠다." 더치에게는 들리지 않게 이선이 속삭이듯 말했다.

그 말에 엠마는 심장이 철렁 내려앉았다.

4장

더치

친구들이 '더치'라고 부르는 디트리히 폰 라이언은 친구들 모두의 비행기표와 객실 업그레이드 비용까지 다 대신 냈다. 그래야만 할 것 같았다. 그가 아니었다면, 이 끔찍한 모임에 아무도 참석하지 않아도 됐을 테니까. 하지만 이 사실을 친구들은 아무도 알지 못했다. 그래서 다들 처음에는 그의 제안을 거절했었다. 더치의 통장에는 0이 몇 개인지 세기도 힘들 만큼 큰 숫자가 찍혀 있었지만, 친구들 그 누구도 그에게서 돈을 뜯어내려 하지는 않았다.

"빨리 비행기 타서 자고 싶다." 더치가 근육통이 있다는 걸 자랑이라도 하듯 머리를 이쪽저쪽으로 돌려가며 목덜미를 주물렀다.

"요새 잠을 잘 못 자나 봐?" 이선이 걱정하며 물었다. "하긴 네가 할 일이 많긴 하지."

더치가 입술을 앙다물고 고개를 끄덕였다. "연설문 쓰느라 거의 못 잤어. 다음 주에 시장님이 자선행사를 열거든. 이스트 할렘에 백만 달러짜리 콘도 못 짓게 하려고. 아버지 회사가 개발하려고 하는 지역이야." 한때 파티광이었던 더치는 정신을 차린 뒤로 권력과 돈을 탐내는 아버지와는 정반대의 길을 갔다.

이선이 머뭇거리다가 말을 꺼냈다. "아, 그렇구나. 안 그래도 내 직장 동료 하나가 너희 아버지 그 기사 관련해서 취재하고 있는데."

더치가 비웃었다. 뉴스 기사에 대해선 익히 알고 있었다. 아버지는 세상의 이목을 끄는 걸 즐기는 사람이었다. 나쁜 일이 불거져 뒷돈으로 사람들 입을 막으려 할 때만 빼고.

"편집할 때 내가 한번 볼게." 이선이 말을 이었다. "그냥, 확인 차." 그의 눈썹이 위로 추켜 올라갔다.

더치가 크게 웃으며 말했다. "뭐 이혼한 진짜 이유가 새어나가기라도 할까 봐? 아니면 아버지가 쓰레기인 거 들킬까 봐? 진짜 돈이라면 차고 넘치는 사람인데. 어떻게 이런 짓을 할 수가 있지? 이번 개발 건이 통과되면 거긴 너무 비싸서 아무도 살지 못하게 될 거야." 더치가 고개를 저었다. "하긴 꼭대기에 앉아서 명령만 해대는 주제에 뭘 알겠어."

클라우스 폰 라이언은 뉴욕시에서 유명한 부동산 개발업자였는데, 더치는 폰 라이언 재산을 물려받을 유일한 상속자였다. 스물다섯에 일부를 먼저 받았고, 서른다섯이 되면 나머지를 받기로 되어 있었다. 그러나 아버지는 무자비한 인간이었다. 가난한 동네를 사들여 불우한 이들을 내쫓고 고층 건물과 고급 아파트, 스타벅스와 수제 치즈 가게에 그 자리를 내주었다.

더치의 인생관은 대학을 졸업하던 그해 여름 이후 10년 동안 변해왔다. 자기 인생을 바꾸어 놓았던 그 여름부터 그는 자신이 누리던 특권에 맞서 싸우며 젠트리피케이션을 혐오하기 시작했다. 그래서 의무감에 받았던 아이비리그 금융학 학위를 포기하고 아버지가 지지하는 모든 것에 반대했다. 그러면서 뉴욕시의 다섯 개 자치구에서 공립 학교 상담사로 자원봉사를 했다. 그는 지도교사이자 자원봉사 농구 코치인 동시에 자선 기금모금자이기도 했다. 자선 단체인 해비타트를 통해 1년에 두 번씩 해외 봉사를 떠났다. 우물을 파주러 아프리카로, 학교를 지으러 멕시코로, 여성 인권을 쟁취하러 중동으로 갔다. 그의 여권에는 대통령보다도 더 많은 출입국 도장이 찍혀 있었다. 그에게 남는 거라고는 시간밖에 없었으니까.

그 일에 관한 생각을 머릿속에서 떨쳐낼 수만 있다면 무슨 일이든 했다. 가만히 앉아 있을 수 없어서 마라톤 선수처럼 파란만장한 과거로부터 멀리 도망쳤다. 로스앤젤레스, 그리고 켈시에게 일어난 일을 잊을 수만 있다면 못 할 것이 없었다. 그리고 자기가 한 짓을 잊을 수만 있다면.

"안 그래도 아버지 그 기사 관련해서 인터뷰해달라는 거 싫다 그랬어." 더치가 몸서리치며 말을 이었다. "기자가 공식적으로 몇 마디만 해달라더니, 내가 열정적으로 사람들 돕고 그러는 게 다 쇼하는 거 아니냐고 막 그러더라. 난 그 사람이랑은 다른데 말이야." 더치가 아버지를 지칭하며 이야기했다. "그리고 어머니랑도. 그럴 줄 누가 알았겠냐, 안 그래?" 어머니에 대해 최근에 알게 된 사실도 덧붙였다.

이선이 더치의 어깨를 툭 치며 말했다. "그러게. 네가 얼마나 힘들지 진짜 상상도 안 간다."

"그 뉴스 기자가 날 카메라 앞에 세우려는 것도 다 그 거대 악덕 기업 괴물 얘기하려고 그러는 거야. 봉사활동 다니는 착한 아들이랑 비교하려고. 음과 양 같은 개념으로 말이야." 더치가 입술을 오므리며 어깨를 으쓱했다.

그러면서 더치는 살짝 움찔했다. 이런 거짓말을 내뱉다니. 사실을 말하자면, 자신의 비밀이 폭로되는 순간이 카메라에 담길까 봐 두려웠다. 지난 10년간 그 비밀이 밝혀질까 봐 전전긍긍해 왔다.

"나쁜 아들놈."

그런데 그 비밀을 트레버가 다 알고 있었다. 하지만 더치는 자신이 협박당하고 있다는 사실을 친구들에게 말할 수가 없었다. 트레버 정말 멋지지 않냐, 이 말을 다섯 달 동안 입에 달고 살았다. 그래, 트레버 진짜 괜찮은 놈이라니까, 이 말도. 며칠만 지나면 이 모든 계략도 다 끝나고 말 것이다. 제발 그러기만을 바랐다.

한편, 대기실에서는 아기 하나가 젊은 엄마의 품에 안겨 소리를 질러댔다. 다른 여자아이 하나는 아빠에게 잡히지 않으려고 빙빙 돌며 뛰어다녔다. 아기가 고막이 찢어지도록 울어대는 바람에 정말이지 머리가 터져버릴 것만 같았다. 다행히도 바로 그때 비제이가 나타났다. 허드슨 서점 가방에 책을 한가득 담아 들고서 친구들을 향해 걸어오고 있었다. 그에게는 사람들을 안정시키는 신비한 능력이 있었다. 그래서 더치는 비제이가 곁에 있으면 아기가 울음을 뚝 그칠 거라고 확신했다.

"괴짜야." 비제이가 돌아오자 더치가 그를 향해 말했다. "너 또 외계인 책 샀지?"

비제이의 녹갈색 눈동자가 그의 구릿빛 피부에서 빛났다. "공상과학 소설이라고 다 외계인만 나오는 줄 아냐. 미래에 관한 책이라고." 비제이는 그의 아름다운 눈이 어머니를 닮았다고 했다. 하지만 그는 17년 전 인도에서 미국으로 건너온 이후로 어머니를 한 번도 본 적이 없었다.

비제이의 괴짜다운 면은 친구들에게 즐거운 놀림거리가 되고는 했다. 그중에서도 더치가 제일 그랬다.

"미래라고? 그럼, 뭐 내가 혹할 만한 거라도 있냐?" 더치가 까불 대며 비닐 가방에 집게손가락을 쑥 집어넣었다. "달에서 사는 이야 기? 하늘을 나는 자동차 이야기? 아름다운 파란 여자 이야기?"

그때, 뒤에서 들리던 울음소리가 그치고 옹알이 소리만 부드럽 게 들려왔다. 과연 더치가 예상한 대로였다.

"음, 〈진짜 주부들〉이나 〈4차원 가족 카다시안 따라잡기〉 같은 건 없는데." 비제이가 히죽거리며 말했다.

더치는 10년 전 로스앤젤레스에서 하는 일 없이 유명한 사람들 과 파티에서 같이 사진이 찍힌 적이 있었다. 그리고 친구들은 잊을 만하면 이렇게 계속 상기시켰다. 마음대로 할 수만 있다면, 로스앤 젤레스에서 보냈던 시간을 모조리 지워버리고 싶었다. 그 일이 있 고서는 그곳으로 다시 돌아간 적도 없었으니까.

바로 그 순간, 탑승 안내 방송이 대기실에 울려 퍼졌다. 불만 가 득했던 승객들이 줄을 지어 앞쪽으로 몰려들었고, 비행기를 먼저 타면 상이라도 주는 것처럼 앞으로 가려고 서로 밀쳐댔다. 하지만 누가 이들을 비난할 수 있으랴? 다들 뉴욕에 찾아온 북극 한파를 벗어나 야자수 아래 분홍빛 석양을 보며 체리와 종이우산 장식이 꽂힌 과일 음료를 맛볼 그 순간만을 기다리고 있었을 텐데.

"이야, 비제이 씨, 너 진짜 시간을 다스리는 천사라도 되나 본데." 더치가 비제이에게 말했다. 그러고서 뒤통수를 긁적이자 손바닥 아래에서 곱슬곱슬한 머리카락이 만져졌다. "자, 그럼 가보자고. 3일간 신나게 놀자!"

신나게. 이 말을 뱉자마자 더치의 심장이 요동쳤다. 피오나가 트레버 같은 개자식과 만나게 된 게 다 더치 때문이었다. 그가 초래한 불행한 상황으로 인해 트레버가 피오나의 인생에 엮이게 되었다. 하지만 이 사실을 모르는 피오나는 트레버를 우연히 만난 줄로만 알고 있었고, 다른 친구들도 마찬가지였다. 트레버가 자신의 삶을 파고든 것도 모자라 피오나에게도 의도적으로 접근했다는 사실을 알아챘을 때는 이미 너무 늦어 버렸다. 더치가 할 수 있는 일이 아무것도 없었다. 이미 협박당하고 있었으니까. 그래서 아무런 말도 할 수가 없었다.

이윽고 더치가 기내용 가방에서 손잡이를 길게 뽑으며 말했다. "일등석이 우릴 기다린다."

"난 여기 있다가 앨리 오면 같이 갈게." 엠마가 말을 내뱉고는 이선을 쳐다봤다. "먼저 가서 앉아 있어, 자기야."

"진짜?" 이선이 물었다.

"응. 더치랑 비제이랑 같이 들어가. 몇 분만 있으면 올 거야."

"그럼 나도 기다릴래." 비제이가 말했다.

"그래." 이선이 엠마의 머리에 입을 맞추며 말했다. "사랑해."

더치는 이선과 엠마를 바라볼 때마다 부러워서 질투를 느꼈다. 너무나도 완벽한 커플이라 서로에게 상처 주는 일도 없겠지. 더치도 그런 사랑을 하고 싶었다. 또다시 후회가 밀려왔다. 그는 조용히 기내용 가방을 끌고 줄 맨 앞으로 걸어갔다. 그리고 이선이 그 뒤를 쫓았다.

문득 제일 친한 친구들과 이렇게 함께 시간을 보낼 수 있어 다행이라는 생각이 들었다. 이게 마지막이 될지도 몰랐다. 트레버가 마음만 먹는다면, 더치는 곧 철창신세가 될 테니까.

5장

비제이

결혼식 이틀 전, 9시 15분

비제이 라나가 자기 손목시계를 쳐다봤다. 이 구식 전자시계는 매시간 짧게 두 번 소리를 내며 정각을 알렸다.

"앨리가 괜찮아야 할 텐데."

비제이는 앨리가 전혀 여자로 느껴지지 않았다. 그저 보호하려는 마음만 있을 뿐이었다.

"너 그 구닥다리 시계." 그러고는 엠마가 피식 웃었다. 비제이가 그 시계를 무척 아낀다는 걸 알고 있어서였다. 저렇게 생긴 시계는 그녀가 유치원에 입학할 때쯤 이미 유행이 지났지만, 인도에서는 비제이가 고등학교 때 제일 인기 있던 신상이었다고 했다. 엠마는 자기 손목시계를 힐끗 보고는 핸드폰을 확인하며 빙그레 미소를 지었다.

"무슨 일인데 그래?" 비제이가 물었다.

엠마의 얼굴에서 미소가 서서히 사라지며 주저하듯 말했다. "아, 카산드라가 비앙카 크리스마스 사진을 문자로 보내줬거든."

비제이가 그녀의 핸드폰을 덥석 잡자 엠마가 주지 않으려 버텼다. 저항하는 힘이 비제이에게도 느껴질 정도였다. 그러나 엠마를 활짝 웃게 만든 그 사진이 너무 보고 싶었다. 그리고 그의 시선이 작은 화면에 꽂혔다. 엠마는 최신 기술을 거부하고 구형 아이폰을 사용했지만, 비제이는 매번 최신 모델이 출시될 때마다 핸드폰을 바꿨다. 이는 그가 끊임없이 새로운 전자 제품과 보안 기술이 개발되는 IT 업계에서 일하기 때문이기도 했다.

보안에 대해 조금만 더 잘 알았더라면 트레버와 이런 골치 아픈 일을 겪지 않아도 됐을 텐데.

"우와! 진짜 많이 컸네!" 비제이가 말했다. "네 결혼식 이후로 한 번도 못 봤는데. 너는?"

엠마가 얼굴을 찌푸리며 대답했다. "두어 번. 애가 커가는 모습을 화면으로만 보니까 너무 싫은 거 있지. 이번 크리스마스 때는 못 와도 새해에는 꼭 온다고 했어. 너무 보고 싶어."

그 기분이 어떤지는 비제이도 잘 알고 있었다. 그 역시 인도에 있는 가족을 꽤 오랫동안 만나지 못했다. 하지만 그가 원해서 그런 건 아니었다. 가족에게 수치심을 안겨준 죄로 집안의 골칫덩어리가 되어 버림받았을 뿐이었다.

"그건 그렇고." 엠마가 비제이의 손에서 핸드폰을 빼내어 자기 가방 앞주머니에 밀어 넣으며 말했다. "앨리는 보안 검색이 오래 걸리나 보네. 아까 도착했다고 문자는 왔는데."

그러자 비제이가 자신의 가장 친한 친구를 바라보며 싱긋 웃었다. 비제이와 엠마는 일곱 명 중 제일 먼저 친구가 된 사이였다. 아니, 여섯이지. 로저가 절교당했다는 사실이 아직도 익숙하지 않았다. 오래전에 비제이와 이선, 더치가 같은 동아리였고, 엠마와 앨리, 피오나가 같은 동아리였다. 그러다 스무 살 때 이선과 엠마가 사귀기 시작하면서 다 같이 친구가 되었고, 지금까지 그 관계를 잘 유지하고 있었다. 비제이에게 친구들은 가족과도 같았다. 그와 가장 가까운 사람들이었으니까.

비제이는 인도의 한 작은 마을에서 살다가 대학교 장학금을 받아서 미국으로 오게 됐다고 모두에게 얘기했지만, 사실은 달랐다. 대학 입학 2년 전에 배를 타고 미국으로 건너와 버몬트에 있는 사립 기숙 학교에 다녔다. 죽을 때까지 비밀로 간직하고 싶은 이유로 인하여.

자신이 저지른 끔찍한 실수로부터 도망치고 싶어 인생을 새로 시작할 기회를 잡은 것이었다. 비제이는 우등생이자 라크로스 선수였고 학생회 부회장을 맡기도 했었다. 그리고 스스로 누구에게나 친절한 사람이라고 여겼다. 누군가가 밤을 새워서 일해야 한다고 하면 피자를 들고 찾아갔다. 벽에 페인트를 무슨 색으로 칠해야 할지 조언이 필요하다고 하면 페인트 색상표와 붓을 들고 찾아갔다. 누군가에게 상처받았다고 하면 맥주를 들고 찾아갔다. 그 무엇도 그를 막을 수 없었다.

하지만 비제이가 무슨 짓을 저질렀는지 트레버가 다 알아 버린 이후부터는 그가 시키는 대로만 했다. "피오나 너 땡잡았네! 트레버 진짜 괜찮은 놈이야!"라는 말 따위나 하면서.

그러면서 속으로는 매일 기도했다. 트레버가 확 죽어 버렸으면 좋겠다고.

6장

앨리

앨리 위튼은 아메드가 트렁크에서 가방을 내리는 동안 검은색 자동차 뒷좌석에 앉아 있었다. 아버지에게서 답장이 도착했는지 핸드폰 메시지를 확인했지만 아직이었다. 아마도 약 기운에 주무시고 계시겠지. 앨리는 어디 갈 일이 있을 때마다 늘 아버지에게 말하고 도착하면 문자 메시지를 보냈다. 이런 연락도 곧 그리워질 것이었다. 아버지에겐 남은 시간이 별로 없었다.

앨리는 금발로 염색한 머리카락이 흘러내리지 않도록 전남편에게 선물로 받은 명품 선글라스를 벗어 머리 위로 올려 썼다. 그리고는 작은 거울을 보며 립글로스를 덧발랐다. 지난 2주 내내 거울 속에 비친 자기 모습을 볼 때마다 자꾸만 울고 싶어졌다. 밝게 염색한 머리카락을 엄지와 검지로 문질러보니 지푸라기 같은 감촉이 느껴졌다. 두껍고 윤기 나던 이전의 머리칼과는 사뭇 달랐다. 태어날 때부터 붉었던 머리 색도, 길이도, 그 무엇도 바꾸고 싶지 않았다. 그래서 이렇게 바뀐 자기 모습이 너무나도 싫었다. 그냥 받아들이고 금발 머리를 하면 정말 더 즐기며 살 수 있는지 확인해 볼까, 싶다가도 뭔가 쓰라린 느낌이 내내 마음속을 맴돌았다.

앨리는 결혼식을 축하할 기분이 아니었다. 어차피 진심으로 사랑한 것도 아니었으니 와튼과는 언젠가 헤어질 생각이었다. 그런데 지난봄 필라테스 수업을 마치고 돌아와 보니 아침밥이 있어야 할 식탁 위에 이혼서류가 대신 놓여 있었다. 그리고 앨리는 그 이유가 뭔지 이미 알고 있었다.

들켰구나, 하고 생각했다.

때로는 이 모든 상황이 자기가 아니라 다른 사람에게 일어난 일처럼 느껴졌다. 라이프타임 채널에서 틀어주는 삼류 영화에서나 나올 법한 이야기 같았다. 〈발각: 앨리 태너 위튼 이야기〉 같은 제목을 달고서.

이윽고 앨리는 집에서 만들어 온 견과류 간식 한 봉지를 입에 털어 넣고 조금 남은 레몬수까지 다 들이켜고는 지퍼백과 플라스틱병을 옆에 있는 쓰레기통에 버렸다. 그러자 아메드가 체크인 카운터까지 가방을 들어다 주겠다고 했다. 이혼 후에도 아메드의 연락처를 간직하고 있던 앨리는 그를 계속 개인 운전사로 고용했다. 그리고 운 좋게도 와튼에게 소호 펜트하우스도 받아냈다. 뭐 뺏은 거나 다름없었지만. 이런 행동이 남들에게 어떻게 비칠지는 잘 알고 있었다. 어쨌든 고작 스물여섯 살 때 오십 대와 결혼 한 건 자기 잘못이었으니까.

다른 사람들에게 뭐라고 둘러댔든 앨리에게는 그럴만한 이유가 있었다.

사실, 앨리는 비행기를 놓치길 바랐다. 트레버가 너무나도 싫었기에 피오나가 그 자식과 정말 결혼한다는 사실이 믿기지 않았다. 더군다나 친구들 모두가 트레버를 왜 그토록 좋아하는지는 더욱더 믿을 수 없었다.

더치는 호텔 방도 스위트룸으로 업그레이드 해줘 놓고는, 일등석 좌석 비용도 자기가 다 내겠다고 우겼다. 비행기 안에서도 다 같이 앉고 싶다나. 주민 친목회 회장 나셨네. 더치는 헌신적인 보호자 체질이기도 했다. 와튼 위튼 2세, 이 바보 같은 이름에서 끝내 벗어났는데도 앨리는 여전히 더치에게 먼저 다가갈 용기가 나지 않았다. 매력적인 남자인 건 맞지만 서로 알고 지낸 지 너무 오래 됐기 때문이었다. 14년이니, 그냥 가족 같달까.

"제가 탈 비행기가 곧 출발해요."라고 외쳐대며 앨리는 보안 검색대를 빠르게 통과했다. 마침내 B42 탑승구에 도착해 대학 시절 룸메이트였던 엠마와 자신의 구세주인 비제이를 보는 순간 가슴이 두근거렸다. 앨리는 신입생 파티에서 엠마로부터 비제이를 처음 소개받았다. 그날 밤, 싫다는 데도 계속 앨리에게 치근덕거리던 남자애 하나를 비제이가 기절 직전까지 때려눕혔고, 그때부터 그는 앨리의 수호천사가 됐다. 정말이지 그녀가 만난 사람 중 가장 좋은 사람이었다. 물론 엠마 다음으로. 여하튼 앨리와 비제이는 모든 것을 공유하는 사이였다.

거의 모든 것을.

"엠마! 여기 있었구나!" 앨리는 제일 친한 친구를 향해 뛰어가 두 팔로 감싸 안았다.

"앨리! 너 진짜 몰라보게 변했네!" 엠마가 눈을 동그랗게 뜨며 말했다. "우와. 너 머리가 완전…… 금발이야!"

엠마가 금발 머리를 썩 내키지 않아 한다는 걸 앨리는 단번에 알아챌 수 있었다. 엠마의 버릇을 익히 잘 알고 있었으니까. 앨리는 가식에 관한 한 둘째가라면 서러울 정도였기에 가식이라면 멀리서도 단번에 알아볼 수 있었다. 이에 굴하지 않고 앨리는 코에 박힌 주근깨를 더욱 도드라지게 하는 밝은 머리카락을 한껏 부풀렸다. 그러고는 런웨이를 활보하는 모델처럼 제 자리에서 한 바퀴 빙 돌고는 코를 높이 치켜들었다. 손을 허리에 얹은 채 다섯 걸음 정도 걸어가 마지막에 고개를 휙 돌렸다.

"멋지지 않니? 롤프의 작품이야." 이 말을 하는 앨리의 입은 웃었지만, 눈은 웃고 있지 않았다.

"조금 전에 탑승하라고 방송했거든." 엠마가 말했다. "다 같이 너 기다리려고 했는데. 더치는 이선이랑 먼저 비행기 타러 갔어."

"빌어먹을 매너 따위는 개나 줘버렸나 보네." 앨리가 눈동자를 굴리며 말했다. 그러고는 자기가 내뱉은 말이 귀에 닿자마자 손으로 입을 가리며 말했다. "미안해."

지난 14년 내내 친구들은 비제이 앞에서 욕을 내뱉을 때면 바로 사과했다. 비제이는 욕을 듣는 데는 익숙해졌을지 몰라도 자기가 직접 욕을 하는 일은 없었다. 절대로.

한편, 앨리는 엠마와 비제이가 함께 있는 모습을 볼 때마다 저 둘이 왜 한 번도 사귄 적이 없는지 늘 의아했다. 물론, 이선은 똑똑하고 야망 있는 데다 얼굴도 꽤 잘생긴 편이기는 했다. 고등학교 때 경기장 밖으로 넘어온 공에 맞은 코를 잘못 고쳐서 삐뚤어진 점만 빼면. 다만, 키가 180센티미터였으니 178센티미터인 앨리의 기준으로는 조금 작은 편이랄까. 지난 12년간 엠마가 상처받는 모습을 옆에서 다 지켜본 앨리는 왜 자꾸 엠마가 이선에게 되돌아가는지 도무지 이해할 수 없었다.

'누굴 평가할 자격이라도 있는 것처럼 말하네.'

"참, 너희 아버지는 좀 어떠셔?" 엠마가 작은 손을 앨리의 어깨에 얹으며 다정하게 물었다.

그 말에 앨리의 얼굴이 금세 어두워졌다. 하지만 고통스럽다는 티를 내기 싫어서 대수롭지 않다는 듯 어깨를 으쓱하며 대꾸했다.

"괜찮으신 것 같아. 아니, 지금으로서는 그냥 편안하게 해드리는 거 말고는 딱히 할 수 있는 게 없대. 아빠가 이렇게 힘들어하는 모습은 보고 싶지 않은데. 의사들 말로는 얼마 안 남았다더라고. 길어야 두 달이래."

"너무 속상하겠다. 앨리." 엠마가 말했다. "에구, 진짜 충격 많이 받았지."

"응." 앨리는 눈물을 흘리지 않으려고 연신 눈을 깜빡거렸다. "진짜 거지 같아. 아직 예순셋 밖에 안 되셨는데."

앨리와 아버지는 무척 각별한 사이였다. 아버지는 뉴욕 양키스 야구팀의 광적인 팬이었는데, 그런 아버지를 위해 스포츠 경기에는 관심도 없는 앨리가 매년 함께 야구를 보러 갈 정도였다. 두 사람은 독립기념일이 있는 주 주말마다 야구 경기를 보러 갔는데, 코네티컷에 살던 일곱 살 무렵부터 시작된 가족 전통이라고 했다. 그리고 둘 사이가 더욱 가까워지게 된 건 앨리가 십 대였을 때 외국에서 어머니가 돌아가신 이후부터였다. 그해 가을, 뉴욕 양키스는 플레이오프에 진출했지만 챔피언 결정전이 열리던 날 보스턴 레드삭스에게 패배했다. 그리고 바로 같은 날 어머니 소식을 알리는 전화가 걸려왔다. 가엾은 그에게 운수 좋은 날이 아니었던 것이다.

그날 이후 앨리는 어머니와 함께했던 많은 기억에 컴퓨터 파일을 열듯 접속할 수 있었으면 좋겠다는 생각을 자주 했다. 좀 더 관심을 기울였다면 좋았을 추억들을 모두 압축 파일에 담아 머릿속 하드디스크에 저장해 두고 원할 때마다 꺼내 보고 싶었다. 클릭, 클릭. '그래! 맞아! 엄마가 열 살 생일 때 직접 구워주신 케이크네.' 클릭, 클릭. '아, 여기! 내가 사달라고 했던 본 조비 앨범.' 클릭, 클릭. '아, 그래! 엄마가 내가 쓰기엔 너무 중후하다고 했던 향수.'

클릭, 클릭. 사소한 부분까지 모두 다 기억해 내기란 쉽지 않았고, 그렇게 어머니가 어린 시절 추억 저편으로 희미해져 가는 게 너무나도 싫었다.

그리고 머지않아 아버지도 똑같이 되겠지. 그래서 앨리는 아무리 사소한 일이라 할지라도 매 순간을 의식적으로 기억하려고 노력했다. 아버지 손을 잡았을 때 느껴지는 거친 감촉, 웃을 때면 생기던 눈가의 주름, 줄기차게 안아줄 때마다 옷깃에 배어 집에 돌아와서도 그녀의 셔츠에 희미하게 남아 있던 아버지의 향수 냄새. 그러면서 암이 아버지의 마지막 장기를 다 갉아먹는 그날까지, 남아 있는 그 짧은 시간 동안만이라도 하나뿐인 딸이 완벽하다고 생각해 주기를 바랐다.

하지만 그녀는 완벽과는 거리가 멀었다. 그리고 이를 이용해 트레버는 지난 몇 달 동안 그녀를 협박해 왔다.

"우리 다 일등석이잖아. 줄 안 서고 바로 들어갈 수 있는 거 알지." 그러더니 앨리가 줄 앞쪽으로 걸어가면서 말했다. 억만장자와 결혼생활을 하는 동안 다소 점잖아지긴 했어도 기다리는 일만큼은 여전히 질색이었다. 그런 앨리의 뒤를 엠마와 비제이가 따라갔다.

잠시 후 앨리는 환한 미소를 머금은 채 승무원에게 반갑게 인사를 건넸다. 3열을 찾아가던 도중 더치를 발견하고는 방긋 웃어 보였다. 두 사람은 한 달이 넘도록 보지 못했다.

"와 진짜 이럴 수가!" 비제이가 탄성을 내지르며 자리에서 벌떡 일어나 앨리와 하이파이브를 했다. 그리고 그녀를 껴안으며 물었다. "이야, 금발 머리는 대체 언제 한 거야?"

앨리는 또다시 금발이 마음에 드는 척 가짜 미소를 지어 보였다. "2주 전에. 어때, 멋지지?" 고개를 앞뒤로 젖혀 보인 다음 자기 자리를 찾아갔다.

좌석 3A에 앉아 있는 남자를 힐끗 쳐다보고는 자기보다 먼저 와서 앉아 있어 참 다행이라고 생각했다. 비켜주지 않아도 되었으니까. 앨리는 좌석에 편안하게 앉고 난 순간부터 일체 움직이고 싶지 않았다. 옆 좌석에 앉은 남자는 사십 대쯤으로 보였는데, 커다란 소음 차단용 헤드폰을 머리에 쓴 채로 앞에 있는 기내용 모니터에서 나오는 스포츠 채널을 멍하게 쳐다보고 있었다. 거대한 고깔을 귀에 쓰고 있는 그 모습이 마치 스타워즈에 나오는 레아 공주 같다고 생각했다. 그러고는 문득 비제이가 이 비유를 들었다면 참 좋아했겠다 싶어서 피식 웃음이 새어 나왔다.

그러고는 립글로스를 다시 덧바르고는 샤넬 가방을 앞 좌석 바닥 아래 밀어 넣었다. 그런 다음 아이패드를 보기 편하도록 놓고, 로맨스 영화 속으로 푹 빠져들 참이었다. 그녀는 고전 영화를 좋아했는데, 그중에서도 〈티파니에서 아침을〉을 제일 좋아했다. 주인 공인 홀리가 방으로 처음 들어가는 장면에서 그녀의 눈이 스르륵 감겼다.

이윽고 기장이 착륙을 알리는 소리에 앨리의 눈이 번쩍 뜨였다. 밝아진 기내에 눈이 적응하고 나자 화면이 꺼진 아이패드가 시야에 들어왔다. 영화 한 편을 통째로 놓치고 말았다. 아이패드를 가방에 집어넣은 뒤, 기내용 테이블을 다시 좌석 손잡이 안으로 접어넣었다. 그리고 비행기가 착륙하자마자 곧바로 핸드폰을 켰다. 비행기에 타고 있던 사이 아버지가 보낸 문자 메시지가 도착했고, 이내 기쁨이 차올랐다.

'우리 착한 딸, 주말 재미있게 보내렴. 도착하거든 문자 다오.'

문자를 보자마자 앨리는 아버지가 너무 보고 싶었다. 이미 세상을 떠나기라도 한 것처럼 가슴이 찢어질 듯 아려왔다. 얼굴에 옅은 미소를 머금은 채 아버지에게 잘 도착했다고, 나중에 또 연락하겠다고 답장을 보냈다.

그 순간, 현실이 거대한 파도처럼 앨리를 덮쳐왔다. 곧 결혼식이 치러질 것이고, 트레버가 그녀의 인생에 영원히 함께하게 될 것이다. 그러다 어차피 이혼할 텐데 뭐, 하고 생각하니 신이 났다. 그렇기는 해도 피오나가 그 끔찍한 자식과 곧 결혼할 것이다.

지금 당장 앨리가 나서지 않는다면.

7장

엠마

엠마는 자기도 모르게 배를 움켜쥐었다. 다들 짐가방을 찾으려고 기다리고 있었다. 그리고 남자애들은 골프가방도 챙겨야 했는데, 금요일에 '신랑과 함께 골프 치기'라는 일정이 있었기 때문이었다. 같은 시간 여자애들은 스파를 즐기기로 했다. 이후 저녁에는 결혼식 전야 만찬이 열릴 예정이었다. 그리고 토요일에 결혼식이 열린다. 모든 것이 너무 빠르게 진행되었다.

순간 배가 뒤틀리는 느낌이 들었지만, 여기에서 임신 소식을 밝히고 싶지는 않았다. 아직은 때가 아니었다. 오늘 밤 환영 파티에서 다 같이 저녁을 먹을 때가 되면 엠마가 술을 마시지 않는 이유를 털어놓을 수밖에 없을 것이다. 그때 친구들이 어떤 반응을 보일지를 생각하자 불안감에 숨이 막혀왔다.

잠시 후, 컨베이어 벨트에서 가방을 내리고 대형 수화물을 찾는 곳에서 골프가방도 다 찾아온 친구들은 더치에게 새삼 감사하면서 입구에서 기다리고 있을 리무진을 향해 서둘러 걸어갔다. 숨 막힐 듯 뜨거운 바깥 공기에 엠마는 땀을 토해내기 시작했다. 캐시미어 스웨터를 벗었지만 그녀는 여전히 티셔츠와 청바지 차림이었다. 게다가 스니커즈와 토끼 캐릭터가 그려진 여행용 털양말까지 신은 모습이었다. 에어컨이 너무 절실한 나머지 거의 기다시피 리무진 안쪽으로 들어갔다. 곧장 스니커즈와 양말을 벗어 던지고는 가방에서 조리 슬리퍼를 꺼내 신었다. 그런다고 더위가 싹 가시진 않았지만, 그래도 한결 나아지는 기분이었다.

더치는 리무진에 차가운 샴페인이 있을 거라 장담했다. 기사가 트렁크에 짐을 싣는 사이, 그는 친구들에게 크리스털 와인잔을 나눠주었다. 코르크 마개가 펑 튀어 오르자 비제이와 앨리가 환호했고, 엠마는 이선을 향해 눈을 크게 떠 보이며 술을 못 마신다는 신호를 보냈다. 이에 이선은 몇 모금 정도는 괜찮을 거라고 엠마를 향해 고개를 끄덕여 보였다.

"건배! 3일간 신나게 놀자!" 더치가 샴페인을 마시며 말했다.

엠마는 천천히 한 모금 들이켰다. 그리고 한 모금을 더, 이내 반 잔을 비워냈다. 그러고는 마지못해 잔을 내려놓으며 말했다.

"미안한데, 난 탄산 있는 술은 몸에 안 맞아서. 많이 마시면 배 아프거든."

그러자 더치가 얼음이 가득 찬 통을 살폈다. "여기 어디 와인이나 위스키 같은 게 있을 텐데." 엄지손가락으로 술병을 훑으면서 말했다.

"아냐, 괜찮아. 있다가 마시지 뭐. 오늘 밤 파티 제대로 즐기려면 술은 이쯤 해야 될 것 같아." 엠마가 거짓말을 했다. "느려도 꾸준한 사람이 마지막까지 살아남는 거야."

"걱정하지 마. 이번 주말 내내 마실 텐데 뭐." 더치가 말했다.

그때 천만다행으로 엠마의 핸드폰에서 알람이 크게 울려 퍼졌는데, 순간 차 안에 묘한 긴장감이 감돌았다. 그녀는 가방에서 핸드폰을 꺼내 문자 메시지를 확인했다.

"피오나네. 트레버하고 가족들이랑 같이 로비 바에서 기다리고 있다고. 핸드폰으로 우리가 탄 비행기 검색해서 마이애미에 도착한 거 알았대. 빨리 우리 보고 싶다 그러네."

트레버를 또 만나야 한다니. 그의 이름을 입에 올리기만 해도 그녀는 불안감에 휩싸였다.

하지만 이번에는 엠마도 빈손이 아니었다. 트레버가 모르는 비밀을 하나 알고 있었으니까. 더 늦기 전에 빨리 해치워 버릴 테다. 협박받는 기분이 어떤 건지 보여주지, 하고 생각했다. 그러면서 트레버가 그녀의 말에 속아 넘어가 더는 자신을 괴롭히지 않길 바랐다. 물론 영원히 입 다물게 만드는 방법이 하나 더 있었지만, 거기까지는 가고 싶지 않았다. 그녀에겐 많은 능력이 있었지만 범죄자는 아니었다.

아니, 어쩌면 그보다 더 끔찍할지도 모르지.

"여름에 트레버가 프러포즈한다고 피오나랑 뉴욕에 왔을 때 본게 마지막이네. 혹시 그사이에 걔네 본 사람 있어?" 앨리가 물었다.

아니, 라는 말 대신 모두가 그저 고개만 양쪽으로 내저었다.

하지만 엠마는 거짓말을 하고 있었다.

8장

비제이

결혼식 이틀 전, 13시 30분

비제이는 호텔 체크인 카운터에서 저 멀리 두 사람을 한눈에 알아보았다. 예비 신부인 피오나는 멀리서도 빛이 났다. 그리고 그 옆에는 트레버가 근육질의 한쪽 팔을 약혼녀의 어깨에 두르고 다른 쪽은 바지 주머니에 꽂은 채 배려심 깊은 신랑인 체하며 서 있었다. 트레버는 리넨 정장 바지에 단추가 달린 반소매 셔츠를 바지 밖으로 느슨하게 빼입고서, 피오나의 삼촌이자 새로 당선된 뉴욕시 상원의원인 존 호손과 대화를 나누고 있었다. 민주당 내에서 신임이 높은 그는 차기 대통령 후보로 거론되는 사람이었다.

로비 바에 서 있는 피오나와 트레버는 친구들과 가족들에 둘러싸여 있었고, 두 사람 뒤편으로는 천장부터 바닥까지 이어진 통창 밖으로 비스케인 만을 감싸고 있는 넓은 공간이 드넓게 펼쳐졌다. 문이 양쪽으로 활짝 열린 프렌치 도어를 지나 분홍색 돌이 깔린 길을 따라 걸어가면 이내 고운 모래사장이 나타났고, 새하얀 파도가 바닷가를 간질이듯 부드럽게 밀려왔다. 비제이가 여태껏 북동부에서 보던 풍경과는 너무나도 달랐다. 이런 곳에서 뉴욕 사람들은 아무런 관심도 받지 못할 것이다. 이토록 아름다운 풍경을 두고 시끄럽기만 한 사람들에게 귀를 기울일 이들이 과연 있을까? 그런데도 피오나는 다섯 명이 호텔 로비로 들어서자마자 그녀의 오랜 친구들이 도착했다는 사실을 단번에 알아차렸다.

"신부 친구들 입장!" 피오나가 높은 목소리로 말했다. 그러고 나서 다 같이 부둥켜안고 인사하려고 친구들을 향해 달려가며 소리쳤다. "아, 진짜 너무 보고 싶었다고!"

피오나에게서 바닐라 향이 났다. 아마도 린스 냄새겠지. 그리고 그녀가 품에 안겼을 때 어깨뼈가 닿는 느낌이 났다. 이전에는 한 번도 없던 일이었다. 마지막으로 본 이후로 몸무게가 9킬로그램은 넘게 빠진 듯했다. 얼굴에는 미소가 가득했지만, 비제이는 그녀가 결혼 전 황홀감에 취해있을 뿐이라는 생각이 들었다. 엠마와 앨리가 피오나를 끌어안고 있는 모습을 보니 마치 대학교 때로 돌아간 듯했다. 이내 더치와 이선이 서로 세게 안더니 비제이를 끌어당겨 안았고, 결국 나머지 여자애들까지 합세해 다 함께 부둥켜안았다.

마치 옛날로 돌아간 느낌이었다. 하지만 로저가 없었다. 비제이는 로저가 어떻게 지내는지 너무 궁금했다. 로저와 함께 트레버에 맞서 싸우지 못했다는 죄책감에 배터리처럼 부식되어 가는 느낌이었다. 로저가 말을 듣지 않자 트레버는 로저가 저지른 실수를 친구들에게 공개했고, 그 모습을 직접 본 비제이는 그냥 트레버가 시키는 대로 할 수밖에 없었다. 거부한다면 자기에게도 똑같은 짓을 할 게 분명했으니까. 그러면서도 결혼식을 축하하는 척 연기하는 자신이 너무 부끄러웠다. 심지어 트레버보다 더 끔찍한 사기꾼처럼 느껴졌다. 도대체 어떻게 하면 이 상황을 해결할 수 있을까? 그리고 로저는 지금 어디에 있는 걸까? 시카고로 돌아갔다는 소식이 비제이가 들은 마지막이었다.

"얘들아, 조금 있다가 바에서 만나자." 비제이가 친구들에게 말했다. "나 일단 짐 좀 풀고 씻고 나서 옷 좀 갈아입게."

이윽고 호텔 방에 도착하자 더치가 업그레이드해 준 이 스위트룸이 단연 이번 여행의 백미라는 생각이 들었다. 거실과 침실 모두에 발코니가 딸린 방이었다. 천장부터 바닥까지 붙어있는 유리창으로 바다 위에 반사된 빛이 비쳐 들어와 눈이 부셨다. 바닥에 가방을 내려놓고서 발코니 문을 열어 남쪽의 겨울 공기를 한껏 빨아들였는데, 북쪽의 찬 공기를 들이켰을 때처럼 가슴이 아려오지 않았다. 그 대신 방으로 밀려든 습한 기운에 곧장 땀이 맺히기 시작했다. 비제이는 얼른 문을 닫고 나서 온도 조절 장치를 18도로 시원하게 조정했다.

그러고는 침실로 들어가 야자수 나무가 그려진 이불 위에 앉아 관자놀이를 손으로 문질렀다. 호텔에서 이불을 절대 세탁하지 않는다는 충격적인 얘기를 듣기도 했지만 개의치 않았다. 이제 가짜 웃음을 내보이며 사흘만 버티면 되었다. 트레버가 약속을 지키기만을 기도하면서. 하지만 그보다도 피오나를 향해 그런 멍멍이 같은 녀석에게서 도망치라고 진심으로 경고하고 싶었다. 도대체 왜 피오나는 아직도 눈치채지 못한 걸까? 그야 물론 피오나는 늘 사람들의 좋은 면만 보기 때문일 테지. 남 얘기를 한다거나 누굴 험

담하는 법도 없었다. 트레버 때문에 어쩔 수 없이 그만두기 전까지 유치원 선생님이었던 그녀는 너무나도 다정한 사람이었다.

한때는 트레버 역시 좋은 사람으로 보였었고, 모두가 괜찮은 남자라고 생각했었다. 트레버를 처음 소개받고 얼마 지나지 않아 비제이는 피오나에게 상처 주지 말라고 그에게 경고하듯 말한 적이 있었다. 그때만 해도 협박이 오가지 않고 친근한 사이였던 터라 비제이는 절친한 친구와 결혼하려는 여느 남자애들에게 농담을 건네듯 얘기했을 뿐이었는데, 트레버에게서 돌아온 대답은 "그럼 어쩔 건데?"였다. 지금 와서 생각해 보니 애초에 그런 말 따위를 하지 말았어야 했다. 그 말이 트레버를 복수심에 불타게 만든 것이 분명했다.

결혼식 다섯 달 전, 16시

트레버가 피오나와 마이애미로 이사한 지 겨우 한 달쯤 지났을 무렵, 비제이는 트레버에게서 단둘이 맥주 한잔하자는 연락을 받았다. 그리고 속는 셈 치고 그에게 한 번 더 기회를 주기로 마음먹었다. 직업, 친구, 가족은 물론 자기 인생 전부를 포기할 정도로 친구가 사랑하는 남자였으니, 그렇게 나쁜 사람은 아닐지도 몰랐다.

미드타운에 있는 더블유 호텔의 로비 바에 도착했을 때, 트레버는 이미 마티니 반 잔을 비워낸 채 철제 카운터 앞에 앉아 있었다. 그리고 몇 발짝 떨어진 곳에는 관광객들이 짐가방을 옆에 두고 푹신한 소파에 앉아 호텔 방이 준비되기를 기다리고 있었다. 매년 6월 말이 되면 메이시스 백화점이 독립기념일 행사로 강변에서 쏘는 불꽃놀이를 보려고 많은 관광객이 뉴욕으로 물밀듯이 몰려들었다.

이윽고 트레버가 비제이를 보고는 씩 웃었다. 아니, 정확하게는 비웃음이었다. 반면 비제이는 진심을 담아 활짝 웃어 보였다. 그는 원래 그런 남자였으니까. 비제이가 바로 앞에까지 다가왔을 때도 트레버는 일어서기는커녕 손만 불쑥 내밀었다. 그리고 비제이는 그 손을 맞잡았다. 물론 악수라기보다 세게 움켜쥐는 느낌에 더 가까웠지만 신경 쓰지 않았다. 끼익, 트레버 옆에 놓인 철제 의자를 빼 앉았다.

"버드와이저 라이트 주세요." 비제이가 몇 안 되는 해피 아워 메뉴와 맥주 리스트를 훑은 후 바텐더에게 말했다. 그런 다음 트레버의 술잔을 손짓하며 물었다. "한 잔 더할래?"

그러자 트레버가 팝콘 한 줌을 입에 다 털어 넣고는 입을 살짝 벌린 채 쩝쩝 소리를 크게 내며 씹어먹었는데, 다분히 의도적이었다.

"친구야, 난 됐어. 어차피 오래 걸리지도 않을 텐데 뭐."

친구? 인제 와서 갑자기 웬 친구.

"근데, 무슨 일이야? 비행은 어땠어?" 무슨 일로 만나자고 한 건지 여전히 알 수 없었던 비제이는 안부만 물어볼 뿐이었다.

"괜찮았어. 어젯밤에 도착해서 피오나 어머님 댁에서 잤어. 피오나는 웨스트체스터에서 친구들이랑 점심 먹기로 해서 이따 저녁에 만나기로 했거든. 나는 피오나 삼촌이랑 아침 식사 약속이 있어서 먼저 뉴욕으로 온 거야. 왜 그 존 호손이라고 올가을에 상원의원 당선이 유력한 사람인데, 너도 알지?" 마치 비제이에게 자기를 우러러보기라도 하라는 듯한 말투였다. 아니면 질투라도 하거나. "그리고 뉴욕에서 뭐 다른 볼일도 있었고. 온종일 사람들만 만나고 다녔어. 어쨌든, 그래서 저녁까지 시간이 비는데 말이야. 당최 뭘 해야 할지 모르겠더라고." 트레버가 마지막 문장을 일부러 천천히 내뱉었다. 마치 형광펜이라도 칠해져 있는 것처럼 단어 하나하나를 강조하면서. "있잖아, 내가 뭘 좀 읽었는데 말이야. 어찌나 흥미진진하던지."

"그래? 나도 책 읽는 거 되게 좋아하는데. 뭐 읽었어?"

트레버가 천천히 고개를 내저으며 대꾸했다. "친구야, 난 너처럼 공상과학 소설 따위엔 관심 없어. 우주선이니 신비한 힘이니 뭐 그딴 거 말이야. 난 실화를 좋아한다고."

그러자 비제이가 곧바로 받아쳤다. "아, 난 그런 건 뉴스에서 충분히 접하거든. 그래서 딱 책장을 펴는 순간 다른 세계로 푹 빠져들 수 있는 책들이 좋아. 안 그래도 엠마가 막 작업 끝낸 책이……."

"엠마." 트레버가 말을 끊어놓고는 엠마의 이름만 내뱉은 채 뜸을 들였다. 또다시 팝콘 한 줌이 눈앞에서 사라졌다. "걔 말이야. 진짜 끝내주던데. 너희 둘이 엄청 친하지 않냐?"

엠마의 제일 친한 친구와 사귀는 남자가 저렇게 부적절한 말을 하다니. 트레버의 말을 듣자마자 가슴이 쿵 내려앉는 느낌이었다. 비제이는 엠마가 성적 대상으로 입에 오르내리는 게 싫었다. 그래서 그의 얼굴이 눈에 띄게 붉어졌다. "엄청 오래된 친구 사이지." 경고의 의미로 한 말이었다. 내 친구를 그딴 식으로 말하지 마, 하고.

"그래." 트레버가 말끝을 길게 늘이며 말했다. 그래애애애. "그건 그렇고 내가 얼마 전 읽었다는 거, 아무래도 너도 관심이 있겠다 싶어서 말이야." 그러더니 난데없이 서류 봉투 하나를 쑥 내밀었다.

비제이가 어깨를 으쓱했다. "좋아, 한번 읽어 볼게."

그런 다음 비제이가 한 손을 내밀자 트레버가 그의 손바닥 위에 봉투를 올려놓았다. 그런데 봉투를 잡으려 하는 순간 갑자기 트레버가 봉투를 잡은 손에 힘을 줬다.

"감당할 수 있겠어? 이게 네 인생을 송두리째 바꿔놓을지도 모르는데."

너무 궁금했다. 한쪽 입꼬리가 씰룩 올라간 채 눈을 가늘게 뜨고 봉투를 쳐다보며 대꾸했다. "당연히 감당할 수 있지."

트레버는 "난 이미 경고했다!"라고 비아냥거리듯 두 손을 공중으로 들어 올렸다. 그러더니 어린아이가 놀이공원에서 놀이 기구를 타듯이 의자를 빙 돌려 비제이를 등지고 앉았다. 그렇게 트레버가 마티니를 집어 들고 홀짝대는 동안 비제이는 봉투에 든 무언가를 꺼내 들었다. 그러고는 자신이 보고 있는 것이 무엇인지 알아채자마자 그의 눈이 휘둥그레졌다.

"이게 대체……?" 까무잡잡한 비제이의 얼굴이 석고처럼 새하얗게 질렸다. 그리고 그의 낯빛에서 비제이가 서류의 정체를 안다는 걸 눈치챈 트레버는 걸려들었다는 생각에 큰 소리로 웃어댔다. 비제이는 인도 신문 기사의 제목을 단박에 알아봤다. 날짜를 확인할 필요도 없었다. 이미 다 알고 있었으니까. 2004년 10월 20일.

"너 이거 어디서 났어?"

"방법이 다 있지." 트레버가 비제이 쪽으로 얼굴을 바짝 들이밀고는 눈도 깜짝이지 않고 말했다. "난 네가 한 짓을 다 알고 있다."

비제이는 뒤로 조금 물러나서 맥주 반병을 한숨에 비워냈다. 그러고 나서 떨리는 손등으로 입을 쓱 닦았다. 너무도 오래전 일이라 하마터면 없던 일인 양 잊고 살 뻔했다. 17년 전, 1만 2천 킬로미터나 떨어진 곳에서 일어난 사고였다. 다른 비제이에게. 다른 삶에서.

다른 삶, 하지만 현재의 삶과는 떼려야 뗄 수 없는 삶이었다.

비제이에게서 아무런 반응이 없자, 트레버가 그의 손에 신문을 들이밀었다.

"읽어."

비제이는 두 눈을 꼭 감은 채 신문을 카운터 위에 내려놓았다.

"무슨 내용인지 다 알고 있어."

그 순간 머릿속에서 섬뜩한 음악이 느릿느릿 재생됐다. 마치 잭인 더 박스 장난감의 광대가 트레버의 머리를 뚫고 불쑥 튀어나와 심장이 마비될 것만 같았다. 온몸이 사시나무 떨듯 떨려왔다. 비제이가 콜롬비아 대학에 지원한 진짜 이유가 밝혀지기 일보 직전이었다.

"제발, 아무한테도 얘기하지 말아줘." 소용없다는 걸 알면서도, 비제이가 애원하듯 말했다. 그리고 자신을 곤경에 빠트릴 그 질문을 기어이 하고야 말았다. "내가 뭘 어떻게 하면 돼?"

9장

이선

이선은 발코니에서 담배 한 개비를 피우고 방으로 들어왔다. 그러고는 아내가 원피스로 갈아입고 구두를 신는 모습을 흐릿한 눈으로 지켜봤다. 그녀의 드레스 아래로 고스란히 드러난 몸의 윤곽을 보는 게 좋았다. 저렇게 조그마한 배 속에 아기가 들어있다니 아직도 믿기지 않았다. 이선의 아기였다.

"이리 와 봐."

엠마가 싱긋 웃으며 대답했다. "안돼. 자기 술을 너무 많이 마셔서 오래 걸려. 밑에서 애들도 다 기다리고 있을 거고. 그리고 나 머리랑 화장도 방금 다 다시 했단 말이야."

안돼.

근래 섹스 얘기가 나올 때마다 자주 듣는 말이었다. 엠마가 예전 같지 않다고 느낀 건 두 달 전부터였다. 아기가 들어섰을 무렵이

53

었고, 아무래도 임신 때문에 호르몬이 정상일 리가 없었다. 이선은 결혼반지를 빙글빙글 돌렸다. 이는 불안할 때면 나오는 버릇이었다. 엠마의 기분도 충분히 이해했지만, 아내를 사랑했기에 육체적으로도 가까워지고 싶었다.

"나 피오나 보고 싶단 말이야." 엠마가 잠시간 침묵 후 말을 이었다. "그리고 트레버도."

이선은 트레버의 이름을 듣는 것도 싫었지만, 아내가 그를 좋아한다는 사실이 더더욱 싫었다. 그럴 때마다 얄미운 동생이 옆구리를 푹 찌르고 도망가는 듯한 느낌이 들어 너무 괴로웠다. 이게 다 매번 다 같이 모일 때마다 트레버가 자꾸 엠마에게 눈독을 들여서 그런 것 같았다. 일전에 트레버가 엠마를 쳐다보는 시선이 마음에 들지 않는다고 더치에게 한번 말한 적이 있었는데, 말도 안 되는 소리 하지 말라는 얘기만 들었다.

트레버가 끔찍한 인간이긴 해도 매력적이라는 건 이선도 인정할 수밖에 없었다. 키가 185센티미터 정도로 훤칠했고, 곱슬한 검은 머리와 신비한 검은 눈동자에 여자들의 마음이 눈 녹듯이 녹아내렸다. 캘빈 클라인 모델이라고 해도 믿을 성싶었다. 덩치는 더치와 얼추 비슷했지만, 트레버의 몸이 조금 더 군살 없이 탄탄했다. 솔직히 말해 피오나가 감히 넘볼 수 있는 남자가 아니었다. 물론 회색 눈에 갈색 머리인 그녀도 귀엽긴 했다. 하지만 어디서나 흔하게 볼 수 있는 평범한 얼굴이었다. 길거리를 지나다닐 때도 피오나를 쳐다보는 사람은 거의 없었지만, 트레버는 사람들이 뚫어져라 쳐다보다가 목이 부러질 정도였다.

"인제 그만 나가야 할 것 같아." 엠마가 말했다. 그러고는 팔찌

여러 개를 겹쳐 손목에 꼈는데, 그 때문에 그녀가 움직일 때마다 풍경 소리가 났다. 엠마는 화장실에서 나와 침대에 다리 한쪽을 올리고 로션을 발랐다. "빨리 옷 갈아입어. 진짜 무슨 날씨가 이렇게 덥대." 그녀는 마치 자신의 자그마한 손이 만들어 내는 미약한 바람으로 이 무더위를 무찌를 기세로 연신 손을 흔들어 댔다.

"그러게. 발코니에서 담배 한 개비도 다 못 피겠더라니까. 진짜 살인 더위야."

엠마가 고개를 끄덕였다. 그러면서 다른 쪽 다리를 침대 위로 올리고는 튜브에서 끈적거리는 로션을 듬뿍 짜서 다리에 문질렀다. 위로 아래로, 위로 아래로. "어차피 끊을 거 아냐?"

"그렇지. 자기야, 산부인과 갔다 와서 끊겠다고 약속했잖아. 새해 시작과 동시에 딱. 새 삶을 시작하는 거지."

힘들 것이다. 시도야 이미 전에도 했었으니까. 하지만 엠마와 아기를 위해서라면 무엇이든 할 수 있었다. 이제는 이선도 정신을 차려야 할 때였다. 삶의 모든 면에서 철없는 행동은 그만둬야 했다. 술도 줄이고, 밤늦게 외출하는 횟수도 줄이고, 담배도 끊어야 했다. 그리고 더 열심히 일해 돈도 많이 벌어야 했다. 퇴근 후 동료들과 맥주를 마시는 일도, 사람들과 주말에 농구를 하는 일도 이제 다 옛날이야기가 될 것이다. 심지어 동생 티미와 함께 매디슨 스퀘어 가든에서 보는 레인저스 경기에도 참석하지 못할 것이다. 아기에게 밥을 먹이고 기저귀를 갈아주고, 좀 더 큰 뒤에는 발표회를 보고 티볼도 같이하려면 이선이 집에 있어야 할 테니까.

하지만 다 괜찮았다. 엠마를 위해서라면 뭐든 할 수 있었다. 두 사람은 가족이었으니까. 엠마가 일을 그만두고 집에서 아이를 키우겠다고 하면, 혼자 번 돈으로 월세를 낼 수 있어야 했다. 그리고 엠마가 다시 일을 시작하겠다고 하면, 무슨 결정을 내리든 응원해 줄 수 있는 마음의 여유가 있어야 했다. 엠마를 위해, 그리고 가족을 위해서라면 이런 걸 포기하는 일쯤이야 식은 죽 먹기였다.

바로 그때 엠마가 입술을 오므리더니 말을 꺼냈다. "있지. 크리스마스 지나고 연말에 카산드라랑 에두아르도가 비앙카 데리고 우리 집에 며칠 와 있기로 했잖아. 그 사람들 앞에선 담배 안 피웠으면 좋겠어."

"노력해 볼게, 아기 엄마."

이선은 종종 엠마를 이렇게 불렀는데, 그때마다 엠마는 인상을 찌푸렸다. 옆에 앉아 있던 이선은 손 위에 로션을 짜서 아내를 거들었다. 유분기가 많은 로션을 먼저 발목에 바르고 난 뒤, 손을 위쪽으로 가져가 정강이를 주무르며 허벅지 쪽으로 올라갔다. 그녀의 안쪽 허벅지에 손이 다다른 후에도 멈추지 않았다. 그리고 그녀에게 진한 눈빛을 보내며 입을 맞추려고 다가갔다. 엠마는 눈을 지그시 감았다가 이선의 입술이 닿으려는 찰나 고개를 뒤로 홱 젖히고서 눈을 동그랗게 뜨며 말했다.

"안돼. 나가야 한다니까." 그러더니 엠마가 침대에서 벌떡 일어나 이선의 이마에 가볍게 입을 맞추며 말했다. "사랑해."

"자기야." 이선이 엠마의 손을 잡아 그녀를 멈춰 세웠다. "너한테 진짜 최면이라도 걸렸나 봐." 진심이었다. 대학교 때 두 사람의 입술이 처음 맞닿았던 그 순간부터, 이선의 마음을 사로잡은 사람은 엠마 말고는 아무도 없었다. 아무도.

엠마가 그를 향해 웃었다. 하지만 져주겠다는 의미는 아니었기에 이선은 늘 그랬듯이 반쯤 발기된 채로 옷을 갈아입었다. 이제 아래층으로 내려가 그 개자식을 다시 마주해야 했다. 마지막으로 그를 본 건 지난 여름이었다.

결혼식 다섯 달 전, 12시

미드타운에 있으니 잠깐 만나서 커피나 한잔하자고 트레버에게서 문자가 왔을 때, 이선은 거절할 수도 있었다. 그렇지만 승진에서 제외됐다는 소식을 막 들은 터라 사무실 밖으로 나가 기분을 좀 풀고 싶었다. 트레버에게는 정오쯤 만나자고 했다. 그때쯤이면 아이리시 커피를 마셔도 아무런 이목을 끌지 않을 시간일 테니까. 마침맞게 트레버가 13시에 근처에서 회의가 있다고 했으니 타이밍도 완벽했다. 만나서 얼른 얘기만 듣고 다음 회의에 가라고 하면서 헤어지면 딱 될 시간이었다. 하지만 트레버와 단둘이 만나는 게 그리 달갑지 않았다.

이선이 트레버를 싫어하기 시작한 건 두 사람이 처음 만났던 그해 겨울부터였다. 트레버는 피오나보다 엠마가 더 맘에 드는 눈치였다. 태도 역시 굉장히 오만해 보였다. 그는 손가락을 튕겨 웨이터를 불렀고, 휘파람을 불어 택시를 잡았으며, 피오나의 의견은 묻지도 않은 채 매번 자기 마음대로 음식을 주문했다. 거만이라는 단어가 더 어울릴지도 모르겠다. 무슨 레이 도너번Ray Donovan이라도 되는 것처럼 굴면서도 정치적 야망도 갖고 있다고 여러 차례 말한 적이 있었다.

회사 건물 밖으로 걸음을 내딛는 순간 이선은 넥타이를 느슨하게 풀어 헤쳤다. 젠장, 후끈한 공기 탓에 폴리에스터 텐트 안에 갇혀 있는 것처럼 숨이 턱 막혔다. 6월 30일밖에 안 됐는데도 기온은 일주일 내내 30도를 웃돌았다. 트레버는 먼저 도착해 50층 건물 앞, 큼지막하게 걸린 방송사 이름 아래에서 기다리고 있었다. 검은 티셔츠에 검은 바지를 입고 검은 머리를 뒤로 넘기고 검은 눈 위로 검은 선글라스를 쓴 채로. 빌어먹을 뱀파이어 같은 자식, 하고 생각했다.

"야, 이선. 나와줘서 고마워." 트레버가 이선을 향해 다가오며 말했다.

이선이 손을 흔들며 물었다. "우리 동네에는 웬일이야?"

'우리'라고 말한 이유는 북쪽으로 다섯 블록 떨어진 6번가에 엠마가 일하는 회사가 있고, 동쪽으로 몇 블록 떨어진 곳에 둘이 사는 아파트가 있었기 때문이다. 더치는 웨스트 빌리지에 있는 펜트하우스에 살았고, 앨리는 소호에 있는 펜트하우스에 살았으며, 비제이는 배터리 공원에 새로 지은 최고급 건물에 살았다. 피오나는 마이애미로 이사 가기 전까지 고향인 웨스트체스터 카운티에 살았다. 미드타운은 75제곱미터 크기의 아파트에 살면서 회사까지 걸어 다니는 이선과 엠마 피어스 부부 같은 사람들이 사는 동네였다. 저녁이나 술 약속을 일부러 잡지 않는 이상, 동네 식료품점이나 세탁소 가는 길에 다른 친구들과 서로 마주칠 일이라고는 일절 없었다. 바로 이 때문에 이선은 미드타운을 자신과 아내만을 위한 우리 동네라고 여겼다.

"피오나랑 나랑 이번 주말 동안 더블유 호텔에 있거든. 보니까 이 근처더라고." 트레버가 말했다. "그냥 네가 바람 좀 쐬고 싶어 할 것 같아서."

"타이밍 진짜 예술이야." 이선이 말했다. "커피보단 좀 더 센 걸로 마셔야겠지만."

"그래." 그가 말끝을 길게 늘이며 말했다. 그래애애애. "그 얘긴 나도 듣긴 들었다만."

"여기 모퉁이만 돌면 내가 자주 가는 데가 있거든." 이선이 말했다.

두 사람은 서로 안부도 묻지 않고 아무 말도 하지 않은 채 한 블록을 걸어갔다. 좁고 어두컴컴해서 눈에 잘 띄지 않는 어니스 술집은 이선이 2년 전 우연히 발견한 곳이었다. 이선은 점심시간이나 퇴근 후 직장 동료들과 마주칠 걱정 없이 들를 수 있어 이 술집을 좋아했다. 가게 앞에 도착했을 때 트레버의 얼굴에 당황한 기색이 비쳤지만, 이선은 어깨를 으쓱해 보이고는 가게 문을 열어 주었다. 트레버야 고급 술집에 더 익숙할 테지만, 이선은 전혀 신경 쓰지 않았다.

예상대로 카운터 안쪽에 어니 영감이 서 있었고, 이선과 트레버가 빈자리에 앉자 고갯짓으로 대신 인사를 건넸다. 아직 12시도 안 된 시간인 데다 직장인들이 점심을 먹으며 업무를 논하러 오는 장소도 아니었기에 두 사람이 첫 손님이었다. 이선은 여기 직원들을 다 알고 있어서 이 술집이 좋았다. 물론 직원들도 그를 잘 알고 있었다. 이내 뜨거운 커피가 이선 앞에 놓였다. 커피 안에 위스키 한 잔이 들어있을 줄은 아무도 모를 것이었다. 이렇듯 어니 영감은 굳이 말하지 않아도 그가 원하는 걸 알아서 척척 가져다줬다.

이선이 커피를 한 모금 마시는 모습을 바라보며 트레버가 눈동자를 굴려댔다. "뜨거운 커피 마시기엔 날씨가 너무 덥지 않냐?"

"실내에 있는데, 뭐." 그러면서 이선은 커피를 한 모금 더 삼켰다. 그러자 타는 듯한 열감이 천천히 아래로 내려가는 게 느껴졌다. "근데 무슨 일이야?"

"이제야 그게 궁금한가 보네." 트레버가 어니에게 손짓으로 위스키 한 잔을 시켰다. 그러자 곧바로 두꺼운 나무 카운터 위에 무거운 유리잔 하나가 탁 놓이더니 그 위로 위스키가 졸졸 흘러내렸다. 트레버는 술 한 잔을 단숨에 들이켜더니, 이렇게 이른 시간에 갈색 액체를 빈속에 마시는 게 익숙지 않은지 몸을 움찔거렸다. "내가 알고 있는 게 뭘까?" 트레버가 물었다.

상사인 퍼트리샤를 만난 여파가 아직 가시지 않은 이선은 이런 말장난에 대꾸할 기분이 아니었다. 오늘 승진할 거라고 잔뜩 기대하고는 이 더위에 넥타이까지 매고 왔는데. 그래서 어깨를 한번 으쓱해 보이고는 다시 커피만 홀짝거렸다.

"너랑 피오나에 대해 다 알고 있어. 어때, 이제 구미가 좀 당겨?"

커피를 마시던 이선은 사레가 들어 기침을 했다. 커피에 들어있던 위스키 때문에 코에서 타는 듯한 열기가 느껴졌다. 얼른 냅킨을 들어 얼굴을 훔쳐냈다. 마치 하늘이 파랗다는 걸 아냐고 묻는 것처럼 트레버의 목소리는 너무나도 평온했고 표정에도 아무 변화가 없었다.

트레버가 말을 이었다. "내 생각엔… 아니지, 생각이 아니라 내가 알기론, 엠마는 이 사실을 모르고 있더란 말이지. 너희 둘이 헤어졌을 때 네가 자기 절친이랑 바람피웠다는 사실을."

트레버에게는 전혀 먹히지 않을 테지만, 이선은 모르는 척 시치미를 뗐다. "그게 무슨 말이야?"

그러자 트레버가 마치 오래된 대학 친구를 대하듯 이선의 어깨를 손으로 잡고 흔들면서 말했다. "있잖아, 피오나는 곧 내 아내가 될 사람이야. 이번 주 일요일에 다 같이 만나서 브런치 먹을 때 너희들 앞에서 내가 프러포즈할 거거든. 엄청나게 놀라겠지." 그러고는 트레버는 이선을 뚫어지게 쳐다봤다. 하지만 이선은 여전히 커피잔만 바라보았다. 헤어 나올 수 없는 술과 어둠으로 가득 찬 그의 삶을 바라보듯이. "뭐, 나도 피오나가 한 번도 경험이 없을 거라고 기대한 건 아니야. 유치원 선생님이란 직업으로 잘 포장하긴 했지만, 나도 그건 알고 만났어."

손이 덜덜 떨려와 커피잔조차 들 수가 없었다. 그랬다간 파킨슨병에 걸린 사람처럼 잔을 마구 흔들어 대고 말 것이었다. 이선은 그 증상을 잘 알고 있었다. 아버지가 고통받았던 질병이었으니까.

실수, 그래 진짜 실수였다. 약 5년 전, 엠마와 헤어진 지 거의 1년이 다 되어갈 무렵에 일어난 일이었다. 이선과 피오나는 뉴욕의 같은 카운티 출신이었고, 서로 사는 동네가 꽤 가깝다는 사실을 대학교 때부터 알고 있었다. 이선과 엠마가 헤어졌을 때 남자애들은 모두 이선 편을 들었고, 여자애들은 엠마 편에 섰다. 그래서 이선은 간간이 피오나에게 문자를 보내고는 했으나 대부분이 엠마가 어떻게 지내는지 물어보기 위해서였다.

그러던 한날, 이선이 동생의 생일을 축하해 주러 고향 집에 들렀다. 그리고 고등학교 친구들과 함께 술을 마시러 갔다가 그곳에서 우연히 피오나를 만난 적이 있었다. 그리고 테킬라를 마시기 시작했는데, 필름이 끊길 정도로 술을 진탕 마셔대고 나니 문득 엠마의 곁이 사무치게 그리워졌다. 헤어진 지가 1년이 다 되도록 엠마는 그를 만나주지도 않았다. 수도 없이 빌며 사랑한다고 애원해도 소용없었다. 심지어, 제발 무슨 말이든 해달라고 집 앞까지 찾아갔을 때도 도어체인을 걸어 놓은 채 문틈 사이로 얼굴만 내밀뿐이었다. 눈물을 가득 머금은 녹색 눈을 반짝이며 다시는 찾아오지 말라고 말했다. 그 순간 이선은 그녀가 다시는 돌아오지 않을 거라는 생각이 들었다. 그날 밤 술집에서 술에 취한 그에게 피오나는 차선책이었다.

그렇게 몇 달이 흘렀다. 그리고 어느 날 갑자기 엠마가 드디어 그의 전화를 받았다. 이선은 피오나와 만나면서도 엠마에게 연락을 멈춘 적이 없었다. 그리고 두 사람은 화해했다. 이선이 공을 들여 관계를 발전시키고 싶었던 사람은 엠마였기에 피오나와의 관계를 곧바로 정리했다. 그러면서 엠마와 다시 합치기로 했다고 말하는 자신을 피오나가 이해해 주길 바랐다. 이에 피오나는 상처받지 않은 척했다. 만난 지 두 달도 안 됐을 때 이미 "사랑해."하고 고백해 버릴 뻔했지만, 이선이 자신을 사랑하지 않는다는 걸 이미 알고 있었기에 친구들과 서로의 우정을 위해 이 일을 혼자서만 간직하기로 마음먹은 것이었다.

"네가 뭘 어떻게 알고 있는지는 잘 모르겠는데, 다 사실이 아니야." 이선이 말했다. 하지만 뭔가 대단히 잘못됐다는 걸 직감으로 알 수 있었다. 이런 얘기를 꺼냈다는 건 확실한 증거가 있다는 뜻이었다. 피오나가 이선과 있었던 일을 트레버에게 낱낱이 털어놓은 걸까? 그런데 도대체 왜?

이윽고 트레버가 봉투를 집어 들더니 그 안에서 사진 한 장을 꺼냈다. 이선과 피오나 두 사람이 한밤중에 어떤 건물 앞에 서 있는 사진이었다. 이선은 그곳이 어딘지 곧바로 알아챘다. 피오나를 우연히 만났던 동네 술집인 태킹 티스. 테킬라 다섯 잔을 내리 마신 두 사람은 술집 뒤편에 있는 화장실 옆에서 키스하기 시작했고, 결국 비틀대며 뒷문 밖으로 나갔다. 사진에는 이선의 손이 피오나의 치마 안에 들어가 있었는데, 5분 후의 모습이 찍힌 게 아니라 천만다행이라고 생각했다. 빌어먹을 감시카메라, 드론 같으니라고. 사진을 찍을 수 있는 이 빌어먹을 기기들.

"내가 의사는 아니지만, 이 손이 어느 부위로 가는지 정도는 딱 봐도 알겠는걸." 트레버가 말했다. "내가 결혼할 여자 뒷조사도 안 할 줄 알았나 보지?"

"근데 진짜 딱 한 번이었어. 둘 다 술에 너무 취해서 그만." 이선은 먹히지 않을 줄 알면서도 일단 강하게 나갔다.

"거짓말하지 마, 이선. 피오나 짐들 사이에서 내가 일기장을 찾았거든? 거기에 모든 게 아주 세세하게 적혀 있더라고. 감정들까지도. 그래서 내가 좀 더 캐봤더니 말이야. 자, 여기 널 위해 준비한 선물 하나 더." 그러더니 뒷주머니에서 종이 한 장을 꺼내 펼치더니 카운터 위에 고스란히 올려놓았다. "한 번이라고? 이번 건 좀 더…… 수위가 세던데. 쯧, 엠마가 이 사진을 본다면 과연 뭐라고 할까?"

아, 안돼. 제길, 엠마가 이 사진을 보게 된다면 1년은 소파에서 자야 할 것이다. 그것도 진짜 운이 좋을 경우.

심히 침착하고 확신에 차 있는 트레버와 달리, 이선은 흔들리고 있다는 걸 들키지 않으려 애를 써야 했다. 그때 몇 사람이 가게 문을 열고 깔깔대며 들어왔지만 이선의 귀에는 엠마의 울음소리만 울려 퍼졌다. 엠마는 절대 영원히 이 사진을 봐서는 안 되었다.

의자에 놓인 다리가 떨려오는 바람에 무릎 한쪽을 손으로 꾹 눌렀다. 침착을 잃고 있다는 걸 트레버에게 들켜서는 안 되었다.

"아니, 아니지. 여기 한 장 더 있다고." 트레버가 검지를 들어 이선 앞에서 흔들어 대며 말했다. 이선이 불편해하는 모습을 즐기고 있는 것이 분명했다. "이건 핸드폰에서 찾은 거야."

그 말만 들어도 무슨 사진일지 예상이 갔다. 하지만 트레버가 사진을 카운터 위에 올려놨을 때는 마치 처음 보는 사진인 양 쳐다봤다. 눈앞이 자꾸만 빙빙 도는 느낌에 초점을 맞추려고 눈을 빠르게 깜빡였다. 대체 이 사진들을 왜 보여주는 거지? 피오나랑 잠깐이나마 만났었다고 질투하는 건가? 피오나의 감정이야 어쨌건 이선에게는 아무 의미도 없던 만남이었다. 친구들 모두가 알고 있듯이 이선에게는 엠마 하나뿐이었으니까.

트레버가 말을 이었다. "근데 과거는 과거일 뿐이지, 안 그래? 뭐, 그땐 내가 피오나를 모를 때였으니까. 나 만나기 전에 누굴 만났든 무슨 상관이겠어." 그의 비웃음이 마치 위험을 알려오는 신호처럼 들렸다. "근데 말이야, 친구야. 만에 하나 네 예쁜 아내가 이 사진들을 보기라도 한다면 어떡하냔 말이지. 뭐 남편 손이 자기 친구 다리 사이에 들어가 있는 첫 번째 사진은 그렇다 쳐도, 나머지 사진들은 뭘까. 좀 더 끈적……."

이선이 트레버의 팔을 낚아챘다. "입 닥쳐라. 트레버." 그러고는 트레버를 죽이기라도 할 것처럼 쏘아봤다. 눈빛만으로 사람을 죽일 수 있다면, 아마 트레버는 치명상을 입었을 것이었다.

물론, 트레버는 꿈쩍도 하지 않았다. 눈을 아래로 내리깔며 자기 팔을 움켜쥐고 있는 이선의 손을 바라봤다. 그러고는 다시 이선의 눈을 쳐다봤다. 너무나도 침착하게. 이선은 잡고 있던 손을 놓았다.

"걱정하지 마. 엠마가 이 사진을 보는 일은 절대 없을 테니까. 그리고 너랑 피오나에 대해 아주 세세한 것들까지 다 적혀 있는 일기장도 내가 안전한 곳에 잘 보관해 뒀다고. 너는 그냥 내 부탁 하나만 들어주면 돼." 트레버가 말하면서 자리에서 일어났다. 베이비 파우더를 털어내기라도 하듯 팔과 다리를 툭툭 쳐대며 말을 계속했다. "내가 너희들 앞에서 프러포즈할 때 피오나한테 그냥 말만 잘해주면 돼. 나 같은 좋은 남자랑 결혼해서 참 운도 좋다고. 나에 대해 다른 생각은 하지 않도록 말이야. 피오나가 널 굉장히 믿잖니. 둘 사이에 그렇게 애틋한 과거가 있으니…. 그러니까 내 말은, 이 정도는 잘 할 수 있겠지?"

이선은 카운터 뒤쪽 벽에 붙어있는 부서진 거울을 빤히 쳐다봤다. 산산이 조각난 거울 속 자기 모습이 이 상황을 대변해 주는 것 같았다.

"아, 그리고 하나 더. 결혼식 때 신랑 들러리 좀 서줘야겠어. 내가 묻거든 '좋다'고 말해. 열정을 담아서. 내가 결혼할 여자에게 아무런 미련도 없다는 걸 증명하기에 이보다 더 좋은 방법도 없겠지." 그런 다음 20달러짜리 지폐를 카운터 위로 휙 던지며 말했다. "술은 내가 살게, 친구야. 그럼, 일요일 점심때 보자."

그렇게 트레버는 가게 밖으로 걸어갔고, 이선은 피오나와 놀아난 자신을 질책했다. 그런 멍청한 짓을 하다니. 뉴스룸에서 일하는 이선은 카메라가 모든 곳을 찍고 있다는 것도, 요즘 사람들이 모든 것을 동영상으로 찍어댄다는 것도 잘 알고 있었다.

들키지 않는 비밀이란 없었다.

이 일이 죽을 때까지 새어나가지 않도록 무슨 수라도 찾아야 했다.

10장

앨리

결혼식 이틀 전, 14시

'한 발짝 그리고 또 한 발짝.' 짐을 다 푼 앨리가 엘리베이터에서 내리면서 머릿속으로 생각했다. '할 수 있어. 트레버가 괴롭히게 내버려 두지 말자.'

호텔 로비는 천장이 2층 높이까지 탁 트여 있었고, 흰색과 금색의 하늘하늘한 시폰 커튼이 로비 바 양쪽을 장식하고 있었다. 여기에 더해 테라스로 이어지는 통창 너머로 멀리 야자수 나무가 훤히 내다보이는 광경이 가히 장관이었다. 절묘하게 쏟아져 내리는 햇빛이 로비 안을 환하게 밝혀주면서 마치 천국에 있는 느낌이 들었다.

그리고 이제 천사가 곧 나타날 것 같았는데…….

"저기 오네!" 바 안으로 걸어들어오는 앨리를 향해 트레버가 굵은 목소리로 외쳤다. "아, 이게 누구야! 금발 머리 진짜 잘 어울리는데."

난 빨간 머리가 그리운걸, 하고 앨리는 생각했다. 그녀는 머리 색을 바꾸고 싶지 않았다. 무슨 이유인지 몰라도 트레버는 앨리더러 결혼식 날 금발 머리를 하고 오라고 했다. 그러기만 하면 죽을 때까지 비밀을 지켜주겠다고 하면서. 하지만 앨리의 머리가 무슨 색인지가 중요한 게 아니었을 테지. 그저 꼭두각시처럼 마음대로 조종할 수 있다는 걸 보여주고 싶었을 뿐. 여기까지 오고 보니 문득 다 알려져도 상관없을 거란 생각이 들었다. 친구들은 무조건 앨리의 편에 설 테니까. 하지만 아버지에게만은 밝혀져서는 안 됐다. 그래서 트레버가 하라는 대로 했다. 감옥에 갇힌 채 아버지가 돌아가셨다는 소식을 듣고 싶지는 않았으니까. '난 여전히 아빠의 착한 딸이니까요, 아빠.' 라고 머릿속으로 되뇌었다.

"글쎄 뭐, 이 머리 색을 유지할지 말지는 보면 알겠지. 난 사실 빨간 머리가 더 좋거든."

앨리의 말에 트레버의 눈빛이 어두워졌다. 그러고는 팔 한쪽을 피오나의 허리에 둘렀다. 이토록 가식적인 사랑 표현을 보고 있자니 역겨워 참을 수가 없었다. "음, 맘이 바뀔 수도 있잖아. 점점 익숙해질지 누가 알아." 트레버가 말했다. "근데, 나도 빨간 머리가 더 좋긴 해."

웃기고 있네.

트레버는 양의 탈을 쓴 늑대였다. 이 사실을 왜 피오나가 아직도 깨닫지 못했는지 이해할 수 없었다. 사냥감을 물어뜯고 난 이빨에 살점이 덕지덕지 붙어있는데도 왜 그에게서 나는 피 냄새를 못 맡을까. 대학교 때부터 오랜 친구가 저런 마법에 걸려 헤어나지 못하는 모습을 보고 있자니 마음이 너무 아팠다. 다른 사람들도 이 사실을 알까?

아니.

친구들 모두가 트레버를 좋은 사람이라고 생각했다. 그래서 앨리는 이런 생각을 누구에게도 말하지 않기로 했다. 결혼식이 고작 이틀 남았는데 신부 들러리가 친구의 약혼자에 대해 나쁜 말을 퍼트려서는 안 될 노릇이지. 그 아무리 끔찍한 사람이라 해도. 그래서 앨리는 피오나에게로 관심을 돌렸다.

"여기 진짜 멋지다." 앨리가 주변을 둘러보며 말했다. 옆에 떡하니 서 있는 악마 앞에서 뱉을 수 있는 최선의 감정 표현이었다. "너도 너무 좋아 보여. 살도 좀 빠졌나 본데."

피오나가 자기 엉덩이를 툭 치면서 말했다. "결혼식 드레스 입으려고 군살 좀 뺐지! 트레버에게 남부럽지 않은 아내가 되어야 하잖아." 말을 끝마친 피오나가 트레버를 올려다봤다. 사랑에 빠진 듯한 그 눈빛에서 앨리는 피오나의 마음을 돌리기엔 이미 늦었다고 생각했다.

그러자 누가 짐승 새끼 아니랄까 봐 트레버가 피오나의 엉덩이를 어루만지더니 앨리를 쳐다보며 말했다. "좀 더 빼야겠네. 요 몇 주 동안 음식 시식한다고 너무 많이 먹었어."

감히 피오나를 이런 식으로 모욕하다니. 정말 상상 이상으로 끔찍한 놈이었다. 순간 비제이가 좋아하는 외계인 책이 머릿속에 떠오르더니 눈으로 레이저를 쏴서 트레버의 머리를 확 날려버릴 수 있을지 문득 궁금해졌다. 비제이가 이런 이야기를 읽는 걸까? 한편으로는 저런 쓰레기 같은 놈에게 친구를 팔아넘긴 자신이 너무나도 미워졌다. 하지만 그녀에게 제일 중요한 사람은 아버지가 아닌

가. 피오나가 트레버를 바라보며 생긋 웃었다. 모욕당한 줄도 모르고. 자기 자신이 아니라 트레버를 위해 더 날씬해졌다는 사실에 행복해하면서.

"트레버, 잠깐 얘기 좀 할까요?" 호손 의원이 트레버의 옆쪽으로 다가와 말했다. "중요하게 할 말이 있어요."

트레버가 눈썹을 씰룩대며 호손 의원을 바라보았다. "괜찮으세요? 안색이 좀 안 좋아 보이시는데." 그러더니 손바닥을 위로 한 채 거창하게 팔을 뻗어 앨리를 소개했다. "의원님, 이쪽은 제 친구 앨리 위튼입니다."

웩, 트레버의 친구라니. 앨리는 의원이 내민 축축한 손을 맞잡으며 말했다. "의원님, 안녕하세요. 의원님께 투표했습니다. 저는 피오나 대학 친구입니다. 컬럼비아 대학교에서 같은 동아리였어요." 트레버의 친구가 아니라는 점을 다른 사람들이 오해하지 않도록 확실히 짚어주고 싶었다.

호손 의원이 고개를 끄덕였다. "고맙습니다. 제 지지자를 이렇게 직접 뵙다니 반갑군요." 그러고는 미간에 주름을 잔뜩 찌푸린 채 트레버 쪽으로 몸을 돌리며 말했다. "트레버?" 그는 고개를 까딱이며 오른쪽을 가리켰다. 그렇게 단둘이서만 얘기하자는 신호를 보냈다.

이에 트레버가 피오나의 머리에 입을 맞추고서 말했다. "음, 그러면 잠깐 실례할게. 내가 할 일이 좀 남았나 봐." 알아서 자리를 비켜준다니 감동이었다. 하지만 뒤쪽에서 느껴지는 그의 시선에 마치 뒤통수가 타들어 갈 것만 같았다.

오래 지나지 않아 더치가 나타났고, 그다음에 비제이가, 그리고

20분 뒤에 엠마와 이선이 마지막으로 함께 했다. 뉴욕, 직업, 그리고 당연하게도 결혼 서약서에 관한 이야기를 주고받는 동안 엠마의 얼굴에는 왠지 모를 불안이 서렸다.

"야, 너 괜찮아? 얼굴이 백지장처럼 하얀데." 앨리가 엠마에게 속삭이듯 말했다.

"Estou bem, 괜찮아." 엠마가 이마에 손을 얹으며 대답했다. "그냥 좀 피곤해서 그래. 그리고 너무 덥기도 하고. 어젯밤에 레인저스 경기 보느라고 늦게 들어왔거든. 근데 또 아침에 짐 싼다고 일찍 일어나서."

앨리가 고개를 홱 돌려 이선을 째려보고는 다시 엠마를 보며 말했다. "이선 그 망할 놈의 레인저스 같으니라고! 쟤가 또 하키 보자고 억지로 끌고 갔구나?"

"억지로 간 거 아니야. 티미가 일 때문에 못 나온다고 나한테 부탁한 거야. 너도 알잖아. 우리한테 중요한 일인 거."

그 말에 앨리의 마음이 금세 누그러졌다. 그 가족 전통에 함께 할 수 있어 엠마가 얼마나 뿌듯해하는지를 잘 알고 있었기 때문이다. 이선과 동생 티미는 아주 어릴 적부터 아버지와 함께 아이스하키를 보러 다녔다. 그러다 이선이 대학생 때 그의 아버지는 파킨슨병 합병증으로 세상을 떠났다. 이선이 시즌 티켓을 반씩 나눠 가지는 티미를 제외하고 아이스하키 경기에 데려가는 사람은 엠마뿐이었다. 엠마는 이선이 좋아하는 걸 함께 하는 사람이 자기뿐이라는 사실이 뭔가 특별하게 느껴진다고 늘 말했다. 더치나 비제이, 로저와 함께 간 적도 없었고, 아이스하키 경기는 오로지 가족들끼리만 같이 보러 가는 행사와도 같았다. 그래서 엠마는 레인저스팀에 관한 최신 소식과 선수 이적 정보, 경기 결과를 놓치지 않으려고 핸드폰에 레인저스 애플리케이션까지 깔았다고 했다. 이 모든 게 앨리에게는 다른 세상 이야기 같았다. 아버지와 함께 매년 뉴욕 양키스 야구 경기를 보러 가는 것 말고는 스포츠에 일절 관심이 없었으니까.

"바에 가자." 술을 한잔 마시면 엠마의 기분이 나아지지 않을까 싶었다.

앨리의 말에 엠마가 고개를 끄덕였다. 그러고는 그녀의 시선이 방 한편에서 존 호손과 대화를 나누고 있는 트레버에게 향했다가 다시 친구들에게로 돌아왔다. 엠마는 아직 트레버와는 제대로 인사를 나누지 않았는데, 왠지 의도적으로 피하는 눈치였다.

하지만 앨리는 그런 엠마를 뭐라 비난할 수가 없었다.

결혼식 다섯 달 전, 14시

앨리는 마사지를 받고 나서 삭스 피프스 애비뉴 백화점의 크리스찬 루부탱 매장에서 구두 쇼핑까지 끝내고 막 집으로 돌아온 참이었다. 자동차 경적이 울려대고, 쓰레기 냄새가 진동하는 거리가 내려다보이던 28층 건물의 옥상. 그곳에 마련된 개인 공간에서 편안하게 혼자만의 시간을 즐기고 있었다. 차가운 프로세코 와인 한 병과 함께 현대 로맨스 소설 신작을 읽으며 뜨거운 태양 아래 몸을 맡길 작정이었다. 앨리는 주근깨가 가득한 아이리시 피부가 버틸 수 있는 선에서 꾸준히 태닝을 했다. 곧 행복한 이혼녀가 될 테니 이 정도는 즐겨줘야지.

이혼서류에 도장이야 진작 찍었지만서도 법적으로 밟아야 할 절차가 아직 남아 있었다. 현재 와튼과 별거 중이고, 새 아파트를 구할 동안 더 플라자 호텔에 머물고 있다는 사실을 친구들은 아무도 몰랐다. 어차피 지난 5년간 결혼생활을 하는 동안에도 친구들과 같이 시간을 보낸 적은 별로 없었다. 아버지뻘의 남자와 약혼하고 결혼하는 내내 그들은 모두 엘리를 지지했지만, 헤지펀드 파트너였던 와튼의 입장은 달랐다. 앨리는 물론이고, 그녀의 활기 넘치는 밀레니얼 세대 친구들과 전혀 어울리지 못했던 것이다. 그러니까 두 사람이 이혼했다는 사실은 아무도 눈치채지 못할 터였다.

어쨌든 한 달 전 마이애미로 이사한 피오나가 이번 주말에 뉴욕에 두고 간 짐을 챙기러 남자친구와 함께 온다고 해서 일요일에 다 같이 만나 점심을 먹기로 했으니, 아마도 그때쯤 이혼 얘기를 털어놓을지도 모르겠다.

어쩌면.

그렇게 앨리가 적과 사랑에 빠지는 뻔한 사랑 이야기에 심취한 도중에 핸드폰이 울렸다. 화면에 로비 전화번호가 떠서 받았더니 도어맨 샐이 로비에 누가 찾아왔다고 전했다.

"트레버 본이요?" 앨리가 놀란 목소리로 물었다. 여기 사는 줄은 대체 어떻게 안거지? "네, 올라오라고 하세요." 그녀가 경계하듯 말했다.

트레버에 대해 아는 거라곤 거물급 보안 업체에서 일하고 있다는 사실이 전부였다. 피오나와 사귄 지 다섯 달도 채 되지 않아 마이애미에 있는 새 부서를 이끌 책임자로 발령을 받았는데, 피오나에게 마이애미로 같이 가자고 졸아붙였다. 친한 친구를 깎아내리려는 건 아니지만, 피오나는 한껏 꾸며도 10점 만점에 만점을 받을 만한 외모는 아니었다. 그러니까 매력 넘치는 트레버에게 눈이 획 뒤집혀서는 남자 하나에 자기 인생 전부를 걸고 있었다. 앨리도 인정하건대 '키 크고 잘생기고 어두운 매력을 가진 남자'라는 말은 딱 트레버를 위해 만들어진 어휘 같았다. 조각 같은 외모에 몸도 좋았고 자신감도 넘쳤다. 그래서 피오나가 왜 그토록 트레버에게 목을 매는지는 앨리도 충분히 이해할 수 있었다.

하지만 남자가 자신의 일거수일투족을 조종하는 것만큼은 절대 용납할 수가 없었다. 그러면서도 앨리는 트레버에게 내심 고마워하고 있었다. 트레버가 자기도 모르는 새 그녀에게 값진 충고를 해주고 있었기 때문이었다.

이윽고 앨리는 자리에서 일어나 허리에 랩스커트를 둘렀다. 그러고는 나선형 계단을 따라 거실로 내려왔다. 그러다 아무래도 다른 옷으로 갈아입는 게 낫겠다고 생각하고는 바로 침실로 가 으리으리한 옷장 안에서 초록색 맥시드레스를 꺼내 비키니 위에 입었다. 그런 다음 욕실에 들러서 빨간 머리카락을 위로 쓸어올려 얼굴로 흘러내리지 않도록 머리핀 두 개를 꽂아 고정했다.

그 순간 장난스럽게 문을 두드리는 소리가 들렸다. 앨리는 기나긴 복도를 미끄러지듯 걸어 나왔고, 입구에 놓인 둥근 석조 테이블을 지나 문 앞에 다다랐다. 그리고 문을 열기 전 도어체인부터 단단히 걸어 잠갔다. 트레버가 맞는지 먼저 확인하고 싶었다.

요즈음엔 특히나 더욱더 조심해야 했다.

얼굴만 딱 보일 정도로 문을 빼꼼히 열자 그 틈 사이로 트레버가 눈에 들어왔다. 검은 머리카락을 얼굴에 느슨하게 늘어트린 채 면도를 한 이틀은 안 한 모습이었다. 그렇게 FBI가 아니라는 걸 확인하고 나니 안도감이 밀려왔다.

"트레버! 여긴 웬일이야?" 얼른 다시 문을 닫고 도어체인을 푼 다음 그를 맞이했다. "일요일이면 볼 텐데 엄청 보고 싶었나 봐?." 앨리가 방긋 웃으며 말했다. "어서 들어와."

트레버가 으스대며 안으로 걸어들어왔다. "여기 멋진데." 그러고는 바닥에서 천장까지 이어진 창문, 최첨단 요리 장비를 갖춘 부엌까지 고개를 빙 돌리며 둘러봤다. 창문으로 둘러싸인 이 넓은 공간에서 세계무역센터가 내다보이는 탁 트인 전망을 앨리는 가장 좋아했다.

그러다 문득 트레버가 무슨 일로 여기까지 찾아온 건지 궁금해졌다. 그것도 혼자서. 그래서 일부러 시계를 힐끗대며 넌지시 물었다. "내가 뭐 도와줄 거라도 있어? 남편 올 시간이 다 돼서 말이야." 당연히 거짓말이었다. 그렇지만 왜 왔는지 말하게 하려면 이렇게 시간이 얼마 없다는 걸 은연중에 내비쳐야 할 것 같았다. 모두가 알고 있는 대로라면 그녀는 행복한 가정주부였으니까.

그러자 트레버가 유유히 거실로 알아서 들어가더니 라벤더색 수제 벨벳 소파 위에 털썩 앉았다. 너무나도 자연스럽게. 그러더니 이내 태도가 돌변했다. "아, 앨리. 앨리야. 와튼이 여기 올 일이 없다는 건 우리 둘 다 잘 알지 않냐. 도대체 언제까지 그렇게 속일 작정이야?"

트레버가 알고 있을 리가 없었다. 아무에게도 말한 적이 없었는데.

하지만 강압적인 분위기에 익숙한 앨리는 자신에게 유리한 방향으로 대화를 이끌어갔다. "트레버, 지금 그게 무슨 말인지 난 잘 모르겠네?" 마지막 단어를 내뱉는 그녀의 목소리가 한 옥타브 올라갔다. 그런 다음 눈을 빠르게 깜빡이며 시치미를 뚝 뗐다. 여전히 부부잖아, 보면 모르겠어? 라고 말하듯. 그렇게 연기를 하면서도 등줄기에서는 땀이 주룩 흘러내렸다. 하지만 공든 탑이 무너져 내리지 않도록 목소리를 떨지 않으려 애쓰며 말을 이었다. "대체 무슨 말을 하는 거야?" 그 순간 그녀의 목소리가 갈라지고 말았다. 제길, 정신 차리라고, 하고 앨리는 생각했다. 그러고는 팔짱을 낀 채로 바닥에 발을 탁탁 굴렀는데, 그 소리가 높은 천장에 반사되어 거실에 울려 퍼졌다.

"이미 잘 알고 있을 텐데, 앨리. 넌 이미 알고 있어." 그러더니 트레버가 소파 뒤쪽으로 몸을 기대 팔을 걸치고 다리를 쭉 펴며 편안한 자세를 취했다. "네가 이혼하는 거 다 알고 있어. 모든 걸 다 알고 있다고. 근데 네가 이혼하는 진짜 이유를 친구들이 다 알아도 괜찮겠어? 쯧쯧, 걔들은 아직도 네 남편이 여기서 같이 사는 줄로만 알더라. 인스타그램에 참 잘도 꾸며 놨어."

쿵쿵, 심장이 북소리를 울려대듯이 빠르게 고동쳤다. 그리고 오즈의 마법사에 나오는 서쪽 마녀처럼, 트레버가 끼얹은 물에 온몸이 녹아내려 끈적한 초록색 액체로 변해버릴 것만 같았다. 이럴 수가, 이럴 수가! 라는 말을 내뱉으며.

"자, 그럼 좀 다르게 설명해 볼까." 트레버가 몸을 앞으로 숙이더니 팔꿈치를 무릎에 대고 손깍지를 꼈다. 그러고는 앨리의 눈을 똑바로 바라보며 말을 이었다. "와튼한테 그 편지 보낸 게 바로 나야. 네가 와튼 몰래 무슨 짓을 하고 있는지 말한 게 나라고."

몰래 무슨 짓을 하고 있는지.

아, 이럴 수가. 이번에는 그냥 떠보려고 하는 말이 아니었다. 앨리가 딱 걸려들 거라는 걸 다 알고서 내뱉은 말이었다. 아주 잘 짜여진 대본처럼.

당황한 앨리가 말을 꺼냈다. "트레버, 그게……."

"쉿." 트레버가 그녀의 입술 위로 검지를 가져다 대며 말했다. 그러고는 주머니에서 작은 플라스틱 전자 기기를 꺼내 버튼을 누르고는 입술 앞에 가져다 댄 채 다음 말을 내뱉었다. "난 네가 한 짓을 다 알고 있다."

장치에서 변조된 음성이 흘러나왔는데, 안타깝게도 그녀가 아는 목소리였다.

그 남자의 목소리였다. 그 남자가 트레버였다니.

앨리의 머릿속에서 무언가가 와르르 무너지는 느낌이었다.

그리고 앨리 역시 무너졌다. 그녀의 비밀이 들통났을 뿐 아니라 그게 다 트레버가 파 놓은 함정이었다니. 그녀는 이탈리아산 카펫 위에 무릎을 꿇고 털썩 주저앉았다. 눈물이 주체할 수 없이 흘러내렸고 이를 들키지 않으려고 떨리는 두 손으로 얼굴을 감쌌다.

"아니야, 앨리. 괜찮아." 트레버가 무척이나 평온한 목소리로 말했다. 그러고는 소파에서 일어나 반쯤 기다시피 해서 쓰러져있는 앨리 쪽으로 다가왔다. 그리고 팔 한쪽을 앨리의 어깨 위로 두르자 그녀가 몸을 움츠렸다. "쉬, 다 괜찮다고. 우리끼리 비밀로 하면 되잖아."

그러더니 트레버가 앨리의 헝클어진 머리카락을 가지런히 정돈하기 시작했다. 하지만 그렇게 마음대로 만지도록 내버려 두고 싶지 않았던 앨리는 팔꿈치로 그의 팔을 뿌리쳤다. 그러자 트레버는

깔깔대고 크게 웃으며 소파로 자리를 옮겼다. 소파에 몸을 기대고
는 손을 머리 위에 얹은 채 양반다리를 하고 바닥에 앉았다.

"네 머리 말이야. 참 예쁜 빨간색이란 말이야, 앨리. 딱 네 아버
지처럼."

그 말에 화가 치밀어 오른 앨리는 근육이 결릴 정도로 세게 고
개를 틀어 트레버를 쏘아보았다. "다시는 우리 아빠 이야기 꺼내지
마, 절대!" 분위기를 파악한 그가 곧바로 입을 다물었다. 마치 트레
버가 자신이 키우는 햄스터를 눈앞에서 죽인 듯한 엄청난 충격을
받았음에도 불구하고 앨리는 머릿속으로 이 함정을 빠져나갈 궁리
를 해댔다. "대체 나한테 왜 이러는 거야?"

그러자 대체 무슨 배짱으로 감히 그런 질문을 하냐는 듯 트레버
가 믿을 수 없다는 표정을 지었다. "왜 그래, 친구야. 내 직업이 뭔지
는 너도 잘 알지?" 이 개자식이 슬슬 거들먹거리기 시작했지만, 그
녀로서는 할 수 있는 게 없었다. 그가 몸담고 있는 보안이라는 일이
과연…… 법이 닿지 않는 곳까지도 영향을 미칠 수 있는 걸까.

트레버가 계속 말을 이었다. "이 업계에서는 내가 제일 잘나가
거든." 그러고는 거실을 한 번 빙 훑어보더니 텔레비전이 놓인 거
실 장에 시선을 멈추었다. 그런 다음 누가 낚싯바늘로 잡아당기기
라도 하듯 오른쪽 입가를 위로 실룩 치켜올렸다. "놀라 자빠지려
나. 내가 찾은 기록들 절반은 네 아이폰과 컴퓨터 카메라 그리고
스마트 텔레비전을 통해 녹음하고 녹화한 것들인데. 바로 저기 있
는 저것처럼 말이지." 그가 텔레비전을 가리켰다. "내가 손가락만
까딱하면 다 보고 들을 수 있게 되는 거야, 앨리. 이렇게 간단하게
다른 사람들의 삶에 침투해서 쭉 지켜보는 거지."

몰래 감시해 왔다는 건가? 그런데 도대체 왜? 침착하려 애써봐도 떨리는 목소리는 진정될 줄을 몰랐다. "근데 난 그 일에서 이미 손 뗐다고." 앨리가 흐느끼듯 속삭였다.

"아니잖아, 앨리. 아니고말고. 예전만큼은 아니지만, 여전히 하고 있잖아." 트레버가 검지로 자신의 머리 옆을 두 번 두드린 뒤 태평스럽게 웃으며 앨리를 가리켰다. 언제나처럼 아주 자연스럽게. "잘 알아둬. 난 모든 걸 다 알고 있어."

그렇다. 트레버가 다 알고 있었다. 그 일에 대해. 그 때문에 정성껏 가꾸어 온 그녀만의 세계가 무너질 위기에 놓였다. "나한테 원하는 게 뭐야, 트레버?"

"아, 그래." 그가 말끝을 길게 늘였다. 그래애애애. "일요일 날 브런치 먹을 때 피오나한테 프러포즈할 거거든. 너희들 다 보는 앞에서. 그때 피오나한테 내가 진짜 멋진 남자니까 결혼하라고 걔 좀 부추기라고." 그의 얼굴이 한결 부드러워졌다. "피오나가 나랑 같이 마이애미로 이사한 게 너무 성급했던 것 같다고 후회한다고 너한테 그랬잖아. 직업이며 친구며 가족까지 다 버리고 간 게 후회된다고. 그러니까 네가 잘 말해서 나랑 결혼하게 잘 좀 꼬시란 말이야."

"싫어." 앨리가 세차게 고개를 저었다. "말도 안 돼. 너 진짜 제정신이 아니야."

"앨리." 그녀의 이름만 위협하듯 내뱉은 채 트레버는 아무 말이 없었다. 이 한마디면 충분했다. 다른 말을 할 필요도 없었다.

"피오나한테 원하는 게 뭐야? 대체 왜 이러는 거냐고? 하필이면 왜 나야?"

그가 낄낄대며 대꾸했다. "왜 너냐고? 넌 너무 순진하고, 나에 대해 부정적이니까. 피오나한테 나랑 헤어지라고 했다며? 왜 그랬어, 앨리? 내가 피오나한테 같이 마이애미로 가자고 해서?"

순간 피오나가 트레버에게 다 얘기했을지도 모르겠다는 생각이 들었다. 물어보길래 조언해 줬더니 그걸 무시할 땐 언제고. "피오나가 자기 인생을 포기하게 만든 사람이 바로 너잖아."

"맞아. 사랑이란 게 참 무섭다니까, 안 그래? 잘 들어. 내가 프러포즈하면 모두가 다 기뻐할 텐데. 그 분위기에 같이 끼지 않으면 너만 외톨이가 되는 거라고. 그리고 말이지." 잠시간의 정적을 깨고 트레버가 다시 기기에 대고 말을 계속했다. "그러면 나도 네가 한 일을 비밀로 해주겠다고 장담할 수 없지." 기계음 섞인 목소리에 아까만큼 놀라지는 않았지만, 이내 불법을 저질렀다는 공포심에 사로잡혔다. 트레버는 버튼에서 손을 떼고 나서 악랄한 소시오패스처럼 어깨를 으쓱대며 원래 목소리로 말했다. "아버지는 모르길 바란다는 거 잘 알아. 가뜩이나 이제 살날도 얼마 안 남으셨잖아. 설마 네가 감방에 가서도 장례식을 치를 수 있을 거라고 생각하는 건 아니지?"

감옥에 갇혀 아버지 곁을 지키지 못한다는 생각에 앨리의 낯빛이 창백해졌다. 그러자 화장을 다시 해야겠다는 생각이 들었다. 파운데이션이 지금 얼굴색과는 맞지 않을 터였다. 트레버가 비밀을 다 폭로한다면 그녀가 아이비리그 학위를 가지고 무슨 짓을 했는지 아버지가 다 알게 되겠지.

"아버지 근처에 가기만 해, 그럼 내가 진짜 너……."

"네가 할 수 있는 게 뭔데. 그냥 내가 시키는 대로만 해. 그러면 다 비밀로 해준다니까. 피오나한테 내가 좋은 남자라고 말하는 게 뭐 그렇게 어려운 일이야? 그러니까 내 말은……." 그러고는 말을 멈췄다.

이기적인 새끼 같으니라고. 이런 이기적인 놈이 그녀의 비밀을 알고 있었다. "다 함정이었어."

그가 어깨를 으쓱해 보였다. 그러고는 자리에서 일어나 앨리의 고통을 즐기기라도 하듯 미소를 지었다. 핼러윈 마스크에 커다랗게 그려진 미소처럼 섬뜩하고 위협적으로. 그러더니 바닥에 쓰러져있는 앨리는 그대로 내버려 둔 채 태연하게 앨리 옆을 지나쳐 걸어갔다. 그녀가 알던 세상이 다 무너져 버릴 참이었다. 그녀의 삶, 친구들, 그리고 자유까지도. 모든 게 다 트레버의 손에 달려있었다. 이윽고 문이 열렸다가 쾅, 하고 닫히는 소리가 들려왔다. 그렇게 트레버가 아무 말 없이 가버렸다.

이에 앨리는 비명과도 같은 소리를 내지르며 닫힌 문을 향해 달려가 주먹으로 문을 두드리며 울부짖었다. 도어체인을 걸자 철컥하는 둔탁한 소리와 함께 묵직한 문고리가 잠겼다. 앨리는 좌절감에 손바닥으로 문을 힘껏 내려쳤다. 그래봤자 활활 타오르는 화를 누그러뜨리는 데는 아무런 도움이 되지 않았다.

트레버가 다 알고 있었다.

11장

엠마

결혼식 이틀 전, 14시 15분

엠마가 앨리 대신 바에 가서 술을 가져오겠다고 한 데에는 다 이유가 있었다. 먼저 엠마가 왜 술을 마시지 않는지 친구들이 묻지 않도록 술처럼 보이는 음료를 시켜야 했다. 그리고 트레버로부터 멀리 떨어져 있고 싶었다. 그 얼굴을 마주하는 것만으로도 소름이 끼쳤다.

엠마는 자기가 마실 소다 라임 칵테일을 주문하며 보드카는 빼 달라고 작게 말했다. 앨리가 마실 프로세코 와인도 함께 주문했다. 얼마 후 바텐더가 한쪽 눈을 찡긋하며 음료를 건넸다. 몸을 뒤로 돌리자 바로 뒤에 앨리가 서 있었다. 그리고 엠마가 와인을 건네주자마자 앨리는 그녀의 손목을 잡으며 말했다.

"고마워. 이제 피오나한테 가서 셋이 같이 사진 찍자. 인스타그램에 올리게. 나 셀카 필터 예쁜 거 새로 받았거든."

앨리하면 셀카지. 엠마는 앨리가 저 작은 가방에 립글로스와 그 래놀라 간식만 가져오고 동그란 휴대용 조명은 안 챙겨왔다는 사실이 놀라울 따름이었다. "지금 바로 찍자. 일단 더치부터 찾아서 준비하라고 할게. 걔가 또 이런 거 좋아하잖아."

더치는 매 순간을 사진이나 동영상으로 담는 걸 좋아했다. "지금 이 순간이 우리 인생 최고의 순간이 될 거라고. 언젠가 나한테 고마워하게 될 거야."라는 말을 매일 했다. 아마 워너브러더스에 버금갈 정도로 동영상을 많이 가지고 있을 것이었다.

그렇게 앨리가 피오나를 찾으러 갔다. 순간, 누군가 허리 뒤쪽을 가볍게 건드리는 느낌에 엠마가 돌아보니 거기에 트레버가 서 있었다.

"이게 누구야." 그러고는 검고 음침한 두 눈으로 엠마를 머리부터 발끝까지 훑었다. "이야. 너 오늘 진짜 예쁘다. 마지막으로 보고 이게 얼마 만이지?" 엠마를 교묘하게 통제하려는 듯한 말투로 트레버가 물었다.

트레버는 그녀를 마지막으로 본 게 언젠지 정확하게 알고 있었다. 엠마는 그날의 기억만 떠올리면 이 찜통더위는 비교도 안 될 정도로 고통스러운 분노가 불처럼 활활 치밀어 올랐다. 그 바람에 눈앞이 핑 돌더니 균형을 잃고 휘청였다.

"트레버." 그녀가 할 수 있는 말은 이것뿐이었다. 그러고는 목소리가 나오지 않았다. 그래서 엠마는 소다 라임을 한 잔을 단숨에 들이켰다. 진짜 술이었다면 좋았을 텐데.

"워, 진정해, 엠마. 그렇게 막 퍼마시다 또 큰일 날라."

콱 죽어버렸으면 좋겠어, 하고 엠마는 생각했다. 다행히도 그때 앨리가 피오나를 데리고 돌아왔고, 덕분에 트레버의 관심이 다른 데로 쏠렸다.

"어서 와, 우리 신부님. 자기 절친이랑 얘기하고 있었어." 엠마에게는 트레버의 말이 비밀을 다 알고 있다는 듯 들렸다.

절친한 친구, 피오나. '난 너랑 이선 사이의 일을 다 알고 있어.' 문득 그 사실을 알게 된 순간이 떠올라 몸서리가 났다. 덕분에 그날 그녀가 해야 할 일이 좀 더 쉬워지겠지만. 그런데도 엠마는 피오나에게 아무 말도 할 수 없었다.

"숙녀분들, 그럼 난 이만. 내 친구들한테 좀 가봐야겠어. 신랑 들러리들 말이야." 트레버가 말했다.

그가 이선과 더치, 비제이 쪽으로 다가가자 모두 활짝 웃으며 환영했다. 엠마는 이선이 저 끔찍한 인간을 좋게 생각한다는 사실이 너무나도 싫었다. 사실 작년 말, 피오나가 트레버와 처음 만난 이야기를 꺼내놓을 때만 해도 엠마는 한껏 기대에 차 있었다. 피오나는 뉴욕에서 열린 직장 동료의 파티에서 그를 만났다고 했다. 서른일곱 살이었던 트레버가 호텔 바에 앉아 있는 피오나에게 다가와 자기도 또 다른 파티에 초대받아 왔다며 말을 건 모양이었다. 스트립 클럽도 별로고 코가 비뚤어질 때까지 술을 마셔대기도 싫어서 좀 조용한 곳을 찾아 도망 왔다고 말하는 그에게 피오나는 바로 호감을 느꼈다. 그리고 첫사랑과 만나다가 헤어졌는데 이제는 좋은 사람을 만나 자리를 잡고 싶다는 그의 말에 마음이 녹아내렸다. 결혼해서 아이를 두셋 정도 낳고 교외에 살고 싶다고 했다. 강아지도 함께.

"근데 트레버가 하는 일이 정확하게 뭐라고 했었지?" 엠마가 피오나에게 물었다.

피오나가 왼손에 잡고 있던 술을 오른손으로 옮겨 잡으며 대답했다. "정치를 하고 싶어 해. 그래서 존 삼촌이 취임하면 적당한 일자리를 알아봐 주기로 했어. 지금은 대기업들 보안 관련 일 하는 중이야. 중요한 사람들하고 말이야."

"보안 업무 뭐 어떤 거? 이해가 잘 안 가서." 엠마가 물고 늘어졌다. "청원 경찰이야? 아님 캡스 같은 경비 업체에서 일해?" 정보를 캐내려고 계속해서 캐물었다. 그녀에 대한 정보를 어떻게 캐냈는지 꼭 알고 싶었다.

"그런 거 아니야!" 피오나가 깔깔 웃었다. "그러니까, 뭐 그런 일도 하긴 하지. 가정집이나 사무실 카메라 관련된 일 같은 거. 그리고 또……." 그러고는 양쪽으로 주위를 살피더니 목소리를 낮춰 말을 이었다. "왜 그 높은 자리에 계신 분들 말이야. 다 비밀이 있거든. 그걸 인터넷에서 싹 지워주는 그런 일이래. 할 일도 엄청 많고 뭐 뇌물도 줘야 하고 그렇대." 피오나는 트레버가 무슨 대단한 일이라도 하는 말투로 말했는데, 엠마에게는 남 뒤처리 따위나 해준다는 말로 들렸다. 더군다나 피오나는 트레버가 하는 일이 아니라 그냥 저렇게 생긴 사람과 결혼하게 되어 잔뜩 신이 난 것뿐이었다. "안면 인식 카메라로 막 뭘 찾아내기도 한대. 요즘은 기술이 되게 발달해서 성형 수술해도 막 다 찾아낸다더라. 그리고 뭐 격리 조치랑 마스크 착용 이후엔 더 심해졌다더라고. 이젠 그 카메라로 싹 다 찾아낼 수 있는 거야."

그 말을 듣자 엠마는 자신의 뒤를 캐려고 트레버가 돈은 얼마를 썼고 어디를 뒤졌을지 궁금해졌다.

결혼식 다섯 달 전, 13시

"피어스 씨, 방금 폴라한테 아래층에서 전화가 왔는데요. 누가 찾아왔다고 하네요." 책상에 놓인 전화기에서 목소리가 울려 퍼졌다. 엠마의 비서인 타일러였다. 전속 비서는 아니고 엠마가 일하는 층 전체를 전담하는 비서였다. "트레버 본이라고 하는데요. 달력을 봐도 약속한 기록이 없어서요. 올려보내라고 할까요?"

엠마는 원고에서 눈을 떼 책상 위 비앙카의 사진을 슬쩍 보았다. 그러고는 천장을 올려다보며 기억을 되짚었다. 트레버 본? 아! 트레버! 피오나 남자친구! 손목시계를 보니 13시였다. 마케팅 회의까지 30분 정도 여유가 있었다. 엠마가 전화기 버튼을 누르고는 대답했다.

"그러세요, 타일러. 곧 나갈게요."

그렇게 몇 분이 더 흘렀을까. 자리에서 일어나 베이지색 복도를 따라 안내 데스크에 다다르자 그곳에 트레버가 서 있었다. 온통 검은색으로 차려입고, 푹신한 소파에 앉아 커피 테이블에 놓인 최신 베스트셀러 스릴러 소설을 손에 들고 있었다. 엠마가 다가가자 그녀 앞쪽으로 책을 흔들며 물었다.

"이런 책 좋아해? 비밀이랑 거짓말 때문에 가족이 무너지고 하는 책들?" 그가 천천히 물었다.

엠마가 씩 웃으며 대답했다. "난 로맨스 소설을 더 좋아해."

"아." 진짜 궁금한 게 아니라 그냥 한 말 같아 보였다. "좀 걸을까?"

손목시계를 다시 확인하고는 엠마가 말했다. "30분 후에 회의가 있어서. 근데 여긴 무슨 일이야?"

그러자 트레버가 옆에 놓여있던 커다랗고 누런 서류 봉투를 집어 들었다. "너한테 할 얘기가 좀 있어서. 커피라도 한잔하자. 여기서 하고 싶진 않을 거야."

"뭘 해?"

"아래층에 있는 카페는 어때? 빈 어딕션? 그 집 에스프레소 잘하나? 한 잔 마셔야겠는데."

그의 말투 그리고 자신의 일정을 무시하는 그의 태도에 속이 울렁거렸다. 어느새 트레버는 엠마보다 앞서 잰걸음으로 걸어가 닫히려는 승강기 문을 손으로 붙잡고 기다렸다. 동료들이 안에 타고 있는 바람에 엠마는 얼른 안으로 들어갔고, 트레버가 뒤따라 탔다. 젊은 자전거 배달원이 끼고 있는 헤드폰에서 에미넴의 노랫소리만 시끄럽게 흘러나올 뿐 엘리베이터 안은 고요함으로 가득했다. 그렇게 잡담도 없이 모두가 바삐 움직이며 원하는 층에서 타고내리는 사이 점점 빽빽해지더니 30도를 웃도는 바깥보다 더 더워졌다. 6월 말이라고 해도 정말이지 너무 더웠다. 건물 밖으로 나와도 나아지기는커녕 오히려 텁텁하고 습한 공기에 숨만 더 막혀올 뿐이었다.

트레버가 엠마를 위해 카페의 문을 열어 주면서 스스럼없이 그녀의 허리에 손을 가져다 댔다. 가게 안에서 두 사람이 줄을 서서 기다리는 동안 엠마는 커피 냄새를 흠씬 들이마셨다. 그러자 어렸을 적 포르투갈에서 부모님과 카산드라와 함께 카페에 갔던 기억이 떠올랐다. 매번 갈지 않은 원두를 사 와서 부엌에서 직접 간 뒤 커피를 내려 마시고는 했다. 그리고 가족 모두가 프렌치 프레스로 내린 커피를 제일 좋아했다.

그러다 엠마가 더위를 식히려고 두꺼운 머리카락을 들어 올렸는데, 부드러운 바람이 피부를 간지럽혔다. 아무래도 에어컨에서 나오는 찬 기운은 아닌 듯한 기분에 뒤를 돌아보았다가 엠마는 깜짝 놀랐다. 트레버가 그녀의 목뒤에 대고 입으로 바람을 살살 불고 있는 게 아닌가. 불편한 마음에 얼른 자리를 옮겨 잡고 있던 머리를 내려뜨렸다. 그러고서 트레버가 눈을 찡긋거리고는 커피 두 잔을 주문하는 내내 한마디도 하지 않았다.

이윽고 엠마가 마실 싱글 샷 에스프레소와 트레버가 마실 더블 샷 에스프레소가 나왔고 엠마가 질문을 내던졌다.

"일요일 브런치 때 보기로 한 줄 알았는데. 무슨 일이길래 이렇게 말도 없이 찾아온 거야?" 그러고는 에스프레소를 한 모금 홀짝였는데 너무나도 썼다. 사실 엠마는 카푸치노를 마시고 싶었지만, 트레버가 너무 강압적으로 나오는 탓에 그냥 어떻게든 빨리 이 상황을 끝내고 싶다는 마음이 앞섰다.

그때 트레버가 커피를 한 모금 마시고는 목을 가다듬었다. "음, 일요일 날 브런치 먹을 때 피오나에게 프러포즈하려고."

꺅, 엠마는 너무 기쁜 나머지 다른 손님들이 쳐다볼 정도로 크게 소리를 질렀다. "어머, 피오나가 진짜 좋아하겠다!"

그러자 대뜸 트레버가 몸을 푸는 권투 선수처럼 목을 왼쪽으로 오른쪽으로 기울였다. 그러다 멈춰서서 엠마의 눈을 빤히 쳐다보며 말했다. "세상에, 엠마, 넌 진짜 예쁘다니까."

그 말에 엠마는 심장이 철렁 내려앉는 기분이 들었다. 이건 칭찬이 아니었다. 더군다나 좀 전에 했던 부적절한 신체 접촉까지 생각하니 음흉하기 그지없었다. 피오나에게 프러포즈할 거라는 말을 하자마자 어떻게 엠마를 마치 상금으로 받은 돼지 평가하듯 저렇게 기분 나쁘게 쳐다볼 수가 있지? 그녀는 곧장 커피잔을 향해 눈을 떨궜다. "고마워." 그리고는 커피만 홀짝였다.

"그렇게 아래로 내리깔지 말고. 날 쳐다보라고. 네 눈은 정말 특별하다니까. 매혹적이야."

살면서 커다란 녹색 눈이 예쁘다는 말은 많이 들었다. 포르투갈에 사는 어머니와 언니, 몇몇 사촌들의 눈도 엠마처럼 밝은 녹색이었다. 그리고 비앙카도. 유전임이 분명했다. 사람들은 엠마를 볼 때면 항상 눈 얘기를 먼저 했다. 하지만 이 커다란 눈은 오로지 이선만을 바라봤다. 엠마는 트레버가 보는 앞에서 금방이라도 눈물이 터질 것만 같았다. 그 정도로 이 상황이 너무나도 불편했다.

"어쨌든, 피오나에게 청혼한다니! 진짜 너무 잘됐다." 엠마가 얼른 화제를 돌렸다.

"아, 그래. 맞아." 트레버가 다시 프러포즈 얘기로 돌아갔다. "근데, 피오나가 요즘 들어 뭔가 우리 관계에 회의감을 느끼는 모양이던데."

엠마는 피오나가 갑작스레 마이애미로 이사한 이후 두어 번 정도 통화한 적이 있었다. 그리고 그의 말이 맞았다. 너무 서두른 탓에 잘 알지도 못하는 남자 하나 때문에 친구와 직업까지 다 저버린 것 같다며 걱정하고 있었다. 엠마는 피오나가 이렇게 멋진 남자가 자기에게 관심을 보였다는 사실에만 너무 심취해 있었다고 생각했다. 그래서 겨우 한 달 만에 뉴욕으로 되돌아갈까, 고민하는 거라고.

"아, 아니야." 엠마가 말했다. 이 사랑의 끝이 행복한 결말이 아니라면 피오나가 퍽 속상할 것 같았다. 하지만 엠마에게는 친구의 행복이 더 중요했고 트레버에 대해서는 아는 게 별로 없었다. 그저 하는 행동만 놓고 봤을 때 참 재수 없는 인간이라는 사실 말고는. 프러포즈로 피오나의 마음이 어떻게 바뀔지 궁금했다. "다 잘 될 거야."

"그래. 아 아니야." 트레버가 엠마의 말을 따라 하며 조롱했다. "어쨌든, 네가 나서서 피오나가 내 프러포즈를 승낙하도록 설득해. 엄청 신나하고 엄청 놀라고 엄청 설레하라고. 그리고 피오나가 너한테 걱정된다고 말하거든, 그냥 다 무시하고 나에 대해 좋은 말만 해주란 말이야."

"그게 대체 무슨 소리야?" 자기가 뭐라도 된다고 생각하나? 어디서 협박이지.

그러더니 아까부터 들고 다니던 서류 봉투를 집어 들어 앞에 놓인 테이블에 올려두고는 손가락으로 두드려 댔다. "내가 뭘 찾아낸 줄 알아?"

엠마는 조그만 종이컵을 테이블 위에 내려놓고 손목시계를 쳐다봤다. "내가 지금 이럴 시간이 없거든. 대체 이런 장난을 치는 이유가 뭐야?"

"장난? 내가 장난을 친다고? 그렇군." 트레버가 엠마 쪽으로 봉투를 쓱 밀었다. "자. 안에 뭐가 들었는지 봐."

한숨을 푹 내쉬고는 봉투를 찢어 사진들을 꺼냈다. 다섯 명이, 다른 장소에서, 다른 옷을 입고 찍은 사진 다섯 장이었다. 모두 달랐지만, 놀랍게도 똑같았다. 얼굴에서 핏기가 싹 사라진 채 엠마가 입을 열었다.

"이선은 아무것도 몰라." 엠마가 작은 목소리로 말하고는 눈을 꼭 감았다. 입술이 파르르 떨려왔지만, 울지 않으려 애썼다.

트레버가 비웃듯이 말했다. "알아. 그리고 계속 그렇게 모르길 바라겠지."

12장

더치

"미안 얘들아, 저기 도움이 필요한 여자 하나가 있어서 말이야."
더치가 웃으며 엠마를 가리켰다. 눈을 가늘게 뜨고 사람들 사이를
살피는 모습이 누군가를 애타게 찾고 있는 게 분명했다. 더치는 피
오나의 남동생인 제시와 그의 남자친구 헥터에게 양해를 구했다.
그다음 진토닉 한 잔을 집어 들고 얼음을 달그락거리며 방을 가로
질러 걸어갔다. 직계 가족과 가까운 친구들만 올 줄 알았더니 이렇
게 일찍부터 사람들이 많이 올 줄은 몰랐다. 족히 50명은 넘는 하
객들이 술과 안주를 즐기고 있었다.

불참한 사람은 로저 하나뿐이었다. 그 자식 따위 지옥에나 가라지.

그래도 내심 신경이 쓰였다. 거의 20년 가까이 알고 지낸 친구
였다. 로저가 여기 없다는 사실을 다른 친구들은 어떻게 생각할지
궁금했지만, 감히 그 이름을 입 밖으로 내지는 않았다. 로저를 버

린 게 바로 자신들이었으니까. 더치는 자기 편에 서야 한다고 친구들을 설득하지는 않았어도 그 일이 벌어진 뒤에 친구들이 자기 곁에 있어 줘서 참 다행이라고 생각했다.

"엠마, 무슨 일이야?" 사람들 사이를 뚫고 친구들에게 다가간 더치가 물었다.

"우리 사진이랑 동영상 좀 찍으려고. 제임스 캐머런 감독이 촬영장에 가 있으니 너밖에 없지 뭐야." 엠마가 눈썹을 씰룩대며 한껏 들뜬 목소리로 말했다.

"그러지 뭐! 내가 대신 감독해 줄게." 그렇게 더치가 가까운 칵테일 테이블 위에 술잔을 올려두는 사이 여자 셋이 중요한 순간을 담기 위해 한데 모여 섰다. 더치는 타고난 연출가였고 친구들과 파티를 할 때면 항상 모든 걸 기록으로 남기길 좋아했다. 그렇게 찍은 영상들을 몇 년 뒤에 찾아보면 정말 웃겼다.

하지만 이는 동시에 더치의 인생을 망쳐버릴 촉매제이기도 했다. 그가 찍은 동영상 하나가 경찰 창고 어딘가에 '증거품'으로 보관되어 있었으니까.

피오나가 더치를 향해 환하게 웃으며 말했다. "너희들이 신랑들러리 서주는 거 진짜 멋지다고 생각해. 이렇게 내 결혼식에 친구들 모두 함께해 줘서 얼마나 고마운지 몰라. 뭐, 친구들이 다 온 건 아니지만." 금세 마음을 추슬렀지만, 잠깐이나마 피오나의 눈시울이 붉어졌다. 로저가 그런 일을 저지른 탓에 결혼식 파티와 본식에도 함께 할 수 없어 슬펐다. 피오나와 로저는 대학 신입생 때 잠깐 사귀었다가 헤어진 후 친구처럼 지냈다. 로저가 피오나의 약혼에 대한 자신의 감정을 솔직하게 털어놓기 전까지. "너희들이 도와준

거 정말 잊지 않을게."

그 말을 듣자 심장이 떨려오더니 속이 쓰라리고 머리가 어지러워졌다. 더치가 도움을 자청하고 나선 데에는 다 이유가 있었다. 그리고 그런 자신이 너무나도 싫었다. 일그러진 미소를 머금은 채 고개를 살짝 끄덕인 다음 핸드폰을 흔들어 보였다. 앨리와 엠마 사이에 선 피오나의 하얀 원피스가 웨딩드레스를 닮아있었다. 문득 그녀가 친구들에게 이번 주 내내 하얀색 옷만 입겠다고 말했던 기억이 났다.

최신 아이폰에 장착된 성능 좋은 카메라로 세 사람이 최대한 멋져 보이게 사진을 찍었다. 사진들은 모두 #3일동안신나게 라는 해시태그를 붙여서 인스타그램에 올릴 것이었고, 더치는 모든 것을 기록했다. 그리고는 이번에는 영상으로 촬영하면서 강한 프랑스 억양을 흉내 내며 여자애들에게 놀리듯 주문해 댔다. "Vat eez dis? 요염한 표정으로. 지루한 표정으로. 사랑스러운 표정으로!" 그리고 그가 시키는 대로 친구들의 표정이 바뀌었다.

"우와 잘한다 너." 그 순간, 트레버의 목소리가 그의 등줄기를 타고 스멀스멀 기어 올라왔다. "이참에 영화 하나 찍어보는 게 어때? 왜 그 로스앤젤레스에 사는 사람들, 누가 봐도 딱 미국인처럼 생긴 사람들 많이 아니까 문제없을 거 같은데."

영상. 그리고 로스앤젤레스. 트레버가 자신에게 한 말이 뇌리에서 떠나질 않았다.

"내가 아는 여자였어."

이 말을 떠올릴 때마다 가슴에 비수가 꽂히듯 쓰라렸다. 얼굴에서 미소가 싹 가신 더치는 바로 촬영을 종료하며 말했다. "이 정도

면 충분한 거 같아. 이따가 밤에 환영 파티에서 더 찍자." 건조하게
툭 내뱉은 뒤 얼음이 다 녹아버린 술잔을 집어 들었다. 그러고는
트레버에게는 눈길 한번 주지 않은 채 술을 가지러 바를 향해 곧장
걸어갔다.

그렇게 걸어가는 내내 자꾸 다리가 휘청이며 무릎이 꺾여 비틀
거렸다. 술을 두세 잔 정도 마시긴 했어도 아직 취한 건 아니었다.
다섯 달 전 시작된 이 분노는 시간이 흐를수록 점점 더 커져만 갔
다. 째깍째깍, 자유의 시간이 다가오고 있었다. 그러길 바랐다. 그
러려면 이 결혼식을 무사히 치러야 했다. 비록 이 결혼이 피오나에
게 트레버와 함께 살라는 사형 선고를 내리는 일일지라도.

결혼식 다섯 달 전, 15시

지옥에 온 듯 푹푹 찌던 6월 말 어느 날이었다. 자신이 지도하
는 동생 한 명과 함께 농구 연습을 끝내고 핸드폰을 확인하니 모르
는 번호로 부재중전화 한 통이 와있었다. 웃옷을 바닥에 벗어 던지
고는 목에서 흐르는 땀을 훑어냈다. 생수를 한 모금 들이켜며 음성
메시지를 들었다. 13시 30분에 도착한 메시지를 남긴 사람은 피오
나의 남자친구인 트레버였다. 피오나의 핸드폰에서 더치의 번호를
알아냈다면서 할 얘기가 있다고 했다.

마이애미로 이사한 지 벌써 한 달이나 되었는데도 그들은 피오
나의 어머니를 보러 오거나 짐을 마저 챙겨야 한다며 주말이면 줄
곧 뉴욕으로 왔다. 그리고 일요일 저녁 피오나와 트레버가 마이애

미로 돌아가기 전에 다 같이 브런치를 먹기로 했었다.

더치는 펜트하우스로 걸어가는 길에 트레버의 전화번호를 눌렀다.

"더치야. 전화 줘서 고마워." 전화 반대편에서 트레버가 응답했다. 퉁명스럽고 사무적인 목소리였다.

"안녕, 트레버. 별일 없지?"

"글쎄, 그 별일이 뭐냐에 따라 다르겠지."

그 말에 심장이 철렁 내려앉았다. "저런, 피오나 때문이야? 무슨 일 있었어?"

그러고는 더치가 갑자기 걸음을 멈추는 바람에 강아지를 데리고 산책하던 여자와 부딪혔다. 그러자 여자는 앞이나 잘 보고 다니라는 듯 경멸하는 표정을 내보이더니 가던 길을 계속 갔다. 목줄에 묶여 있던 자그마한 요크셔테리어 한 마리가 여자의 마음을 대변하는 것처럼 찢어지는 목소리로 짖어댔다. 더치가 서 있는 트라이베카는 주변에 공사장이나 자동차 경적 같은 시끄러운 소리가 전혀 들리지 않는 한적한 곳이었고, 전화기 너머에서 트레버가 웃음을 터뜨렸다.

"내 호텔 방으로 좀 와. 보여줄 게 있거든. 장담하는데, 이게 뭔지 꼭 봐야 할 거야. 보고 나면 비밀로 간직하고 싶어지겠지. 미드타운에 있는 더블유 호텔로 와. 내 이름으로 예약되어 있어. 도착했다고 나한테 연락이 오면 들여보내라고 할게. 우리가 만난다는 건 아무한테도 얘기하지 말고. 지금 바로 오는 게 좋을 거야."

그렇게 전화가 뚝 끊겼다. 더치는 어리둥절한 표정으로 핸드폰을 쳐다봤다. 대체 이게 무슨 일이지? 트레버가 보여줄 게 뭐가 있길래? 왜 이렇게 화를 내고 제멋대로인 걸까? 아버지에 대해 뭐 찾아낸 게 있나? 이런 생각을 하며 땀에 흠뻑 절은 상태로 택시를 잡아탔다.

얼마 후 더치는 더블유 호텔과는 전혀 어울리지 않게 농구용 반바지에 가슴 중앙이 땀으로 얼룩진 진회색 티셔츠를 입고서 카운터로 향했다. 그러고는 정장 차림의 남자가 트레버에게 방문자가 있다고 알리는 내내 참을성 있게 기다렸다. 이윽고 전화를 끊은 남자는 고개를 끄덕이며 더치에게 12층으로 올라가라는 신호를 보냈다.

더치가 문을 두드리자마자 곧바로 열리는 바람에 트레버가 문 뒤에 서서 기다리고 있었나 하는 생각이 들었다. 트레버는 미소를 짓지도, 인사를 건네지도 않은 채 그렇게 문만 열어 주고는 알아서 따라오라는 듯 혼자 걸어 들어갔다. 그러고는 그가 앞에 노란 서류 봉투가 쌓여있는 소파에 앉자 불현듯 불길한 예감이 스쳤다. 더치의 직감은 대부분 잘 들어맞는 편이었다.

"있지." 트레버가 입을 열었다. "일요일 날 우리 브런치 먹을 때 피오나에게 프러포즈할 생각이야. 그 전에 가장 큰 어른인 존 삼촌한테 허락받으려고 나 먼저 뉴욕에 왔어. 아버지가 돌아가시고 그분이 피오나를 거의 딸처럼 키우셨거든. 오늘 아침 같이 먹으면서 얘길 꺼냈더니 흔쾌히 허락하시더라고."

그 말을 듣자 안도감에 한숨이 흘러나왔다. 다 쓸데없는 피해망상일 뿐이었다.

"우와 트레버, 진짜 잘 됐다. 축하해!"

"그래서 말인데." 갑자기 트레버가 강압적인 목소리로 말했다. "너희들끼리 다들 오래전부터 친하잖아. 너, 이선, 로저, 그리고 비제이. 너희들이 결혼식 때 내 신랑 들러리 좀 서야겠어. 내 바로 옆에 서서 나에 대해 좋은 말만 하는 거지. 내가 시키는 대로 말이야. 나 지금 부탁하는 거 아니야. 피오나가 나랑 결혼하게 만들라고 시키는 거야. 요새 걔가 자꾸 우리 관계에 대해 의심하고 그러거든. 그런 일은 용납할 수 없지."

더치는 혹시 농담인가 싶어 눈을 빠르게 깜빡이며 그의 얼굴을 살폈다. 하지만 트레버를 그리 잘 알지 못했다. 피오나와 사귀는 지난 다섯 달 동안 만난 횟수를 다 따져봤자 한 손으로 셀 수 있을 정도였다. 신랑 들러리를 서는 일쯤이야 피오나를 위해 기꺼이 했을 테지만, 협박조의 말투가 거슬렸다.

"뭐라고?" 더치가 자리에서 일어섰다. 트레버보다 10센티미터는 넘게 컸기 때문에 트레버의 협박 따위에 겁먹지 않는다는 걸 보여줄 작정이었다. "네가 어디서 뭘 들었는지 모르겠……."

"앉아."

자기가 뭐라도 되는 줄 아나, 하는 생각이 들었다. "까불지 마, 트레버."

"여기 유에스비 안에 뭐가 들어있는지 궁금하지 않아?" 트레버는 일어서지도, 목소리를 높이지도 않았다. 그저 깡패에게 어울릴 법한 썩은 미소를 머금은 채 유에스비를 테이블 가장자리로 쑥 밀었다. "자 여기, 디트리히." 온전한 자기 이름이 불리자 더치의 몸이 움찔거렸다. "노트북에 꽂고 틀어봐."

더치는 쭈뼛대며 유에스비를 만지작거리다가 떨리는 손가락으로 노트북에 꽂았다. 눈앞에서 재생되는 영상이 선명해지자 눈을 찌푸리더니 이내 입이 떡 벌어졌다.

"아니, 아니지. 계속 봐야지. 완전 히트작인데." 트레버가 말했다.

더치는 눈을 돌렸다. 그 파티를 똑똑히 기억했다. 그리고 다음에 무슨 일이 벌어지는지도.

"내가 보라고 했을 텐데."

"그만해." 이미 모든 게 끝났다는 생각이 들었다. 여기서 더 악화시킬 필요가 있을까? "끄라고."

"싫어." 트레버는 *끄기는커녕* 버튼을 몇 번 눌러 유에스비에 있는 다른 폴더를 열었다.

그 안에는 범죄 현장 사진이 들어있었다.

"그만하라고!" 손바닥으로 노트북 뚜껑을 내리치고는 다시 자리에 앉았다. 하프 마라톤이라도 뛰고 온 사람처럼 등에서 땀이 주룩 흘렀다. "그래서 네가 원하는 게 뭐야, 트레버?"

"이제야 말이 좀 통하는군." 더러운 똥파리처럼 두 손을 비벼대는 트레버를 보면서 더치는 파리채가 있었으면 좋겠다고 생각했다. 불안감이 점점 커지는 가운데 트레버가 내뱉은 다음 말에 더치는 어안이 벙벙해졌다. "죗값은 치러야지, 이 개자식아. 나랑 가까운 사람이었어. 내 여자친구였다고. 그 후로 지난 10년 동안 널 쭉 지켜봤어. 내가 원하는 걸 얻을 순간만 기다리면서 말이야."

뭐라고? 여태껏 몰래 감시해 왔단 말인가? 그 일이 있고 쭉…….

더치의 머릿속에서 악몽 같은 그때의 기억이 되살아나려는 찰나 트레버가 끼어들었다. "아, 그러다 마침내 엄청난 기회가 눈에 딱 들어왔지 뭐야. 드디어 네 인생에서 나한테 도움이 될 수 있는 사람을 발견했단 말이야. 그러니까 이렇게 하자고, 디트리히. 나에 대해 무슨 얘길 들었든 피오나한테는 무조건 내가 좋은 사람이라고 말해. 걔가 불안해하거든 잘 얘기해서 다독여 주고 말이야. 그리고 내가 반지를 딱 꺼내면 활짝 웃는 거야. 안 그랬다간 이거 언론에 다 뿌려버릴 거야. 애초에 그랬어야 했듯이. 이번엔 네 아빠의 돈으로도 네 평판을 지켜내지는 못할 거라고."

트레버가 한 말을 도저히 이해할 수가 없었다. "내 여자친구였다고." 그렇다면 켈시가 더치와 사귀려고 헤어졌다던 전 남자친구가 트레버라는 얘긴데. 그리고 그 후에…….

제길.

그 운명적인 날 이후로 더치는 지역사회에서 기둥 같은 사람이 되고자 끊임없이 노력해 왔다. 그리고 소외 계층을 대변하며 싸워왔다. 그렇게 열심히 봉사하면 다시 하느님의 은총으로 돌아갈 수 있다는 믿음 속에 죽을힘을 다해 노력했다. 비록 아직 용서를 받지는 못했지만, 꾸준히 노력해 왔고 앞으로도 계속 노력할 작정이었다.

"사고였어." 더치가 속삭이듯 말하며 눈물을 흘렸다.

"사고 같은 소리 하네, 이 개자식아. 자, 내가 말했듯이……."

트레버는 무슨 일이 있어도 피오나가 프러포즈를 승낙하도록 잘 얘기하라면서 그렇지 않으면 그날로 자유는 끝일 거라는 말을 늘어놓았다. 더치는 그 말의 반을 흘려들었다. 트레버가 자신의 삶과 피오나의 삶에 우연히 엮인 게 아니라는 사실이 분명해졌다. 아니, 다 더치가 자초한 것이었다. 그의 수치스러운 비밀로 인해 피오나의 인생이 영원히 망가져 버릴 위기에 놓여버렸다.

더치는 격렬한 내적 갈등을 겪은 후 결국 트레버가 시키는 대로 할 수밖에 없다는 결론에 도달했다. 자신의 평판을 지키고 감옥에 가지 않아야 이 세상을 좋은 곳으로 만들기 위한 노력을 계속할 수 있었다. 더치에게 중요한 건 그것 하나뿐이었다. 과거에 한 짓에 대한 속죄라고 생각했으니까. 이윽고 트레버가 할 말을 다 끝마쳤을 때, 더치는 자신을 더 깊은 수렁으로 빠트릴 수도 있는 말들은 내뱉는 대신 그저 고개만 끄떡였다.

그렇게 자신의 영혼을 팔아넘겼다. 결국 아버지 말이 옳았다. 모든 것에는 응당 대가가 따르는 법이었다.

13장

비제이

결혼식 이틀 전, 18시

로비에서 몇 시간 동안 인사를 나눈 하객들이 뒷정리를 마치고 저녁 파티용 옷으로 갈아입기 위해 모두 호텔 방으로 돌아갔다. 그리고 친구들은 환영 만찬이 열릴 호텔 레스토랑의 2층 발코니에 모여있었다. 널찍하면서도 독립된 공간인 그곳에는 높은 칵테일 테이블이 여기저기 놓여있었고, 임시 바가 양쪽 끝으로 하나씩 마련되어 있어 고급스러운 분위기를 자아냈다. 해가 서쪽으로 뉘엿뉘엿 지면서 석양은 점점 어둠 속으로 사라져갔다. 주변에 있는 야자수들이 흔들리는 모습은 마치 서로 보이지 않는 줄다리기를 겨루는 것처럼 보였다.

그리고 바로 그곳에서 친구들은 트레버의 부모님을 처음 만났다.

비제이는 어떻게 이렇게 사랑스러운 두 사람에게서 그렇게 악마 같은 자식이 태어났는지 도무지 믿기지 않았다. 트레버의 어머니인 마고 본은 은퇴한 학교 선생님이었는데, 피오나가 늘 얘기하던 둘 사이의 유대감이 뭔지 알 것 같았다. 170센티미터 정도의 키에 머리는 검은색으로 염색한 듯했다. 그런데 그 색이 너무 까매서 오십 대 후반이나 많아야 육십 대 초반일 듯한 그녀에게는 픽 부자연스러워 보였다. 게다가 유리알 가운데에 가느다란 선이 지나가는 이중초점 안경을 쓰고 있었는데, 옛날 사람들이 '뱅뱅이' 안경이라고 부를 만큼 촌스러웠다. 입고 있는 옷 역시 반짝이에 어깨 패드까지 붙어있어서 80년대 복장처럼 보였다. 마치 비제이가 인도에 있을 때 여러 번 반복해서 본 드라마 〈다이너스티〉에 나오는 옷처럼 말이다. 그래도 그녀에게 우아하게 잘 맞아떨어졌다. 한편으로는 드레스 소재가 굉장히 두꺼워 보여서 이 더위에 쓰러지지 않는 게 신기할 정도였다.

트레버의 아버지인 해리스 본은 어린이 책을 쓰다가 은퇴한 작가였다. 트레버의 그 잘생긴 외모는 아버지에게 물려받은 것이 분명했다. 젊었을 때 여자들을 꽤 울렸을 법한 얼굴이었다. 검은 머리와 광대뼈 그리고 사람을 끌어당기는 매력까지 다 가족 내력인 듯했다. 그는 푹푹 찌는 날씨에도 정장 안에 조끼까지 챙겨입고 있었다. 그리고 조끼 아래쪽 주머니에 빼꼼 나와 있는 체인이 눈에 들어왔다. 회중시계, 하고 비제이는 생각했다. 참 예스럽다는 생각이 들었다. 두 분 모두 친절하고 유쾌한 사람이었으며 아들에게 충만한 자기애나 반사회적 인격장애 같은 낌새라고는 전혀 보이지 않았다.

잠시 후, 비제이와 친구들은 모두 칵테일 테이블 앞에 서서 잔잔하게 흐르는 대서양 바다 위로 떠오르는 달을 바라보았다. 밤이 되자 날씨가 약간 선선해졌다. 그는 더치나 이선과 마찬가지로 캐주얼한 치노 바지에 남방 차림이었고, 엠마와 앨리는 여름 원피스를 입고 있었다. 비제이는 숨을 한껏 들이켜 코코넛과 파인애플 향을 음미했다. 자주는 아니었어도 이런 열대 기후 지역으로 떠나올 때면 항상 이 향기에 매료되고는 했다. 어렸을 적 야자수를 처음 봤을 때는 뾰족한 껍질과 초록색 이파리를 가진 파인애플이 자라면 야자수가 되는 줄로만 알았다.

하지만 비제이의 평온함은 오래가지 못했다. 이내 트레버와 피오나가 샴페인 한 병과 와인 잔 일곱 개를 들고 친구들을 향해 다가왔다. 그러고는 트레버가 영화에서나 나올법한 방식으로 멍청하게 샴페인을 펑 터뜨리는 바람에 코르크 마개가 방을 가로질러 날아갔고, 그 모습을 친구들 모두 고개를 돌려 바라보며 시끄럽게 환호했다. 그리고 샴페인 거품이 넘쳐흐르는 잔을 여섯 명의 친구들이 집어 들었다.

엠마만 빼고.

그래, 아까 샴페인은 탄산 때문에 배가 아프다고 했지, 라고 비제이는 생각했다. 그래서 오후 내내 자꾸 배를 움켜쥐었을 거라고.

"있잖아." 엠마가 테이블 위에 놓인 마지막 와인 잔의 자루를 손가락으로 만지작대며 말을 꺼냈다. "지금 여기 우리뿐이라 다행이다. 있지, 유난을 떨고 싶지도 않고 피오나에게 갈 관심을 빼앗고 싶지도 않은데 말이야. 나 이번 주말 내내 술은 못 마실 것 같아. 그리고 앞으로 7개월 더."

꺅, 앨리가 돌고래처럼 비명을 내질렀다. 그러고는 엠마를 꼭 끌어안았다. 더치는 이선과 악수하며 축하 인사를 건넸다. 비제이는 환하게 웃는 엠마를 두 팔로 감싸 안았다. 믿을 수 없을 것만 같은 일이 일어나다니. 친한 친구 둘을 대신해 가슴이 벅차올랐다. 이선의 얼굴에 자부심이 피어올랐고, 비제이는 그런 이선도 꼭 끌어안았다.

지금이야말로 이번 주말을 통틀어 제일 행복한 순간이 될 것만 같았다.

반면, 피오나는 입술을 앙다물고 옅은 미소를 머금은 채 멀뚱히 서 있기만 했고, 트레버는 미동조차 없었다. 엠마가 자신들의 결혼식을 망치려 한다고 생각했을까?

"지금 얘기해서 미안해. 네 결혼식인데." 엠마가 말했다. "원래는 12주 될 때까지 기다리려고 했는데. 다른 데도 아니고 마이애미까지 와서 술을 입에도 안 대면 다들 궁금해할 게 뻔하잖아. 심지어 네 결혼식인데 술을 안 마시다니. 제정신이냐고!"

"그건 그렇고 왜 12주까지 기다려야 한다는 건데?" 트레버가 물었다.

엠마가 가르치듯 말했다. "혈액 검사랑 유전자 검사랑 뭐 이런저런 검사할 게 12주 되면 다 끝나거든. 난 이제 겨우 두 달 정도밖에 안 됐어. 엄밀히 말하면 아직 조심해야 하는 시기지." 그러고는 잠시 말을 멈추고 손바닥을 펴서 납작한 자기 배 위에 올려놓았다. 아직 어떤 일도 일어날 수 있었기에 그녀의 밝은 녹색 눈에 걱정이 어렸다. "가족들도 아직 아무도 몰라. 너희들한테 지금 제일 먼저 말하는 거야."

"그래, 이번 주말에 임신 소식을 전하다니 우리가 참 특별한 사람이라도 된 기분이네." 트레버가 체념하듯 한숨을 내쉬며 말했다.

그런 다음 피오나를 팔로 감싸 안으며 관자놀이에 입을 맞추었다.

비제이의 눈에는 트레버의 그런 행동이 전혀 진실해 보이지 않았다. 어쨌건 소시오패스는 다른 사람에게 공감이나 진정한 행복을 느낄 수 없는 존재 아닌가. 그런데 왜 트레버는 절벽 끝에 서 있는 사람처럼 저렇게 휴지로 이마에서 흐르는 땀을 연신 훔쳐내고 있는 걸까.

14장

이선

피오나가 아까부터 멍한 눈을 하고 있었다. 그게 질투는 아니라는 걸 이선은 잘 알고 있었다. 하지만 그래도 가슴이 아주 조금은 아프지 않았을까. 피오나는 냅킨을 집어 들어 코를 풀었는데도 여전히 감정을 주체할 수 없었다.

"진짜 기쁜 소식이네." 기쁘다고 말하는 피오나였지만, 얼굴은 전혀 기뻐 보이지 않았다. 웃고 있어도 웃는 게 아니었다. "나 화장실 좀 다녀올게. 미안."

피오나가 10센티미터 하이힐을 신고 뒤돌아 멀리 걸어가는 내내 모두가 아무 말도 없이 서 있기만 했다.

"괜찮은지 우리가 가봐야 할 것 같은데." 엠마가 앨리에게 말했다. "아무래도 말하지 말 걸 그랬나 봐."

"아냐, 내가 가볼게." 이선이 말했다. "여기서 기다려. 자기는 이 순간을 즐기라고. 내가 가서 괜찮은지 보고 올게."

화장실로 가는 동안 몇몇 사람들에게 붙잡힌 피오나는 기쁨의 눈물이라고 둘러댔다. 그러면서 화장이 지워지지 않게 얼른 화장실에 가서 확인해야 한다며 금방 돌아오겠다고 덧붙였다. 이선은 어느 정도 거리를 둔 채 뒤따라가면서 피오나가 사람들을 헤치고 지나갈 때마다 가녀린 몸매를 감싼 순백의 실크 드레스가 흔들리는 모습을 바라보았다. 그러다 피오나가 화장실 문에 달린 빛바랜 황동 손잡이를 밀기 직전에 그녀의 이름을 불렀다. 하지만 그녀는 아주 잠깐 멈칫하더니 바로 안으로 들어가 버렸다. 이선은 자기가 뒤따라왔다는 사실을 피오나도 알고 있을 테니 밖에서 나올 때까지 기다리기로 했다.

주머니에 손을 찔러넣고 몸을 벽에 기댔다. 시간을 때우려고 주변을 두리번대며 자꾸만 머릿속으로 밀려오는 후회를 잠재우려 애썼다. 아니, 후회는 아니었다. 하지만 정확하게 무엇인지는 잘 몰랐다. 행복하면서도 괴롭기도 한 추억들? 이선은 다 지워버렸지만, 피오나는 간직하고 있는 추억들이었다.

그러다 문득 하늘을 올려다보았다. 여전히 해는 떠 있었지만, 남반구의 태양이 강렬하게 내리쬐며 짙은 남색이었던 하늘이 점차 옅어져 희미한 푸른빛을 띠어갔다. 날이 더워지고 습도가 높아지면서 공기가 정체되어 있었다. 아이폰을 꺼내 날씨를 확인하자 내일은 오늘보다 온도가 더 높을 예정이었다. 하지만 밤늦게 천둥을 동반한 비가 내리면서 무더위를 싹 씻어내 줄 거라고 했다.

그러다 엠마가 결혼 1주년 기념으로 선물한 중고 브라이틀링 시계의 파란 화면을 확인하자 고작 1분 남짓이 지나있었다. 이선이 버킹엄 궁전을 지키는 경비병처럼 문밖에서 기다리고 있다는 걸 알고 있을 테니 피오나도 화장실에서 나오면 이선에게 무슨 말을 할지 안에서 고민하고 있지 않을까, 하는 생각이 들었다.

그러자 이선의 얼굴에서 웃음기가 사라졌다.

그 순간 휙, 하고 문이 열리는 소리가 들렸고 이선은 피오나가 멀리 가지 못하도록 앞을 막아섰다.

"피오나, 나는……." 머릿속으로 미리 생각해 둔 말들이 순간 마법사가 주문을 외운 듯 뽕, 하고 사라져 버렸다.

"괜찮아, 이선. 진짜야." 그러더니 피오나의 눈꺼풀에서 다시 눈물이 차오르다 이내 사라졌다. "너희 둘은 참 잘 어울려. 임신한 거 축하해. 진심이야."

그런 다음 피오나가 이선을 향해 웃어 보이고는 기다리고 있던 약혼자의 품으로 돌아갔다.

이선은 어떻게 해야 할지, 무슨 말을 해야 할지 몰랐다. 6년 전 멍청하고 무책임한 아이였던 그는 여전히 엠마를 사랑했기에 점점 커지던 피오나의 감정에 어떻게 대처해야 할지 몰랐다. 이미 피를 흘리는 그녀에게 꽂힌 칼을 비틀 필요까지 있었을까?

그러다 문득 궁금해졌다. 둘 사이에 일어난 과거를 트레버가 알고 있다는 사실을 피오나도 아는지. 그 사진들을 어디에서 났는지는 하느님만 알겠지만, 그중 한 장은 피오나의 핸드폰에서 찾은 거라고 했다. 지금까지 그 사진을 대체 왜 가지고 있었던 걸까? 근데 트레버를 사랑하는 게 분명한데. 하지만 트레버 생각을 하느라 더는 시간을 낭비할 수는 없었다. 이선에겐 책임져야 하는 가족이 있었다. 엠마 그리고 아기까지.

무슨 일이 있어도 가족만은 꼭 지켜낼 것이었다.

15장

엠마

결혼식 이틀 전, 18시 30분

엠마는 진저에일을 손에 들고 홀로 바에 서 있었다. 친구들과 같이 탄산이 있는 술을 마시는 척이라도 하고 싶었다. 앞으로 사흘 내내 친구들이 결혼식을 축하하며 술을 마시는 동안 물과 탄산음료, 그리고 술이 들어있지 않은 칵테일만 마시며 과연 잘 버텨낼 수 있을지 확신이 서지 않았다. 지금 당장 필요한 건 진짜 술이었다. 차갑고 강한 술. 하지만 어쩔 수 없이 진저에일만 홀짝댔다. 달콤한 액체가 식도를 타고 내려가는 순간, 갑자기 뒤통수 쪽 머리카락이 곤두서는 느낌이 들었다. 악마 같은 존재가 주변에 있다는 걸 감지라도 하듯. 그리고 뒤로 돌아서자 역시나 그녀의 직감은 틀리는 법이 없었다.

"지금 이게 뭐 하는 짓이야?" 트레버가 이를 꽉 물고 말했다. "도대체 지금 뭔 개 같은 짓을 하는 거냐고?"

엠마는 침착함을 유지하려고 애썼다. 침착해야 했다. 지금이야 말로 그녀가 계획하고 기다려 왔던 순간이었다. 임신 소식을 달갑게 받아들이지 않을 줄은 알고 있었고 무슨 말을 할지도 다 연습해 두었었다. 하지만 엠마의 상상 속에서 트레버는 비굴하게 빌고 있었는데, 이렇게 욕을 내뱉으며 당당하게 나올 줄은 꿈에도 몰랐다.

"조심해야지, 트레버. 네 진짜 모습을 이렇게 만천하에 드러내면 안 되잖아. 그럼 피오나와 한 가족이 될 기회가 날아가 버릴 텐데. 그게 네가 원하는 최종 목표 아니야? 존 삼촌. 그리고 정치 말이야."

그러자 트레버가 고개를 젖히며 큰소리로 웃어댔다. 그러고는 엠마 가까이 몸을 숙여 그녀의 귀에 입술을 대고 속삭였다. 온몸에서 소름이 돋았다.

"내 걱정일랑 집어치워. 내 최종 목표든 인맥이든 신경 끄라고. 네가 나에 대해, 그리고 호손 의원과 한 거래에 대해 뭐 아는 게 있기라도 해? 넌 그냥 네 임신 걱정이나 하라고. 아직 한 달은 더 '조심'해야 한다며. 네 말대로 무슨 일이 일어날지 모르잖아. 더군다나 아직 네 가족한테는 말도 안 했다며. 포르투갈에 있는 그 대가족 말이야. 언니, 형부, 그리고 네 조카 비앙카. 이 사람들 정체를 내가 잘 알고 있는 거 명심하라고."

트레버가 되려 엠마를 협박해 왔다. 소시오패스라는 건 이미 알고 있었지만, 폭력적일 수도 있을까? 어떻게 가족을 들먹이지?

"Não me ameace. 그거 협박이야? 그럼 나도 확 다 말해버린다!"

"아, 그러셔?" 트레버가 또다시 크게 웃었다. 이 모든 상황이 그에겐 장난인가 보다. "네가 얼마나 교활하고 계산적인 년인지 이선

111

에게 다 까발려 주지. 내가 다 안다는 거 잊지 마. 오늘 이 소소한 깜짝쇼에 대한 벌은 나중에 주도록 하지."

엠마의 계획이 잘 먹히지 않았다. 외려 상황을 더 악화시키기만 했다. 하지만 여전히 허세를 부리며 그의 얼굴에 검지를 들이대며 말했다. "내 근처엔 얼씬도 하지 마. 내 남편한테도 얼씬도 하지 말라고. 그리고 내 가족한테 접근했다간 내가 진짜 죽여 버릴 줄 알아."

순간 두 사람을 향한 주변의 시선을 느낀 트레버는 자기 얼굴에 대고 삿대질하는 그녀를 보며 껄껄 웃었다. 그녀가 농담하면서 결정적인 순간에 손가락을 내보인 것처럼 보이도록. 그렇게 트레버는 그저 웃고 떠들면서 가벼운 대화를 나누는 척을 했다. 멀리서 보면 두 사람이 피오나의 대학 친구와 약혼자 둘이서 서로 알랑거리고 있는 줄로만 보일 것이었다.

이윽고 화장실에 간 피오나가 모퉁이를 돌아 나왔는데, 그녀의 눈에 눈물이 가득했다. 그리고 피오나가 지나가고 나자 그 자리에 이선이 나타났다. 몇 걸음 뒤에서 피오나를 따라오는 이선을 보자 엠마는 마음이 아팠다. 두 사람이 과거에 무슨 사이였는지 알고 있었으니까. 침묵을 지키는 일은 인생에서 두 번째로 힘들었다.

아니, 세 번째로.

그래, 네 번째로.

"곧 연회장 안으로 들어오라고 할 거야." 그러더니 트레버가 악마 같은 두 눈으로 엠마의 머리뼈를 뚫을 듯이 노려봤다. 입 닥치고 있어, 라고 소리 없이 경고하듯. "그럼 이따 봐."라고 말하며 트레버가 피오나의 손을 잡아끌었다.

엠마는 입을 꾹 다물고 진저에일이 가득 담긴 샴페인 잔을 두 사람 쪽으로 들어 올렸다. "건배."

　멀어져 가는 두 사람을 바라보며 자신의 의도가 트레버에게 분명하게 전달되었길 바랐다.

16장

앨리

결혼식 이틀 전, 22시

임신 공개로 시끌벅적했던 분위기가 사그라들자, 모두가 그 자리에 모인 진짜 이유를 되새기며 트레버와 피오나를 축하했다. 트레버가 건넨 환영 연설이 너무도 따뜻한 나머지 그가 사기꾼이라는 걸 알면서도 하마터면 피오나를 진심으로 사랑하고 있다고 믿을 뻔했다. 앨리가 프로세코 와인을 연거푸 들이켜는 내내 잔잔한 박수와 잔을 부딪치는 소리가 들려 왔다. 저녁 식사가 끝난 후, 존 삼촌은 자신의 형인 피오나의 아버지가 이렇게 잘 자라준 피오나를 본다면 참 자랑스러워할 거라는 연설을 했다. 앨리가 존 삼촌에게 표를 던진 데에는 이 웅변 실력이 한몫했었지.

연설을 끝까지 들은 앨리는 '자랑스럽다니, 남자 보는 눈은 자랑스러워하지 않으셨을 텐데.' 하고 생각했다. 앨리의 생각이야 어쨌든 존 삼촌은 트레버를 마음에 들어 하는 눈치였다. 다른 사람들처럼. 웩.

그쯤 되자 모두가 피곤했다. 정말이지 긴 하루였다. 아침 일찍 일어나 뉴욕의 교통 체증에 시달린 뒤 비행기를 타고 와서 계속해서 술을 마셨으니. 그래서 저녁 식사가 끝나자마자 곧바로 다들 자기 방으로 돌아갔다. 내일 아침에도 일찍 일어나야 했으니까.

앨리는 하루를 마무리할 술에 섞어 마실 얼음을 제빙기에서 챙겨왔다. 그 다음, 오롯이 혼자만의 즐거움을 만끽하기 위해 긴 실크 잠옷으로 갈아입었다. 그러고는 미니바를 열었는데, 가득 채워져 있는 음료를 보자 행복감이 밀려들었다. 댕그랑댕그랑, 얼음 조각이 단단한 유리잔을 두드리며 그녀가 좋아하는 소리가 났다. 작은 냉장고에서 미니 잭다니엘 네 병을 꺼내 두 병을 잔에 따르고는 다이어트 콜라를 조금 섞었다. 미니바에 놓인 엠앤엠즈와 프링글스 대신 직접 만든 견과류 간식 한 봉지를 가방에서 꺼내 무심코 씹으며 술을 마셨다. 그러다 삐걱 소리를 내며 발코니 문을 열자 텁텁한 마이애미의 바깥 공기가 에어컨이 틀어진 방 안으로 훅 들어왔다. 서른 살 이후로 피부가 자꾸만 건조했다. 그래서인지 습기 어린 공기가 얼굴에 닿는 기분이 좋았다. 앨리는 계획했던 서른다섯 살보다도 더 이른 나이인 서른두 살에 새 출발을 해야 했다. 의자에 기대어 하늘에 뜬 달을 바라보며 위스키를 홀짝댔다.

빌어먹을 결혼식, 빌어먹을 자식……. 앨리는 1년 전, 처음 트레버와 만났던 날을 떠올렸다. 피오나와 트레버가 막 사귀기 시작했을 무렵이었다. 피오나는 새로운 남자친구에게 친구들을 소개할 생각에 들떠있었다. 웨스트체스터에서 뉴욕으로 넘어오겠다며, 토요일 밤 미드타운에 있는 술집에서 만나자고 약속을 잡은 뒤였다.

그리고 그날 앨리가 관찰한 바로는, 트레버는 엠마에게 지나치게 관심을 보였고 더치는 트레버를 만나자마자 싫어하는 것 같았다. 그냥 느낌이 그랬다. 앨리는 물고기자리라서 직감이 뛰어났다.

앨리는 가슴속에 새겨진 오래된 흉터처럼 그날을 생생하게 기억했다. 그때 트레버에게 무슨 일을 하는지 물었는데, 그는 되려 앨리의 직업이 뭔지 더 궁금해했다. 금융계에서 일하다가 은퇴했다고 대답하자 트레버는 대뜸 다크웹에 관한 이야기를 늘어놓기 시작했다. 그러다가 술을 꽤 많이 마신 후에는 다크웹에 접속하는 방법과 돈을 주고 정보를 사들인다는 '블루'라는 사람과 연락하는 방법 등 자기가 알고 있는 비밀 몇 가지를 털어놓았다.

그러면서 자꾸 앨리가 한가하게 인생을 살기엔 너무 똑똑하다고 말했다. 그리고 그 말이 한 달 동안 앨리를 괴롭혔다. 그녀는 정말로 너무나도 똑똑했다. 대학을 차석으로 졸업한 뒤 월스트리트를 점령했으니 말이다. 거기서 멈추지 않고 남자들에게 명령을 내렸다. 어떤 벽지가 도자기 문양과 잘 어울릴지 따위를 고민하는 대신에.

그러던 어느 날, 한 상점에서 얼마나 많은 신발을 살 수 있을지 따위의 생각이나 하면서 지루함에 빠져 있던 앨리는 한번 시도해 보기로 했다. 블루에게 접근하는 일은 생각보다 수월했다. 남자인지 여자인지 모르게 목소리를 변조하여 그녀의 대포폰으로 전화가 왔다. 그리고 추적할 수 없는 인터넷 사이트나 옷장에 쌓여있는 대포폰을 이용해 와튼에 관한 금융 기밀을 그에게 넘기고, 그 대가로 케이맨 제도에 있는 자신의 계좌로 비트코인을 입금받았다. 사실 이런 일을 하려던 건 아니었다. 하지만 다시 짜릿한 삶을 살 수 있게 되어 좋았다. 마놀로 원피스에다 베르사체 원피스 가격을 더 하고 세금이 붙으면 얼마가 되는지 따위를 계산하는 것 이상으로 두뇌를 쓸 수 있었으니까.

대학 졸업 후, 앨리는 와튼이 소유한 헤지펀드 회사에서 면접을 봤다. 명석한 두뇌에 수학도 잘하는 데다가 아이비리그 학위까지 있었으니……. 그 즉시 채용됐을 뿐 아니라 계약 보너스까지 두둑이 받았다. 회사와 업계를 통틀어 몇 안 되는 여성 헤지펀드 트레이더였던 그녀에게, 사람들은 '상어'라는 별명을 붙여 주었다. 앨리는 월스트리트를 쥐락펴락하는 금융인들에게 명령을 내리고 다른 사람들에게 존경을 받는 생활 방식에 금세 중독되어 갔다. 그렇게 모든 것을 이루고 서른다섯에 은퇴할 생각이었는데 아니나 다를까 와튼과 같은 힘 있는 남자에게 이끌렸다.

그러던 중 회사 임원 하나가 둘 사이의 관계를 눈치채는 바람에 앨리는 회사를 그만둬야 했다. 그리고 스캔들을 피하려고 결혼까지 했다. 와튼을 두고 '나이가 자기 반밖에 안 되는 여자와 놀아났다'는 소문이 돌기 전에 멋진 사랑 이야기로 포장해야 했기 때문이었다. 그때만 해도 꽃뱀으로 낙인찍히느니 차라리 죽는 편이 낫다고 생각했다. 그렇게 해서 선택이 내려졌다. 뭐, 솔직히 말하자면 그럴 수밖에 없는 상황이었지만. 그렇게 앨리는 자기 직업을 포기하고 와튼의 아내가 되어 살아갔다. 행사와 자선쇼에 참석하고, 만찬 모임도 주최했다.

처음에는 그런 삶도 괜찮았다. 월세방이 아닌 펜트하우스에 살며 이월상품이 아닌 아메리칸 익스프레스 블랙 카드로 뭐든 살 수 있는 업그레이드된 삶을 살았으니까. 하지만 그날 트레버가 피비

린내 나는 먹잇감을 물속에 던져대며 그녀를 꾀어대자 군침이 돌았다. 날카로운 이빨로 물어뜯을 먹잇감을 찾아 나서는 상어처럼. 평범한 가정주부로 살기에 앨리는 너무 똑똑했다. 그런데 와튼이 슬슬 그녀를 가정주부로 치부하기 시작했다. 그리고 그녀가 부려대던 예전 동료들도 그녀를 여유롭게 브런치나 먹으러 다니는 여자쯤으로 생각했다.

그렇게 내버려 둘 수는 없었다.

그래서 여느 때처럼 짧은 원피스를 입고 짙은 화장을 하고서 업계 파티에 참석해 이런저런 대화들을 주고받았다. 그러다가 나이가 지긋한 남자들의 입에서 마티니 석 잔을 마신 후 흘러나오는 금융 관련 소식들을 훔쳐 들었다. 그녀가 한때 상어로서 이름을 날렸었다는 사실도 모두 잊은 듯했다. 그래서 앨리는 이 상황을 자신에게 유리하게 활용했다.

먼저 남편에게서 정보를 캐냈다. 부부끼리 침대에서 나누는 은밀한 대화, 와튼에게는 그렇게 말했다. 비공개 일급 정보들을 팔아넘길 거라곤 상상도 못 했겠지. 결혼 후 와튼은 마치 그녀를 상품 판매 책자를 보고 골라온 것처럼 행동했다. 이십 대 빨간 머리로 주세요. 이렇게 그녀를 물건처럼 취급하는 게 그가 저지른 첫 번째 실수였다. 그리고 두 번째는 그녀가 얼마나 똑똑한지 까먹은 것이고.

그렇게 앨리는 먹잇감을 사냥하는 맹수처럼 기다리고 또 기다렸다. 그러던 어느 날 서재에서 통화하던 와튼의 목소리를 엿듣다가 처음으로 써먹을 만한 정보를 입수했다. 갑 회사가 을 회사를 인수할 거라고 했다. 이 소식이 세상에 알려지면 주식 가치가 주당 25달러에서 30달러로 20퍼센트는 뛸 것이었다.

당장 블루에게 연락을 취했다. 그러자 공짜로 정보를 넘기라고 했다. 그녀가 제공한 정보가 신빙성이 있는지 시험하는 셈으로. 그리고 소문이 사실로 확인되자 더 많은 정보를 달라며 계속해서 연락해 왔다. 게다가 대가로 받은 비트코인 가격이 상승세를 탔다. 언제 팔아야 비싸게 팔 수 있는지 잘 알고 있었던 앨리는 그렇게 혼자 힘으로 백만장자가 되어가고 있었다. 모든 상황이 더할 나위 없이 좋았다. 그리고 다시 예전처럼 주도권을 손에 쥔 느낌이었다. 자기가 똑똑하다는 이유로 남자들에게 돈을 받을 때 느껴지는 우월감이 좋았다. 그 느낌이 마치 마약과도 같아서 처음 느꼈던 그 짜릿함을 늘 쫓았다.

그러다 6개월 전, 익명의 편지가 도착했다. 편지에는 앨리가 팔아넘긴 모든 정보가 상세히 적혀 있었다. 와튼은 아무 것도 묻지 않았다. 그렇게 그녀가 하던 일도, 결혼도 그날로 몽땅 끝나버렸다. 이에 앨리는 와튼의 회사에 관한 정보를 빌미로 펜트하우스 하나만 달라고 요구했다. 정보를 팔아넘긴 책임을 와튼에게 뒤집어씌우기란 쉬웠다. 그리고 내부자 거래는 중범죄였다.

그렇지만 앨리는 협박범이 아니었다. 그저 세상에서 제 위치를 정당하게 지키려고 노력하는 착한 소녀일 뿐.

하지만 와튼은 펜트하우스만 넘겼을 뿐 그 외엔 동전 한 푼도 더 주지 않았다. 게다가 앨리는 이혼과 동시에 블랙리스트에 오르면서 금융계에서 완전히 매장당하는 바람에 더는 와튼과 그의 직장 동료들에게서 정보를 캐낼 수도 없었다. 비트코인과 다른 암호화폐들을 사고팔아 벌어들인 돈으로 생활비를 해결했지만, 친구들에게는 이혼 위자료로 먹고산다고 말했다. 범죄자라고 얘기할 수는 없었으니까.

그리고 마이애미의 이 호텔에서 이렇게 그를 다시 만났다. 이혼 서류를 받은 지 6개월도 채 지나지 않은 지금, 트레버가 자신이 블루였다고 밝힌 지 6개월이 채 지나지 않은 지금 이렇게 또 만나 버렸다. 그 개자식은 처음부터 앨리를 함정에 빠트리려고 의도적으로 접근했다. 그런 다음 그걸로 앨리를 협박해서 피오나와 결혼할 심산으로. 다 정치를 하려는 욕망 때문이겠지.

트레버는 참 운도 좋네.

자신의 오랜 단짝인 잭다니엘을 한 모금 더 마시려는데 어느새 잔이 비어있었다. 잔 바닥에 남아 있는 얼음 조각에서 더는 댕그랑 경쾌한 소리가 나지 않았다. 그 대신 달그락 둔탁한 소리만 내는 것이 앨리의 귓가에 애처롭게 와닿았다. 얼음을 혀 위로 미끄러뜨려 와작와작 씹어먹었다. 그러고는 나머지 두 병은 마시지 않기로 했다.

푹신한 침대 안으로 미끄러져 들어간 앨리는 거위 털 베개 두 개를 집어서 하나는 무릎 밑에, 하나는 머리맡에 놓았다. 그런 다음 실크 안대를 머리에 쓰고 핸드폰에서 잘 때 듣는 휴식을 위한 애플리케이션을 열었다. 오늘 밤에는 특별히 마음을 진정시켜 주는 내면과의 대화 명상을 선택했다. 숨을 깊게 들이마시고 잠시 참은 다음 깊게 내쉬었다. "들숨에 긍정적인 생각을 받아들이고, 날숨에 부정적인 생각은 다 내보내세요." 여자의 목소리는 차분해서 으르렁대는 맹견도 금세 진정될 듯했다. 하지만 잠을 청하려 하면 할수록 자꾸 한가지 생각만 떠올랐다. 트레버 본으로부터 자신을 구할 방법이 무엇일까.

17장

더치

방으로 돌아온 더치는 핸드폰에서 울려대는 문자 소리를 일체 무시했다. 뉴욕에 있는 누구와도 대화할 기분이 아니었다. 그리고 부모님 이혼 관련 문자라면 더더욱 상대하고 싶지 않았다. 지금 당장 이곳에서 상대해야 할 그 새끼 생각만으로도 벅찼다. 울타리 안으로 늑대를 끌어들인 장본인이 바로 자기 자신이었다. 그리고 그 늑대의 꼬임에 빠진 피오나가 곧 도살장으로 끌려갈 위기에 처해 있었다.

맥주 하나를 따서 들고 발코니 문을 열고 밖으로 나갔다. 그러고는 긴 의자에 앉아 가슴을 한껏 부풀려 밤공기를 깊게 들이마셨다. 지난여름 더블유 호텔에서 트레버를 만났던 때가 떠올랐다. 그때 트레버가 가져온 동영상과 사진들을 보자마자 더치는 그의 인생이 다 끝났다고 생각했었다. 적어도 자기가 알고 있던 인생은 이제 끝이라고.

동영상에는 더치와 그의 전 여자친구 켈시가 찍혀있었다. 두 사람은 봄 방학 때 칸쿤에서 처음 만났다. 켈시는 로스앤젤레스에서 온 모델 지망생이었다. 클럽에 자주 드나들었던 그녀는 더치에게 딱 맞는 여자였다. 적어도 그 당시에는 그랬다. 처음 본 순간부터 둘은 서로에게 푹 빠졌다. 심지어 켈시는 더치와 함께하기 위해 5년을 만났던 남자친구와도 헤어졌다. 지금 와서 보니 그 전 남자친구가 바로 트레버였다.

더치와 켈시는 주말마다 뉴욕과 캘리포니아를 번갈아 오가며 연애했다. 더치는 졸업 후 요트를 빌려 친구들 없이 켈시와 단둘이서만 로스앤젤레스에서 여름을 보내고 가을에 뉴욕으로 함께 돌아올 생각이었다. 그런 다음 더치는 부동산 개발 사업을 하는 아버지 밑에서, 그리고 켈시는 모델 일을 할 계획이었다.

그녀의 목소리를 듣고, 활짝 웃으며 돌아다니는 그녀의 모습을 동영상으로 보는 것만으로 눈물이 흘러내렸다. 켈시가 예전 모습 그대로 거기 있었다. 더치가 기억하고 싶은 모습 그대로. 영상 속에는 다른 사람들도 수백 명이 같이 있었다. 다 함께 로스앤젤레스에서 선상 파티를 즐기고 있었다. 더치가 여전히 그런 인간이었을 적에 찍힌 영상이었다.

더치는 흠뻑 취해있었고 켈시도 마찬가지였다. 그런 그녀에게 더하라고 부추기지 말았어야 했다. 앞에 높인 테이블에는 1970년대처럼 코카인이 수북이 쌓여있었다. 한때는 친구라고 여겼던 철없는 부자들은 낮에는 자고 밤에는 파티하고 그 사이사이에 햇볕을 쬐며 하루하루를 보내곤 했다. 그 모든 장면이 동영상에 담겨

있었다. 켈시가 코카인을 더는 하고 싶지 않다며 거부했고, 더치는 그런 켈시에게 더 하라며 이기적이고 멍청한 놈처럼 박박 우겨댔다. 모든 사람 앞에서 그녀를 모욕했다. 더 하라고 재촉했다. 하찮은 여자라고 불러대며 거물들과 어울릴 자격이 없다고 했다. 그러고는 비웃어댔다.

그리고 켈시가 약물 과다로 쓰러지는 모습까지 다 찍혀있었다. 다행인지 불행인지 그녀는 죽지 않았다. 살아있었다.

하지만 살아있다는 게 중요하지는 않았다. 숨은 쉬고 있었지만, 정말 살아있다고 볼 수는 없었으니까.

켈시는 결코 이전과 똑같은 삶을 살 수는 없을 것이었다. 약물 과다로 오랫동안 산소 공급이 안 된 탓에 운동과 언어 능력을 절반 이상 잃었고 그 때문에 24시간 내내 간호를 받아야 했다. 더치는 아버지가 그날 파티에 있던 모든 사람에게 돈을 주고 입단속을 해서 무혐의로 풀려났지만, 마음속 분노는 점점 커져만 갔다. 아버지에 대해, 그리고 자기가 자라온 환경에 대해. 그런 짓을 저지르고도 왜 자신은 처벌받지 않는 걸까? 돈이 많아서? 다시는 그런 인간이 되지 않으리라 다짐했다. 그래서 그 후로 아버지를 위해 일하는 대신 학교에서 봉사활동을 하며 사람들을 도울 수 있다면 무슨 일이든 했다.

더는 자기 자신만을 위해 이기적으로 살지 않겠다고 다짐했다. 그리고 그 후로도 계속 되뇌었다. 실수를 저지르고도 대가를 치르지 않았다. 물론 스물다섯에 일부 유산을 상속받은 날부터 켈시에게 필요한 모든 걸 최고급으로 제공해 왔지만 그뿐이었다. 켈시의 가족들은 더치가 그녀를 보는 걸 거부했다. 그래서 가슴이 너무 아팠다.

하지만 더치는 이 일을 친구들 누구에게도 말하지 않았다. 아버지 덕분에 뉴스나 신문에도 나오지 않았다. 예상보다 일찍 뉴욕으로 돌아온 더치는 친구들에게 켈시와 헤어졌다는 말만 했다. 그뿐이었다. 어떤 극적인 이별도 없이. 그냥 켈시가 떠났다고 둘러댔다. 그 말을 들은 친구들은 더치를 안쓰럽게 여겼다. 더치가 켈시에게 무슨 짓을 했고 그에 따른 처벌도 받지 않은 채 그냥 덮어버렸다는 사실을 알게 된다면 친구들을 다 잃고 말 것이었다. 좋은 사람이라는 평판도 영원히 잃게 되겠지.

로저처럼 말이다.

로저가 자기 가족에게 한 짓을 생각하면 경멸심이 일긴 했어도 그를 존경하는 마음이 아주 조금 남아 있긴 했다. 더치와 로저는 고등학교 1학년 때부터 알고 지낸 사이였다. 둘이 다녔던 기숙 학교는 담쟁이덩굴과 철문 뒤에 그 모습을 숨긴 채 뉴욕에서 한 시간 정도 걸리는 교외에 있었다. 로저의 가족은 시카고 외곽의 중서부에 살았지만, 부모님은 로저가 자꾸 말썽을 일으키자 멀리 이 학교로 보내버렸다. 흑인과 아일랜드인 부모 밑에서 태어나 자신이 어디에도 속하지 않는다고 생각했던 로저는 그 화풀이를 주변 사람들에게 했다. 더군다나 키가 크고 건장한 체격에 피부색이 어두웠던 그의 외모는 중상류층이 사는 동네에 사는 사람들과는 달랐다. 동네 사람들이 자신과 부모님에게 대놓고 말하지는 않았어도 느낄 수 있었다고 더치에게 말한 적이 있었다. 길을 걷다 로저와 마주친 사람들이 반대편으로 건너가거나, 그가 근처에 있으면 차 문을 잠그는 모습을 봤다고 했다. 그런 아들에게 최고의 것만 주고 싶어 했던 부모님은 더 많은 기회와 다양성을 갖춘 좋은 학교로 로저를 보냈다.

더치와 로저는 첫날부터 바로 친구가 되어 모든 걸 함께 했다. 더치의 가족은 가까이에 있었지만, 로저의 가족은 멀리서 살았으므로 로저는 더치의 가족과 함께 더 많은 시간을 보냈다. 여름 방학 때는 한 번에 몇 주씩 와 있기도 하고, 연휴 동안 로저의 부모님이 여행을 가면 돌아오실 때까지 더치의 집에서 지내기도 했다. 함께 지원하기로 서로 약속했던 콜롬비아 대학에 둘 다 합격했고, 졸업 후 로저는 더치 아버지 회사에서 일하기 시작했다. 그렇게 두 사람은 친형제처럼 지냈다.

그날 브런치에서 로저가 트레버에게 전달하고자 했던 메시지는 처음부터 분명했다. '난 네가 하란 대로 하지 않을 거야.' 행복했던 약혼식 브런치는 로저가 자리를 박차고 떠나면서 모두가 당황해하며 끝이 났고, 더치가 옳은 일을 할 용기를 내지 못하는 동안 피오나는 저 개자식의 곁에 계속 머물렀다.

그리고 브런치 다음 날, 트레버는 로저의 수치스러운 사생활을 모두에게 거리낌 없이 공개했다. 그가 더치의 어머니와 그동안 바람을 피우고 있었다는 사실을. 그 정보는 모두에게 익명으로 전달되었지만, 더치는 트레버가 보냈다는 걸 알 수 있었다. 타이밍이 너무나도 절묘했고 피오나를 제외한 모두에게 보냈기 때문이었다. 이 일을 계기로 부모님이 이혼하면서 더치의 가족은 갈기갈기 찢어졌다. 한때 절친했던 친구와 어머니를 떠올릴 때마다 구역질이 났다.

켈시와 있었던 일을 비밀에 부치려면 트레버에게 무조건 협조해야 했다. 트레버를 자신의 삶에서 영원히 쫓아낼 다른 방법을 생각해 내지 않는 한.

18장

로저

결혼식 다섯 달 전, 일요일 브런치

날이 무척 더웠다. 하지만 로저가 친한 친구들과 브런치를 먹으러 가는 길에 땀을 흘리는 이유가 날씨 때문만은 아니었다. 지난 금요일 트레버가 사무실로 무턱대고 찾아왔다. 그러고는 사진을 무더기로 내밀었다. 로저가 애넷 본 라이언과 함께 있는 사진들이었다. 친밀하게 저녁을 먹는 사진. 손을 맞잡은 사진. 키스하는 사진. 부적절한 부위를 만지는 사진. 그리고 당연히 두 사람의 섹스 사진과 나체 사진들까지. 사진 속 애넷은 손가락에 결혼반지를 낀 채로 다른 남자, 그것도 아들의 절친한 친구와 섹스를 하고 있다. 대체 두 사람의 침실 사진을 트레버가 어떻게 가지고 있는 거지? 그 생각을 하자 몸서리가 났다.

사진을 보자마자 로저는 본능적으로 주먹이 먼저 나갔다. 하지만 트레버가 몸을 피하는 바람에 주먹은 사무실의 벽돌 벽에 내리

꽂혔다. 손가락뼈가 부러진 느낌이 들었다. 하지만 일단은 피투성이가 된 손등에 얼음을 대고 붕대를 감싼 뒤 누가 물어보면 어떻게 둘러댈지 변명부터 생각해 내야 했다.

애넷과의 일은 실수였다. 열네 살 어린 소년일 때 불붙어 꺼지지 않은 열병이랄까. 이게 그가 한 짓에 대한 변명이 되냐고? 어림도 없지. 제일 친한 친구의 어머니에다 심지어 회사 사장의 아내였다. 그래서 늘 죄책감에 시달리며 그만 끝내야 한다고 생각했다. 하지만 이제 너무 늦어 버렸다. 트레버가 원하는 대로 피오나를 제물로 불구덩이에 던져넣어야 했다. 절친한 친구에게 그런 짓을 하고 싶지는 않았지만, 그러지 않으면 다른 친구들 모두를 잃게 될지도 몰랐다. 무엇보다 피만 안 섞였을 뿐 친형제 같은 더치를 잃게 될 것이다. 그렇게 마음속에서 갈등이 일었다.

로저는 여덟 명이 만나기로 한 브런치 장소에 제일 먼저 도착했다. 식당 예약은 더치가 했다. 뉴욕이 낳은 왕자로서 그의 이름이 가장 유명했으니까. 더치는 점심을 먹을 야외 테이블 자리와 늘 그렇듯 점심을 먹고 난 후에 있을 파티를 위해서 실내 구석에 있는 안락한 자리까지 예약해 두었다. 하지만 오늘 로저는 파티할 기분이 아니었다.

잠시 후 더치가 도착했고, 그다음엔 엠마와 이선이, 그리고 5분 뒤에 비제이가 왔다. 모두가 피곤해 보였다. 더치는 아무 말 없이 엄지손가락을 빙빙 돌리며 메뉴판을 훑어봤다. 엠마는 샤워는커녕 머리도 감지 않은 듯했고, 이선 역시 레인저스 티셔츠에 반바지 차림으로 엠마와 별반 다르지 않았다. 비제이는 여느 때처럼 골프용 반바지에 폴로 셔츠를 입고 샌들을 신고 왔는데, 표정이 여느 때와는 달라 보였다. 늘 미소를 머금고 있는 그의 얼굴이 오늘은 왠지 모르게 심란하고 의기소침해 보였다. 그리고 앨리는 평소처럼 제일 마지막에 나타났다.

오늘 트레버가 프러포즈한다는 사실을 로저는 이미 알고 있었다. 그런데도 차마 그 얘기를 친구들 앞에서 꺼낼 수가 없었다. 며칠 전에 트레버를 만난 사실과 그 이유를 설명하고 싶지 않았기 때문이다. 그래서 오히려 평소처럼 행동하려 애쓰며 선글라스를 벗어 머리 위로 쓱 밀어 썼다. 그런데 친구들이 나누는 대화가 오늘따라 뭔가 어색해 보였다. 매번 모일 때마다 끊임없이 농담을 주고받고 지난 몇 주간 무슨 일이 있었는지 떠들어대고는 했었다. 일이나 인간관계, 주식, 연예인, 날씨 등 주제도 가리지 않았다. 그런 친구들을 보며 로저는 이 식당에 들어오면서부터 느꼈던 불안감 탓에 이 상황을 확대하여 해석하고 있을 뿐이라고 생각했다. 그렇다고 해도 모두가 지나치게 불안해 보였다. 자기가 가져온 불안을 바구니에 담아 모두에게 하나씩 선물로 나눠주기라도 한 것처럼. 그리고 마치 그가 뭔가를 숨기고 있다는 걸 다 알고 있다는 듯.

이윽고 음료와 함께 빵과 갖가지 페이스트리가 담긴 바구니가 테이블 위에 놓이고, 종업원이 오늘의 특별 메뉴를 읊었다. 그리고 마침내 트레버와 피오나가 화려하게 등장했을 때 로저는 몸이 저절로 움츠러들었다. 트레버가 눈빛으로 로저에게 원하는 바를 대신 전달하는 느낌이었다. "복종해."

그렇게 모두가 음식 주문을 마치고 어색하게 안부 인사를 주고받았다. 그때서야 로저는 나중에 저녁 식사에 더불어 공연까지 볼 거라는 얘기를 들었다.

얼마 지나지 않아 트레버가 주문한 음식이 나왔다. 그가 요청한 대로 염소 우유로 만든 치즈와 사과를 곁들인 비트 샐러드, 그리고 소금과 식초가 따로 담겨 나왔다. 그리고 샐러드에 세 번째 포크 질을 하는 순간, 트레버가 갑자기 목을 움켜쥐었다. 그러고는 얼굴이 부어오르더니 바로 앞에 놓인 접시 위의 비트와 똑같은 색깔로 붉게 변해갔다.

"쟤 왜 저래?" 엠마가 달걀흰자와 시금치가 들어간 오믈렛 접시 쪽을 향해있던 포크를 들어 트레버를 가리키며 말했다.

그 말에 피오나가 트레버를 힐끗 쳐다보더니 곧바로 큰소리로 외쳤다. "트레버!" 그 순간, 트레버가 의자에서 굴러 인도 위로 떨어졌다. 피오나는 자기 의자를 콘크리트 바닥으로 밀어제치고는 가방을 거꾸로 뒤집어엎었다. 그 주위로 몰려든 손님들은 작은 원으로 그리고 서서 그 모습을 쳐다봤다.

"숨을 못 쉬는 건가?"라고 엠마가 물었는데, 로저에게는 다소 냉담하게 들렸다. 그 후에도 엠마의 시선은 줄곧 자기 접시에만 고정되어 있었다.

"알레르기야! 에피펜 어딨어!" 피오나가 울부짖었다.

그러고는 밧줄이 둘러쳐진 야외 식당 바닥 위로 펼쳐진 가방 내용물들 사이를 뒤졌다. 마침내 필요한 물건을 찾아낸 피오나는 곧바로 입으로 뚜껑을 열어 뱉어낸 다음 트레버의 왼쪽 허벅지에 에피펜을 찔렀다. 트레버는 반쯤 뜬 두 눈이 벌겋게 충혈된 채 피오나의 무릎에 머리를 대고 누워있었다.

"119 좀 불러주세요." 피오나가 사람들을 향해 소리쳤다. "견과류 알레르기가 엄청 심하다고요."

하지만 신고하는 사람이 아무도 없었기에 결국 더치가 했다. 로저는 그 짧은 몇 초 동안 트레버가 지금 눈앞에서 죽어 버리고 나면 이 악몽도 끝이라는 생각이 들었다. 바닥에 누워 발작을 일으키는 꼴을 보고 있자니 기분이 좋았다. 숨을 못 쉬는 탓에 두드러기가 나지 않은 쪽 얼굴이 창백했다. 한없이 약한 모습이었다.

그 순간 피오나가 트레버의 샐러드 접시를 집어 들었다. "아몬드잖아! 세상에!" 그러더니 아몬드를 집어 공중 위로 들고는 마구 흔들어 대며 말했다. "종업원 어디 갔어? 견과류는 빼달라고 했잖아요!"

이내 구급차가 도착하자 브런치를 먹던 식당은 고속도로 옆 사고 현장이 되어버렸다. 길모퉁이에 멈춰 선 사람들이 동물원에 있는 동물을 구경하듯 친구들을 쳐다보며 손가락질을 해댔다. 게다가 길거리는 사람들이 지나다니기 힘들 정도였는데, 산소마스크를 착용한 남자가 출연하는 새로운 리얼리티 쇼라도 찍는 것처럼 동영상을 찍어대는 사람들 때문이었다. 대체 이걸 왜 찍는 거지? 집에 가서 재미로 다시 돌려 볼 셈인가? 아까 산소를 마셔대던 남자 동영상 또 봐야지 하면서? 지나치다 싶을 정도로 관심이 집중되자 트레버는 나르시시스트답게 기회를 포착했다. 갑자기 얼굴에서 마스크를 벗어 던지고는 피오나를 쳐다보며 싱긋 웃더니 한쪽 무릎을 꿇고 앉아 왼쪽 바지 주머니에서 조그만 상자 하나를 꺼내 들었다. 그리고 트레버가 상자를 열고 피오나의 손을 잡는 모습을 로저는 숨죽인 채 바라봤다.

"나랑 결혼해 줄래?"

로저는 조금 전까지만 해도 자신이 저지른 불륜을 감추기 위해서라면 그냥 시키는 대로 해야겠다고 마음먹었다. 그런데 트레버가 저렇게 무릎을 꿇고 작은 벨벳 상자를 여는 모습을 보는 순간 마음속에서 어떤 감정이 치밀어올랐다. 하지만 그 감정을 혐오스러운 표정으로 드러낼 새도 없이 친구들이 다 같이 방방 뛰며 환호성을 내질렀다.

"세상에, 피오나, 진짜 대박 뉴스다!" 엠마가 손바닥을 앞으로 뻗어 흔들며 외쳤다.

"이야. 너넨 진짜 천생연분이야!" 비제이가 빙그레 웃었다.

"저 반지 좀 봐! 좋다고 말해 어서!" 앨리가 손뼉을 쳤다.

"할 때가 되긴 했지!" 이선이 주먹을 위로 들어 올렸다.

"오늘 진짜 네 인생 최고의 날이네!" 더치가 피오나의 등을 토닥이며 말했다.

이런. 친구들은 다 정말 트레버를 진심으로 좋아했다. 트레버가 이겼다. 그리고 그가 옳았다. 이 분위기에 함께하지 않으면 로저는 정말 외톨이가 될 것이었다.

하지만 아무래도 상관없었다. 피오나에게 이런 짓을 할 수는 없었다.

"근데 좀 이르지 않아?" 로저는 정말 하고 싶었던 말을 내뱉는 대신 에둘러 물었다.

그러자 일곱 명의 눈이 일제히 로저를 향해 꽂혔다. 그중에서도 트레버의 두 눈이 제일 어둡고 위협적으로 그를 노려봤다. 커다란 반지에 고정됐던 피오나의 시선이 로저를 향했다. 뺨이라도 한 대 맞은 표정을 하고서.

"그게 무슨 말이야? 넌 내가 결혼하는 게 기쁘지 않은가 보네?"

피오나의 두 눈에 눈물이 가득 맺혔다. 하지만 지금 로저가 나서서 피오나를 구해내지 않는다면 저 눈물을 평생 흘리게 될 것이었다. 그래서 더 세게 나갔다. 방금 프러포즈한 마당에 로저의 불륜을 여기서 다 폭로하겠어? 그럴 리가, 다 허풍이겠지. 전부 다 고약한 허풍일 뿐이겠지. 엿이나 먹어라, 트레버.

로저가 윗입술을 당겨 올리며 말했다. "기쁘지 않냐고? 근데 너 트레버 잘 알지도 못하잖아. 우리 다 그렇지. 미안한데, 난 여기 서서 신나는 척하고 그런 거 못 하겠어. 솔직히 두 사람 약혼에 너희들이 이렇게 기뻐하는 게 놀라울 따름이다. 피오나 생각은 아무도 안 하나 봐?"

사실이었다. 그래서 아무도, 정말 아무도 로저의 눈을 쳐다보지 못했다. 모두가 그의 머리 너머를 바라보거나, 고개를 옆으로 돌리거나, 땅을 쳐다볼 뿐 로저를 쳐다보는 사람은 아무도 없었다. 그래, 그냥 욱했을 뿐이다. 모두에게는 마땅한 이유를 만들어서 내일 설명하면 될 것이었다. 그렇게 잘 수습하면 될 터였다. 제일 친한 친구들이니 다 이해해 주겠지.

로저는 주머니에서 50달러 지폐 한 장을 꺼내 테이블 위로 던졌다. "난 이만 갈래. 축하들 잘하라고."

그렇게 뒤로 돌아 걸어 나가는 로저를 응급 구조원조차도 경멸의 눈초리로 쳐다봤다. 그래, 다들 트레버가 연기하는 줄도 모르고 그에게 푹 빠져 있으니 로저한테 화를 내는 게 당연한 건지도 몰랐다. 허풍쟁이에 권력을 탐하는 놈인 줄도 모르고.

아무것도 아닌 주제에. 트레버 제까짓 게 하긴 뭘 하겠어.

19장

이선

결혼식 하루 전, 8시

이선의 귓가에 알람 소리가 요란하게 울렸다. 이선은 이 편안한 침대에서 일어나 그 끔찍한 신랑 놈이랑 같이 골프를 치러 가는 일만은 정말 하고 싶지 않았다. 천천히 팔을 뻗어 시끄러운 핸드폰 알람을 끄고 눈을 비비며 시계를 확인했다. 8시가 조금 넘은 시간이었다. 복도에서 가볍게 문을 두드리는 소리와 함께 "객실 청소입니다!"라는 목소리가 작게 들려왔다. 어젯밤 엠마가 호텔 방문에 방해금지 팻말을 걸어 놓았기를 바랐다. 이선은 걸어두지 않았으니까. 거의 알몸인 상태로 침대에서 벌떡 일어나 방 안으로 들어오려는 사람을 막으러 가야 한다니, 생각만 해도 정말 끔찍했다. 이선은 뒤로 돌아누워 아내를 뒤에서 꼭 끌어안았다.

"으음" 소리를 내며 엠마가 이선의 품 안으로 더 깊숙이 파고들었다. 잠에서 깰 때 아내의 입에서 작게 흘러나오는 이 소리가 좋았다. "좀 더 자. 나도 들었어. 문 앞에 방해금지 그거 걸어놨어."

당연히 그랬겠지. 엠마는 완벽 그 자체였으니까. "나도 알아."라고 말하고서 그녀의 어깨에 입을 맞추었다. "출발은 10시 15분인데, 연습장에 먼저 가서 공 좀 치다 가야겠어. 20분 정도 스윙 연습 좀 하려고. 자기는 몇 시 예약이야?"

"11시." 엠마가 잠결에 느릿느릿 말했다. "얼굴 마사지 받고, 몸 각질 제거랑 기계 태닝하고, 네일 받고, 페디 받고, 하루 종일 받아. 아기 때문에 마사지는 안 받는다고 했는데, 그래도 난 내일 여전히 예쁠 거라고."

"진짜 부럽다." 이선이 한숨을 푹 내쉬었다. 하지만 이내 밝은 목소리로 말했다. "자기야 뭐 항상 예쁘지. 나는 온종일 저 땡볕 밑에서 공이나 졸졸 따라다녀야 하는데."

엠마가 이선 쪽으로 돌아누워 그의 볼을 꼬집었다. "나는 관리 잘 받고 올 테니까, 자기는 가서 골프 잘 치고 와. 누가 보면 어디 죽으러 가는 줄 알겠어." 엠마가 깔깔대며 말했다. "그래도 일하러 가는 건 아니잖아."

"알지. 나 골프 좋아해. 근데 그게……." 이선이 하던 말을 얼른 멈추었다. 트레버와 같이 가기 싫다는 말을 뱉을 수는 없었으니까. "그냥 지난주에 운동하다가 어깨를 좀 다쳐서 그래."

"어떡해!" 엠마가 이불을 박차며 말했다. "어느 쪽인데?"

어깨가 아픈 걸 문질러 풀어주려고 묻는 것이었다. 이선은 어쩜 이리도 운이 좋을까?

엠마가 이선의 왼쪽 어깨를 주무르기 시작한 지 10분쯤 지났을 때, 이선은 엠마의 팔을 쓰다듬으며 의미심장한 신호를 보냈다. 그렇게 그녀를 확 덮치려던 찰나 엠마가 입덧이 시작됐다며 벌떡 일어나 화장실로 뛰어갔다. 이내 헛구역질 소리가 울려 퍼지며 분위기를 완전히 망쳐버렸다.

잠시 후, 눈물이 그렁그렁 맺힌 채 엠마가 배를 움켜쥐며 침대 안으로 들어오자 이선은 잠시간 그녀의 머리카락을 조용히 어루만졌다. 그런데 시계에서 자꾸 틱 틱, 소리가 규칙적으로 났다. 디지털시계의 분과 시를 알리는 숫자 사이에 있는 점 두 개가 1초마다 깜빡였다. 틱. 틱. 틱. 희미하게 들려 오는 이 시계 소리가 진짜인지 가짜인지 구별이 잘 안 됐다. 시계 소리에 더해 발코니에서 들려오는 굶주린 갈매기 소리가 밥 먹을 시간이 됐다는 걸 알려왔다.

"아래층 식당에 가서 베이글 좀 가져올게. 자기 뭐 좀 먹어야지. 아기 몫까지 이 인분으로."

"난 괜찮아. 룸서비스 시켜 먹을게." 엠마가 시계를 보았다. "자기 나갈 준비 해야겠는데. 베이글은 가는 길에 챙겨 먹어."

침대에서 아내와 함께 아침을 먹고 싶은 마음을 누르고 터덜터덜 샤워실로 들어갔다. 이선이 옷을 입는 동안 엠마는 전화로 룸서비스를 주문했다. 벨트를 매고 있는데, 핸드폰을 훑어보던 엠마의 얼굴이 갑자기 환해졌다. 또 언니 인스타그램을 보고 있을 게 틀림없었다.

"나 간다." 이선이 골프채를 집어 들고는 엠마를 향해 손 키스를 날리며 말했다. "오늘 스파 잘 받고 와."

"사랑해." 고개도 들지 않은 채 엠마가 말했다. 그냥 반사적으로 나오는 반응이었다. 이선을 사랑했으니, 그거면 된 거 아닌가.

반면, 그 말을 듣자 이선은 가슴이 벅차올랐다. 엠마를 지키기 위해서라면 무슨 일이라도 할 수 있었다. 어떤 대가를 치르더라도.

이선이 골프채를 어깨에 걸치고서 호텔 로비에 도착하자 9시 15분이었다. 더치와 비제이는 이미 도착해 있었다. 둘 다 푹 쉬고 나온 얼굴을 하고서 로비에서 무료 조식으로 제공되는 커피를 스티로폼 컵에다 마시고 있었다. 두 사람에게 인사를 건넨 뒤 골프채를 근처에 내려두고 커피를 가지러 갔다. 그리고 베이글은 이미 다 떨어지고 없어서 대신 블루베리 머핀을 골랐다. 예상과 달리 커피는 굉장히 신선했고 쓰지도 달지도 않았다. 평소에는 커피 향을 맡으면 앞으로 몇 시간을 더 깨어 있어야 한다는 생각만 들었었는데, 지금은 온통 이불 속에서 엠마를 꼭 끌어안고 편안하게 있고 싶다는 생각뿐이었다.

"그래서 새신랑은 어디 있대?" 자리로 돌아온 이선이 물었다. 최대한 밝고 경쾌한 목소리를 내려고 애썼다. 난 트레버가 좋아, 라고 광고하듯.

비제이가 손목에 있는 시계를 봤다. "모르지. 9시 30분에 로비에서 보자고 했었잖아. 근데 우리 다 아침 일찍부터 갈 준비하고 여기 이러고 있으니까 되게 웃기다."

"골프 치러 간다고 다들 설렜나 보지. 오늘 우리 다 같이 정말 재밌겠다!" 더치가 외쳤다.

다들 트레버가 좋아 죽네, 하고 이선은 생각했다. 게다가 더치는 또 왜 저렇게 어린애처럼 구는지. 재밌겠다고? 이선처럼 고통을 숨기려고 일부러 과장해서 표현하는 건가? 그럴 리가. 더치는 거짓말을 하는 사람이 아니었다. 로저 사건이 있고 난 이후로는 더더욱 그랬다. 어쨌거나 이선은 얼른 해치워 버리고 싶은 마음만 굴뚝같았다. 이 가식적인 쇼를 빨리 시작할수록 빨리 끝날 테니까.

"그렇고말고!" 이선이 말했다. 아. 너무 열정적으로 반응했나. 웃기는 하되 광대처럼 가짜 웃음을 지어서는 안 됐다. "완전 재미있겠다!" 이런, 무슨 아이스크림을 사러 가는 여덟 살짜리 꼬마처럼 말해버렸다. 좀 전에 더치가 그랬던 것처럼. 어쩌면 남자들끼리 보내는 이 하루가 이선과 더치 모두에게 젊은 시절의 향수를 불러일으켰나 보다. 같이 골프를 치러 간지도 이미 오래되었다. 어른으로서 해야 할 일들이 먼저였으니까.

땡, 엘리베이터 문이 열리는 소리가 들리자 더치와 비제이의 얼굴이 밝아졌다. 그 순간 가슴이 철렁 내려앉으며 이선에게 끔찍한 악몽의 시작을 알려왔다.

"신랑 들러리들, 안녕!" 뒤에서 들려 오는 느끼한 목소리에 이선의 몸이 먼저 반응했다. 거미가 등줄기를 타고 기어오르는 느낌이 들었다. "밖에 타고 갈 거 준비해 놨어. 골프 코스까지 5분밖에 안 걸려. 가자."

호텔 밖으로 나오자마자 숨이 턱 막혀왔다. 어제만 해도 북극 같은 뉴욕의 추운 날씨에서 벗어났으니 다행이라는 생각이 들었는데, 오늘은 어제보다 훨씬 더 더웠다. 마이애미를 강타한 폭염은 장난이 아니었다. 이선은 골프 가방을 내려놓고 가방 고리에 걸어 둔 깨끗한 수건을 꺼내 땀으로 번들거리는 목덜미를 훔쳤다. 그런 다음 수건을 다시 고리에 걸자 짐꾼이 가방을 들어 다른 가방들과 함께 트렁크에 실었다. 그사이 이선은 에어컨이 나오는 차 안으로 기어들어 갔다. 가죽이 햇볕에 뜨겁게 달궈져 있었다. 허벅지 뒤쪽에 화상이라도 입을까 봐 조마조마했다. 그렇게 세 번째 줄까지 들어가서 다리를 쭉 뻗고 앉았다. 그리고 더치와 비제이가 두 번째 줄에 올라탔다.

"밖이 뜨뜻하네." 이선이 컵걸이 하나에 꽂힌 물병을 들고 뚜껑을 땄다.

"그러게. 한여름에는 대체 골프를 어떻게 친대?" 비제이가 물었다.

"에이, 왜 이래. 뭄바이도 여름에 장난 아니잖아." 맨 앞줄 조수석에 앉은 트레버가 말했다. "여름이 아니지. 거긴 1년 내내 덥지 않냐?"

"그렇다고 볼 수 있지. 내가 겨울 날씨에 적응해서 그런가 봐." 비제이가 어깨를 으쓱대며 말했다.

"그래." 그래애애애. "너 열몇 살 때 여기로 넘어왔댔지? 대학 장학금 같은 거에 당첨됐다 그랬나?"

"으응."

"운도 좋네, 비제이. 운이 참 좋아."

거들먹대는 트레버의 말투를 듣고 있자니 친구들이 왜 그를 좋아하는지 이선은 도무지 이해할 수가 없었다. 그런데도 그의 장단에 맞춰줬다. 제길, 이길 수 없다면 한통속이 되는 수밖에 없었다. 세 번째 줄에서 비제이의 뒤통수를 치며 거들었다.

"바보 같은 놈. 너 그 멍청한 공상과학책들 읽고 장학금 받았냐? 외계인 우주선에서 여기로 순간이동이라도 했어?" 이선도 한통속이 되었다.

"야, 그게 무슨 소리야?" 비제이가 되물었다.

그리고 비제이 놀리기에 더치도 가세했다. 비제이의 머리를 겨드랑이에 끼고서 머리통을 주먹으로 마구 문질러댔다. "이제 너네 대장이 우리 막 혼내주러 오는 거야, 비제이?" 큰 소리로 껄껄대며 더치가 말했다.

그렇게 모두가 시끄럽게 떠들며 놀려대고 있자니 하마터면 이선은 다 같이 즐거운 시간을 보내러 왔다고 착각할 뻔했다.

거의 그럴 뻔했다.

마지막 몇 홀을 도는 동안 날씨가 참기 힘들 정도로 더워지는 바람에 십사 홀을 끝으로 경기를 중단해야 했다. 마이애미의 태양은 1억 5천만 킬로미터 거리에서 내리쬐는 게 아닌 것 같았다. 머리 바로 위에 매달려 걸음을 내디딜 때마다 따라다니며 불같은 용암을 뚝뚝 떨어뜨리는 느낌이었다. 모두 땀으로 옷이 흠뻑 젖어 얼른 에어컨 바람 아래로 가서 앉고 싶었다. 비제이는 샤워하고 싶다고 했고 더치는 낮잠을 자고 싶다 했다. 하지만 이선은 그냥 여기서 빨리 벗어나고 싶었다. 그리고 운 좋게도 트레버가 오늘 밤에 있을 만찬 시간 전에 해결해야 할 일이 생겼다고 했다. 설마 그 할 일이란 게 이선과 관련된 일은 아니겠지.

이선은 밤새 트레버가 약속을 지키도록 만들 방법을 궁리하고 계획을 짰다. 옛말에도 있듯이 두 사람만 알고 있는 비밀을 지키려면 둘 중 하나가……

하지만 그 방법은 너무 극단적이었다.

비록 지난 7월부터 트레버가 진짜로 죽기만을 바라긴 했지만.

20장

엠마

엠마는 각질 제거와 머드팩을 막 끝내고 나오는 길이었다. 정말이지 기분이 날아갈 것만 같았다. 얼굴 마사지는 굉장히 편안해서 마침맞게 잘 받았다는 생각이 들었다. 그리고 이제 전문가에게 손톱 관리를 받을 차례였다. '세레니티 웨이팅 라운지'로 돌아가자 피오나와 앨리가 이미 와서 기다리고 있었다. 타월 천으로 안감을 덧댄 벨벳 가운을 입은 채 슬리퍼를 신은 두 사람의 모습이 꼭 토끼 같았다.

"어땠어?" 피오나가 물었다. "전신 마사지 받는데 진짜 너무 황홀했어. 결혼 전 긴장 풀기에 진짜 최고였다니까!"

"난 전신 마사지는 안 받아서." 엠마가 배를 어루만졌다. "그래도 지금까지 정말 마음에 든다! 이대로 집에 갈 수는 없지." 활짝 웃으며 말을 이었다. "가족들은 다 어디 갔어?"

"다들 네일이랑 페디까지 이미 다 끝났어. 우리 셋만 남았어. 너 오면 다 같이 받으려고 기다렸지."

"오, 재미있겠네."

솔직히 말하자면, 꼭 필요한 게 아니라면 굳이 따로 시간을 내 피오나와 이야기를 나누고 싶지 않았다. 오랜 친구를 이런 식으로 대하긴 싫었지만 눈을 감으면 이따금 두 사람의 모습이 너무 생생 하게 눈앞에 그려졌다. 술집 뒤편에서 남편과 피오나가 서로를 애 무하는 도중 찍힌 그 모습 그대로. 역겨웠다.

그 사진을 어떻게 보게 됐는지 또한 지워버리고 싶었다. 엠마는 두 사람이 헤어진 사이에 벌어진 일이니 괜찮다고 생각했다. 그렇 다고 해도 이건 배신 중에서도 정말 최악의 배신 아닌가. 하지만 그 녀가 지금 뭘 할 수 있단 말인가? 엠마에겐 그보다 훨씬 더 끔찍한 비밀이 있었다. 그렇게 지금껏 숨겨온 과거가 있으니 이선이야 그 냥 눈감아 줄 수 있다고 쳐도 피오나를 용서하기란 너무 힘들었다.

누굴 용서할 자격도 없는 주제에.

이제 하루만 더 버티면 다 끝이야, 엠마는 생각했다.

"피오나, 너 근데 내일이면 이제 유부녀네. 뭐냐 그 트레버 본이 랑 결혼하게 될 테니." 앨리가 말했다.

뭐냐 그 트레버 본이라니. 엠마는 웃음이 빵 터지려는 걸 꾹 참 았다.

"응." 피오나가 조용한 목소리로 말했다.

"근데 너 진짜 맘이 순식간에 확 변했네, 아닌가? 아니, 지난봄 에 우리 셋이 만났을 때 트레버 때문에 숨 막힌다고, 널 고립시키 는 거 같다고 했었잖아. 그러더니 갑자기 짠하고 마이애미로 이사하고, 그리고 한 달 후에 짠하고 약혼하고, 그리고 6개월도 안 됐는데 또 이렇게 짠하고 결혼하잖아." 앨리는 주먹을 휘두르지도, 빙빙 돌려 말하지도 않았다.

"나도 빠르다는 거 알아. 트레버가 좀 별난 데가 있긴 한데 나도 뭐 완벽한 사람은 아니니까."

별난 데? 엠마가 다분히 의도적으로 풋, 소리를 냈다가 얼른 입을 가리며 재채기를 한 척했다.

"감기 걸릴라." 앨리가 재채기를 한 엠마를 향해 말했다. 그러고는 다시 잽싸게 피오나에게로 몸을 돌렸다. "그냥 그렇다는 얘기야." 그러고선 입을 앙다물었다.

"그래도 너희 둘 다 트레버 좋아하긴 하지?" 피오나가 물었다.

"그게 뭔 상관이야? 내가 트레버를 어떻게 생각하는지가 뭐가 중요해. 그리고 쟤가 어떻게 생각하는지도." 앨리가 손가락으로 엠마를 가리키며 쏘아대듯 말했다. 그러고는 다시 피오나를 쳐다보며 물었다. "넌 트레버 사랑하지?"

그러자 피오나가 갑자기 눈물을 글썽이더니 이내 천장 쪽으로 고개를 들었다. 앨리는 아버지 말고는 누구에게도 따뜻하게 굴지 않았다. 그래서인지 앨리와 와튼의 이상한 결혼생활도 이해가 됐다. 엠마는 두 사람이 애틋하기는커녕 서로를 다정하게 대하는 모습조차 한 번도 본 적이 없었다. 와튼은 결혼 당시에 이미 앨리보다 나이가 두 배는 많았고, 엠마가 직접 만난 적도 고작 몇 번뿐이었다. 더군다나 와튼이 첫 결혼에서 낳은 세 자녀 모두가 앨리보다도 나이가 많았다. 결혼식에서 딱 한 번 봤었는데, 셋 모두 앨리를 썩 마음에 들어 하지 않았다.

여하튼 앨리는 누구에게도 입발림 소리 같은 걸 하는 애가 아니다 보니 트레버에 대해서도 딱히 칭찬 같은 건 하지 않았다.

이윽고 전문가 셋이 와서 세 사람의 이름을 불렀고, 다 같이 스파 내 손톱관리실로 들어갔다. 세 사람은 엠마를 가운데에 두고 일렬로 앉았다. 엠마는 일부러 가운데에 앉았는데, 앨리가 비난하는 소리를 더는 듣기가 싫어서였다. 이름만 호명되지 않았다면 물어보지도 않은 자기 의견을 줄줄이 계속 늘어놓을 태세였다. 앨리도 엠마처럼 트레버를 싫어해서 저러는 걸까? 하지만 엠마는 차마 물어볼 엄두조차도 내지 못했다. 앨리가 트레버를 싫어할 이유를 찾을 수가 없었으니까.

잠시 후 엠마는 페디큐어를 받기 위해 푹신한 의자에 앉았다. 그리고 초록 불빛이 반짝이는 통 안 거품 가득한 온수 속으로 발을 담갔다. 엠마는 점토 마스크 팩, 파라핀 오일, 발 마사지 10분이 포함된 녹차 페디큐어 코스를 선택했는데, 임신 중 혈액순환에 좋다고 적혀 있었기 때문이었다. 그래도 살살 해달라고 부탁하고서 가죽 의자에 몸을 기대 등 마사지기를 켰다. 스웨덴식 전신 마사지를 못 받는 거지, 등에 뭉친 근육을 푸는 마사지 정도는 괜찮지 않을까. 이내 눈꺼풀이 스르륵 감겨왔고 그냥 내버려 두기로 했다. 엠마는 지난 두 달 내내 온전히 자신만을 위한 시간을 하나도 갖지 못했다. 모든 것이 엉망진창인 데다가 마이애미 여행 몇 주 전에 이선에게 임신 소식을 알리는 일 역시 부담이 됐기 때문이었다. 물론, 속이 시원한 것과는 별개의 문제였다.

한편, 앨리와 피오나는 말이 없었다. 덕분에 엠마는 눈을 감고 고요함을 즐겼다. 앨리는 핸드폰을 붙잡고 있었다. 인스타그램에

스파 받는 사진을 올리면서 #부러워죽겠지 같은 해시태그를 달고 있을 것이었다. 그리고 피오나는 신부 잡지에 나온 사진들과 자기가 선택한 것들을 비교하며 모든 선택을 잘못했다고 자책하는 중이겠지.

그런 엠마의 마음을 읽기라도 한 듯, 갑자기 피오나가 엠마 쪽으로 고개를 휙 틀더니 잡지를 펼쳐 들이밀었다.

"너희들 입을 드레스 말이야. 이런 거 골랐어야 했을까?"

"아니!" 두 사람이 동시에 소리쳤다. 앨리는 사진을 보지도 않고 대답만 했다. 인스타그램 속 세계에 정신이 팔려서 핸드폰에서 눈을 뗄 수가 없었으니까.

피오나의 걱정과는 달리 엠마와 앨리는 신부 들러리 드레스가 꽤 마음에 들었다. 이런 적은 처음이었다. 두 사람의 드레스는 해변 결혼식에 딱 어울리는 연분홍색 시폰 드레스로 하늘하늘하고 찰랑거리는 디자인이었는데, 전형적인 신부 들러리 디자인과는 거리가 멀었다. 봉긋한 소매도 없고, 상체를 압박하는 와이어도 없고, 광택 나는 리본도 없었다. 엠마의 올리브색 피부는 밝은 분홍빛과 대비되어 더욱 돋보였다. 그녀는 내일 검은 머리카락을 느슨하게 옆으로 묶어 올려 분홍색과 흰색의 작은 크리스털이 박힌 머리핀으로 고정할 생각이었다.

앨리는 콕 짚어 자신의 붉은 머리칼과 대비돼서 그 드레스가 마음에 든다고 했었다. 빨간 머리와 코 주위에 주근깨가 흩뿌려진 밝은 피부에 분홍색 드레스를 입으니 정말 눈이 부셨다. 하지만 지금 금발이 된 앨리는 드레스의 색이 너무 옅어서 얼굴이 더 창백해 보이지는 않을까 걱정되었다.

"근데, 너 금발 머리는 갑자기 왜 한 거야?" 엠마가 물었다. 여태껏 제대로 물어볼 기회가 없었다.

앨리는 여전히 핸드폰에 시선을 고정한 채 귀찮다는 듯 손만 획 흔들어 보였다. "내가 말했잖아, 멋있어서."

하지만 엠마는 그 말을 믿지 않았다. "아니 티셔츠 하나 살 때도 탈의실에서 이것저것 입어 보고 사진 찍어서 뭐가 젤 괜찮냐고 물어보잖아. 근데 그렇게 중요한 문제를 물어보지도 않았다는 게 좀 이상해서."

"야, 그냥 말 안 했어. 됐어?" 앨리가 쏘아붙였다. 그러고는 몇 초간 씩씩대며 타이핑을 치더니 핸드폰을 옆에 있는 팔걸이에 올려놓고 말을 이었다. "그냥 충동적으로 한 거였어. 뭔가 색다른 걸 좀 시도해 보고 싶어서. 됐고, 그냥 탈색 좀 한 거 가지고 왜 그리 야단이야. 머리야 금방 다시 자란다고."

어이쿠. "나쁜 뜻으로 물어본 건 아니었어. 미안해. 기분 나쁘게 하려던 건 아니었는데. 정말 잘 어울려."

앨리는 의도치 않게 말이 너무 심했다는 생각에 한숨을 무겁게 내쉬며 말했다. "고마워. 그리고 미안해. 오늘 이 스파 때문에 너무 일찍 일어나서 그래. 그리고 어젯밤에 숙소 들어가서 잭다니엘도 많이 마셨거든. 어제 하루가 진짜 길었잖아. 비행기 타고 와서 종일 술 마시고, 다 같이 모여서 너 임신 발표하고 저녁 먹으면서 또 술 먹고. 그래서 너무 힘들었거든. 내가 그냥 좀 못되게 굴었어." 그러고는 몸을 앞쪽으로 숙여 엠마 너머의 피오나를 쳐다보면서 말했다. "그리고 아까는 미안했어. 네가 행복하다면 나도 행복해."

피오나가 옅은 미소를 지었다. 근데 예비 신부가 왜 저렇게 행복해 보이지 않는 걸까?

21장

더치

결혼식 하루 전, 18시

더치와 친구들은 해변에서 결혼식 리허설이 끝난 후, 야외 바 주변에 서서 만찬 시간을 기다리고 있었다. 이번에는 엠마만이 아니라 모두가 맹물을 벌컥벌컥 들이켰다. 정말 살인적인 더위였다. 더치는 리넨 셔츠의 단추를 앞으로 잡아당겨 천과 가슴 사이에 어떻게든 공기가 통하게 하려고 애썼다.

"제기랄. 내가 뉴욕 가서 춥다고 욕하거든 이 순간을 꼭 얘기해 줘. 진짜 개 덥다." 그러고는 곧바로 비제이를 쳐다보며 더치가 말했다. "미안."

"내일 턱시도 입어야 하는데 참 기대되네." 이선이 눈동자를 굴리며 말했다.

"으악. 진짜 잔인해. 여자들은 좋겠다. 짧은 드레스 입잖아!" 비제이가 말했다.

"그래, 거기에다 엄청 두꺼운 화장은 덤이지. 진짜 다 쪄 죽을지도 몰라." 엠마가 실소를 터트렸다. "내일 느슨하게 묶어서 올림머리 하려고 했는데 안 해야겠어. 광대뼈가 없어서 어울리지도 않을 테고. 이 더위에 처참해 보이지 않으려면 다른 머리 스타일로 해야 하는데. 목 좀 시원하게 옆으로 땋을까 봐."

이선이 엠마를 가까이 끌어당겨 관자놀이에 입을 맞췄다. "자기 얼굴이면 남자들이 전쟁이라도 일으킬 만한 미모지."

엠마가 얼굴을 붉히며 수줍게 웃어 보이고는 폴짝 뛰어 이선에게 입을 맞추었다. "Eu te amo. 사랑해."

"일단 술이라도 한잔하자." 앨리가 왼손으로 가슴 쪽을 향해 연신 부채질을 해댔지만, 번들거리는 땀을 달래기엔 역부족이었다.

"내가 가져올게." 더치가 말했다. "안에 가서 에어컨 나오는 데 자리 있나 봐. 저기 계단 올라가면 큰 창문 있고 바닷가 보이는 데 있거든. 거기 가 있으면 내가 맥주랑 프로세코 와인 가져갈게. 그리고 생수도." 엠마를 쳐다보며 말했다. "얼음도 따로 담아 달라고 할게."

이선이 문을 열자 차가운 공기가 훅 끼쳐오는 바람에 모두의 축축한 피부에 이슬방울이 맺혔다. 땡볕 아래 꺼내 둔 차가운 맥주병처럼 모두가 땀을 줄줄 흘렸다. 엠마가 목 뒤로 흘러내린 두꺼운 머리카락을 잡아 올리자, 이선은 뒤에서 부채질을 해줬다. 비제이는 습도가 높은 날씨에 자신만의 순화된 언어로 욕을 퍼부었다. 앨리는 더위와 눈싸움을 해서 이기겠다는 듯 눈을 부릅뜬 채로 입을 앙다물고 있었다.

이윽고 더치가 계단참에 마련된 공간에 도착했다. 친구들은 푹신한 흰색 쿠션들이 놓여있는, 나뭇가지를 엮어 만든 의자와 소파에 앉아 있었다. 반대편 쪽에 놓인 가죽 소파에 앉았더라면 몸이 쩍쩍 달라붙었을 텐데 다행히 편안한 자리를 찾아 쉬고 있었다. 더치는 왼손에 맥주병이 가득 담긴 통을, 오른손에는 플라스틱 생수병이 가득 담긴 통을 들고 있었다. 그리고 프로세코 와인 병을 겨드랑이에 낀 채로 친구들에게 다가갔다.

"얼음이랑 와인 잔은 갖다주기로 했어." 더치가 앨리에게 말했다. 그러고는 엠마에게 생수를 건네주었다. 엠마는 허탈한 표정으로 다른 친구들이 술을 종류별로 꺼내 드는 모습만 바라보았다. 더치도 체온을 낮추려고 생수 한 병을 먼저 마시기로 하고는 병뚜껑을 따며 친구들을 향해 말했다. "내일 이맘때쯤이면 둘이 부부가 되겠구나. 멋지네."

미안해, 피오나. 더치는 생각했다.

이 괴로움이 가라앉는 날이 오기나 할까.

"그러게. 우리 가족이 하나 더 생기는 거지." 비제이가 말했다.

엠마가 이선을 향해 조용히 엄지손가락을 들어 보이며 두 사람은 각자의 음료를 홀짝댔다.

"어차피 그렇게 자주 보지는 못할 텐데 뭐." 앨리가 와인 병을 따고 난 뒤 코르크 마개를 테이블 위에 올려두며 말했다. "걔들은 여기 살고, 우린 저기 살잖아." 손가락으로 북쪽을 가리키고 나서 와인을 병째 쭉 들이켰다. 아직 잔을 갖다주지 않았기에.

그 말에 더치는 앨리에게 뭔가 모를 동질감을 느꼈지만, 트레버를 혐오하는 이 마음을 섣불리 꺼낼 수는 없었다. 앨리가 욱해서 서로 같은 마음이라는 걸 느낄만한 어떤 말이라도 먼저 내뱉길 내심 바랐다. 하지만 더치가 아는 앨리는 이성적이라 감정 따위에 휘둘리지 않는 사람이었다.

그래서 앨리는 대학생 때도 연애를 한 적이 별로 없었다. 다 '너무 이래서' 아니면 '너무 저래서' 못 만나겠다고 했다. 너무 감성적이거나, 너무 동아리에 미쳐있거나, 너무 괴짜답거나, 너무 사이코 같다고. 과에서 두 번째로 똑똑했던 그녀는 장대한 포부를 가지고 있었다. 그래서 와튼 같은 권력가와 결혼한다고 했을 때도 더치는 그다지 놀라지 않았다.

앨리는 자신의 결혼식에서도 하객들 사이로 걸어 나오면서 환하게 미소 짓는 대신 형편없는 예술가가 그려놓은 듯한 억지웃음만 어색하게 지어 보였다. 와튼이 결혼 서약을 읊을 때도 차라리 이럴 시간에 인스타그램이나 하는 게 낫겠다는 듯 지겨워했다. 심지어 "빨리 좀 끝내지!"라고 신호를 보내듯 발로 바닥을 탁탁 쳐댔다. 키스도 아무 감정 없이 기계처럼 하는 바람에 입술에 바른 립글로스가 하나도 번지지도 않고 그대로였다. 딱 한 번 진실하게 감정을 내비친 순간은 목사가 어머니에 대한 기억을 이야기할 때뿐이었다. 아주 잠깐이었지만, 더치는 그녀의 감정을 알아차릴 수 있었다.

결혼식 피로연 때도 앨리는 엠마와 피오나, 가족들과 함께 춤을 췄다. 와튼은 오랜 친구, 그리고 직장 동료들과 함께 인사를 주고받으며 시가만 피울 뿐이었다. 두 사람은 마치 아침 늦게 브런치를 같이 먹고 나온 사이처럼 행동했다. 심지어 3주 동안 세이셸로 신혼여행을 가서 인스타그램에 올린 사진도 전부 앨리 혼자 찍은 사진뿐이었다. 석양 아래에서 서로 키스하는 사진이나, 앨리가 수영장에서 한가로이 누워 책을 읽으며 햇빛을 즐기는 동안 와튼이 그녀의 무릎에 손을 얹고 있는 사진은 올라오지 않았다. 장기적인 관계나 죽을 때까지 함께 하는 결혼 따위에는 전혀 관심이 없어 보였다. 그런 앨리를 보며 더치는 어쨌든 혼자 사는 게 더 나을 거라고, 이혼하는 편이 더 나을 거라고 좋게 생각하기로 했다.

한편, 비제이는 맥주 한 병을 집어 들고 뚜껑을 따서 벌컥벌컥 마셨다. 그러고는 물이 뚝뚝 떨어지는 병을 땀에 젖은 이마에다 갖다 댔다.

"트레버도 그렇게 나쁜 사람은 아니야. 그냥 내가 잘 모르는 것일 뿐이지." 비제이가 말했다.

"그런데 넌 뭐 하러 머저리같이 신랑 들러리 서냐? 미안, 비제이. 근데 나도 온종일 말조심하느라 힘들었어." 앨리가 또다시 눈동자를 굴리며 말했는데, 진짜 눈알을 저 정도로 많이 굴리며 운동을 시켜대면 근육통이 상당할 거라는 생각이 문득 들었다.

"트레버가 부탁했으니까. 뭐가 문제야? 다 피오나를 위한 건데." 그러고는 맥주 반병을 비워냈다. "게다가 뭐 트레버도 괜찮은 사람이잖아." 비제이가 어깨를 으쓱하며 대꾸했다.

그 순간 더치는 과연 친구들의 말이 진심인지 궁금해지기 시작했다.

22장

엠마

결혼식 하루 전, 20시

엠마는 이선과 손을 맞잡고 만찬장 안으로 걸어 들어갔다. 어제 환영 만찬이 열렸었던 곳으로, 실내와 실외 공간이 반반 나뉘어 있는 레스토랑이었다. 밤이 되자 어제와 마찬가지로 습도가 95퍼센트에서 80퍼센트로 떨어졌다. 그렇다고 딱히 쾌적해진 건 아니었지만 그래도 버틸 만했다.

오늘은 늘 같이 앉던 친구들인 더치와 앨리, 비제이 외에도 피오나의 동생 제시와 그의 남자친구 헥터가 함께였다. 엠마는 제시를 몇 번 만난 적이 있었다. 컬럼비아 대학교에 놀러 오기도 했고, 뉴욕에서 생일 파티를 할 때도 봤었다. 검은 곱슬머리와 회색 눈이 피오나랑 똑 닮아서 누가 봐도 남매라는 걸 단박에 알 수 있었다. 제시는 이선과 키가 비슷했지만, 엠마 눈에 외모는 이선보다 별로였다. 나이는 스물일곱 살이었고, 몸무게는 많이 나가야 60킬로그램 초반 정도 되려나. 알이 무척 두꺼운 안경을 맵시 있게 써보려고 노력한 듯 보였지만 처참히 실패했다. 평소에는 서로 어울리지 않는 옷들을 조합해 입으며 빨간 스니커즈를 신고 다녔는데, 오늘은 단추가 달린 셔츠에 통이 좁은 바지를 입고 있으니 제법 말쑥해 보였다. 하지만 안타깝게도 습한 날씨에 머리카락이 뜨지 않게 하려고 머리에 젤을 덕지덕지 바르는 바람에 영화 〈그리스〉에 나오는 단역 배우 같았다. 피위 허먼Pee-wee Herman과 〈빅뱅 이론〉 출연진 사이에 천재 아들이 있었다면 딱 이렇게 생겼을 것 같았다.

"회사는 어때?" 붙임성이 좋은 비제이가 물었다. "금융계는 좀 어떻고, 헥터?"

"좋아요." 제시가 안경을 고쳐 쓰며 대답했다. "진짜 제가 변호사 시험 통과했다는 게 아직도 믿기지 않아요. 출근하면 진짜 눈코 뜰 새 없이 바쁘긴 한데, 뭐 들어간 지 1년도 안 됐으니 당연한 거죠. 빌라노바 대학교 다닐 때보다 훨씬 더 많은 걸 배우는 중이에요." 그러고는 잠시 말을 멈추고 헥터의 손을 잡았다. "헥터는 얼마 전에 메릴린치에서 골드만삭스로 옮겼어요."

비제이가 고개를 끄덕였다. "아버지가 참 자랑스러워하시겠다."

돌아가신 아버지와 상원의원인 존 삼촌 모두 변호사였고 제시는 두 사람의 뒤를 잇고 싶어 했다. 그런 제시가 엠마 눈에는 참 기특해 보였다.

"삼촌이 고위직에 출마할 생각이시거든요. 저도 도움을 드리고 싶어요. 아버지도 그러길 원하셨을 테니." 제시가 말했다.

모두가 입술을 다문 채 고개를 끄덕였다. 심지어 제시의 옆자리에 앉은 앨리마저도 생뚱맞게 그의 팔뚝을 두드리며 위로를 건넸다. 앨리도 부모를 잃은 마음이 어떤지 잘 알고 있었으니까. 두 남매의 아버지는 피오나가 초등학교 때 교통사고로 세상을 떠났다. 텔레비전에서 눈과 진눈깨비가 내리니 운전하지 말라는 방송까지 나왔건만 경고를 무시한 채 사무실까지 운전해서 가겠다고 길을 나섰다. 브레이크가 고장 난 견인자동차가 그를 사무실이 아닌 저 세상으로 데려갈 줄도 모르고.

종업원들이 나와 식사가 끝난 식탁을 치웠다. 식탁보에는 레드와인 얼룩이 여기저기 묻어 있었고, 냅킨에는 기름이 덕지덕지 말라붙어 있었다. 엠마는 이선의 빵빵한 배 위에 손을 올린 채 웃음이 터졌다. 안심 스테이크와 채소를 마지막 한 조각까지 싹싹 긁어 먹은 이선은, 엠마에게도 두 사람 몫을 먹어야 하니 자기처럼 먹으라고 부추겼다.

하지만 엠마는 음식을 남겼다.

이제 디저트가 나올 차례였다. 그런데 그 순간 날카로운 고음이 쨍하고 식당 안 가득 울려 퍼졌다. 모두가 곧바로 고개를 돌려 소리가 난 앞쪽을 바라보았다. 그곳에 트레버가 피오나를 팔로 감싸 안은 채 서 있었다.

"모두 주목해 주세요." 트레버가 왼쪽 입가만 추켜 올려 얼굴 반쪽에 미소를 띤 채 말하자 방 안에 있는 모든 사람이 그를 쳐다봤다. "저희 결혼식을 축하하기 위해 가까이서 그리고 멀리서 여기까지 와 주신 모든 친구, 가족분들께 진심으로 감사하다는 말씀드립니다. 저에게, 그리고 저희 부부에게 정말 큰 힘이 됩니다." 그러더니 샴페인 잔으로 친구들이 앉은 테이블 쪽을 가리켰다. "특히 저기 3번 테이블에 앉은 하객들한테 감사하다고 전하고 싶은데요.

신부 친구들입니다. 대학 시절부터 피오나와 막역한 친구들인데 이제는 저랑도 친한 친구가 됐습니다. 영광스럽네요! 감사합니다."

친구들이 앉은 테이블 위로 집중 조명이 비추기라도 하듯 모두가 그쪽을 바라보며 "우와", "오" 같은 감탄사를 뱉으며 가볍게 손뼉을 쳤다. 그러고는 이내 모든 시선이 트레버에게 다시 향했다. 이에 기다렸다는 듯 트레버는 50년대 영화에서나 나올법하게 피오나를 뒤로 홱 젖혀서 입술에 입을 맞췄다. 그러고는 다시 일으켜 세워 그 자리에서 빙글빙글 돌리기까지 했다. 그는 "내 멋진 신부를 소개합니다."라고 말하듯 손바닥을 펼쳐 피오나 앞으로 가져댔다. 종업원들이 디저트와 커피를 나눠주는 내내 방안에서는 연신 감탄사가 터져 나왔다.

엠마는 왜 아무도 트레버의 속내를 꿰뚫어 보지 못하는지 답답했다. 피오나 가족들은 '드디어 시집을 가는구먼!'하고 속 시원해하는 걸까? 사흘 후면 또 얼른 아기를 가지라고 잔소리를 해대겠지. 대체 왜들 그러는 걸까? 왜 다들 그렇게 모든 걸 서두를까? 그 순간 그녀가 즐겨 읽던 잡지에 나온 유명 인사 가십 기사 하나가 떠올랐다. 배우 두 명이 나란히 서 있는 모습이 찍히면 일주일 뒤에는 애정행각을 벌이는 사진이 떴고 또 일주일 뒤에는 약혼한다는 소문이 돌았다. 그리고 또 일주일도 채 지나지 않아 그중에 절반은 여자가 임신했다. 그것도 쌍둥이! 모두가 다음 단계로 성급하게 넘어갈 준비가 완벽하게 되어있는 것처럼 보였다. 잡지에서 나온 대로라면 제니퍼 애니스톤은 지난 20년 동안 한 달에 한 번씩 쌍둥이를 임신했어야 했다. 대부분은 아빠가 브래드 피트라고 하지. 세상에나, 제발 그 여자 좀 내버려 두라고.

하지만 엠마와 이선의 관계는 달랐다. 두 사람은 열여덟 어린 나이에 처음 만났다. 학생 신분이었기에 둘 다 마땅히 공부에 집중했지만, 늘 서로에게 이성적인 감정을 느꼈다. 하지만 둘 다 괜히 먼저 고백했다가 우정에 금이 갈까 두려워했다. 그러던 어느 날, 엠마에게는 영문학 필수과목이면서 이선에게는 선택과목이었던 작문 수업이 끝난 뒤였다. 이선은 엠마에게 "같이 놀자."라고 했다. 그렇게 맥주 몇 잔을 마시고 나서 두 사람은 첫 키스를 했다. 엠마의 녹색 눈을 빤히 쳐다보던 이선은 손가락 등으로 엠마의 빰을 어루만졌다. 그러고는 그녀의 턱을 살짝 들어 올려 입술에 부드럽게 입을 맞추었고 딱 7초 정도가 지나 두 사람의 입이 벌어졌다.

그 순간 엠마는 이미 사랑에 푹 빠져버렸다. 그리고 이선도 마찬가지였다. 서로가 자신의 짝을 찾았다는 걸 깨달은 순간이었다. 하지만 두 사람은 서두르지 않았다. 사랑하는 이선을 자신의 비밀과 멀리 떨어트려 놓기 위해 엠마가 해왔던 모든 일들도 다 이선을 위한 것이었다.

그러다 엠마가 만찬 케이크를 한 입 베어 물었을 때, 테이블 바로 위에 놓인 더치의 핸드폰이 울렸다. 화면을 힐끗 쳐다본 더치는 곧바로 미간을 찡그렸다.

"모르는 번혼데." 그러고서 화면을 톡 두드렸다. 그러더니 상한 조개를 삼켰다가 토하기 직전인 사람처럼 불쾌한 표정을 지었다. 그리고 그의 시선이 이선에게로 향했다. "어이, 잠깐 얘기 좀 할까?"

띵, 앨리의 핸드폰이 울렸다.

띵, 이선의 핸드폰이 울렸다.

띵, 엠마의 핸드폰이 울렸다. 테이블 위에 놓인 가방 안에서.

"안돼!" 더치가 테이블 너머로 소리를 지르며 자리에서 벌떡 일어났다. "보지 마."

"뭔데 그래? 나 핸드폰 방에 두고 왔는데." 비제이가 말했다.

하지만 그러기엔 이미 늦었다. 누군가가 "지금 바로 보지는 말고……."라는 말을 할 때면 훗일은 생각지 못한 채 일단 호기심부터 일기 마련이지. 그렇게 모두가 메시지를 확인했다. 비제이는 몸을 숙여 더치의 핸드폰을 쳐다봤다.

다음 순간, 모두의 시선이 이선을 향했다.

엠마는 검은색 클러치 안에서 핸드폰을 꺼내 메시지를 열었다. 사진 한 장이 와 있었다. 그리고 그녀의 전부인 남편 이선이 거기 있었다. 피오나와 키스하면서. 이선이 레인저스 운동복을 입고 앉아 있는 그곳이 어디인지 엠마는 단번에 알 수 있었다. 매디슨 스퀘어 가든 경기장. 이선은 한쪽 팔을 피오나의 어깨에 얹고 있었다. 또 다른 손으로는 피오나의 턱을 끌어당겨 얼굴을 자기 쪽으로 향하게 하고는 키스하고 있었다. 둘 다 입가에 미소를 머금은 채로. 그 모습이 빌어먹을 키스 캠 카메라에 찍혔다. 1만 8천 명의 관객들이 사랑에 빠진 이선과 피오나를 향해 환호성을 질러댔겠지.

잠깐만, 이선이 피오나를 레인저스 경기에 데려갔다고? 게다가 키스 캠에도 찍혔다고?

엠마는 두어 달 전에 이선과 피오나가 술집 건물 외벽에 기대 섹스하다시피 서로를 애무하는 사진을 이미 본 적이 있었다. 그런데도 둘이 헤어졌을 때 일어난 일이었기에 입 밖으로 꺼내지 않고 묻어두기로 마음먹었다. 더군다나 그녀가 한 짓은 그보다 더 심했으니까.

그런데 레인저스 게임이라고? 엠마가 눈앞에 놓인 사진에 대해 자세히 생각할 겨를도 없이 또다시……

띵, 더치의 핸드폰이 울렸다.

띵, 앨리의 핸드폰이 울렸다.

띵, 이선의 핸드폰이 울렸다.

띵, 엠마의 핸드폰이 울렸다.

핸드폰을 부숴버릴 것처럼 꽉 움켜쥐고 있던 엠마가 곧바로 메시지를 확인했다. 그러더니 이성을 잃고서 모두가 지켜보는 앞에서 정신없이 울기 시작했다. 이번에는 피오나와 이선이 동생 티미, 그리고 어머니랑 함께 찍은 사진이었다. '50번째 생신을 축하드립니다.'라는 글씨가 쓰인 현수막이 뒷배경으로 걸려있었고, 어머니는 종이로 만든 왕관을 쓰고 숫자 5와 0 모양의 초가 켜진 컵케이크를 들고 있었다.

그러니까 두 사람이 다시 합치고 나서도 이선이 엠마에게 거짓말을 한 것이었다. 어머니 생신에 함께하지 못해 미안해하는 그녀에게 이선은 가족들 모두가 왜 엠마가 같이 오지 않았는지 계속 물어봤다는 말만 했었다. 배신감에 가슴이 아려왔고, 자신의 끔찍한 비밀을 이선은 모른다는 사실이 아주 잠깐이나마 기쁘게 느껴졌다.

지금껏 이선과 피오나가 잠깐 놀아난 사이라고 생각했었는데, 지금 보니 연인 관계였던 것 같았다.

그런데 그보다 더 끔찍하게도 이제 모두가 두 사람의 관계를 다 알아 버렸다. 그렇게 엠마의 치부가 만천하에 드러났다. 더치도, 비제이도, 앨리도 이선이 피오나와 잤다는 걸 이제 다 알아버렸다. 분명 트레버가 한 짓이었다. 어제 오후에 임신 발표로 모두를 놀라게 하고 트레버를 협박한 대가였다. 남들 앞에서 망신을 주려는 속

셈이겠지. 참 잘했어요, 개자식아. 엠마의 옛날 사진들을 구해낸 것도 트레버였으니 이 작은 보석 같은 사진들을 찾아낸 범인도 트레버일 게 분명했다.

엠마의 심장이 위험할 정도로 빨리 뛰었다. 그런 그녀를 주변 테이블에 앉은 사람들이 놀란 표정으로 쳐다봤다. 더치와 비제이는 어리둥절하면서도 안타까워하는 얼굴이었고, 앨리는 역겹다는 표정이었다. 그리고 이선은 들켜서 당황한 표정이었다.

그 순간 엠마가 핸드폰을 테이블 위에 세게 내려놓고는 자리에서 벌떡 일어났다. 이제 저 핸드폰에서 문자메시지 알람 소리가 들릴 때마다 이선의 배신이 죽을 때까지 떠오를 것이었다.

"엠마, 잠깐만. 내가 다 설명할게." 말은 이렇게 하면서도 이선의 눈빛은 불안하게 흔들렸다.

"뭘 설명해?" 엠마가 주변 사람들은 아랑곳하지 않고 제법 큰 소리로 물었다. "Eu sabia que você não era perfeito. 나도 완벽하진 않아. 그런데 이건 좀 아니잖아?" 마스카라가 번져 시커먼 눈물이 그녀의 얼굴을 타고 흘러내렸다. "지금껏 나한테 거짓말만 해놓고."

친구들 모두에게 이선과 피오나의 관계가 밝혀지고 나니 깊숙이 묻어놨던 감정이 한꺼번에 몰려와 머리가 터질 것만 같았다. 앨리가 그녀의 팔을 붙잡으려 했지만, 엠마의 분노를 이겨낼 수는 없었다. 그 순간 엠마가 테이블에서 뒤로 물러나 핸드폰을 집어 들고는 피오나를 향해 성큼성큼 걸어갔다. 그러고는 바에서 낯선 사람들과 이야기를 나누고 있는 피오나의 팔을 붙잡고 어깨가 빠질 정도로 힘껏 낚아챘다.

"엠마, 대체 왜 이래?" 엠마가 무엇을 봤는지 아무것도 모르는 피오나는 영문도 모른 채 눈을 동그랗게 뜨며 물었다.

"잠깐 얘기 좀 해." 가족들 앞에서 소란을 피우고 싶지 않았던 엠마는 피오나를 더러운 빨래를 옮기듯 방 한쪽으로 질질 끌고 갔다. "O que é isso? 이게 대체 뭐야?" 엠마가 핸드폰 화면을 피오나 얼굴 바로 앞까지 들이밀었다.

피오나는 만찬장에 있는 사람 절반이 자신들을 쳐다보고 있다는 걸 눈치채고는 눈을 가늘게 뜨며 뒤로 물러났다.

그러고는 씩씩대는 엠마에게서 핸드폰을 가져와 화면에 띄워진 사진을 확인하자마자 눈이 휘둥그레졌다. 놀란 그녀가 고개를 들었을 때 엠마의 두 눈은 벌겋게 달아오른 얼굴과 똑같이 핏발이 돋아 있었다. 엠마의 등 뒤로 두 사람을 향해 뛰어오고 있는 이선이 보였고, 그 뒤로 더치가 이선의 팔을 붙잡고 따라왔다. 비제이는 양손으로 머리를 감싼 채 미동도 없이 자리에 앉아 있었고, 앨리는 떡 벌어진 입을 손으로 가리고 있었다.

그 순간, 피오나의 옆쪽에서 트레버가 불쑥 나타났다. "무슨 일이야?"

아무것도 모르는 척하고 있네. 엠마는 그의 얼굴에 검지를 들이밀며 외쳤다. "Va se foder!"

엠마가 포르투갈어가 아닌 스타워즈에 나오는 클링곤 종족이 쓰는 외계어를 내뱉기라도 한 듯 무시하며 트레버가 중얼거렸다. "저게 대체 뭔 소리래?"

"무슨 뜻인지 모르는 게 나아. 근데 넌 저런 말 들어도 싸." 이선이 말했다. 그리고 트레버가 다가오려고 하자 손바닥을 올려 가까이 오지 못하게 막았다. 그런 다음 이선에게 이미 꺼지라는 말을 한두 차례 퍼부은 엠마를 향해 말했다. "얘기 좀 하자, 엠마."

바로 그때 앨리가 재빨리 달려와 엠마와 피오나 사이를 가로막아 섰다. "얘들아. 여기서 이러지 말고 여자 화장실로 가자."

대학교 시절, 기숙사 방에 귀뚜라미 한 마리가 들어온 적이 있었다. 긴 다리를 쭉 뻗으며 바닥을 가로질러 가는 귀뚜라미를 보자마자 앨리는 소리를 지르며 신발을 들고 쫓았지만, 엠마는 차분하게 남은 음식을 보관하는 데 쓰는 플라스틱 용기 안에 징그러운 귀뚜라미를 가두고는 죽이고 싶은 마음을 억누르고 산채로 바깥에 풀어주었다. 이렇듯 평상시 엠마라면 생명을 살려두는 편을 택하는 사람이었지만, 지금 상황을 보아하니 피오나를 집어 던져 바닥에 내리꽂기라도 할 기세였다. 그리고 엠마는 진심으로 그러고 싶었다.

앨리는 고개를 돌려 뒤통수에 구멍이 날 정도로 이쪽을 빤히 바라보고 있는 사람들을 향해 말했다. "얘들이 호들갑이 좀 심해요." 그러고는 눈동자를 굴렸다. "금방 끝날 거예요. 서로 오해하는 부분이 있어서."

그런 다음, 포르투갈어로 심한 욕설을 해대는 엠마와 피오나를 데리고 나갔다. 그러고는 뒤따라오려는 이선을 막았다. 앨리는 엠마와 피오나를 양쪽에 끼고서 화장실로 향했고, 이선은 낙담한 표정으로 그 모습을 바라 보았다.

"Saia! 나가!" 안에서 화장을 고치고 있던 두 여자를 향해 엠마가 소리쳤다.

앨리는 이글거리는 두 눈에서 눈물을 뚝뚝 흘리는 엠마를 힐끗 보고는 자신을 쳐다보는 두 사람에게 미안한 표정을 지으며 문 쪽을 향해 고갯짓했다. 그러고는 "가세요."라고 소리 없이 입 모양으로만 말했다. 엠마가 이길 때도 있어야 하니까.

두 사람이 나간 뒤 앨리는 화장실 문을 잠그고서 친구 둘 사이에 섰다. 한쪽 팔은 엠마를 향해 뻗고 다른 한쪽은 피오나를 향해 뻗고 서 있었는데, 그 모습이 마치 앨리의 팔을 중간에 두고 두 사람이 곧 줄다리기 시합이라도 할 것처럼 보였다. 물론 엠마가 손쉽게 이기는 게임이겠지만. 엠마는 지금 같아선 거대한 몸집의 미식축구 수비수가 반대편에 서 있다 한들 손톱 하나 부러트리지 않은 채 단번에 줄을 당겨버릴 수 있을 것만 같았다.

"엠마, 미안해. 내가 다 설명할게." 피오나가 먼저 말을 꺼냈다. 그리고는 화장실 바닥만 뚫어지게 쳐다봤다. 단짝 친구의 남자친구 아니, 이제는 남편이 된 남자. 그와 연인 비슷한 관계를 맺었다는 사실을 설명할 바에는 차라리 저 타일이 자신을 집어삼켜 지옥구덩이까지 끌고 갔으면 하는 심정일 테지. "예전에 너희 둘이 헤어졌을 때 있었던 일이야." 피오나는 눈물을 줄줄 흘리며 울어대는 탓에 몇 시간 전에 전문가에게 받은 화장이 다 망가져 갔다. "네가 다시 돌아오자마자 다 씹은 껌 뱉듯이 날 버렸어. 이선이 원한 건 내가 아니라 언제나 너뿐이었다고."

엠마가 코웃음을 쳤다. 그리고 피오나가 한 말에서 두 사람이 만났던 시기가 언제였는지 대번에 알아챘다. "그 말은 이선이 나랑 다시 합쳤을 때 너랑 사귀고 있었다는 뜻이야?"

그러자 피오나가 하느님에게 기도하듯 두 손을 앞으로 내밀어 깍지를 꼈는데, 그 모습을 본 엠마는 지금 피오나가 할 수 있는 게 기도밖에 없으리라 생각했다. 당장이라도 죽여 버리고 싶었으니까. "그냥 두어 달 만난 게 다야. 진짜야. 나도 알아. 내가 실수했다는 거. 근데 이선이 사랑한 사람은 늘 너 하나뿐이었어. 그땐 우리 둘 다 너무 외로워서 그랬을 뿐이야. 너한테 상처 주려고 일부러 그런 건 절대 아니야."

엠마가 코를 훌쩍대며 따졌다. "그럼 이선 어머니 생신 파티에 간 건 어떻게 설명할 건데? 나한테 상처 주지 않으려고 했다는 말 따위 집어치워. 우리 친구잖아. 근데 어떻게 나한테 이럴 수 있어?"

피오나가 봇물이 터지듯 눈물을 쏟아냈다. "그때 우리 한참 동안 서로 얼굴도 못 봤잖아. 변명하는 건 아니지만, 너 내 문자에 답장도 거의 안 했었잖아. 한동안 다른 애들한테도 다 그랬고. 정말 미안해. 네가 지금껏 만난 남자가 이선 하나뿐인 거 잘 알아. 미안해." 그러고는 바닥에 털썩 주저앉아 두 손에 얼굴을 파묻었다. "미안. 미안. 미안해!"

그 말에 엠마는 엄청난 충격을 받았다. 저딴 짓을 저질러 놓고는 어떻게 저렇게 아무 일도 없었던 것처럼 행동할 수 있지?

앨리는 내내 아무 말도 하지 않았다. 엠마는 몸을 돌려 거울을 바라보았다. 그러고는 수건에 물을 적신 뒤 눈 밑에 너구리처럼 검게 번진 화장을 닦아냈다. 그러다 얼굴에 물방울이 튀자 다른 수건을 집어 들고는 톡톡 닦아냈다. 그런 다음 원피스 앞쪽을 양손으로 훑고는 훌쩍대며 "그럼 난 갈게."라는 말만 남긴 채 화장실 문을 열고 나갔다.

"미안하다고!" 엠마가 나가고 굳게 닫힌 문에 대고 피오나가 외쳤다.

트레버가 아주 엉망진창을 만들어놨네. 그 개자식도 조만간 오늘 일에 대한 죗값을 치러야 할 것이었다.

23장

이선

결혼식 하루 전, 21시 30분

이선은 아내가 화장실 밖으로 나오자마자 얼른 뛰어갔다.

"엠마, 잠깐만."

엠마는 마치 이선이 투명 인간인 양 그를 무시하고 지나쳐 갔다. 마치 모르는 사람을 대하듯.

그런 그녀를 얼른 뒤따라가며 이선이 말했다. "엠마, 미안해. 진짜 상처 주려고 그랬던 건 아니야."

엠마는 레스토랑 입구를 지나 바다가 내려다보이는 계단참 쪽을 향해 걸어갔다. 만찬이 시작되기 전 모두 모여 술을 마셨던 그 장소였다. 그때만 해도 배신한 사람도 없고 모두가 여전히 친한 친구였었는데.

이선은 계속해서 엠마 뒤를 바싹 따라갔다. "너 혼자 내버려 둘 순 없어. 이렇게 밤새도록 따라갈 거라고, 엠마."

그리고 15미터 정도 뒤에서 더치가 따라오고 있다는 걸 눈치채고서 고마움을 느꼈다. 아내와 싸우는 말들은 들리지 않아도 어쩌다 넘어지면 바로 잡아줄 수 있는 거리였다.

엠마는 힘겹게 계단을 따라 내려갔고, 이선은 그녀의 이름을 부르며 뒤쫓았다. 눈물을 흘리며 로비를 가로지르는 여자와 그 뒤를 쫓아가는 남자의 모습은 단연 볼거리였다. 다른 바에 있는 손님들이 하던 일을 멈추고 두 사람을 빤히 쳐다봤다. 엠마는 문을 끼익 열고 다시 후덥지근한 바깥으로 나가 수영장 쪽으로 걸어갔다. 텁텁한 공기 속에 배어 있는 소독약 냄새를 맡으며 이선은 생각했다. 밤이 되어 수영장 주변 조명이 형형색색으로 바뀌는 모습이 너무 예뻐서 마치 술에 취한 무지개 같다고. 엠마는 무지개를 좋아했다. 이 광경을 같이 볼 수 있더라면 좋았을 텐데. 빨강, 주황, 노랑, 초록, 파랑, 남색, 보라. 조명의 색이 바뀔 때마다 엠마의 원피스도 그에 맞춰 다른 빛깔을 띠었다. 그녀는 콘크리트 바닥을 따라 계속 걸어갔다.

끼익, 뒤쪽에서 문이 열리는 소리가 한 번 더 들려왔다. 이선은 더치가 아직 뒤따라오고 있다는 걸 직감했다. 고맙다, 친구.

"엠마, 제발 그만해. 아기 생각도 해야지."

그러자 갑자기 엠마가 우뚝 걸음을 멈춰 섰다. 뒤따라 이선도 멈춰 섰다. 하지만 이선 쪽으로 뒤돌아보지는 않았다. 엠마에게 먼저 다가가야 할까? 아니면 엠마가 먼저 말할 때까지 기다려야 할까? 이선은 이 모든 걸 알게 되어 그녀를 고통스럽게 만든 게 다 자신 때문이라는 생각에 견딜 수가 없었다. 그리고 이래도 괜찮은지는 모르겠지만, 그저 엠마를 안고 싶은 마음뿐이었다. 그래서 수영장 너머 바닷가의 까만 하늘만 멍하니 바라보고 있는 그녀에게 조심스레 다가갔다.

"엠마." 부드럽게 이름을 부르며 그녀의 어깨에 손을 올렸는데, 그 손길에 엠마가 몸을 움찔했다. 손만 닿았을 뿐인데 이렇게 질색하다니 가슴이 너무 아팠다. 그녀는 아무 말도 하지 않았다. "엠마. 미안해. 변명은 하지 않을게. 진짜 입이 열 개라도 할 말이 없어. 그냥 내가 사랑한다는 것만 알아줘. 내가 사랑하는 사람은 늘 자기 하나뿐이었어."

마침내 엠마가 몸을 돌려 이선을 바라봤다. 화장이 다 번지고 눈물범벅이었지만, 그의 눈엔 여전히 세상에서 제일 아름다운 여자로 보였다. 그 순간, 저 멀리서 레게 밴드가 밥 말리Bob Marley 음악을 연주하기 시작했다. 야자수와 무더위에 노랫소리까지 어우러지자 신혼여행을 갔을 때가 떠올랐다. 하지만 지금 이선이 느끼는 감정은 그때와는 완전히 달랐다. 살면서 이토록 기분이 더러웠던 적도 없었다. 어떻게 그런 짓을 할 수 있었을까? 엠마를 잃는다면 그 슬픔에서 평생 헤어 나오지 못할 것 같았.

"내가 지금껏 사랑한 사람은 오직 이선 너 하나뿐이라는 거. 그것만 알아줘." 그러고는 엠마는 고개를 들어 달을 쳐다봤다. 두 사람이 사랑을 서약하는 모습을 목격한 증인이 거기 있었다. 증인이 없다면 공증을 받고 서명과 날인을 거쳐 제출한 서류도 다 무용지물일 테니까. 두 사람은 그렇게 언제나 서로만을 사랑했다. "난 좀 가서 누워야겠어. 제발 그만 좀 따라올래? 나 좀 내버려 둬. 더치랑 비제이랑 가서 술이나 더 마셔."

그러면서 이선의 어깨너머를 향해 고갯짓했다. 이선이 뒤돌아보자 15미터 뒤에 더치가 주머니에 손을 찔러넣은 채 야경을 구경하는 척하며 어슬렁대고 있었다.

이선은 엠마의 양손을 움켜쥐고 두 손을 번갈아 가며 여러 번 입을 맞추었다. "더치랑 비제이랑 같이 있고 싶은 게 아니야. 너랑 같이 있고 싶다고. 내 인생에서 소중한 사람은 정말 너 하나뿐이야, 엠마. 너 하나뿐이라고. 정말 너한테 상처 주고 싶진 않았어."

그런데 이미 상처를 줘버렸네. 그녀가 얼마나 고통스러울지 이선은 상상조차 할 수가 없었다. 입장을 바꿔서 생각해 보자. 만에하나 엠마가 친한 친구는커녕 낯선 남자와 함께 있는 모습을 본다면 어떨까. 아마 그 자체만으로도 힘들어 죽을지 모른다.

눈물을 꾹 참으려는 노력이 무상하게도 엠마의 눈에서 닭똥 같은 눈물이 뚝뚝 흘러내렸다. "알아."

엠마의 말은 진심처럼 들렸다. 하지만 곧바로 그의 손을 놓고 걸어가 버렸다.

마치 엠마와 함께 자신의 일부가 떨어져 나가는 것처럼 고통스러웠다. 이선은 무릎에 손을 대고 몸을 앞으로 숙였다. 고요한 정적만이 흘렀다. 그러다 레게 밴드의 음악 소리가 귓가를 간지럽혔다. "하나의 사랑, 하나의 삶, 함께 하며 행복해지자." 하지만 이제 다시는 행복해질 수 없을 것 같았다. 그때 더치가 다가와 이선의 등을 토닥였다.

"야. 너 괜찮아?"

이선은 몸을 일으켜 목 뒤로 손깍지를 끼며 말했다. "아니. 당연히 안 괜찮지."

그러고는 두 사람 사이엔 침묵만이 흘렀다. 그 침묵이 그들의 우정이 얼마나 돈독한지 대변해 주고 있었다. 말하지 않아도 다 알 수 있었으니까. 하지만 이선은 왠지 이번 일만큼은 분명히 짚고 넘어가야 할 것 같았다.

"있잖아, 더치. 충격적인 거 잘 아는데. 근데 그때 상황이 좀 애매했어. 더군다나 엠마와 헤어졌을 때여서. 나도 진짜 어떻게⋯⋯." 더 이상 말을 잇지 못했다. 그러다 문득 피오나와 자신이 찍힌 사진을 봤던 일이 떠올랐다. 그러자 그 사진을 모두에게 보낸 사람이 누군지 정확히 알 것 같았다.

더치가 무심하게 손을 흔들며 말했다. "나한테 설명할 필요 없어. 난 그냥 너희 둘이 괜찮길 바랄 뿐이야." 그러더니 엠마가 떠난 쪽을 바라보며 중얼거렸다. "불쌍해라."

그 말에 이선은 명치를 한 방 맞은 기분이 들었다. 트레버가 또 무슨 짓을 저지를까? 피오나의 일기장이 여전히 트레버에게 있었다. 이 일을 하루빨리 끝내야만 했다.

"이제 어떡하지? 모든 게 다 엉망진창이네." 이선이 말했다.

"난 여기서 탈출하고 싶다!" 더치 역시 속이 상하는지 허공에 대고 목청이 터질 듯 소리쳤다. "하룻밤만 이 호텔 밖으로 나갔다 오자. 이 사람들한테서 좀 벗어나고 싶어."

이선이 옅게 미소 지었다. "아냐. 비제이랑 같이 가. 난 그냥⋯⋯. 아, 뭘 해야 할지 나도 모르겠네." 그러고는 픽 웃었다. "어쨌든 고마워. 사랑한다." 그렇게 말하며 이선은 더치를 꽉 끌어안은 뒤 자리를 떠났다.

어둠 속을 홀로 터벅터벅 걸으며 이선은 엠마와 마지막으로 헤어졌던 때를 떠올렸다. 그때는 철이 없어도 너무 없었지. 전날 과

음했다고 회사를 빠지고, 대학교 적 단골 술집을 여전히 밥 먹듯이 드나들었으며, 엠마에게도 모든 면에서 함부로 대했다. 하지만 엠마는 그런 대우를 받을 여자가 아니었고, 결국 그녀도 그 사실을 깨우치고 이선을 떠났던 것이었다.

하지만 엠마가 떠난 뒤에도 매 순간 그녀 생각만 났고 너무 걱정됐다. 두 사람이 헤어진 뒤 엠마를 봤다는 사람이 아무도 없었다. 더치와 비제이, 로저는 지난 1년간 어쩌다 한 번씩 문자로만 연락을 주고받은 게 다라고 했다. 앨리와는 별로 친하지 않아 따로 물어보지는 않았지만, 어쨌든 늙은이랑 결혼해 부잣집 사모님 놀이에 정신이 팔려있을 때였다. 그리고 피오나를 술집에서 만났던 그날도 엠마 이야기를 했던 기억은 있는데, 테킬라 때문에 그게 정확하게 무슨 이야기였는지 가물가물했다.

그날 이후 엠마의 빈자리를 피오나가 채우긴 했어도 이선의 머릿속은 온통 엠마 생각뿐이었다. 핸드폰 번호가 그대로인지 확인할 길이 없어 한날은 엠마가 일하는 회사로 전화를 걸었다. 마치 어제도 통화한 사이처럼 이선이 "안녕, 나야."라고 태연하게 인사를 건네자 엠마는 소스라치게 놀랐다. 하지만 그날 저녁 술 한잔하자는 그의 말에 알았다고 대답했고, 그렇게 만난 자리에서 이선은 또다시 용서를 구하며 이번에는 진짜 정신 차렸다고 호소했다. 그리고 엠마를 위해 더 나은 사람이 되었다는 그의 말은 사실이었다. 다만 그 덕분에 쓸데없이 피오나만 호사를 누렸지.

그리고 재결합한 지 1년이 채 되지 않은 어느 날, 이선은 엠파이어스테이트 빌딩 꼭대기에서 엠마에게 프러포즈했다. 분홍빛 하늘 아래 일본 관광객 백 명이 보는 앞에서. 두 사람 모두 고작 스물

아홉 살이었지만, 이선은 더 기다리고 싶지 않았다. 또다시 그녀를 잃고 싶지 않았다.

엠마를 지키기 위해서라면 못 할 짓이 없었다. 그래서 트레버를 입 다물게 할 사악한 방법들을 머리에서 떨쳐내려 애써야 했다.

물론 거기까지 가는 일은 없을 테지만.

24장

더치

결혼식 하루 전, 22시

더치는 이선이 떠나자마자 비제이에게 문자를 보냈다. 호텔 밖으로 나가서 다른 술집을 가자는 내용이었다. 비제이가 방에서 핸드폰을 가져왔기를 바랐으나 15분이 지나도 답은 없었다. 수영장 야외 바에 앉아 맥주 한 병을 홀짝이며 문자를 기다렸다. 결혼식 하객 몇몇이 다가와 조금 전 벌어진 일을 캐물었다. 그러나 더치는 별일 아니라며 아무 문제가 없다는 의미로 백만 달러짜리 미소를 지어 보였다. 과연, 북극의 만년설도 싹 녹여버릴 만한 미소였다.

눈앞이 슬슬 두 개로 보이기 시작했다. 얼른 우버를 잡아타고 기사에게 어디든 신나는 곳으로 데려가 달라고 말했다.

그리고 뒷좌석에 앉아 창문 밖을 내다보았다. 파티를 하는 여자들이 어깨띠를 두르고 번화가에 서 있었는데, 근육질의 이탈리아계 남성들이 걸음을 멈춰 서서 그들에게 말을 걸려고 하고 있었다.

그 모습을 보고 있자니 자신의 젊은 시절이 떠올랐다. 그때처럼 아무런 근심 걱정 없이 살고 싶다는 생각이 들었다. 하지만 그러기엔 지금 더치가 책임져야 할 것들이 있었다. 무엇보다도 아이들을 계속 지도해야 했고, 아버지가 이스트 할렘 지역의 임대료를 막무가내로 올려대지 못하게 막아야 했다.

그러다 문득 이런 생각이 스쳤다. 이선과 피오나의 사진들은 대체 누가 보낸 걸까? 자신의 과거를 파헤쳤던 트레버가 가장 먼저 떠올랐다. 그런데 아무리 트레버라도 그렇지. 자기 아내가 될 사람을 그렇게 망신 줄 것 같지는 않았다. 그것도 결혼식 전날에 말이다. 그렇다면 이선과 엠마를 헤어지게 만들고 싶은 다른 누군가가 보낸 걸까? 아니면 피오나와 트레버를 헤어지게 만들려는 다른 사람이? 설마 다른 애들에게도 비밀이 있는 걸까? 트레버가 친구들도 괴롭히고 있다면 정말 가만두지 않을 것이었다. 더치에게는 제일 소중한 사람들이었다. 로저에게 배신을 당한 후에는 더더욱.

브런치에서 피오나와 트레버가 약혼하고 이틀이 지난 날이었다. 더치와 친구들 모두에게 추적 불가능한 메일 주소로부터 파일 하나가 도착했다. 파일은 열자마자 지워졌는데, 어차피 다시 볼 필요가 없었기에 상관없었다. 로저가 자신의 어머니와 함께 있는 그 사진들은 결코 잊을 수가 없었으니까. 그리고 그 파일 안에는 영수증 사진들도 같이 들어있었다. 어머니가 로저에게 선물로 갖다 바친 비싼 시계들, 고급 레스토랑에서 먹은 저녁 식사, 심지어 로저가 돈을 모아 샀다고 말했던 자동차 영수증까지.

이후 더치가 로저를 만나 이에 관해 캐묻자 로저는 불륜을 인정하고 더치에게 절대 받지 못할 용서를 구했다. 이 일로 부모님은 이혼했고 친구들 역시 치를 떨며 로저와 연락을 끊었다. 어차피 오라고 해도 가지 않았을 테지만. 어쨌든 피오나는 트레버에게 말해 결혼식에 로저를 초대하지 않기로 했다.

친구들에게 모든 비밀을 털어놓을까, 고민도 했다. 자신이 협박 당하고 있다는 사실을 알리는 방법이었다. 하지만 트레버가 켈시에 대한 정보를 언론에 공개해 버릴 거라는 생각이 들었다. 로저를 저렇게 망가트린 걸 보면 분명 자기에게도 똑같이 할 게 분명했다. 로저는 세간의 이목을 집중시킨 이혼 사건의 주인공이었다. 그래서 그는 부동산 관련 직업도 잃고, 뉴욕 내 돈벌이가 되는 다른 일자리도 일체 구할 수 없었다. 아, 사실 이건 더치 아버지가 부동산 개발업자였던 탓도 컸겠지. 더치가 마지막으로 들은 소식에 의하면 새 출발을 하려고 중서부로 돌아갔다고 했다.

로저는 그렇게 사라졌다. 그리고 로저와 함께했던 좋은 기억들도 함께 사라져 버렸다. 다 트레버 때문이었다. 그리고 그다음 차례가 될 수는 없다고 더치는 생각했다.

이윽고 우버 운전기사는 번화가에 있는 한 술집에 더치를 내려주었다. 호텔에서 그다지 멀지 않은 곳이었다. 기아 소렌토를 모는 미카는 오늘 대학 미식축구가 열리는데 지역팀이 라이벌전을 치르니 그 술집이 가장 후끈할 거라고 했다. 더치는 안으로 들어가 혼잡한 술집 사진을 몇 장 찍어 비제이에 보냈다. 사진을 보면 나올 거란 예상과는 달리 비제이에게서는 아무런 대답이 없었다.

그렇게 두어 시간이 흘렀다. 그리고 지역팀이 경기에서 승리를 거두자 모두가 기뻐했다. 그 순간 술기운이 확 오른 더치는 홀로 호텔 방에 돌아가고 싶어졌다. 얼굴에 그림을 그리고 대학교 깃발을 흔들며 팀 구호를 외쳐대는 사람들 사이에서 어쩐지 이질감을 느꼈다. 더는 자기와 어울리지 않는 것들이었다. 그는 이제 다 큰 어른이었으니까. 하던 연설문 작성을 마저 끝내고 싶었다. 시장이 주최하는 행사가 나흘밖에 남지 않았다.

올 때 보니 호텔은 우버를 타고 5분 거리밖에 되지 않았다. 그래서 더치는 걸어서 갈 수 있는 거리일 거라고 짐작했다. 핸드폰으로 경로를 확인한 후 걸음을 옮겼다. 밤공기가 좋았다. 해변을 따라 걸었다. 시끄러운 고층 호텔들에서 비쳐오는 불빛 때문에 흐리멍덩한 눈이 살짝 부셨다. 야자수는 여름옷을 입은 채 크리스마스 조명과 화환으로 장식되어 있었다. 드레이크, 비욘세 노래 사이에 빙 크로스비 노래가 들려 왔다. 더치는 마치 다른 세상에 와 있는 듯한 기분을 느꼈다. 이런 분위기 속에서 일년 내내 살면 모든 날이 크리스마스처럼 느껴질 터였다. 사실 더치는 크리스마스가 다가오고 있다는 사실도 몰랐다. 올해 크리스마스는 예년과는 다를 것이었다. 아버지와 시간을 보내는 건 싫어했어도 명절과 기념일엔 늘 부모님과 저녁을 같이 먹었다. 다 어머니를 위해서 한 일이었다. 하지만 이제 그것마저도 빼앗겼다. 지금은 어머니를 보는 것조차도 견딜 수가 없었으니까. 중년의 위기를 겪으며 어머니가 저지른 그 작은 실수에는 대가가 따랐다. 이혼, 그리고 어머니라면 꼴도 보기 싫어하는 아들.

마침내 더치가 비틀대며 호텔에 도착하자 기이한 고요함이 흘렀다. 지난 이틀간 겪어야 했던 결혼식 하객들의 소란스러움은 온데간데없었다. 시계를 확인하니 아직 로비 바가 문을 닫기 전이었다. 술을 한 잔 더 마시고 잔다고 해도, 내일 결혼식에 거뜬히 참석할 수 있을 법한 시간이었다. 트레버와 켈시가 연인이었다는 생각을 떠올리면 트레버가 경멸스러웠지만, 그래도 피오나와 이선이 함께 했던 것보다는 나았다. 그런 생각을 하며 로비 바로 걸어 들어가 눈을 가늘게 뜨고 둘러봤다.

저쪽 의자에 잭콕 칵테일을 거의 다 비워낸 채 앉아 있는 앨리가 보였다. 가까이 다가가 뒤에서 간지럽히자 앨리가 깜짝 놀랐다. "개구쟁이!" 고개를 돌려 얼굴을 확인한 앨리가 웃으며 말했다. "너 내 팔꿈치에 얼굴 안 맞은 걸 다행으로 알아!"

그러자 곧바로 가라테 자세를 취하며 더치가 외쳤다. "내가 너 이길 수 있거든! 나 가라테 검은 띠야!"

사실이었다. 어렸을 때부터 최고의 교육을 받은 더치는 명문 학교 진학은 물론이고 골프, 가라테, 수영 등 자신이 하고 싶은 운동은 다 배우며 자랐다. 노력만 했다면 제2의 타이거 우즈나 마이클 펠프스가 됐을 수도 있었다.

"한 잔 더 할래?" 고갯짓으로 앨리의 술잔을 가리켰다.

앨리는 마지막 남은 술을 한 번에 다 들이켜고서 유리잔을 밀어냈다. 그러자 잔이 쉭 소리를 내며 나무 위로 미끄러져 카운터 반대쪽 끝에서 멈춰 섰다. "안돼. 이미 많이 마셨거든." 그러더니 뜬금없이 립글로스를 꺼내 다시 발랐다. "그래도 뭐 안 될 건 없잖아?"

더치는 백 달러짜리 지폐 뭉치를 흔들며 웨이터의 관심을 끌었다. "티토스 마티니 한 잔이랑 잭콕 하나 더요. 그리고 여기 여자분이 마신 것까지 다 계산해 주세요."

앨리가 살짝 긴장한 듯 웃으며 말했다. "고마워. 내가 내도 괜찮은데."

이에 괜찮다고 손을 흔들어 보이고는 그녀 옆자리에 앉았다. 앨리의 술이 준비되고 더치의 술이 앞에 놓일 때까지 두 사람은 아무말도 하지 않았다. 바텐더가 다가와 카운터의 가장자리에 놓인 돈 뭉치를 가져갔다.

"잔돈은 됐어요." 언제나처럼 후한 팁을 주고는 앨리를 쳐다보며 말했다. "자, 금발 머리 씨. 우리 이제 얘기나 좀 할까. 아니, 오늘 밤에 있었던 일은 대체 뭐래?"

앨리가 깔깔 웃기 시작했다. "세상에나. 이선이랑 피오나라니? 넌 알고 있었어?"

방어적으로 두 손을 들어 올리며 고개를 세게 흔들었다. "그럴 리가. 나도 너희들이랑 똑같이 그때 알았어."

"근데 그 문자는 누가 보낸 걸까?" 앨리가 목소리를 낮춰 물었다. "이유는 또 뭐고?"

"그야 나도 모르지." 더치는 그 질문엔 대답하지 않기로 했다. "여하튼 피오나는 어떻게 됐어?"

"흥." 앨리가 콧방귀를 뀌고는 술을 한 모금 마셨다. 그러고는 입술을 앙다문 채 고개를 이리저리 흔들었다. "난 둘 사이에 끼어들지 않을 거야. 내 문제도 아닌데 내가 상관할 바 아니지."

"무슨 말인지 알겠어." 더치가 한숨을 내쉬었다. "아니 이선 꼴이 말이 아니더라고. 걔가 엠마랑 얘기하러 갈 때 따라갔었거든. 그냥. 혹시 모르니까. 근데 그러다 중간에 엠마가 혼자 가버리니까 나한테 혼자 있고 싶다고 그러더라고."

앨리가 술을 한 모금 더 마셨다. "있지, 난 늘 엠마가 아깝다고 생각하긴 했지만, 걔들 둘이 서로 사랑하는 것만은 확실해. 그냥 잘 되길 바라는 수밖에. 이건 진심이야."

"그럼, 넌 아직도 사랑을 믿는다는 거야?" 더치가 마치 철창 속에서 입양되길 기다리는 강아지처럼 고개를 옆으로 비스듬히 틀며 물었다.

그 순간 불현듯 주변이 조용해지는 느낌이었다. 앨리는 무언가 결심한 듯 더치를 뜨겁게 바라보았다. 그리고 더치도 그 시선을 느꼈다. 그래서 앨리가 남은 술을 단번에 비워내고 무거운 술잔을 나무 카운터 위에 탁 놓고서 한 말에 더치는 조금도 놀라지 않았다.

"그만 여기서 나갈까?"

25장

비제이

결혼식 하루 전, 22시

소란이 잦아들자 모두 자리를 떴다. 그리고 그 아득한 침묵 속에 비제이만 홀로 남았다. 엠마와 이선이 사람들 앞에서 대놓고 싸운 건 아니었다. 실랑이가 조금 벌어지긴 했지만 뭐 연인끼리 다 그러지 않나. 그렇긴 해도 사람들의 이목을 끈 건 사실이었다.

테이블 위에는 반쯤 마시다 만 샴페인 잔들만이 덩그러니 놓여 있었다. 립글로스가 묻은 잔은 앨리가 마신 흔적일 테고, 플라스틱 생수 두 병은 엠마가 마신 것이었다. 그리고 마지막 한 방울마저 탈탈 털어 마신 스카치 잔 하나, 아니 두 개는 두말할 것도 없이 이선이겠지.

그러다가 검은색 가방 하나가 눈에 들어왔다. 친구 중 한 명이 두고 간 것일 테지만 그게 누구인지는 알 수가 없었다. 그날 저녁 셋 다 조그마한 검은색 클러치를 들고 왔기 때문이었다. 사생활을

침해하고 싶지는 않았지만, 주인이 누군지 알아보려고 가방을 열었다. 안에는 여자들이 으레 가지고 다니는 물건들이 들어있었다. 립스틱, 콤팩트 파우더, 탐폰, 지갑. 아니, 뭐 이렇게 조그마한 지갑이 다 있대. 지갑이라기보다는 카드와 현금을 넣는 용도에 더 가까워 보였다. 어쨌든 작은 가죽 지갑을 꺼내 내용물을 확인했다. 현금으로 60달러와 면허증, 현금 인출 카드가 들어있었는데 엠마의 것이었다. 생각해 보니 아까 엠마가 먼저 뛰쳐나가고 이선이 바로 뒤따라갔을 때 그녀의 손에는 핸드폰만 들려있었다.

하지만 엠마가 어디로 갔는지 비제이로서는 알 길이 없었다. 만약 호텔 방으로 돌아가 이선과 싸우고 있다고 해도 중간에 방해하고 싶지 않았다. 두 사람 사이에는 분명 해결해야 할 문제가 있었으니까. 이선이 피오나와 같이 잤다는 것 자체도 너무나 말이 안되는 얘기였는데, 심지어 그보다 더 가까운 사이였다니. 비제이는 도저히 이해할 수가 없었다. 다 같이 함께 그 많은 시간을 보내면서도 그 누구도 둘 사이를 눈치채지 못했다.

이윽고 비제이는 가방을 손에 들고서 바닷가를 거닐며 밤바다가 포효하는 소리를 들었다. 모래사장 위로 떠밀려 온 죽은 통나무 위에 앉아 그날 저녁에 일었던 일을 떠올렸다. 그 순간, 휘영청 밝은 달이 망각으로 가는 길을 훤히 비춰주었다. 그는 신발을 벗고 달이 이끄는 대로 물속으로 들어가 자신이 저지른 죄를 바다가 벌하길 바랐다. 이제 하루만 더 버티면 다 끝이었다. 트레버가 약속을 지키기만 한다면.

그렇게 몇 분이 흘렀다. 시계를 보자 이미 자정이었고 잠자리에 들 시간이었다. 안 그래도 내일은 긴 하루가 될 예정이었는데, 오늘 밤 이 어이없는 소동까지 일어났으니. 엠마와 피오나, 그리고 엠마와 이선 사이에 벌어진 일들을 생각하면 과연 이대로 결혼식이 순조롭게 진행될 수나 있을까 싶었다.

잠시 후 호텔 방으로 돌아온 비제이는 서랍장 위에서 충전 중인 핸드폰부터 확인했다. 문자메시지가 백만 개는 와 있었다. 뭐, 조금 과장하긴 했지만 뭐 그만큼 많이 와있었단 얘기다. 더치에게서 어디 있냐는 메시지가 와있었다. '이 호텔에서 탈출'하자며 시내 술집에 같이 가자고 했다. 결국 혼자서 갔는지, 입에 귀에 걸려서는 양쪽에 여자를 하나씩 끼고 찍은 사진과 함께 "너 진짜 이래도 안 올 거냐?"라고 적힌 메시지가 마지막이었다.

그리고 엠마에게서도 메시지가 한 통 와있었다.

'나랑 얘기 좀 해.'

한숨을 쉬며 답장을 보냈다.

'네 가방 나한테 있어. 테이블에 두고 갔더라. 내일 아침에 방으로 가져다줄게.'

몇 분이 지나도 답장이 없었다. 이선과 여태 싸우고 있거나 이미 자고 있는 듯했다. 침대로 기다시피 들어간 비제이는 엠마가 자고 있길 바랐다. 오늘 밤처럼 스트레스를 받으면 아기에게 좋지 않으니까.

그 순간, 눈을 번쩍 뜬 비제이는 이불에 구멍이라도 낼 듯 벌떡 일어났다.

아기.

임신 중인데 왜 가방 안에 탐폰이 들어있지?

Part. 2

26장

엠마와 비제이

결혼식 당일, 9시 30분

엠마는 호텔 방문이 닫히는 소리에 잠에서 깼다. 시계가 9시 30분을 가리키고 있었다. 이선이 나갔다가 호텔 방으로 다시 들어오는 소리인 듯했다. 엠마는 이선 쪽 침대를 힐끗 쳐다봤다. 아무도 눕지 않은 듯 깔끔했다. 이윽고 몸을 일으켜 거실로 나가 소파에 앉았다. 이선은 커피와 베이글을 손에 들고 서 있었다. 뉴욕 레인저스 모자 아래 눈 가장자리가 빨갛게 충혈된 채로. 그리고 거실 한쪽에 놓인 소파 위에는 베개 하나와 구겨진 담요가 놓여있었다.

"디카페인 커피랑 베이글 좀 가져왔어."

고마워, 라고 말하고 싶었지만 입을 열자마자 혐오스러운 말들이 쏟아져나올 것 같아 곧바로 입을 다물었다. 그를 비난하고 싶은 마음이야 굴뚝같았지만, 엠마에게는 그럴 자격이 없었다. 이선보다 더 끔찍한 비밀들을 숨기고 있었으니까. 여자로 산다는 건 참

복잡한 일이었다.

하지만 두 달 전에 계획했던 대로 일을 진행하려면 모든 것이 괜찮은 척해야 했다. 만일의 경우를 대비해 이선이 곁에 있어야 했다. 이선을 이용하려는 게 아니라 어찌 됐든 둘은 부부가 아닌가.

"고마워." 엠마가 작은 목소리로 말했다.

이선은 엠마가 앉아 있는 소파로 커피와 베이글을 가져다줬다. 하지만 엠마는 재결합하자마자 이 모든 걸 다 털어놓지 않은 그에게 아직도 몹시 화가 나 있었다. 이 결혼은 처음부터 거짓말과 함께 시작되었다. 더군다나 이선이 입을 꾹 다물고 있는 바람에 피오나를 신부 들러리로 세우기까지 했다. 그렇지만 거짓말을 한 건 엠마도 뭐 피차일반이었다.

오히려 더 나쁘면 나빴지.

"엠마, 미안해." 그가 말했다. "자기한테 숨긴 거 말이야."

"알아." 전날 밤과는 사뭇 다르게 퍽 쾌활한 목소리로 대답했다. "우리가 헤어졌을 적에 다른 사람들 만났다는 거 다 알고 있어. 다만……." 엠마가 잠시 멈추었다 다시 말을 이었다. "피오나를 사랑했어?"

이선은 엠마 옆자리에 앉아 두 손으로 얼굴을 잡고 이마에 입을 맞추었다. "엠마, 내가 사랑하는 사람은 너 하나뿐이야." 이 말은 온전히 진실이었다. "생각할 시간이 필요하다는 거 알아. 제발 날 버리고 떠나지만 말아줘."

"내가 자길 두고 왜 떠나. 나 자기 사랑해. 진짜야. 세상에서 제일 사랑한다고."

바로 그때 문을 두드리는 소리가 났다. 이선은 엠마의 이마에 다시 한번 입을 맞추고서 천천히 일어나 문을 열었다. 비제이가 검은 가방과 커피를 들고 문 앞에 서 있었다.

"비제이, 무슨 일이야?" 한쪽 팔로 문을 잡고 입구를 막아선 채로 이선이 물었다.

"너네 괜찮은지 확인하러 왔지, 뭐. 엠마가 걱정돼서." 비제이가 고개를 돌려 이선 뒤쪽을 쳐다봤다. 거실 소파에 엠마가 앉아 있었다. 손을 흔드는 그녀를 향해 비제이는 클러치를 흔들어 보였다. "네 가방 가져왔어."

"고마워. 들어와, 비제이." 엠마가 대답했다.

그 말에 이선이 문 옆으로 비켜섰고, 비제이는 안으로 들어와 이선 옆에 어정쩡하게 섰다. 그리고 두 남자의 시선이 엠마를 향했다.

"자기야, 비제이랑 단둘이 할 말이 있는데 자리 좀 비켜줄래? 어제 일에 대해 다른 사람 의견도 좀 듣고 싶어서."

"자기 마음 가는 대로 해." 그러고는 이선이 엠마 쪽으로 다가갔는데, 엠마가 고개를 살짝 돌리며 움찔하는 바람에 어색하게 그녀의 뺨에 입을 맞췄다. "천천히 얘기해." 그런 다음 나가는 길에 비제이의 어깨에 손을 얹으며 속삭이듯 말했다. "제발 좋은 말만 해주라."

비제이가 고개를 끄덕이자 이선이 커피를 챙겨 문을 열고 나갔다. 이내 방문이 닫히는 소리와 함께 거실 안에는 엠마와 비제이 단 두 사람만이 남겨졌다. 그녀가 싱긋 웃자 비제이가 가방을 공중에 들고는 이리저리 흔들어 대며 물었다.

"이게 뭔지 나한테 설명 좀 해줄래?" 그의 목소리에 비난의 기색이 묻어 있었다.

엠마가 당황스러운 표정으로 대답했다. "미안해. 내가 너무 급히 나오느라. 놔두고 온 줄도 몰랐지 뭐야." 그녀의 시선은 조금의 흔들림도 없이 소중한 가방에만 꽂혀있었다. "찾아줘서 고마워. 진짜 비행기도 못 탈 뻔했네. 신분증도 없고, 그리고……."

그 순간 비제이가 엠마를 향해 손바닥을 들어 보인 뒤 커피를 테이블에 올려놓았다. 엠마는 그 바람에 잠시 하던 말을 멈추었다. 비제이는 가방을 열더니 안에서 탐폰을 꺼내 공중에 들었는데, 엠마 눈에는 마치 마술 지팡이가 둥둥 떠 있는 것처럼 보였다. "내가 여동생들을 못 본 지 한참 됐어도 이게 뭔지는 잘 알아. 그리고 어디에 쓰는 물건인지도."

엠마는 멍한 표정을 지어 보이더니 끝내 두 손에 얼굴을 파묻고 흐느껴 울기 시작했다. 화가 나긴 했어도 그녀를 울리고 싶지 않았다. 그렇지만 무슨 일인지는 알아야 했다. 잠시 후 눈물로 얼룩진 얼굴을 들고서 그녀는 비제이를 똑바로 바라보며 말했다.

"너한테 할 말이 있어."

"그러시겠지."

"그러지 말고, 비제이. 좀 앉아."

그녀가 책상 옆 가죽 의자 쪽을 가리켰다. 그러고 나서 소파 옆쪽으로 다리를 돌려 비제이를 마주 봤다. 숨을 깊게 들이마신 뒤 귓속말하듯 속삭였다.

"네 말이 맞아. 나 임신한 거 아니야."

임신이 아니라니.

모든 게 다 연극이었다. 임신 발표도, 배를 움켜쥐던 행동도, 술을 마시지 않던 것도 모두 다 연기였다. 비제이의 시선이 발코니

문 너머 바깥으로 향했다. 야자수 나무가 바람에 흔들리고 태양이 쨍쨍 내리쬐고 대서양 바다가 잔잔히 흘러갔다. 아무런 이야기도 듣지 못했다는 듯이. "이봐 그냥 다 잊어버려."라며 그를 조롱하고 있었다. "임신한 거 아니라잖아. 근데 그게 뭐." 자연이란 가까운 사람들에게서 배신감 따위를 느끼지도 않나 보다.

"세상에, 엠마. 그러면 대체 왜 우리한테 거짓말을 한 거야? 이선도 알아? 아니면 뭐 너희 둘이 짜고 치는 역할극 같은 거야?"

엠마가 잘 들리지 않을 정도로 작은 목소리로 속삭였다. "이선도 몰라. 내가 진짜 임신한 줄 알거든."

그러자 비제이가 양손으로 마른세수를 해댔다. "너 이러는 이유가 대체 뭐야? 관심받고 싶어서 그래?"

"아냐! 내가 그랬던 적이 한 번이라도 있긴 해?"

"아니 이해가 안 되잖아. 왜 그런 거짓말을……."

"지금은 임신 중이 아니야." 그녀가 말을 끊고 끼어들었다. "그런데 하긴 했었단 말이야. 6년 전에."

"6년 전? 그럼 이선은……."

6년 전. 그 순간, 비제이의 머릿속에 기차 소리가 울려 퍼졌다. 선로에 꽁꽁 묶인 자신을 향해 시속 1천 6백 킬로미터의 속도로 달려오고 있었다. "비켜, 이 바보야!" 기차가 경적을 울리며 외쳐댔다. "비켜! 비키라고! 비키란 말이야!" 그리고 쾅! 눈앞이 캄캄해졌다.

"젠장. 내 애였구나? 맞지?"

이선과 마지막으로 헤어지고 난 직후, 엠마와 비제이가 저녁에 만났던 날이었다. 모퉁이만 돌면 비제이의 집이었으므로 둘은 그곳에 가서 술이 깰 때까지만 한숨 자기로 했다. 엠마가 술에 취해 비제이의 아파트에서 잔 적이 그날이 처음은 아니었다. 그러다 쓰러질 듯 비틀거리는 그녀를 비제이가 붙잡았다. 두 사람 모두 술을 너무 많이 마신 상태였고 엠마를 늘 친동생처럼 생각했었기에 왜 그랬는지 이해할 순 없었지만, 그 순간 비제이는 갑작스레 온몸의 피가 아래로 솟구치는 느낌이 들었다. 첫 키스는 실수였고 찰나였다. 하지만 엠마가 비제이에게 다시 다가왔고 이내 두 사람의 옷이 바닥에 수북이 쌓여갔다.

다음 날 아침 비제이가 일어났을 때 엠마는 이미 가고 없었다. 그 순간 비제이는 여러모로 실수를 저질렀다는 걸 깨달았다. 제일 친한 친구이자 또 다른 친한 친구의 전 여자친구와 섹스를 했다니. 정말이지 결코 일어나서는 안 되는 일이었다. 그 때문에 너무 괴로웠다. 딱 한 번 저지른 실수로 두 친구 모두를 잃을까 봐 너무 두려웠다. 엠마와의 우정을 망치는 것만은 일어나지 않길 바랐지만, 애석하게도 딱 그렇게 되고야 말았다. 적어도 한동안은 그랬다.

그 일이 있고 몇 달이 흐른 뒤에야 죄책감에 사로잡혔는지 엠마가 갑자기 비제이의 전화를 받지 않기 시작했다. 심지어 꽤 오랫동안 서로 얼굴조차 보지 못했다. 문자 메시지와 이메일로 계속 대화를 시도했건만 그녀에게선 아무런 연락조차 오지 않았다. 그래서 비제이는 일을 이렇게 만든 게 모두 자기 탓이라고 자책했다. 엠마가 지금껏 사귄 사람이 이선 하나뿐이라는 걸 알면서도 그날 밤 그렇게 되도록 내버려 둔 자신이 정말 바보 같았다. 그러다 마침내 엠마가 마음을 열었고 두 사람은 그날 일은 다 잊기로 했다. 그리고 엠마와 이선이 마지막으로 재결합하고 나자 두 사람의 우정도 곧바로 예전처럼 다시 돈독해졌다. 비제이는 엠마의 심장이 이선을 위해서만 뛴다는 사실을 알고 있었고, 그런 그녀가 참 좋았다. 두 사람은 서로 연인 사이가 아니라 서로의 단짝이 될 운명이었다. 두 사람 모두 그 일을 툴툴 털어버렸다는 사실에 비제이는 그저 행복했다.

그런데 그때 왜 엠마가 연락을 끊었는지 진짜 이유를 알아버렸다.

실로 충격적이다 못해 어떻게 반응해야 할지조차 몰랐다. 실수로 여자를 임신시킨 데다가 임신했다는 사실조차 까맣게 몰랐을 때 무슨 말을 해야 하는지 따위를 가르쳐주는 수업은 없지 않은가. 일단 비제이는 자신의 본능대로 엠마를 다독여 주기로 했다.

"엠마, 왜 나한테 말하지 않았어?"

그 일이 있고 난 뒤의 슬픔이 한꺼번에 휘몰아친 듯 엠마는 어느 때보다 더 크게 흐느꼈다. 그런 그녀를 비제이는 몸을 앞으로 숙여 두 팔로 꼭 안아주었다. 그 순간 너무나도 연약하고 상처 입은 엠마를 과연 잘 다독여 줄 수 있을까 하는 생각이 들었다. 그 누구도 엠마를 도와줄 수 없을 것 같았다. 그래서 비제이는 엠마를 그저 꼭 안아줄 뿐 재촉하지 않기로 했다.

마침내 비제이의 품에서 나온 엠마는 몸을 일으켜 화장실로 가 코를 풀었다. 그리고 방으로 다시 돌아와서는 커피를 한 모금 마시고 인상을 쓰더니 다시 테이블 위에 올려놓았다.

"진짜 이 빌어먹을 디카페인 커피도 이제 지긋지긋해." 그러더니 미니바에서 생수 한 병을 가져온 뒤 험한 말을 한 것에 대해 비제이에게 사과했다. "미안. 어쨌든 어제 이선이랑 섹스 안 하려고 가짜로 입덧하는 척까지 했다니까. 생리 중인 걸 어떻게 설명할 길이 없잖아."

그 말에 비제이는 피식 웃었지만, 여전히 엠마가 한 말을 잘 받아들이지 못했다.

"비제이, 근데 말이야." 엠마가 소파에 앉아 그의 손을 잡으며 말했다. "그게 다가 아니야."

비제이가 엠마의 손을 잡고 깍지를 끼며 말했다. "내가 옆에 있어 줬을 텐데, 엠마. 내가 끝까지 같이 있어 줬을 텐데." 그의 녹갈색 눈에 눈물이 가득 차올랐다. "그렇게 너 혼자 내버려 두지 않았을 텐데. 정말 미안해."

엠마는 그에게 모조리 다 말해야 할 것이다. 모조리 다. 정말 더러운 일까지도. 이제 털어놔야 할 때였다.

"나, 그게 아니라, 아니, 비제이. 그런 거 아니야." 엠마가 살며시 고개를 가로저었다. "임신 사실을 알고 나서 말이야. 너도 내가 이런 일에 대해 어떻게 생각하는지 잘 알잖아. 차마 할 수가 없었어."

비제이가 그녀의 얼굴을 새삼스레 쳐다봤다. "할 수가 없다니? 무슨 말인지 모르겠는데."

"나 미워하면 안 돼." 그녀가 작게 속삭였다. "여자아이야. 예쁘고 건강한 여자아이."

그 순간 의자에서 벌떡 일어난 비제이가 고개를 홱 돌려 엠마를 마주 보며 격양된 목소리로 외쳤다. "뭐? 뭐? 우리한테 딸이 있단 말이야?" 숨을 저렇게 가쁘게 쉬면 몸에 좋지 않을 텐데. "이걸 어떻게 나한테 숨길 수가 있어?"

비제이의 심장이 격렬히 뛰었지만, 엠마의 눈에는 보이지 않았다. 하지만 이마에 송골송골 맺힌 땀과 배신감에 이글거리는 눈동자만으로도 지금 비제이가 무슨 심정인지 알아채기엔 충분했다.

엠마가 다시 울음을 터뜨렸다. "제발, 비제이. 나한테 화내지 마. 그땐 나도 어떡해야 할지 몰랐단 말이야. 지워버릴 수 있다는 거 알고 있었어. 그리고 우리 인생을 망쳐버릴 수 있다는 것도. 우리 사이에 있었던 일은 실수였으니까. 우리 둘 다 너무 어렸을 때고. 그리고 솔직히 말하면……" 엠마는 하던 말을 멈추더니 생각할 시간이 필요했는지 손바닥을 허공에 들어 보였다. 그러더니 두 눈을 감은 채 엄지와 검지로 콧등을 꾹 눌렀다.

"뭐야?" 비제이의 얼굴이 시뻘겋게 상기됐다. "뭔데 그래, 엠마?"

엠마가 얼굴을 들어 그를 마주했다. "나 아직도 이선을 사랑해. 이선은 이 사실을 몰랐으면 했어. 그리고 앞으로도 계속 몰랐으면 좋겠고."

두 사람 사이에 흐르는 침묵이 엠마에게는 이 세상 어느 소리보다도 크게 들렸다. 그 침묵이 모든 것을 대신 말해주고 있는 듯했다. 하지만 이야기는 이제 겨우 시작에 불과했다. 나머지까지 비제이에게 다 털어놓으려면 용기를 내야만 했다. 엠마의 가슴속 깊은 곳 어딘가에 어릴 때부터 성당을 다니며 착하게 자란 소녀 하나가 자리 잡고 있었으니까.

하지만 하느님과의 약속은 이미 저버린 지 오래였다. 결혼 관계를 지키겠답시고 이미 십계명 하나를 어겼는데, 또 하나를 더 어기려는 참이었다. 하지만 다 이선과의 결혼 관계를 지키기 위해 한 짓이었다. 그리고 이 모든 걸 비제이가 자세히 이해하려면 이야기를 마저 끝내야 했다.

"아기는…… 그러니까 입양됐어. 그리고 잘 지내."

"이름이 뭐야?" 엠마가 숨을 고르고 말을 꺼내려는 찰나 비제이가 손을 들어 가로막았다. "아니다. 말하지 마. 이름을 알면 진짜 같잖아." 그의 얼굴에는 좌절감과 죄책감, 분노가 뒤엉켜 있었다. "그렇지만 진짜 있는 게 맞잖아? 이 세상 어딘가에 내 딸이 있는 거잖아." 그러고서 비제이는 창문 밖을 바라봤다. 마치 딸아이가 해변을 따라 거닐며 한쪽은 엄마 손을, 다른 쪽은 아빠 손을 잡은 모습이 눈 앞에 펼쳐지는 것만 같았다. "나한테 어떻게 이럴 수가 있어? 아니 대체 이걸 어떻게 숨긴 거야? 아무도 몰랐다는 게 말이 돼?"

엠마가 숨을 깊게 들이마셨다. "임신했을 때가 겨울이었어. 내가 워낙 체구가 작다 보니 펑퍼짐한 옷으로 가리기도 쉬웠지. 그해 추수감사절 때 포르투갈에 가서 부모님도 뵀는데 뭘. 별로 티가 안 났거든. 크리스마스 때도 오라고 하셨는데, 그땐 이선네 가족 만나기로 했다고 둘러대고 안 갔어. 우리 둘이 다시 만나는 줄 알고 계셨거든. 그냥 부모님 얼굴을 보고 싶지 않더라고. 그때쯤이면 누가 봐도 임신한 티가 날 게 분명했으니까."

그때의 기억이 되살아나는지 엠마의 얼굴을 타고 눈물이 주르륵 흘러내렸다. 그해 엠마는 크리스마스를 혼자 보냈다. 술집에서 샴페인으로 축배를 들며 새해를 맞는 일도 없었다. 그리고 밸런타인데이에 뜨거운 데이트도 없었다. 늦은 아침 혼자 택시를 잡아타고 병원으로 갔던 그날, 여섯 시간의 산고 끝에 자연 분만으로 산투스라는 태명을 가진 예쁜 딸이 태어났다.

"아기 이름이 뭔데?" 비제이가 다시 물었다. "뭔지 알고 싶어."

그러자 엠마가 수치심을 감추려는 듯 두 손으로 얼굴을 가렸다.

딸 이름. 엠마의 딸 이름. 두 사람의 딸 이름을 묻고 있었다.

"아기 이름은…… 비앙카야."

비제이가 고개를 끄떡였다. "비앙카라. 근데 이름이 너희……." 그러고는 말을 잇지 못했다. 그러더니 멍한 표정을 지었다. 그 순간 그녀의 조카가 실은 자기 딸이라는 사실을 깨달은 비제이가 어떤 반응을 보일지 엠마는 두려워졌다. "비앙카. 그 아이가 우리 딸이었구나." 그는 믿을 수 없다는 듯 연신 고개를 내저었다. "너 이선이랑 결혼할 때 비앙카가 꽃 뿌리지 않았어? 그때 만났던 기억이 나. 너 진짜 어떻게 이선한테 그런 짓을 할 수가 있어? 그리고 나한테도?"

"가까이 두고 싶었어. 내가 키울 수 없어도 멀리 보낼 수는 없었다고. 그래서 애가 태어나기 직전에 카산드라한테 전화했어. 너도 언니랑 나랑 친한 거 잘 알잖아. 부모님께는 비밀로 해달라고 부탁했어. 그리고 카산드라가 미국으로 와서 변호사를 통해 서류 작성까지 미리 마쳤지. 그런 다음 비앙카가 태어났을 때 카산드라가 다시 와서 포르투갈로 데려간 거야. 부모님은 카산드라와 에두아르도가 모두를 놀라게 해주려고 임신한 사실을 비밀로 했다가 아이가 예정일 보다 일찍 태어난 줄로만 아셔. 난 부모님이 진짜 친손주처럼 비앙카를 사랑해 주길 바랐어. 뭐 손주가 맞긴 하지. 다만 내가 엄마라는 사실만 모르실 뿐이지. 여하튼 우리 가족에게 비앙카를 맡겨야만 했어. 그래야 아이가 커가는 걸 내 눈으로 볼 수 있을 테니까. 그리고 정말 다 지켜봤지."

비앙카의 눈은 낳아준 부모님을 정확하게 반반 닮아서 어쩔 땐 녹갈색이고 어쩔 땐 녹색으로 보였다. 엠마는 비앙카가 아빠를 닮아 수학을 더 잘할지, 아니면 엄마를 닮아 영어를 더 잘할지 궁금했다. 이런 소질은 타고나는 걸까 아니면 학습하는 걸까? 엄마와 아빠처럼 비앙카도 어릴 때 피아노를 배울까? 엠마랑 똑같이 비앙카도 말괄량이 시기를 겪을까?

이틀 전 엠마의 핸드폰에 전송된 크리스마스 사진처럼 언니는 매번 전문가가 찍은 비앙카의 사진을 보내줬다. 엠마가 받은 사진 중에는 작년 부활절에 찍은 사진도 있었다. 비앙카의 생일 직후였던 작년 부활절에는 토끼 인형에 둘러싸인 사진을 보내왔다. 주름이 잡힌 분홍색 원피스를 입고서 작은 고사리손으로 한 손에는 노란 해바라기, 다른 한 손에는 달걀 바구니를 든 모습이었다. 사진 속 활짝 웃는 비앙카의 얼굴을 보고 있자면 엠마는 미소가 절로 나왔다. 두 사람의 좋은 점만을 갖고 태어난 아이 같았다. 그렇게 비앙카는 행복하게 잘 커갔다. 매년 생일 사진 속 비앙카는 항상 활짝 웃고 있었으니까. 나이를 나타내는 숫자 블록에 기대어 풍선을 잡고 있기도, 작고 사랑스러운 머리에 모자를 쓰고 있기도 했다. 여름에는 해변으로, 겨울에는 산으로 갔다. 그렇게 비앙카는 안전한 곳에서 행복하게 커갔다.

그런 비앙카가 자기보다는 비제이를 더 닮기만을 엠마는 간절히 바랐다. 비제이는 그녀가 만난 사람 중 제일 좋은 사람이었다. 이선보다도 더. 하지만 사랑은 사람 마음대로 할 수 있는 게 아니지 않은가. 그녀는 진심으로 이선을 사랑했다. 그래서 이 모든 거짓말이 들통나느니 차라리 죽는 게 더 낫겠다고 생각했다.

거짓말. 엠마에겐 아직도 털어놓지 못한 거짓말이 너무 많았다. 비제이의 아기를 낳고 조카라고 속인 일은 그저 수박 겉핥기에 불과했다. 하지만 지금까지 말한 내용만으로도 생선의 내장을 발라 내듯 비제이의 속을 다 헤집어 놓았기에 비제이를 차마 바라볼 수가 없었다. 그래도 이야기는 마저 끝내야 했다. 그래야만 했다. 그래서 용기를 내 말을 이었다.

"근데, 여기서 끝이 아니야. 사실 내가 이번 주말에 임신했다고 속인 것도 이거 때문이거든."

"세상에. 대체 무슨 얘기가 더 나올지 이젠 상상도 안 간다. 쌍둥이였어? 뭐 아들도 있고 그래?" 경멸이 가득 담긴 그의 목소리에 엠마는 슬퍼졌다.

"이 말을 들으면 날 진짜 싫어하게 될 거야. 그것밖에 안 되는 애였냐고 생각할 거라고. 나조차도 나한테 실망했으니까. 네 아이를 낳아서 다른 사람한테 보냈다고 거짓말한 것보다 더, 더, 더 나쁜 짓을 했어."

비제이에게 딸이 있었다. 이마에 뽀뽀해 준 적도, 아빠가 사랑하는 작은 공주님이라고 말해준 적도 없는 딸이 있었다. 기저귀를 갈아준 적도, 한밤중에 자다 깨서 우유를 먹여준 적도, 우주복을 사준 적도 없는 딸 말이다. 심지어 한 번 만난 적이 있었는데도 알아보지 못했다. 엠마와 이선의 결혼식에서 만난 비앙카는 그저 웃긴 표정을 짓던 비제이가 자기 아빠라는 걸 알았을까? 어떤 이끌림 같은 거라도 느꼈을까? 하긴 그때는 겨우 두세 살밖에 되지 않았으니까. 인도계인 비제이와 포르투갈계인 엠마를 쏙 빼닮아 피부가 고우면서도 까무잡잡했고, 눈은 엠마가 항상 유전이라고 말했던 것처럼 엄마를 닮아 초록색이었었지.

"맙소사, 엠마. 대체 이것 말고 또 무슨 짓을 했길래 그래?"

그가 엠마에게 할 수 있는 말은 이것뿐이었다. 나머지 하고 싶은 말들은 모조리 침대 밑에 처박아 두듯 속으로 삼켜야만 했다. 한편으로는 친한 친구인 엠마를 꼭 안아주며 다 괜찮을 거라고 말하고 싶었지만, 또 다른 한편으로는 그녀의 얼굴에 커피를 퍼붓고 그녀의 인생에 더는 관여하고 싶지 않았다. 하지만 그럴 수는 없는 노릇이었다. 둘 사이에는 떼려야 뗄 수 없는 두 사람만의 기적이자 비밀이 있었고, 그로 인해 비제이는 평생 엠마의 인생에서 빠져나갈 수 없을 것이었다. 오롯이 두 사람이 만들어 낸 무언가가 이 세상에 태어났다. 머리가 회전목마처럼 빙글빙글 도는 느낌이었다.

"그래서 그 엄청난 비밀은 또 뭔데? 그냥 다 말해."

엠마가 눈물이 촉촉하게 서린 녹색 눈으로 비제이를 바라봤다. "트레버가 다 알아. 그걸로 여태 날 협박했어."

기차가 또다시 경적을 울리며 달려왔다. 아까 단번에 죽이지 못했으니까. "비켜, 이 바보야. 비키라고! 비키란 말이야!" 그러고는 쾅! 눈앞이 깜깜해졌다.

"트레버? 트레버? 그 멍멍이 자식, 내가 진짜 죽여버릴 거야!" 그러더니 커피를 집어 던졌는데, 다행히 엠마가 아니라 벽을 조준했다.

엠마가 몸을 움츠리며 얼굴을 가렸다. 비제이가 이토록 화를 내는 모습을 본 적이 없었다.

"근데 어떻게 알았대? 그리고 널 왜 협박하는 건데?" 비제이의 눈이 갓 식사를 끝낸 뱀파이어처럼 새빨갛게 변해있었다.

엠마가 무릎을 구부린 채 다리를 양손으로 감싸 안고서 몸을 앞뒤로 흔들며 대답했다. "날 싫어하게 될 거야, 비제이. 나조차도 이런 날 용서할 수 있을지 모르겠어."

"엠마, 부탁이야. 뭐 널 싫어하고 그럴 단계는 이미 지났잖아. 우리가 같이 아기를, 그러니까 내가 원하는 건, 그래도……." 비제이는 잠시 서성이다가 가죽 의자에 다시 앉아 다리 사이에 머리를 묻었다. 잘 봐, 이렇게 행동하라고, 정말 완벽한 사람처럼 말이야, 하고 생각했다.

아니, 하지만 비제이도 완벽하지 않았다. 그 역시 비밀을 숨기고 있지 않은가. 제일 친한 친구들에게도 거짓말을 했다. 지금이 엠마에게 솔직하게 털어놓을 기회였다. "사실 나도 트레버한테 협박받는 중이야."

그러자 엠마가 잽싸게 고개를 홱 돌렸다. "뭐? 트레버가, 너도?" 그녀의 눈썹 사이가 가까워졌다. "말이 안 되잖아. 네가 대체 뭘 했다고? 넌 이 세상에서 제일 착한 사람인데!"

"그렇지. 그게 다 내가 미국에 온 이후에 만나서 그런 거야." 비제이가 엄지손가락을 의자에서 진짜로 빙빙 돌리며 말을 이었다. "너 먼저 말해 봐. 대체 무슨 얘긴데 그래? 그럼 나도 진짜 다 말해 줄게."

에라, 나도 모르겠다, 엠마는 생각했다. 비제이도 사실을 알 권리는 있지 않은가. 숨을 크게 들이마시고 입을 열었다.

"다섯 달 전 우리 브런치 먹기로 했던 날 기억하지. 그 이틀 전에 트레버가 사무실로 날 찾아왔어. 피오나한테 프러포즈하기 직전에 말이야." 엠마가 물을 한 모금 마시고 말을 계속했다. "사진을 들고 온 거 있지, 비제이. 내가 임신했을 적에 점점 배가 불러오는 걸 찍은 사진들이었어. 왜 내가 연락 다 끊고 아무도 만나지 않았

을 적에 말이야. 이선이야 헤어졌을 때니까 그냥 내가 안 보면 그
만이었고. 그리고 더치랑 로저는 늘 이선이랑 어울려 다녔고. 앨리
는 자기 결혼생활에 정신이 팔려있었고, 피오나는 웨스트체스터에
있었을 때였잖아. 그리고 너한테는, 그냥 아무 핑계나 대고 잠수타
면 되니까 쉬웠지. 그때 내가 왜 그랬는지 여태 몰랐지? 미안해."
엠마는 이 말 한마디로 모든 게 싹 나아질 수 있기라도 한 것처럼
말했다.

　비제이는 아무 말 없이 엠마의 얼굴을 빤히 쳐다보며 재촉했다.

　"당최 그 사진들을 어디서 구했는지 모르겠다니까." 엠마가 말
을 이었다. "몇 장은 교통 카메라나 슈퍼마켓에 달린 방범 카메라
사진 같더라고. 그땐 트레버를 만나기도 전인데 말이야. 진짜 그게
어디서 났는지 도통 모르겠더라니까. 아마 피오나가 말했던 그 최
첨단 안면 인식 소프트웨어 같은 걸로 찾은 건 가봐." 그러고는 물
을 꿀꺽꿀꺽 마셨다. 그러다 턱으로 물이 흘러내리자 손등으로 쓱
닦아냈다. "이선한테 다 말하겠다고 협박했어. 피오나랑 좀 문제가
있다 그러더니 대뜸 프러포즈한다는 거야. 나도 피오나한테 둘 사
이에 문제가 있다는 건 이미 들어서 알고 있긴 했는데, 어쨌든 나
더러 피오나한테 자기 얘기 좀 잘해달라면서 막 좋은 사람이라고
말하래. 그럼 다 그냥 묻어주겠다고. 내 생각엔 트레버는 피오나를
사랑하지 않는 것 같아. 그냥 어떻게든 피오나랑 가족이 돼서 존
삼촌이랑 엮이고, 그렇게 정치 쪽에 발 들이려는 속셈이지. 또 모
르지, 존 삼촌 역시 협박당하고 있을지도." 엠마는 눈물을 하염없
이 흘리며 주먹을 불끈 쥐었다. "그런데 시키는 대로 했어. 나 살겠
다고 피오나를 팔아넘긴 거지. 트레버가 죽을 만큼 싫었는데도 피

오나한텐 정말 멋진 남자라고 했어. 근데 어젯밤에 피오나가 이선이랑 사귀었단 걸 알고 나니까, 트레버랑 둘이 딱 천생연분이라는 생각이 들더라. 그렇긴 해도 어쨌든 그 당시에는 아무것도 몰랐으니까. 난 정말 끔찍한 사람이야."

"세상에." 비제이가 고개를 떨군 채 말했다. "근데 대체 임신했다고 거짓말은 왜 한 거야? 친구들 모두에게? 그것도 네 남편한테까지?"

"나도 트레버를 협박할 뭔가가 필요했거든." 그녀의 아랫입술이 떨리고 있었다. 그러고는 역시나 떨리는 목소리로 힘겹게 다음 말을 뱉어냈다. "그래서, 트레버랑 잤어."

27장

앨리

결혼식 당일, 9시 30분

앨리가 아침 일찍 눈을 떴다. 어젯밤 쏟아부은 에너지를 생각하면 기적과도 같은 일이었다. 더치와 한 섹스는 정말이지 늘 기대했던 대로 모든 면에서 완벽했다. 서로의 옷을 찢고 벽에 밀쳐대는 거친 면도 있었고, 서로를 쓰다듬던 부드러운 면도 있었다. 게다가 화장실 세면대 위에서 한 번 하기도 했으니 색다른 면이 있으면서, 침대에서도 한 번 했으니 평범하고 낭만적인 면도 있었다. 이러나 저러나 뜨겁게 사랑을 나누었다.

알람 시계가 9시 30분을 가리켰다. 젠장. 11시까지 머리와 화장을 받으러 가야 했다. 그러려면 룸서비스를 시켜 먹을 시간이 없었다. 그러니까 더치가 더 있고 싶어 한다는 가정하에. 굳이 뒤돌아보지 않아도 더치가 옆에 있다는 걸 알 수 있었다. 침대 옆자리에 누운 남자의 무게로 인해 매트리스가 기울어지는 이 느낌. 다른 사람의 다리에 감겨 이불이 쉬이 움직이지 않는 이 느낌을 얼마 만에 느껴보는지.

술이 진창 취했었는데도 전부 기억할 수 있었다. 앨리가 나가자고 말을 내뱉자마자 더치는 한 치의 망설임도 없이 그녀의 손을 잡아끌며 로비 바를 나왔다. 그런 다음 엘리베이터 안에서 그녀를 향해 씩 웃고는 곧바로 자기 쪽으로 끌어당겨 키스하기 시작했다. 그의 입술은 부드러웠고 키스는 강렬했다. 그의 혀가 입속으로 들어오자 앨리는 그 순간을 얼마나 간절히 원했었는지 새삼 깨달았다. 엘리베이터의 문이 열리기도 전에 앨리의 다리가 더치의 몸을 감쌌다. 복도를 지나 방문 앞에 도착한 앨리는 원피스의 지퍼가 내려진 채로 손을 더듬어 카드키를 찾았다. 그렇게 두 사람 모두 옷이 거의 벗겨진 채로 방 안으로 들어왔었다.

더치가 그녀의 몸 위로 팔을 올리면서 잠꼬대를 했다. 고양이가 그르렁거리는 소리 같았다. 앨리는 혼자 피식 웃고서 더치의 팔 아래로 슬그머니 빠져나와 침대에서 일어났다. 그가 깨어나기 전에 거울을 보고 자기 모습을 확인하고 싶었다. 머리는 여전히 괜찮았지만, 얼굴이 발그스레했다. 어젯밤 열정적인 키스와 오르가슴 때문일 터였다. 구강 청결제로 입을 헹구고 칫솔을 들고 꼼꼼히 이를 닦았다. 그런 다음 밤새 얼굴에 쌓였을 기름을 따뜻한 물로 씻어냈다. 립글로스를 바를까 잠시 고민했지만, 아무리 립글로스를 사랑하는 앨리라도 해도 그건 좀 과하다 싶었다.

앨리가 방으로 돌아오자 그사이 잠에서 깬 더치가 그녀를 지그시 바라보았다.

"잘 잤어?"라고 말하며 더치가 매력적으로 웃어 보였다.

"안녕." 앨리가 침대로 다가가 그의 옆에 앉았다.

그 순간 더치의 시선이 알람 시계로 향했다. "그럼 난 이만⋯⋯."

가슴이 철렁했다. 그래도 실망한 기색을 내보이고 싶지 않았다. "알겠어. 괜찮아." 더치가 말을 끝맺기도 전에 앨리가 얼른 말을 끊고 끼어들었다. "그래, 우리 둘 다 어젠 너무 취해서⋯⋯."

이번에는 더치가 자신의 손가락 하나를 그녀의 입술에 가져다 대며 말을 끊었다. "쉿. 그럼 난 이만 나가서 아래층에 가서 커피 좀 가져올게. 내 방에 잠깐 들려서 양치도 좀 하고. 10분만 줘." 그러더니 그녀의 머리를 쓰다듬고는 바닥 여기저기 흩어져 있는 옷을 주섬주섬 찾아 입고 방을 나갔다.

앨리는 침대에 등을 대고 누워 두 팔을 쭉 뻗고 천장을 빤히 바라봤다. 이 일로 모든 게 바뀔까? 두 사람 사이에는 늘 이성적인 이끌림이 존재했지만, 앨리는 앨리였고 더치는 더치였다. 서로 절친한 친구 사이였다. 그러니까 친구끼리⋯⋯ 그래도 괜찮은 건가?

잠시 후 더치가 커피 두 잔과 페이스트리 빵이 든 접시를 손에 들고 돌아왔다. 앨리는 무슨 말이라도 건네고 싶었다. 두 사람 사이를 가득 메운 질문들에 대한 대답을 듣고 싶었다. 그런데 곱슬한 머리를 귀 뒤로 넘기고 티셔츠와 운동복 반바지로 갈아입고 온 모습이 너무나도 사랑스러웠다. 그녀의 시선이 잠시 페이스트리에 머무르던 찰나, 더치는 접시를 곧장 테이블 위에 올려놓고는 앨리를 번쩍 들어 다시 침대로 향했다. 이로써 모든 질문에 대한 대답을 다 들은 셈이었다.

30분이 흐른 뒤, 앨리는 침대 옆에 누워있는 더치에게 뽀로통한 얼굴로 말했다. "젠장. 나 곧 나가야 하네. 헤어랑 메이크업 받으러 가야 해." 그러고는 고개를 좌우로 흔들며 눈썹을 치켜올렸다. "과연 엠마가 나타날지 궁금하네. 어젯밤에 이선이랑 무슨 일이 있었는지도 궁금하고."

"말이 나와서 말인데, 아까 밑에서 이선이랑 마주쳤거든. 근데 내가 커피 두 잔 들고 있는 걸 봤어."

"아, 젠장."

"뭐 별말은 안 했어. 그냥 어젯밤에 나갔다 왔다고만 하고. 그냥 알아서 생각하라고 내버려 뒀어. 다른 애들한테 말 안 해도 난 괜찮아. 말해도 괜찮고. 너 마음 가는 대로 해."

귀엽기도 하지, 앨리는 생각했다. "솔직히 난 너만 괜찮다면 일단 비밀로 하고 싶은데?" 이렇게 또 다른 비밀이 생겼다. 뭐 안될 것도 없지?

"그러자." 더치가 다시 앨리의 이마에 가볍게 입을 맞췄다. "그건 그렇고, 너 지금 나 내쫓는 거 맞지?"

"응. 다음을 기약하자고." 앨리가 고개를 끄떡이며 대답했다.

"그럼, 이따 밤에 봐." 더치가 씩 웃었다.

그리고 더치가 방을 나갔다. 앨리는 명상 애플리케이션을 켰다. 먼저 '마음을 진정시켜주는 숲 소리'를 틀고 요가 자세와 스트레칭 몇 가지를 했다. 섹스를 이렇게 즐긴 게 정말 얼마 만인지. 물론 와튼과 헤어지고 나서 이런저런 남자들과 한두 번 하긴 했어도 더치와 나눈 섹스는 정말 황홀했다. 20분 동안 견상 자세, 전사 자세, 아기 자세를 한 뒤 긍정 확언 명상을 시작했다. 부드러운 여자 목소리가 말했다. "감사한 일을 떠올려 보세요. 매 순간 부정적인 생각을 떨쳐내세요."

그게 말처럼 쉽냐고요, 이 여자야.

잠시 후 샤워를 마치고 나온 앨리는 깨끗한 요가 바지와 탱크톱을 꺼내입었다. 앞으로 겪을 일을 생각하니 걱정이 앞섰다. 결혼식도 문제였지만, 무엇보다 준비 시간이 더 걱정이었다. 친구 둘이 서로 만나야 했으니까.

이윽고 미용실에 도착하자 피오나가 이미 몇몇 가족들과 함께 있었다. 피오나 사촌의 다섯 살짜리 쌍둥이 딸이 결혼식 화동을 맡았는데, 이미 귀 뒤에 생화를 꽂고서 올림머리를 마지막으로 손보고 있었다. 그리고 피오나의 이모와 할머니, 사촌들이 있었고. 그게 다였다.

앨리는 자리에 앉아서 기다리며 엠마가 지금 뭘 하고 있을지 궁금했다. 과연 오늘 나타나기나 할는지.

28장

비제이와 엠마

결혼식 당일, 10시

"뭘 했다고?" 방금 레몬을 한 입 크게 베어 문 사람처럼 비제이의 얼굴이 잔뜩 일그러졌다.

엠마는 드디어 비제이가 자기한테 정이 떨어졌구나 싶었다. 이 모든 이야기를 단 20분 만에 소화하기에는 아무래도 무리일 테니까. 특히나 비제이라면 더 힘들 것이었다. 이렇게 지독히도 착한 남자에게 모든 걸 한 번에 마구 퍼부어 대고 있었으니. 그의 인생을 송두리째 무너뜨릴 정보들이었다. 그리고 엠마의 인생도.

"그럴 만한 이유가 있었어." 엠마가 다소 설득력 없는 말투로 말했다. 그러고는 곱창 머리 끈을 풀어 길고 구불구불한 검은 머리를 손가락으로 흐트러뜨리며 다음 말을 이었다. "내 말 좀 들어 봐, 비제이. 네가 이 전체 그림을 다 이해해야 한다고."

비제이가 한숨을 내뱉으며 팔짱을 꼈다. "말해 봐."

"두 달 전에 트레버가 나한테 문자를 보냈어. 뉴욕에 왔는데 나한테 보여줄 게 있으니 얘기 좀 하자고. 문자를 보자마자 당연히 난 기겁했지. 트레버한테 이미 약점이 잡힌 게 있었으니까. 그래서 묻고 따지지도 않고 만나러 갔어. 트레버가 머무는 호텔 방으로 말이야."

"좋지 않은 생각인데, 엠마."

"알아." 엠마가 그만하라는 신호로 손을 공중에 들어 보였다. "어쨌든, 갔더니 트레버가 사진 한 장을 보여주더라고. 이선이랑 피오나 사진이었어. 자세히 설명하긴 그렇고, 딱 오해할 만한 자세로 찍힌 사진. 그땐 걔네 둘 사이를 전혀 몰랐으니까 그 순간 화가 치밀어 올라서 미니바에 있는 술을 죄다 퍼마신 거야. 그러고는 술이 올라서 맘이 좀 진정됐는데, 트레버가 대뜸 날 위로하기 시작하더라고. 딱 보니까 처음부터 다 그럴 속셈이었던 거야."

그 순간 비제이가 벌떡 일어나더니 엠마의 두 손을 덥석 잡았다. "그건 성폭행이잖아, 엠마. 내가 진짜 그 자식 죽여버릴 거야."

"아냐, 좀 더 들어 봐. 나도 다 알고 한 거야. 그 자리에서 즉흥적으로 나도 다 작전을 짰다고."

"제발. 트레버한테 복수하고 싶어서 섹스했다고 말하려는 건 아니지?"

"한 1퍼센트 정도. 아니다, 0.5퍼센트. 방금 말한 얘기 때문에 믿기 어렵겠지만, 다 가정을 지키려고 그랬던 거야. 그리고 너랑 우정도 지키기 위해서 말이야." 엠마가 숨을 크게 들이마셨다. "임신한 척해서 협박할 생각이었어. 트레버한테 네 애라고, 우리 비밀 얘기를 죽을 때까지 묻어주겠다고 약속하면 내가 '알아서 잘 해결'

하겠다고 협박하려고 말이야. 근데 그러려면 트레버랑 진짜 같이 자는 방법밖에 없잖아. 그래서 어쩔 수가 없었어. 그리고 타이밍도 완벽해서 딱 이번 주에 트레버를 협박할 수 있겠더라고. 일단 하겠다고 마음먹은 이상 빈틈이 있으면 안 되잖아. 그래서 술도 끊고, 인터넷에서 초음파 사진도 다운 받았어. 왜 이선이 완전 상남자잖아. 초음파 사진을 보여줘도 위쪽 끝에 내 이름이 있나 없나 확인도 안 하더라. 여하튼 이선한테는 다음 주에 유산했다고 말할 거야."

"남편한테까지 거짓말을 했다고? 끔찍하다, 엠마. 너 진짜 미쳤나 봐. 어떻게 이선한테 그런 짓을 해?"

"다 이선을 위해서 그런 거야." 엠마는 침을 꿀꺽 삼켰다. 자신이 내뱉은 말은 진심이었는데도 그 말이 자기 귀에 와 닿자 반은 거짓말처럼 느껴졌다. "그리고 너를 위해서 그랬어. 어쨌든 그 계획은 이미 물 건너갔어. 내가 목요일 밤에 트레버를 협박했는데, 오히려 그거 때문에 결혼식 이후에 이선한테 다 까발릴 눈치야. 결국 나 혼자만 헛수고 한 꼴이지." 분노로 꽉 움켜쥔 엠마의 손안에서 소파 쿠션이 일그러졌다. "내 생각엔 어젯밤에 그 사진들도 다 트레버가 보낸 거야. 내가 자기 협박한 거에 대한 대가로. 두 달 전에 이미 걔들 둘이 반쯤 섹스하는 사진을 보긴 했잖아. 그때도 진짜 끔찍했어도 그건 한순간의 실수라고 생각하고 용서할 수 있었어. 근데 둘이 그러고 있는 사진은 정말 차원이 다르더라고. 레인저스 경기 보러 가고. 이선의 가족들과 함께 시간을 보내고." 머릿속에서 기억을 떨구어 내리는 듯 고개를 연신 흔들었다. 그러더니 손가락으로 자기 머리를 가리켰다. "이 안에 고스란히 새겨져 있다고. 절대 잊어버릴 수가 없어. 눈을 감아도, 눈을 떠도 그 사진들이 생생하게 떠오른다고."

"그렇긴 한데, 트레버가 이선한테 뭣 하러 그런 짓을 해? 심지어 피오나한테까지?"

"전쟁의 피해자들인 셈이지. 모두에게 알리고 싶었던 거야. 나 쪽팔리게 하려고." 그때의 기억이 되살아나는지 엠마의 얼굴이 한 층 어두워졌다. "딱 보면 모르냐. 트레버 바람둥이인 거. 여자들은 대번에 딱 느낌이 온다고. 처음 만난 날부터 만나기만 하면 나한테 계속 치근덕거렸어."

"웩." 비제이가 두 손으로 귀를 막았다.

"알아. 그래도 빨리 끝나긴 했어. 어쨌든 그러고 호텔 방을 나와 서 집으로 돌아갔는데, 문을 열고 집에 들어가자마자 눈물이 막 나 는 거야. 이선한테는 내가 공들이고 있던 작가를 다른 출판사에 뺏 겨서 그랬다고 둘러댔지. 그리고 내가 생리 전이라 엄청 예민해서 그런다고."

"세상에." 비제이의 손은 이제 머리 위에 얹혀있었다. "불쌍한 이선."

"처음엔 이선을 위해서 시작한 일이었지만 너를 위한 일이기도 해, 비제이. 내 비밀이 밝혀진다 해도 난 시시콜콜하게 설명할 생 각은 없었거든. 그런데 넌 알아차리겠지. 네 아이라는 걸 말이야. 트레버는 애 아빠가 누군지는 몰라. 애 아빠가 너라는 걸 말이야. 근데 만약 나중에 이 비밀이 다 밝혀지고 난 뒤에 네가 애 아빠라 는 걸 알아챘다고 쳐. 그럼 너 이선한테 말 안 할 것 같아? 아니면 내가 애를 낳자마자 알았었다면 이선한테 비밀로 했을 것 같아? 잘 생각해 봐."

가만히 앉아 있을 수 없던 비제이는 자리에서 일어나 방안을 이쪽 끝에서 저쪽 끝까지 계속 왔다 갔다 했다. 그러다가 결국 발코니 문을 열고 방 안으로 들어오는 남쪽 겨울 공기를 느꼈다. 소금기를 머금은 바람이 잔잔히 불어 들어오는 소리를 들으니 조금 진정되는 느낌이 들었다. 두 눈을 감은 채 깊은숨을 연신 들이마셨다.

"이제 우리 둘도 예전처럼 지낼 수는 없겠지." 등 뒤에서 엠마의 목소리가 들려왔다. "그래서 가슴이 너무 아파. 하지만 곧 다 밝혀지고 말 거야. 내가 가짜로 임신했다는 거, 그리고 내가 트레버랑 잤다는 것도 이선이 다 알게 될 거라고. 게다가 너랑 나랑 잤다는 것까지 다." 엠마가 천천히 고개를 가로저었다. "그런데 이 모든 상황에서 벗어날 방법이 딱 하나 있긴 해."

비제이는 방 안을 이쪽저쪽 끝으로 하도 걸어 다니는 바람에 12시가 되기 전에 손목에 차고 있는 핏비트가 폭발할지도 모르겠다고 생각했다. 그렇지만 엠마와 트레버 사이의 싸움이라면 쉽게 이길 수 있는 게임이었다. 엠마가 무슨 짓을 하든 이 악몽에서 벗어날 수만 있다면 무조건 도와야 했다.

"그게 뭔지는 모르겠지만 나도 도울게, 엠마."

"일단 너 트레버 협박할 만한 뭐 다른 방법 생각한 거 있어?"

"당연히 없지. 걔에 대해 뭐 아는 게 있어야지. 다들 잘 모르지 않나. 뭐 트레버한테도 당연히 비밀이야 있긴 하겠지. 근데 엠마, 현실적으로 그걸 몇 시간 만에 어떻게 찾아내냐고. 난 공상과학 소설 덕후고 넌 편집자잖아. 우리한테는 트레버가 가진 인맥 같은 게 없다고."

엠마는 일부러 잠시 뜸을 들였다. 다음에 뱉을 말을 듣고 비제이가 충격을 받지 않도록. 굳이 이쯤에서 멈출 이유가 없었다.

"그러니까 트레버를 죽여야 해."

비제이가 마침내 걸음을 멈추고 말했다. "그게 무슨 말이야, 죽인다니? 그게 무슨 개소리야, 너 미쳤어?"

두 사람이 알고 지낸 이후로 비제이가 처음으로 욕설 금지 규칙을 어겼다. 게다가 '개'라는 단어까지 쓰다니. 그리고 엠마는 비제이의 말이 맞고, 정말 미쳤을지도 모르겠다는 생각이 들었다.

"나한테 방법이 있어." 그녀의 목소리가 확신에 차 있었다.

안될 노릇이다. 죽음이라면 비제이는 이미 평생 짊어지고 가야 할 정도로 충분히 겪었다. "너 지금 제정신으로 하는 소리야?"

엠마가 고개를 들어 비제이와 눈을 마주 보았다. 그러고는 얼른 말을 돌렸다. "근데, 넌 무슨 짓을 했길래? 나한테 다 말해준다며. 트레버가 넌 왜 협박하는 건데?"

그러자 비제이가 또다시 방을 서성이기 시작했다. 머릿속에서 기차가 경적을 울려댔다.

엠마가 그랬었지. 비밀이 뭔지 듣고 나면 자길 싫어하게 될 거라고. 지금 비제이의 심정이 딱 그랬다. 엠마의 비밀에 비제이와 이선이 얽혀 있었던 것처럼 비제이의 비밀에도 또 다른 누군가가 얽혀 있었다.

"무, 무, 무슨 말부터 해야 할지 모르겠네. 그게 내가 인도에 있을 때 나쁜 짓을 저질렀어."

엠마가 얼굴을 찡그렸다. "인도? 그럼 십 대 때 아냐?"

"맞아. 근데, 그 전에 먼저 말해야 할 게 있는데. 내가 내 과거에 대해 좀 속인 게 있어." 말을 이어가기가 생각보다 더 힘겨웠다. 결코 입에 담지 않을 비밀이었기에 어떻게 말해야 할 지 한 번도 생각해 본 적이 없었기 때문이다. "왜 내가 어릴 때 가난한 동네에서 살았었다고 했잖아. 사실은 아니야. 우리 가족은 돈이 있었어. 그것도 엄청 많이. 아빠는 엔지니어고, 엄마는 의사야. 난 사립 학교에 다녔고."

엠마가 무표정한 얼굴로 어깨를 으쓱하며 말했다. "그게 뭐가 대수라고? 더치는 말 그대로 은행만큼 돈이 많은데 다들 좋아하잖아. 앨리도 이혼합의금으로 떼돈을 벌었는데 여전히 베프고. 어쨌든, 그래서 거짓말을 한 이유가 뭔데?"

그녀의 말이 바늘처럼 가슴을 콕콕 찔러댔다.

"내가 여기로 보내져야만 했던 이유 때문이지. 나 장학금 복권 같은 거에 당첨된 거 아니야. 컬럼비아 입학 전에 버몬트에 있는 기숙 학교에 2년 동안 다녔었어. 내가 한 짓 때문에 부모님이 배 태워서 미국으로 보내버렸거든." 비제이는 의자에 다시 앉았다. 그러고는 엠마를 쳐다보지 않으면 입 밖으로 내뱉는 말들이 사실이 아니기라도 한 것처럼 두 손으로 얼굴을 가린 채 말을 이어갔다. "내가 술을 엄청 많이 마시고 말이야. 친구랑 같이 친구 형 차를 훔쳐 타고 신나게 달리다가. 우리가, 아니 내가, 사람을 죽였어."

"세상에." 엠마가 손으로 입을 틀어막았다.

"근데 지금 내가 말한 건 빙산의 일각에 불과해." 잠시 말을 멈춘 비제이의 얼굴에 고통이 역력했다. "내가 태어난 곳에선 라나 가문의 영향력이 미치지 않는 곳이 없었어. 그래서 그 사건을 그냥 묻으려고 했어. 내 이름도 전혀 언급되지 않았고 다른 사람한테 뒤집어씌워 버렸지. 그 불쌍한 남자는 아내와 아이 넷을 먹여 살리겠다고 나 대신 죗값을 치르고 평생을 감옥에서 지내기로 한 거야. 그런데 그때는 내가 너무 어렸을 때라서, 정말 난 아무것도 몰랐어. 내 뒤에서 무슨 일을 꾸미고 있는지 말이야. 부모님은 돈스Dons라는 인도 마피아 몇몇을 알고 있었는데, 공무원이고 판사고 할 것 없이 그 일에 관련된 모든 사람에게 죄다 뒷돈을 찔러 줬어. 그리고 날 상자에 집어넣어서 미국 주소를 써 붙이고는 배에다 실어버린 거지. 무슨 페덱스 소포처럼 말이야. 불쌍한 피해자 가족을 위한 정의 실현 따위는 없었던 거지." 그러고는 역겨움에 고개를 내저었다. "우리 부모님은 다른 사람들한텐 돈을 뿌려대면서 정작 피해자 가족한테는 한 푼도 주지 않았어."

"그럴 수가. 그래서 그 가족들은 어떻게 됐대?"

"그게 제일 끔찍한 부분이야. 내가 죽인 그 여자가……." 그 말을 입 밖으로 뱉어야 한다니 믿을 수가 없었다. 그 이름을 소리 내어 말하는 건 처음이었다. 말하는 순간 생생한 현실로 되살아났다. "미국인이었어. 사업차 인도에 온 거였는데. 이름이 휘트니 태너야."

엠마는 혹여나 아는 이름인지 열심히 머리를 굴렸다. 이윽고 누군지 기억이 났는지 떡 벌어진 입을 손으로 틀어막은 채 말했다. "앨리 어머니잖아."

그녀의 말은 진실이자 사실이었다. 휘트니 태너는 해외 출장 중 교통사고로 사망한 앨리의 어머니였다. 전 세계에 그 많고 많은 사람 중 하필이면 왜. 엠마는 지금 들은 말들이 믿기지 않았다. 그래서 또다시 눈물이 하염없이 흘러내렸다. 친구들과의 우정을 깨트릴 사람이 자기만이 아니었다. 비제이도 마찬가지였다. 분명 고통 속에 살았을 터였다. 이 얘기가 조금이라도 새어나가는 날엔 모두가 서로 연을 끊고 말 것이다. 아무 잘못도 하지 않은 불쌍한 더치도 덩달아 친구들 모두를 잃을 테지. 여기에 연루되지 않은 사람은 더치 하나뿐이었다.

그 순간 비제이는 30분 내내 억누르고 있던 감정을 마침내 화약통이 폭발하듯 터뜨렸다. 너무나도 슬피 흐느끼는 바람에 엠마를 당황케 했다. 그녀는 자신의 무릎 위에 쓰러져 엉엉 우는 비제이의 머리를 가만히 쓰다듬어 주었다.

"앨리에 관한 거라면 모조리 다 알아냈어, 엠마. 주말에 버몬트에서 코네티컷까지 찾아가서 앨리를 따라다녔어. 인스타그램에 가짜 계정을 만들어서 앨리랑 앨리 친구들까지 다 팔로우했어. 그리고 앨리가 일하는 아이스크림 가게에도 찾아갔어. 잘 지내는지 확인하려고 말이야. 그러다 인스타그램에서 앨리가 컬럼비아 대학교에 간다는 사실을 발견하고는 부모님께 전화해서 부탁을 하나 했어."

"부탁?"

그가 고개를 끄떡였다. "가끔은 좋은 일하는 데 돈을 쓰는 것도 좋을 테니까."

바로 그때 엠마의 머릿속에 무언가가 번뜩 떠올랐다. '라나 파텔 법원 프로젝트.' 이름을 단번에 알아차린 그녀는 여태껏 캠퍼스에 있는 동상과 정원을 연관 지을 생각을 못 했던 게 외려 신기했다. "그러니까 같은 라나인 거지?"

비제이가 다시 고개를 끄떡였다. "파텔은 어머니가 결혼 전에 쓰시던 이름이야. 너무 티 내고 싶지 않았거든. 지금도 계속 그 유지비를 내고 있어." 그가 코를 훌쩍이고는 말을 이었다. "그렇게 입학하고 나서 난 그저 앨리랑 친하게 지내고 싶었어. 보호해 주고 싫었거든. 그리고 지금은 이렇게 베프가 되었고. 난 앨리를 정말 내 친동생처럼 사랑해. 그러니까 앨리가 절대 이 일을 알아선 안 된다고." 그가 힘겹게 숨을 들이마셨다. "그런데 트레버가 그 일을 폭로해 버릴 거야. 모두가 날 싫어하게 만들고 싶을 테니까. 피오나가 친구들을 다 미워하게 만들어서 자기가 존 삼촌처럼 권력자가 될 때까지 피오나가 인생을 바쳐 돕길 바라지. 앨리는 다신 나랑 말도 섞지 않을 거야. 모두가 다 그럴 거라고."

"걱정 마, 비제이." 이 말을 하는 앨리도 울고 있었다. "내가 늘 네 곁에 있을게."

트레버. 남을 괴롭히며 희열을 느끼는 이 개자식. 엠마는 더는 비제이가 이런 일을 겪도록 내버려 둘 수 없었다. 그녀가 보는 앞에서는 절대로.

"나 도와줄 수 있겠어, 비제이? 트레버를 없앨 방법을 알고 있어. 두 달 전에 처음 계획했을 때 이미 테스트까지 다 해봤어."

비제이는 몇 분간 아무 말이 없었다. 그러다가 마침내 정적을 깨고 말했다. "잠깐. 너 정말 진심이었어? 트레버를 죽인다는 말?"

그녀가 고개를 끄떡였다. 심지어 입가에는 미소가 옅게 드리워져 있었다. "왜 너도 알지, 걔 견과류 알레르기 엄청 심한 거. 그때 브런치에서 다 봤잖아."

지난 30분 동안 온몸을 맞은 듯 고통스러웠음에도 불구하고 비제이는 또다시 자리에서 일어나 핏비트를 터트릴 심산으로 방을 서성이기 시작했다. 그러고서 검지로 양쪽 귀를 틀어막았다.

"아아아아아아!"

"비제이!" 엠마가 소파에서 벌떡 일어나 비제이의 몸을 자기 쪽으로 돌렸다. "비제이, 잘 들어 봐. 너도 잘 알잖아, 트레버는 절대 그만둘 놈이 아니라는 거. 쉽진 않겠지만 우리 둘이면 할 수 있어. 내일이나 늦어도 월요일이면 내가 한 짓을 이선이 다 알게 될 거야. 우리가 한 짓을 말이야. 그리고 그것 때문에 일어난 다른 일도. 그러면 그날로 우리 우정도 다 끝장나고 말 거야. 친구들도 다 뿔뿔이 흩어질 테고, 내 결혼도 끝나고 말겠지."

자신의 계획을 털어놓는 엠마를 차마 마주할 수가 없었던 비제이는 고개를 옆으로 돌렸다.

"내일이면 앨리도 다 알게 될 거라고."라고 말하며 엠마가 비제이를 설득하려 했다.

그 순간 비제이가 고개를 홱 돌리더니 엠마를 바라봤다. "개수작 부리지 마, 엠마."

또 그 단어를 내뱉었다. 슬슬 엠마의 작전에 걸려들고 있었다.

"내 말 좀 들어보라니까. 트레버한테 치명적인 견과류 알레르기가 있다고."

"정말로 할 건 아니지."

"할 거야. 네가 도와주든 말든. 근데 도와주면 훨씬 수월하겠지."

비제이가 엠마를 쳐다봤다. 자기 아이의 엄마였다. 그녀에게 느낀 배신감은 이루 말할 수 없었다. 그렇기는 해도 그녀의 말이 옳았다. 한편으로는 엠마를 증오하면서도 다른 한편으로는 누구도 이해할 수 없는 방식으로 그녀를 사랑했다. 다른 사람도 아니고 엠마였다. 단짝 친구이자 그에게는 인생의 나침반 같은 존재였다. 그녀 없이 어떻게 살아갈 수 있단 말인가?

그리고 무엇보다도 앨리가 마음에 걸렸다. 불쌍한 앨리. 얼마 전

이혼을 한 데다가 아버지까지 죽음을 앞두고 있었다. 그녀가 얼마나 힘들지, 비제이는 상상조차 할 수 없었다. 그런 상황에 어머니를 죽인 범인이 비제이라는 사실까지 알게 된다면 앨리는 슬픔에서 영영 헤어 나오지 못할 것이다. 그리고 더는 그 누구도 비제이를 좋은 사람이라고 여기지 않을 것이다. 앨리도, 피오나도, 더치도, 심지어 이선까지도. 이선이야 어차피 그를 미워하게 될 터였지만, 앨리 일을 알게 된다면 더 싫어하게 되겠지.

지난 15년간 쌓아온 우정과 추억들도 모두 사라져 버리겠지. 엠마가 모든 걸 단번에 끝낼 수 있게 도와달라고 한 이 순간 그가 용기를 내 나서지 못한다면.

엠마를 도와야 했다.

"그래서 네 계획이 뭔데?"

엠마가 눈을 반짝이며 마침내 숨을 내몰아 쉬었다. "너도 알지, 왜 땅콩이 커피콩이랑 질감이 거의 비슷하잖아?"

"그건 모르지만, 계속 말해 봐."

"홀푸드 매장 안쪽에 껍질 깐 땅콩을 팔아. 무게 달아서 파는 거 있거든. 그걸 좀 사서 커피 가는 기계에 갈아봤어. 왜 그 여섯 단계로 분쇄도 조정해서 갈아주는 기계 알지?"

"응."

"기름 없이 볶은 땅콩을 사서 갈면 굉장히 곱게 갈려. 커피 가루랑 완전 똑같이. 커피 넣는 작은 갈색 봉투에 넣기까지 했다니까."

비제이가 두 손을 허공에 번쩍 들어 올렸다. "끝내주네. 견과류 알레르기 있는 다른 사람이 오염된 커피를 들고 집에 가게 생겼어."

"내가 그렇게 멍청해 보여, 비제이? 땅콩 갈고 나서 바로 커피콩을 다시 갈았어. 그러고는 매니저한테 가서 내가 굵게 설정을 했는데도 너무 곱게 갈려 나온다고 했지. 사실은 내가 매니저한테 갖다 주기 전에 설정을 거꾸로 바꿔놓은 거였지만 말이야. 어쨌든 솔을 가져와서는 청소를 해야 한다면서 뒤쪽으로 가져갔어. 매니저가 다 알아서 해결했다고. 여하튼 그 땅콩 가루를 집으로 가져와서 이 것저것 테스트를 해봤지."

"테스트?"

"응. 그게, 땅콩 가루는 커피에 녹지 않고 위에 둥둥 떠다녀서 눈에 확 띄더라. 근데 그걸 샴페인에 넣으면 거품 때문에 잘 안 보여. 그리고 온갖 데 다 뿌릴 수도 있어. 옷이나 머리에도 뿌리고. 피오나 드레스에 가루를 묻혀놓을 수도 있고 반짝이가 든 통에 부어 놓을 수도 있다고. 그렇게 사방에 막 흩뿌려 놓는 거지."

"그럼 뭐해, 피오나한테 에피펜이 있을 텐데."

"알지. 근데 내가 개랑 온종일 같이 있을 거니까. 그건 내가 없앨 수 있어."

"결혼식장에서도 분명 갖고 있을 거야." 엠마가 생각한 계획에 있는 허점을 오목조목 찾아내 알아서 포기하게 할 작정이었다. 그런 다음 둘의 운명을 구할 다른 방법을 함께 찾아보면 될 테니까.

"근데 피오나가 자기 에피펜이 없다는 걸 알아차릴 때쯤이면 어차피 너무 늦을 거야. 트레버가 숨을 쉴 때마다 사방에 퍼져있는 가루를 계속 들이마실 테니까." 그녀는 바닥을 내려다보다가 고개를 다시 들었다. "그러다 결국 죽게 될 거야. 숨이 막혀 죽든지 심장이 멎을 거라고. 뭐 개한테 심장이 있기나 한지는 모르겠다만, 어쨌든 터져버리길 바라야지. 심장이 감당해 낼 수 없을 거야. 여기저기 다 뿌려 놓을 테니까. 하객들한테도 다 뿌릴 거야. 그러면 누구든 트레버를 도와주려고 할 때마다 상태는 더 악화하겠지."

"세상에, 엠마. 정말 확실해? 이것 때문에 많은 사람이 곤란해지 게 될 텐데."

"확실해. 피오나가 그랬잖아. 인스타그램에 올릴 영상 찍는 '축 하 행사'할 때 풍선도 막 떨어트리고 반짝이 통도 나올 거라고? 그 반짝이 통에도 섞어 넣는 거야. 그게 제일 확실한 방법이지. 무대 위에 쫙 흩뿌려질 테니까 말이야."

"진짜 꼼꼼하게 다 따져봤구나."

"응. 하러 가기 직전에⋯⋯." 이선과의 결혼과 비제이와의 우정 을 지키려고 그 더러운 개자식과 하러 가기 직전에. "⋯⋯전에 말 이야. 그러니까 그 두 달 전에 말이야. 트레버랑 자지 말고 그냥 확 죽여버릴까 생각도 했었거든. 근데 그러면 바로 잡혀 들어갈 거 아 니야. 마지막으로 같이 있었던 사람이 나밖에 없으니까. 그래서 차 선책을 선택할 수밖에 없었지. 얼마나 좋아, 이 방법이면 이백 명 이 보고 있는 앞에서 죽을 텐데. 범인이 나라는 걸 찾아내기란 사 막에서 바늘 찾기보다 더 힘들걸."

"그래서 내가 뭘 하면 되는데?" 비제이가 물었다.

자기 손목을 쳐다보자마자 엠마는 시계를 화장실에 둔 게 떠올 랐다. 화장실로 들어가서 이선 쪽 침대 옆 탁자 위에 놓인 알람 시 계를 곁눈질로 흘끔 보았다. 시계 속 숫자가 엠마를 조롱하듯 쳐다 봤다. "젠장. 나 이제 헤어랑 메이크업 받으러 나가야 해. 11시 예 약인데 샤워는 하고 가야 해서. 있지, 홀푸드에 가서 땅콩 좀 사서 갈아주면 진짜 고마울 것 같아. 사기 전에 기름 없이 볶은 땅콩이 맞는지 꼭 확인하고. 다른 건 갈면 곤죽처럼 되거든. 우리는 가루가 필요하니까 땅콩을 갈아서 커피 봉투에 담아오면 돼. 돌아오거든 문자 보내. 그럼 내가 받으러 갈게. 그리고 나머지는 내가 다 알아서 할게."

만에 하나 잡힐지도 모른다는 생각에 비제이의 얼굴에는 불안이 감돌았다. "근데 다들 핸드폰 가지고 있잖아. 영상도 막 찍어댈 텐데. 뭔가 보는 사람이 분명 있을 거라고."

"나한테 관심 가지는 사람은 아무도 없을 거야."

"그래도 넌 신부 들러리잖아."

"그래, 신부가 아니잖아."

비제이는 잠시간 말이 없었다. 그러고는 다시 발코니 쪽으로 시선을 돌렸는데, 밝은 햇살에 동공이 작아지고 눈이 찌푸려졌다. 지금 이 순간부터 그의 삶은 완전히 바뀌게 될 것이었다. 말 그대로 죽느냐 사느냐의 문제였다. 엠마의 말대로 한다면 살인 방조가 될 터였다. 그리고 일급 살인죄도 적용될 것이다. 모든 과정을 하나하나 엠마와 함께 계획했으니까. 하지만 다른 한편으로는 17년 전에 저지른 일에 비한다면 살인 공범이니 많이 발전한 셈 아닌가? 서류상으로는 과실치사라고 했다. 치사라는 부분만 사실이었지만. 지금 이 일을 하지 않는다면 그의 인생은 송두리째 무너지고 말 것이다. 그리고 엠마의 인생도.

미간을 잔뜩 찌푸린 채 비제이는 덜덜 떨려오는 두 손을 주머니에 넣었다. 축축한 손바닥을 닦아내기 위함이었다. 선택의 여지가 없었다. 그래서 엠마를 쳐다보며 고개를 끄떡였다. 무언의 동의였다. 사활을 다해 엠마를 돕겠다는 동의.

29장

이선

결혼식 당일, 10시

결혼식 당일이었다. 어딜 가든 결혼식 기운이 만연했다. 하얀 백합, 수국, 튤립이 결혼식장으로 옮겨지는 중이었다. 케이크는 이미 도착한 지 오래였다. 그리고 호텔 뒤편의 해변에는 격자 모양의 장식물이 설치되고 있었다. 거꾸로 된 'U'자 형태의 장식물에는 흰색과 연한 파란색의 작은 꽃들이 다양하게 장식되어 있었다. 뒤로 보이는 바닷가와 완벽하게 조화를 이루었다. 하얀색 실크가 바닥에 펼쳐지며 신랑과 신부가 입장할 길이 만들어졌고, 그 주위로 의자가 놓였다. 결혼식 코디네이터가 지시하는 대로 짐꾼들이 이리저리 분주하게 뛰어다녔다.

이선은 아침 식사를 하며 그 모든 광경을 지켜봤다. 이 지상 낙원에서 덩그러니, 홀로 테이블에 앉아서 말이다.

조식 뷔페는 객실 요금에 이미 포함되어 있었는데, 엠마와 이선은 각자 골프를 치고 스파를 받으러 가느라고 어제 아침은 먹지 못했다. 엠마는 오늘 아침에도 신부 들러리로 이것저것 치장을 하러 나가야 했다. 하지만 이선은 트레버, 그리고 다른 신랑 들러리들과 15시쯤에 만나기로 했으니 시간 여유가 있었다. 그리고 엠마와 비제이가 이야기할 시간을 충분히 주고 싶기도 했다.

신랑 대기실에는 조금 일찍 갈 작정이었다. 그 사진들을 왜 모두에게 공개했냐고 트레버에게 따져 묻고 싶었다.

한편, 이선은 엠마가 아침을 거른 일이 내심 마음에 걸렸다. 그녀가 좋아하는 음식들이 가득했기 때문이다. 과일과 요구르트도 있었고, 오믈렛을 만들어 주는 곳도 있었다. 오믈렛 코너라는 것을 처음 알게 된 건 신혼여행 때였다. 카리브해의 아루바 섬으로 갔는데, 리조트 내 모든 걸 자유롭게 이용할 수 있었다. 두 사람 모두 부유하게 자라지 않았었기에, 오믈렛을 주문하자마자 바로 눈앞에서 달걀을 깨고 원하는 재료를 넣어 뒤집은 뒤 접시에 담아주는 모습을 신기한 듯 눈에 담던 그녀의 표정이 아직도 선했다. 그 후로 오믈렛 코너가 있는 곳에 데려가리라 항상 마음은 먹었지만, 신혼여행 말고는 근사한 데라곤 가 본 적이 없었다. 단풍을 보러 버몬트로 짧게 다녀온 주말여행도 근사하진 않았고. 서른 번째 생일을 맞아 애틀란틱 시티로 여행을 갔을 때도 엠마는 술을 너무 마신 탓에 다음날 14시까지 토를 하느라 결국 아침을 거르고 말았다.

두 사람은 늘 '아직 젊으니까 나중에 하자. 어차피 남는 게 시간인데.'라는 생각으로 살았다. 그런데 이제 곧 아기가 태어난다. 뭘 다시 할 수 있는 시간이 없을 것이다. 더군다나 지금 당장 그녀를 잃을 수도 있다고 생각하니 술을 끊어야 할 것 같았다. 과거로 돌아간다면 더 일찍 결혼해 바로 아이를 가져서 다섯 정도 낳고 싶은 심정이었다. 피오나와 저지른 실수를 전부 지워내고 엠마를 지켜낼 수만 있다면 무슨 짓이든 할 수 있을 것만 같았다.

이윽고 아침을 다 먹고 난 이선은 수영장 근처에 있는 바로 내려가 담배를 피웠다. 그리고 또 한 대를 태웠다. 뉴욕으로 돌아가면 곧바로 담배를 끊을 생각이었다. 2주 후면 동생네 부부가 놀러 올 테고 그 앞에서는 담배를 피우지 않겠다고 엠마에게 약속했으니까. 바깥으로 나온 지 2분도 채 되지 않았는데 벌써 땀이 옷 사이로 스며들며 땀자국을 냈다. 오늘도 역시나 푹푹 찌는 찜통더위가 이어질 터였다. 일기예보를 확인했더니 그럼 그렇지 이 더위도 오늘이 마지막이었다. 오늘 밤 강력한 태풍이 지나가면서 푹푹 찌는 무더위도 함께 바다로 물러날 예정이었다. 내일이면 영하의 추위가 기다리고 있는 집으로 돌아가야 하는데 타이밍이 참 얄궂었다. 바깥 공기가 너무 꿉꿉한 탓에 독성 화학물질을 빨아들이기도 힘들었다. 세 번 정도 연기를 내뱉은 뒤 담배를 비벼끄고 다시 안으로 들어갔다.

몸에 쩍쩍 달라붙은 티셔츠를 잡아당기며 걷다가 이선은 커피 두 잔과 페이스트리가 담긴 접시를 들고 있는 더치와 마주쳤다. 더치는 매우 피곤해 보이는 얼굴을 하고서 자기 쪽으로 다가오는 이선을 쳐다봤다.

"어이, 안녕?" 더치가 오른쪽 팔꿈치를 비스듬히 들어 올리며 물었다. 하이 파이브를 하기엔 양손이 자유롭지 않았다.

"어, 나 방금 혼자 아침 먹고 오는 길이야." 그러고는 이선의 시선이 더치의 손으로 향했다. "이게 다 뭐야?"

"아, 그게, 음. 내가⋯⋯." 더치가 시선을 떨궈 커피를 바라보고는 이선에게 헤벌쭉 웃어 보였다. "그게 말이지, 어젯밤에 나갔다가⋯⋯."

이선이 손사래를 치며 말했다. "됐어, 말 안 해도 돼. 잘됐네."

"야, 근데 너랑 엠마는 어떻게 됐어? 다 잘 해결됐어?"

이선이 한숨을 내쉬었다. "그랬으면 좋겠지 뭐. 지금 엠마랑 비제이랑 얘기 중이야. 난 그냥 엠마가⋯⋯ 아니다, 그냥 가." 그가 싱글거리며 말했다. "커피 다 식겠다. 나중에 다시 얘기해."

더치가 한쪽 입꼬리를 올리며 동정 어린 미소를 지었다. "고마워."

"참, 어제 따라와 줘서 고마웠어."

"뭐, 그런 것쯤이야." 더치가 손에 들고 있는 접시를 힐끗 쳐다본 뒤 눈을 찡긋하며 말했다. "그럼 나중에 봐."

그런 다음 이선이 핸드폰을 확인했다. 하지만 엠마나 비제이에게서 아무런 문자도 와 있지 않았다. 그냥 호텔 방으로 돌아가기로 했다. 두 사람이 이야기한 지도 벌써 한 시간 가까이 지났고, 엠마가 나가기 전에 단둘이서 대화를 나누고 싶었다. 결혼식이 시작하기 전에 꼭 그녀를 봐야 했다. 그렇지 않으면 마음이 너무 아플 것 같았다.

이윽고 문 앞에 다다라 카드키를 손에 든 채 먼저 문을 가볍게 두드렸다. 하지만 방 안에선 아무런 대답도 없고 인기척도 들려오지 않았다. 그래서 그냥 문을 열고 들어갔는데 샤워하는 소리가 들려왔다.

"엠마?" 화장실 안으로 고개를 빼꼼 들이밀며 큰 소리로 불렀다.

"응, 나 여기있어. 금방 나갈게."

"천천히 해."

몇 초간 화장실 안을 서성이다 말고 이선은 밖으로 나와 침대에 앉았다. 긴장한 탓에 손가락 깍지를 꼈다가 뺐다가를 반복했다. 잠시 후, 샤워기 소리가 멈추고 난 뒤에도 엠마가 나올 때까지 인내심 있게 기다렸다. 그리고 곧 엠마가 머리와 몸에 수건을 하나씩 두르고 밖으로 걸어 나왔다.

"안녕." 다정한 목소리로 내뱉고는 엠마가 대답하기만을 기다렸다.

"안녕."이라는 말만 남긴 채 그녀는 다시 화장실로 쏙 들어가 머리에 두른 수건을 풀더니 검고 긴 머리카락을 빗어 내렸다. 그런 다음 얼굴에 보습 오일을 바르고 드라이기를 잡았다.

"얘기 좀 할 수 있을까?" 이선이 물었다.

"응." 대답은 그렇게 해놓고는 드라이기 전원을 켜고 요란한 소리를 내며 머리를 말리기 시작했다. 이렇게 엠마가 행동으로 은근히 분노를 표출하는 방식에 이선은 이미 익숙했다. "머리만 좀 금방 말리면 돼." 엠마가 시끄러운 드라이어 소리 너머로 크게 말했다. "머리는 미용사한테 받을 거라 손질 안 해도 돼. 부스스해도 상관 없어서 그냥 말리기만 할 거야. 그래도 머리는 감고 가고 싶었거든."

"알겠어."

문득 엠마가 자신을 벌주려고 이렇게 하염없이 기다리게 하는 건지 궁금해졌다. 그래도 괜찮았다. 그럴만한 짓을 했으니까.

그렇게 5분이 지나고 마침내 드라이기 소리가 멈췄다. 엠마는 자신의 몸과 임신한 배가 보이지 않도록 가운부터 입은 뒤 수건을 바닥으로 떨궜다. 그런 다음 화장실을 나와 방에서 기다리고 있는 이선을 바라보았다.

그 시선에 이선은 자기 자신이 너무 수치스럽고 역겨워서 몸이 저절로 비틀렸다. "비제이랑 얘기는 잘했어?"

"응."

말은 퉁명스러웠어도 화가 난 표정은 아니었다. 엠마의 두 눈은 여전히 이선을 응시하고 있었다.

"엠마, 미안해." 필요하다면 몇 번이고 말할 수도 있었다. "사랑해. 제발 우리 괜찮은 거지?"

엠마가 옆으로 바짝 다가와 앉더니 그의 허벅지에 손을 얹고 말했다. "응. 괜찮아, 이선."

이선이 눈물을 글썽이며 엠마를 바라봤다. "진짜야?"

"진짜야. 아직 기분이 썩 좋진 않지만, 뭐 괜찮아지겠지." 그러더니 눈을 돌려 침대 옆 탁자 위에 놓인 핸드폰을 쓱 쳐다보았다. "나이제 나가야겠다. 벌써 몇 분 지각이야. 나 머리 이렇게 옆으로 넘겨서 하나로 묶으려고." 그러더니 머리카락을 한데 모아 오른쪽 어깨 옆쪽으로 넘겼다. "근데 이것보단 좀 더 풍성하게 말이야. 그리고 우아해 보이게 보석 머리핀도 꽂고. 어떨 거 같아?"

그렇게 엠마는 아무렇지 않게 다른 이야기로 화제를 돌렸다. 두 사람은 진정 이 고비를 잘 헤쳐 나갈 것이었다.

그때 앨리에게서 미용실에 이미 도착했다는 문자 메시지가 도착했다. 엠마는 세 시간 동안 편안하게 있을 수 있도록 운동복을 챙겨입고, 드레스와 하이힐을 손에 들고 방을 나섰다. 그리고 이선은 담배를 들고 발코니로 나갔다. 엠마가 그를 다시 받아주다니,

기분이 한결 나아졌다. 하지만 주말 내내 기승을 부리던 바깥 열기가 또다시 그를 덮쳐오는 바람에 얼른 에어컨이 틀어진 방으로 다시 들어왔다. 그러고 나서 암막 커튼을 쳤다. 진짜 재미있는 쇼가 시작되기 전 일단 잠부터 좀 자둬야 했다.

30장

앨리

결혼식 당일, 11시 10분

앨리는 순간 숨이 멎는 느낌이었다. 운동복 차림의 엠마가 미용실에 도착했는데, 하필 딱 그때 피오나가 화장실에서 걸어 나온 것이었다. 피오나는 머리 손질을 다 마친 채 하얀 실크 목욕 가운을 입고 있고, 등 뒤에는 은색 보석으로 '신부'라고 적혀 있었다. 두 사람의 눈이 마주친 찰나, 앨리는 엠마가 괴성을 내지르며 피오나에게 확 달려들어 결국 결혼식을 망쳐버릴 줄 알았다. 뭐, 그래도 전혀 상관없을 테지만. 내심 엠마가 그래 주기를 바라며 여전히 숨죽여 두 사람을 바라보았다. 둘 중 하나일 테지. 확 달려들든지, 아니면 이선과 함께 다음 비행기를 타고 뉴욕으로 돌아가 이혼 전문 변호사를 만나러 가든지.

"저기." 엠마가 피오나에게 먼저 말을 걸었다. "어젯밤엔 내가 미안했어. 난 그냥, 다 괜찮아. 어차피 오래전 일이잖아." 그러더니 생긋 웃었다. "오늘은 네 결혼식 날이잖아. 행복한 결혼식 날."

엠마의 저 미소는 완전 가짜였다. 앨리는 단번에 눈치챘지만, 피오나는 잘도 속아 넘어갔다. 피오나가 조심스레 한 걸음 가까이 다가가자 엠마도 한 걸음 앞으로 내디뎠다. 그러더니 이내 서로 부둥켜안았다. 그 순간 앨리는 참았던 숨을 훅 몰아 내쉬었다. 머리카락이 뜯겨 바닥에 쌓이는 일은 없을 것이다. 그리고 화장으로 멍을 가리는 일도.

"미안해." 피오나가 말했다. "정말 무슨 생각으로 그랬는지 모르겠어. 너한테 상처 주려고 그런 건 진짜 아니야. 다 내가 외로워서 그랬어. 이선도 네가 그리워서 그랬고. 정말 이 세상을 다 통틀어서 여태껏 너 하나만 사랑해 온 남자야."

엠마가 또 가짜 미소를 지었다. 피오나의 그 말은 엠마에게 씨알도 먹히지 않았다. 딱 까놓고 말해 피오나는 저 쓰레기 같은 자식과 결혼하면 쭉 마이애미에 살 테고, 그러다 결국엔 연락이 끊길 사이었다. 반면 앨리와 엠마는 대학 시절 내내 룸메이트 사이였기에 떼려야 뗄 수 없는 단짝 친구였다. 문득 그런 생각이 들었다. 과거, 피오나와 이선이 몰래 잤다는 사실을 엠마가 꽤 잘 받아들이고 있다는 생각. 어쩌면 너무 잘 받아들이는 걸지도. 앨리가 보기엔 정말 노벨 평화상 감이었다. 아니면 오늘 딱 하루만 피오나를 용서하는 척하고는 내일부터 아예 연을 끊을지도 모르는 일이지. 어쨌든 지금은 세 사람 모두 평소와 다름없이 행동했다. 그리고 알렉사라는 이름을 가진 여자가 엠마의 머리를 매만지기 시작했다.

앨리의 머리 손질은 금방 끝났다. 가운데 가르마를 타고 머리를 양쪽 관자놀이 뒤쪽으로 느슨하게 말아 넘긴 뒤, 머리핀으로 고정해 히피처럼 보이게 연출했다. 머리 손질이 끝난 뒤 연분홍색 드레스를 들어 몸에 대보던 앨리는 적잖이 당황했다. 그 드레스는 앨리의 장밋빛 볼 터치와 빨간 머리에 잘 어울렸었다. 그 모습이 참 마음에 들었었는데……. 그때는 페인트 색상표처럼 여러 빛깔의 분홍색이 한데 어우러져 조화로웠다. 하지만 지금 머리 색은 잘 익은 바나나의 속살처럼 새하앴다. 그래서 앨리는 화장에 힘을 좀 줘야겠다고 생각했다.

이윽고 '씨'라는 이름을 가진 여자에게 화장을 받을 차례였다. 씨는 뾰족뾰족한 머리 모양을 하고 있었는데, 전체적으로 새카만 색이었지만 머리카락 끝만 파란색으로 물들어 있었다. 몸에는 문신도 다양하게 새겨져 있었다. 앨리는 스모키 화장을 해 달라고 말하면서 키드 락Kid Rock과 사귀던 시절의 파멜라 앤더슨Pamela Anderson처럼 만들지는 말라고 당부했다.

"이봐요, 금발 머리 씨. 내가 눈썹이랑 아이라인을 무슨 사피 형광펜으로 그리는 줄 아세요?" 씨가 앨리를 향해 톡 쏘듯 말했다. "나도 스모키 화장이 뭔지는 잘 알거든요."

앨리는 그녀의 이름이 뭐의 줄임말인지 잘 알 것 같았다.

그 사이 머리를 다 끝마친 엠마는 케빈 어코인Kevyn Aucoin이 살아 돌아온 것처럼 생긴 남자에게 화장을 받았다. 엠마 역시 눈화장을 연한 스모키로 해 달랬는데, 덕분에 가뜩이나 커다란 녹색 눈이 모델처럼 보였다. 느슨하게 한데 묶은 머리는 한쪽 옆으로 넘겨 햇볕에 그을린 어깨를 과시하듯 드러냈다. 반면, 피오나는 완전히 뉴트럴한 색감으로 화장을 했다. 그래서인지 서른두 살보다 훨씬 어려 보였다. 아이섀도는 눈동자 색과 똑같은 밝은 회색으로 칠하고,

복숭앗빛으로 물들인 양 볼에 맞춰 입술에도 복숭아색 립글로스를 발랐다. 머리는 구불구불한 머리카락을 짱짱하게 뒤로 당겨 단단히 묶어 올렸는데, 크고 풍성한 올림머리가 목뒤 쪽에 낮게 매달려 있었다.

그렇게 모두 준비가 끝났다. 피오나와 앨리는 각각 샴페인과 프레스코 와인을 홀짝였고, 엠마는 생수를 마시고 있었다. 그때 갑자기 사진작가 하나가 여자들만의 사적인 공간으로 난입해 왔다. 차가운 도시 여자에서 신부 잡지의 표지 모델로 변신하는 전후 과정을 카메라에 속속들이 담겠다는 것이 그 이유였다. 카메라 셔터의 찰칵이는 소리가 엠마의 머릿속에서 계속 울려 퍼졌다. 빨리 찍고 당장 꺼지라는 말이 목 끝까지 차올랐다. 정말이지 연예계 전문 파파라치로 취직해도 될 정도로 성가셨다.

이윽고 피오나의 어머니와 이모가 대기실로 들어와 사진작가를 데리고 밖으로 나갔다. 피오나는 미용실을 에두르고 있는 전용 야외 공간에서 포즈를 잡으며 사진을 찍었다. 카메라가 멀어진 틈을 타 앨리가 엠마에게 어젯밤 이야기를 넌지시 물었다.

"그래서어." 앨리가 말끝을 질질 끌며 엠마 가까이 다가갔다. "어젯밤 잠은 잘 주무셨어?"

그 말에 엠마가 큰 소리로 웃자 앨리도 함께 킥킥댔다.

"어젯밤에 재미있었지. 이선이야 고문당하는 기분이었겠지만."

"잘했어. 걘 고문 좀 더 당해야 해. 아니 무슨, 피오나라니, 진짜. 이선 걔는 대체 무슨 생각으로 그랬대?"

엠마가 심호흡을 한 번 하고는 말했다. "뭐, 나랑 헤어졌을 때였으니까 이선도 자기 마음대로 살았겠지. 두 번 다 내가 헤어지자고 했지 이선이 헤어지자고 한 것도 아니었으니까. 너도 알다시피 나랑 다시 시작하려고 계속 애썼잖아. 뭐 무의식적으로 나한테 복수하려고 그랬을 수도 있고. 근데 어차피 나도 뭐 완벽한 사람은 아닌데 뭘." 엠마는 이 이야기는 이제 그만하고 싶다는 내색을 여실히 드러냈다.

"야, 네가 지 친구랑 잤다고 해봐. 그럼 이선 개 완전 다른 기분이었을 걸. 너야 뭐 절대 그럴 일은 없겠지만." 앨리는 열려있는 문밖을 흘끗거리며 다른 사람들이 아직도 야외에 있는지 확인했다. "그리고 어차피 이번 생에선 네가 이긴 거야. 이선은 네 결점까지도 사랑하잖냐. 그건 나도 알겠더라. 피오나 봐, 트레버랑 결혼하잖아." 엄지손가락으로 야외 공간을 가리켰다.

엠마도 그 개자식의 정체를 알았더라면 좋았을 텐데. 하루만 더, 앨리는 이 말을 자기 자신에게 백만 번째 말하는 중이었다. 하루만 더.

이로써 백만 한번 째.

31장

비제이

비제이가 호텔을 나섰다. 하루 만에 완전히 다른 사람이 된 기분이었다. 엠마를 임신시켰다니. 그리고 딸을 낳았다니. 자신의 딸아이가 포르투갈에서 자라고 있었다니. 게다가 직접 만나기까지 했었다니.

진즉에 알았더라면 뭐가 달랐을까? 엠마가 낙태를 원하지 않는 것쯤이야 괜찮았다. 진심으로. 하지만 엠마가 아기를 직접 키우겠다고 했다면 과연 둘은 어떻게 됐을까? 그리고 이선이랑은? 다른 친구들하고는? 어쩌면 지금 상황이 더 나은지도 몰랐다. 그래도 아기를 생판 모르는 사람에게 버리진 않았으니까. 그랬다면 영영 보지 못했을 것이다. 하지만 비앙카는 평생 엠마를 이모라고 생각하겠지. 카산드라와 에두아르도의 첫 아이이자 엠마에겐 첫 조카인 리카르드에게 두 사람이 정말 좋은 부모님이라는 건 다 아는 사실이었다. 비앙카가 아기일 적에 부모님을 꼭 빼닮아 누가 봐도 한 가족으로 보였었는데, 그 이유도 다 설명이 되었다.

행복해야 하는 게 정상인데, 웬일인지 현실을 받아들이기가 힘들었다. 그에게도 말할 권리가 있지 않은가. 엠마가 자기에게 선택의 여지조차 주지 않았다는 사실이 자꾸만 그를 괴롭혔다. 두 사람이 가까운 사이였던 만큼 더더욱 그랬다.

하지만 이 모든 것을 묻어둔 채 자신의 임무로 돌아가야 했다. 핸드폰에서 검색해 보니 6킬로미터 정도 떨어진 곳에 홀푸드 매장이 있었다. 하지만 거기까지 우버를 타고 가고 싶지는 않았다. 그곳에 있었다는 흔적을 남기고 싶지 않았기 때문이다. 그래서 콜린스 애비뉴를 따라 호텔 두 개를 지나쳐 걸어갔다. 그러고 나서 밖에 서 있는 호텔 직원에게 택시를 불러달라고 부탁했다. 그리고 목적지에 도착해서는 현금으로 계산했다.

매장 안에는 모두가 쇼핑하느라 정신이 없었다. 아무렇지도 않다는 듯 그렇게 쇼핑만 했다. 그들 사이에 잠재적 살인자가 섞여 있는 줄도 모르고. 네가 무슨 짓을 하려는지 저 사람들이 다 알고 있어, 라고 비제이의 머릿속이 외쳐댔다.

불안이라면 익숙했다. 호텔에서 나오기 전에 신경 안정제라도 하나 먹고 왔으면 좋았으련만 이미 늦어버렸다. 심장이 요동치고 호흡이 가빠지더니 머리가 뜨거워졌다. 하지만 습도 때문이 아니었다. 그래, 나도 장 보러 온 것뿐이야, 하고 생각했다. 얼른 바구니를 하나 집어 들고 농산물 통로로 가서 사과를 훑어보았다. 매킨토시, 딜리셔스, 그래니스미스, 갈라, 허니크리스프, 후지 등 다양한 품종의 사과들이 유기농 또는 일반으로 나뉘어 진열되어 있었다.

갈라 사과 두 개를 바구니에 넣었다. 참, 비닐봉지, 멍청하긴, 하는 생각이 퍼뜩 들었다. 젠장. 제일 기본적인 걸 잊어버리다니. 고개를 돌리자 과일과 채소를 담는 비닐봉지가 눈에 들어왔다. 한 장을 뜯어내 안에 사과를 담은 뒤 바구니에 넣었다. 그런 다음 천천히 걸어가 간편 샐러드 판매대에 다다른 비제이는 루콜라 샐러드를 집어 들고는 뒷면을 읽는 척하다가 바구니에 넣었다.

이윽고 바로 눈앞에 견과류가 나타났다. 한쪽 벽면을 가득 채우고 있었다. 그쪽을 향해 서서히 다가가는 내내 등줄기를 타고 땀이 줄줄 흘렀다. 하지만 착한 일개미처럼 맡은 바를 수행하기 위해 비닐봉지를 집어 들었다. 겨울바람에 흔들리는 잎새처럼 파르르 떨려오는 손으로 봉지 위쪽을 열어젖혔다. 그러고는 주걱으로 퍼담았다. 그런데 손이 너무 미끄러워 잡고 있던 주걱을 떨어트릴 것만 같았다. 비제이, 그냥 땅콩일 뿐이라고, 라고 스스로를 다독였다. 마지막으로 아래쪽 묵직한 부분을 탁 때리자 봉지가 빙글빙글 돌아가며 윗부분이 밀봉되었다.

그런 다음, 조미료 통로로 가 진열대를 둘러보는 척했다. 그러다 작은 병에 든 땅콩기름을 발견하고는 바구니 안에 넣었다. 다음 순간, 비제이가 바로 앞에 있는 선반에서 일생일대의 물건을 발견했다. 맨 아래 두 번째 선반에 놓인 커다란 유리병에 유기농 땅콩 가루가 떡하니 담겨있었다. 가루였다! 물론 어딘가에 작게 으깬 땅콩도 있을 테지만 가루라니, 금상첨화였다. 얼른 집어 바구니 안으로 밀어 넣었다.

그러고는 케이퍼 두 병도 같이 넣었다. 계산원이 다 땅콩과 관련된 제품만 샀다고 생각하면 큰일일 테니. 근데 계산원이 그가 뭘

사는지 따위에 관심이 있기는 한가. 그건 그렇고 계획대로 커피 원두도 사야 할까?

그 순간 커피 향에 이끌린 비제이는 마치 엠마가 등을 떠밀기라도 하듯 원두가 있는 곳으로 다가갔다. 분쇄기도 거기에 있었는데, 커피를 사려는 사람은 하나도 없었다. 뒤편에 있는 빵집에는 줄이 길게 늘어서 있었지만, 비제이 쪽을 쳐다보는 사람은 아무도 없었다. 얼른 커피를 담는 종이봉투 하나를 통에서 꺼냈다. 그리고 살인 준비물 바구니를 발치에 내려놓다 말고 땅콩이 가득 담긴 투명한 비닐봉지에 시선이 꽂혔다.

두근두근, 심장이 뛰었다. 에드거 앨런 포가 쓴 《고자질하는 심장The Tell-Tale Heart》처럼.

그의 심장 소리가 주변 사람들 모두에게 들릴 것만 같았다. 들릴 수밖에 없었다. 누군가 비제이의 귀에 대고 쿵쿵 북을 치는 것처럼 크게 요동쳤으니까.

비제이는 그 자리에 서서 왼쪽에서 오른쪽으로 쭉 훑어봤다. 다들 자기 할 일에 심취해 있었다. 비제이가 거기서 뭘 하는지 전혀 신경 쓰지 않았다. 그가 어떤 범죄를 저지르든 전혀 관심이 없는 듯했다.

땅콩 가루만으로 충분하다고 생각했지만, 여전히 갓 갈아낸 커피가 필요했다. 바구니에 쌓여있는 저 독약들을 감출 도구가 필요했으니까. 비제이는 마음이 바뀌기 전에 얼른 오가닉 프렌치 로스트 원두를 봉투 한가득 담았다. 그리고는 분쇄기 뚜껑을 열어 그 안으로 모조리 부어 넣었다. 원두가 통통 소리를 내며 기계 아래로 모여들었다. 커피 가루가 나오는 곳으로 봉투를 밀어 넣고 분쇄기 버튼을 맨 오른쪽으로 돌려 가장 곱게 갈리도록 설정했다. 그런 다음 팔 한쪽을 공중에 든 채로 자신을 위협하듯 응시하는 '전원' 버튼을 빤히 쳐다봤다. 어서 눌러, 이 살인자야, 라고 말하듯 기계가 그를 향해 손짓했다. 어서 하라니까. 진짜 살인 도구를 감추려면 커피가 필요하잖아.

그 순간, 버튼을 꾹 눌렀다.

기계가 윙윙대며 안에 있는 원두가 빙글빙글 돌았다. 이내 곱게 갈린 커피 가루가 불투명한 갈색 봉투 안에 차곡차곡 쌓였다. 그렇게 단 10초 만에 이 모든 과정이 끝났다. 비제이는 봉투를 빼서 접고 밀봉한 뒤 오가닉 프렌치 로스트 원두의 상품 번호를 봉투 위에 적었다. 그런 다음 바구니 안에 무심하게 던져 넣었다.

비제이가 임무를 마치고 고개를 들었다. 빵집에는 좀 전에 계산대 앞에 서 있던 여자 손님이 아직도 계산 중이었고 그 뒤로 다른 사람들이 초조하게 줄을 서서 기다리고 있었다. 그리고 비제이의 왼편에서는 여자 하나가 빵집에서 사 온 쿠키를 하얀색 종이 상자 안에 넣고 있었고, 오른편에서는 다른 여자가 아기를 업고서 어떤 유기농 초콜릿 바를 고를지 고민하고 있었다.

그러니까 비제이가 뭘 하는지 그에게 관심을 가지는 사람은 아무도 없었다. 그리고 바구니 속에 땅콩 제품이 한가득 들었다는 사실도 아무도 몰랐다.

마지막으로 계산대로 가는 길에 체더 치즈 한 덩어리와 냉동 완두콩 한 봉지, 그리고 스마트 생수도 큰 병으로 하나 바구니에 담았다. 그런 다음 컨베이어 벨트 위에 물건들을 하나씩 올리면서 비제이는 조마조마했다. 녹색 작업복을 입은 누군가가 뒤에서 손가락으로 그를 가리키며 "저 사람이에요! 땅콩 가루로 트레버를 죽이려는 사람이 바로 저 남자라고요!"라고 외칠까 봐. 하지만 아무 일도 일어나지 않았다.

한편, 예쁘장하게 생긴 계산원이 차고 있는 명찰을 힐끗 보자 'Kellye'라고 적혀 있었다. 특이하게 이름 끝에 'e'가 붙어있었는데, 평소 같았으면 그녀에게 말을 걸어 철자가 왜 그런지 물어보거나 이름을 카니예처럼 켈예라고 읽는지 물어봤을 것이다. 하지만 오늘은 괜한 주의를 끌고 싶지 않았다. 누군가가 자신을 기억하면 안되었으니까.

계산원은 할인을 받을 수 있는 애플리케이션이 있냐고 물었다. 당연히 있었지만 사용하지 않았다. 그녀가 상품을 하나씩 들어 바코드를 찍고 넘겨주면 비제이가 봉투에 담았다. 그러다가 그녀의 손이 땅콩 가루에 닿는 순간 온몸이 얼어붙으며 숨이 턱 막혔다. 하지만 계산원은 아무렇지 않게 땅콩 가루의 바코드를 찍고는 비제이 쪽으로 밀어 건네주었다. 그리고 그는 재빨리 받아 종이봉투 안으로 숨겨 넣었다. 다음으로 그녀는 땅콩으로 가득 찬 비닐봉지를 들고 계산기에 숫자 몇 개를 두드리더니 그것도 비제이 쪽으로 밀어 건네주었다.

그런 다음 여느 날 여느 손님을 대하듯 총액을 알려줬고, 비제이는 현금을 냈다. 그리고 좋은 하루를 보내라고 말하는 그녀에게 웃으며 "당신도요." 하고 대꾸했다.

그리고 문밖으로 걸어 나왔다.

그렇게 끝이 났다.

삑삑, 손목시계가 정오를 알려왔다. 오는 길에 택시 안에서 보니 여기서 그다지 멀지 않은 곳에 패스트푸드점이 있었다. 비제이는 푹푹 찌는 이 더위에 그곳까지 걸어가서 햄버거와 감자튀김을 주문했다. 그러면서 음식을 일반 갈색 종이 가방에 먼저 넣은 뒤 포장용 비닐봉지에 한 번 더 넣어 달라고 했다. 이윽고 음식을 받아든 뒤 밖으로 나와 스마트 생수를 꺼내 벌컥벌컥 들이켰다. 여기까지 1.5킬로미터를 넘게 걸어오며 흘린 땀을 보충해야 했다. 그래서 많은 양을 마셨다. 그러고 나서 커피 봉투를 꺼내 내용물을 모두 비웠다. 그리고 땅콩 가루가 든 병뚜껑을 비틀어 열어 커피 봉투 안에 가득 부어 채운 다음 봉투를 다시 잠갔다. 이 정도면 충분하고도 남을 양이었다. 그리고 마지막으로 땅콩기름이 든 작은 병을 손에 쥐었다. 지금 당장 먹어 치우고 싶은 햄버거와 감자튀김이 든 가방 안에 커피 봉투와 땅콩기름 병을 집어넣었다. 그런 다음 나머지 물건들을 옆에 있는 쓰레기통에 몽땅 버렸다. 껍질 깐 땅콩과 남은 땅콩 가루도 모조리 다.

그리고 우버를 불러 호텔로 돌아왔다.

도착하자마자 엠마에게 메시지를 보냈다.

32장

엠마

결혼식 당일, 12시 30분

손에 쥐고 있던 핸드폰이 부르르 떨렸다. 속눈썹을 거의 다 붙이긴 했지만, 그래도 문자 메시지를 확인하기는커녕 몸을 움직일 수조차 없었다. 이선이 또 '미안해. 그리고 사랑해.'라고 또 메시지를 보냈을 수도 있었지만, 이선에게서 온 게 아니라는 걸 알고 있었다. 비제이에게서 온 문자였다. 이제 몇 분 후면 의자에서 일어나 옷을 갈아입고 이 망할 결혼식에서 신부 들러리 행세를 하러 가야 했다. 피오나는 리무진을 불러 사우스 비치 어딘가로 사진을 찍으러 가자고 했다. 그러면 몇 시간은 걸릴 것이었다. 그래서 떠나기 전에 비제이를 꼭 만나야만 했다. 땅콩 가루를 받아서 여기저기 뿌려야 했으니까.

마침내 모든 화장이 끝나고 핸드폰을 확인하니 역시나 비제이였다. 메시지는 이랬다. '독수리가 착륙했다.'

나 참, 이게 뭐야? 비제이의 멋없는 농담에 속으로 피식 웃음이 터졌다.

"있지, 피오나. 나 귀걸이를 두고 왔네." 의도적으로. "옷 갈아입기 전에 얼른 방에 가서 가져올게. 금방 뛰어갔다 올게."

"응. 어차피 리무진은 13시에 오기로 했으니까 시간 있어."

"알겠어. 그럼 금방 갔다 올게."

드디어 때가 됐다. 트레버의 머리통을 날려버릴 죽음의 총알을 가지러 갈 시간이었다. 미용실을 나서자 샴푸와 헤어 제품들 냄새가 희미해져 갔다. 주사위는 이미 던져졌고 이젠 돌이킬 수 없었다. 엠마는 떨림을 감추려고 걸음을 더 재촉했다.

이윽고 비제이의 방에 도착해 문을 두드렸다. 방 안에서 대답하는 목소리가 들려오자 심장이 두근거렸다. 여기까지 걸어오는 내내 스포트라이트 조명이 그녀를 비추며 따라오는 느낌이었다.

"안녕. 들어와." 비제이가 빼꼼 열린 문 사이로 고개를 내밀어 다른 사람들이 있는지 두리번거리며 말했다.

"그렇게 겁쟁이처럼 굴지 좀 마, 비제이." 엠마가 말했다. "무슨 죄지은 사람처럼 보이잖아."

"왜, 맞잖아?"

비제이는 방금 샤워를 마치고 나온 듯 머리는 젖어있었고 몸에선 옅은 비누 냄새를 풍겼다. 운동복 반바지와 티셔츠를 입고 있었고, 화장실 문틀에 턱시도가 걸려있었다.

"그래서 내가 부탁한 건?"

그러자 대뜸 비제이가 한 걸음 뒤로 물러나더니 엠마를 보며 말했다. "우와. 너 근데 진짜 예쁘다."

아침에 있었던 소란과 더불어 앞으로 일어날 일에 대한 기대감에 엠마는 화장을 받았다는 사실조차 까맣게 잊고 있었다. 심지어조금 전까지 미용실 의자에 앉아 있다가 왔는데도. 비제이의 말에엠마의 얼굴이 갑자기 확 달아올랐다. 이를 느낀 엠마는 입술을 다물고 싱긋 웃었다.

"고마워."

그리고 비제이가 엠마의 손을 꼭 잡았다. 낭만적인 방식은 아니고 비제이 식으로. 그 순간 엠마는 뉴욕으로 돌아가 오늘 아침에했던 말들을 충분히 이해하고 나서도 그녀에 대한 비제이의 감정이 변치 않길 바랐다. 어쨌거나 오늘 고작 두 시간 만에 이 모든 이야기를 한꺼번에 들었으니, 물 위에 기름이 둥둥 뜬 것처럼 아직은완전히 이해하지 못했을 것이었다.

"나 귀걸이 가지러 우리 방에도 얼른 들려야 해, 비제이. 빨리 줘."

비제이가 책상 위에 놓인 기름이 덕지덕지 묻은 종이가방을 손짓했다. "저 안에 있어."

"햄버거 사 온 거야?"

"아니야, 엠마. 홀푸드 가려고 여기 옆 옆 호텔까지 걸어가서 택시 타고 현금으로 계산했어. 그리고 쓸데없는 물건들도 엄청 많이샀다고. 그래야 사람을 죽이려고 땅콩만 골라 바리바리 담는 것처럼 보이지 않을 테니까. 어쨌건 무고한 사람들이 죽는 일은 없을거야. 내가 유기농 땅콩 가루를 발견했거든. 땅콩을 가는 대신 이걸 쓰면 되겠더라고. 그리고 땅콩인 거 숨기려고 커피 봉투에 옮겨담았어. 그런 다음 1.5킬로미터를 걸어서 햄버거랑 감자튀김을 샀지. 햄버거 봉투에다 땅콩 가루랑 땅콩기름을 숨겨서 담아오려고 말이야. 그리고 거기서 우버 타고 호텔로 다시 왔어. 날 추적해봤자 배고파서 햄버거 사러 다녀온 것처럼 보일 거야. 누굴 죽이려고 홀푸드 갔다 온 게 아니라."

설명하는 내내 비제이의 목소리에는 왠지 모를 분노가 어렸다.

"땅콩기름?" 하지만 엠마의 귀에는 이 단어 하나만 가닿았다.

"응, 땅콩기름. 작은 병에 들어있는 게 있길래 혹시나…… 다른 게 필요할까 해서."

그녀가 고개를 끄떡이며 말했다. "좋은 생각이네."

그러고는 책상으로 다가가 커피 봉투를 열었다. 안에 가득 담긴 땅콩 가루를 보자마자 저절로 미소가 흘러나왔다.

"좋은 생각이야. 완벽해." 봉투를 책상 위에 다시 내려놓고 땅콩 기름을 집어 들었다. "젠장. 근데 이거 병이 너무 크네." 고작 엠마 손바닥만 한 크기이긴 해도 클러치에 넣고 다니기엔 너무 컸다. 혹 여라도 떨어트리면 큰일일 테니. "걱정 마." 그녀가 손을 흔들며 말했다. "내가 알아서 할게. 방법이야 찾으면 되지 뭐."

"이걸 거기에 어떻게 넣게?" 비제이가 가방을 가리키며 말했다.

"모르는 게 더 나을 거야. 그럼 나중에 그냥 넌 몰랐다고 하면 될 테니까."

비제이는 엠마의 말이 미덥지 못한 듯 자리에서 일어나 팔짱을 끼고 대꾸했다. "그래. 난 아무것도 모르지." 그러더니 자리에 털썩 주저앉았다. "내가 계속 몰랐으면 하는 것들도 아주 많고 말이야."

그 말을 듣자 엠마는 다시 울컥해졌다. 눈물이 흘러내리지 않도록 얼굴에 대고 연신 손부채질을 해댔다.

"나 이만 가야겠다, 비제이. 방금 메이크업 받고 왔는데. 지금 다

망칠 수는 없잖아. 이 일이 성공하면 오늘 밤 그리고 내일까지 정말 정신이 없을 거야. 내일 또 공항 가려면 13시쯤에는 여기서 출발해야 할 테니까. 뉴욕으로 돌아가거든 월요일에 저녁 같이 먹을까? 우리 둘이서만?"

"물론이지."

"그래. 좋아. 나 진짜 가야겠다."엠마는 봉투를 챙겨 들고 문으로 향했다. 그러다 문 앞에서 잠시 걸음을 멈추고 뒤돌아서서 말했다. "고마워, 비제이. 내가 사랑하는 거 알지?"

"응. 나도 사랑해."

이런 말을 주고받은 게 오늘이 처음은 아니었다. 이 말은 두 사람 모두에게 같은 의미로 통했다. 로맨틱한 사랑을 속삭이는 말이 아니라 그냥 친구로서 사랑한다는 말로.

엠마는 방을 나서자마자 서둘러 계단을 향해 달려갔다. 그녀의 방은 한 층 위에 있었는데, 이 밀수품을 품에 안고 엘리베이터를 탈 수는 없었다. 혹시라도 들키면 안 되었으니까. 화장과 머리를 망가뜨리지 않으려고 되도록 땀이 나지 않게 애쓰며 계단을 걸어 올라가 복도를 내달렸다. 이윽고 방문 앞에 다다라 소리 없이 기도부터 한 뒤 잠금장치 위로 카드키를 댔다. 그러자 딸깍 소리를 내며 문이 열렸다.

방 안에는 암막 커튼이 드리워져 있었고, 이선은 침대에서 누가 업어 가도 모르게 곤히 자고 있었다. 걸을 때마다 조리 슬리퍼가 바닥을 탁탁 치는 소리에 이선이 깨지 않도록 문 앞에 고이 벗어두고 살금살금 화장실로 향했다. 핸드폰으로 손전등을 비추어 여행용 보석함에서 귀걸이를 찾아냈다. 그러고 나서 팔찌를 보관하는 중간 크기의 실크 주머니도 챙겼다. 젱그렁대는 소리가 나지 않도록 조심하며 안에 들어 있는 팔찌를 빼내 세면대 위에 올려두었다. 그리고 주머니 안에 땅콩 가루를 최대한 많이 채워 넣었다. 어찌나 탁월한 선택인지 비제이에게 감사하기까지 했다. 가루를 다 채운 다음에는 주머니 끈을 단단히 당겨 조였다. 그러고는 끈으로 윗부분을 돌려 한 번 더 꽉 묶은 뒤 클러치 안에 넣었다.

땅콩기름도 넣어보려 애썼지만 들어가지 않았다. 그래서 얼른 땅콩기름 사용 방법을 구글에서 검색했다. 그랬더니 머리카락에 수분을 공급하고 끊어짐을 방지하는 데 탁월한 효과가 있다고 나왔다. 일거양득이었다. 얼른 병뚜껑을 열고 손바닥 위에 조금 부은 다음 머리카락 끝에 발라 문질렀다. 그러고 나서 양손을 비빈 다음 머리 옆쪽과 정수리 쪽으로 튀어나온 잔머리를 손바닥으로 눌러 매끄럽게 정돈했다. 그리고 다시 손바닥에 기름을 덜어 옆으로 묶은 머리카락에도 발라 완전히 흡수될 때까지 두 손으로 문질렀다. 그런 다음 손바닥에 남은 기름을 팔꿈치와 다리에도 발랐다. 집에서 바르는 유기농 코코넛 기름처럼 쉽게 흡수되면서도 기름기가 없어 번들거리지 않고 향도 강하지 않아 너무 좋았다. 얼른 뚜껑을 돌려 닫고는 세면대 위에 놓아둔 다른 물건들 사이에 섞어두었다. 땅콩 냄새가 나지는 않았지만, 혹시 모르니 머리와 피부에 향수를 추가로 뿌렸다.

그런 다음, 발꿈치를 들고 살금살금 문까지 걸어 나와 슬리퍼를 집어 들었다. 이선이 여전히 미동도 없이 깊이 잠들어 있는 걸 마지막으로 확인하고서 몰래 방을 빠져나왔다. 그렇게 복도로 나온 엠마는 자판기와 제빙기가 있는 곳을 찾아가 종이봉투를 공용 쓰레기통에 버렸다.

그리고 귀걸이를 끼고 옷을 갈아입으러 서둘러 미용실로 돌아갔다.

33장

이선

결혼식 당일, 13시 45분

이선은 잠에서 깨어났지만 침대 위에 누워 베개에서 머리를 들 수가 없었다. 정말 누가 업어 가도 모를 정도로 깊이 잠들었었다. 엠마가 용서했다고 말하기는 했어도 지난 33년간 배운 게 하나 있 다면 여자란 결코 이해할 수 없는 존재라는 점이었다. 아무래도 비 제이와 나눈 대화가 도움이 된 것 같았다. 이렇게 중요한 순간 비 제이에게 의지할 수 있어 참 다행이었다.

잠이 덜 깨 정신이 없는 상태에서 시계를 마지막으로 확인했다. 준비하고 나가려면 이제 한 시간 남짓 남아 있었다. 그런 뒤에 트 레버 자식과 사진을 찍고 결혼식에도 참석해야 했다. 그냥 얼른 해 치워 버리고 싶었다. 그리고 더는 엠마가 상처받는 일이 생기지 않 도록 트레버가 일기장을 태워 없애버렸으면 했다. 그런데 만에 하 나 그 개자식이 디지털 복사본을 만들어놨으면 어떡하지.

한 번에 하나씩만 해결하자.

느릿느릿 침대에서 일어난 이선은 화장실로 가 샤워기를 튼 다음 자기가 딱 좋아하는 온도로 물이 뜨거워질 때까지 기다렸다. 뜨거운 물에 피부가 발갛게 달아올라 피곤함에 붉게 물든 눈 주위를 조금이나마 감출 수 있기를 바랐다. 트레버는 둘 사이를 찢어놨다고 생각하고 있을 테지만 그 무엇도 이선과 엠마 사이를 갈라놓을 수 없었다. 절대 그렇게 되도록 내버려 두지 않을 테니까.

수건으로 몸을 닦은 후 세면대에서 마른 수건 하나를 집어 거울을 훔쳤다. 이 모습을 엠마가 본다면 기겁했을 것이었다. 거울에 얼룩이 남는다고 싫어했으니까. 하지만 호텔에서 오늘도 청소를 싹 해줄 텐데 무슨 상관이람? 엠마는 수건 대신 드라이기를 사용해 거울에 서린 김을 없애곤 했다. 그렇지만 지금 세면대 위에는 수백 가지 도구들이 즐비하게 놓여있었다. 뭐라도 잘못 건드렸다가는 감전이라도 될 성싶었다.

다음으로 남는 치약이 있는지 보려고 엠마 쪽 세면대를 기웃거렸다. 여행을 갈 때마다 어쩜 이리도 많은 물건을 바리바리 싸 들고 오는지 놀라울 따름이었다. 콤팩트에 유리병에 스포이트까지 대체 뭐가 이리 많이 필요한지 이해할 수 없었다. 화장품 가방을 뒤적이던 이선은 마치 검열이라도 하는 것처럼 물건들을 요리조리 살폈다. 하이라이터라니 대체 어디에 쓰는 물건인고? 이선이 아는 하이라이터란 노란색 형광펜뿐이었다. 그리고 땅콩기름 병은 또 왜 여기 있지? 엠마는 집에서도 화장실에 작은 주방을 마련해 두었다. 그곳에 코코넛 기름, 비타민E 캡슐, 사과 식초를 가져다 두고 틈날 때마다 얼굴에 발랐다. 어떤 날에는 정말이지 사람이랑 자는지, 샐러드랑 자는지 헷갈릴 정도였다. 그러다 마스카라 세 개가 눈에 들어왔다. 올블랙, 블랙, 블랙 브라운? 이건 또 뭐지? 이게 여자들 눈에는 다 다른 색으로 보이나? 이선의 눈에는 다 똑같아 보이기만 했다.

그쯤에서 더는 궁금해하지 않기로 했다. 지난번에도 이런 일로 바보 취급을 받았던 적이 있었다. 블루밍데일스 백화점에서 직사각형 상자 하나가 배달이 왔는데, 엠마가 검은색 하이힐을 산 거라고 했다. 그래서 검은색 하이힐은 이미 있지 않냐고 물었더니 그녀는 이 일을 가지고 몇 날 며칠을 웃었다. 이선은 지금도 여전히 그게 왜 그렇게 웃긴 일인지 당최 이해가 가지 않았다.

이윽고 턱시도를 꺼내 로봇처럼 버벅거리며 껴입었다. 엠마와 결혼할 때 말고는 한 번도 입어 본 적이 없었다. 커프스단추를 채우고, 바깥 습도를 떠올리며 턱시도 재킷을 걸쳤다. 해변 결혼식에는 이전에도 참석한 적이 있었는데, 리넨 셔츠를 바지 밖으로 빼서 입고가도 대부분 괜찮았었다. 그런데도 재킷이라니, 그 개자식은 최대한 불편하게 만들려는 속셈임이 분명했다.

방을 나서면서 손목시계를 확인하니 사진을 찍기로 한 시각보다 더 일찍 도착할 듯했다. 잘된 일이었다.

잠시 후 엘리베이터에서 내린 이선은 스위트룸으로 곧장 향했다. 문은 이미 열려있었고, 문 사이에는 안전 고리가 끼워져 있어서 문이 완전히 닫히지 않았다. 그래서 그냥 밀고 안으로 들어갔다.

"트레버?"

신랑 대기실로 쓰는 스위트룸은 엄청나게 컸다. 이선은 여태껏 이렇게 넓은 호텔 방을 본 적이 없었다. 응접실과 작은 부엌이 딸린 데다가 식탁이 놓인 식사 공간도 따로 있었다. 그리고 모퉁이를 돌아 문이 열린 개별 침실 안을 들여다봤다. 바다가 내려다보이는 발코니도 있었다. 화장실은 금색으로 포인트를 줘서 고급스러운 분위기를 자아냈고, 안에는 검은색과 빨간색 수건이 비치되어 있었다. 수건은 또 어찌나 도톰한지. 그 위에 누워 자도 될 것 같았다. 그리고 복도 끝 쪽으로 작은 화장실이 하나 더 보였다. 이윽고 이선이 다시 응접실로 돌아오자 60인치 텔레비전이 무음 상태로 켜져 있었다. 바 테이블 위에는 빈 병 몇 개가 놓인 모습이었다. 그 순간 어디선가 작게 목소리가 들려와 고개를 이리저리 돌려 보니 식탁 너머 테라스에서 나는 소리였다. 유리창 밖으로 존 삼촌과 함께 담배를 피우고 있는 트레버가 보였다. 웃통은 벗은 채 운동복 반바지만 입고 있었다. 이선은 지금 트레버가 누구랑 같이 있든 전혀 신경 쓸 겨를이 없었다. 그에게 당장 해야 할 말이 있었으니까. 그래서 곧장 문을 벌컥 열어젖혔다.

"트레버, 잠깐 얘기 좀 할까?"

"안녕, 이선!" 트레버가 불붙은 담배를 한 손에 든 채 활짝 웃으며 반겼다. "일찍 왔네! 밖으로 나와 봐. 지금 잠깐 이야기를 좀 나누는 중인데 여기…… 이제 잠시 후면 이제 곧 제 장인어른이 되시는 거나 다름없네요, 그죠?" 트레버가 존 삼촌을 쳐다보며 물었다.

이에 존 삼촌이 고개를 끄떡였다. 그러고는 어색하게 웃으며 손목시계를 보았다. "그럼 난 이만 가봐야겠네."

"아니죠." 트레버가 제법 진지한 표정으로 말했다. 그러자 희한하게도 존 삼촌은 묵묵히 담배를 한 모금 빨아들이더니 멀리 눈앞에 있는 바다만 바라보았다.

이선은 담배 연기를 내뿜고 있는 트레버를 의아하게 바라보며 물었다. "근데 너 원래 담배 피웠었어? 언제부터?"

트레버가 소리 내어 웃었다. "아냐, 안 피워. 대체로 시가를 피우지. 그것도 특별한 날에만. 안 그래도 더치가 오늘 밤 피로연에서 같이 피우자고 쿠바산 시가 한 상자 구해다 줬댔는데. 아니 결혼식 날인데 하객들 잘 모셔야 하지 않겠냐? 존 삼촌이 담배를 피우고 싶다 하셔서. 내가 또 사람들 맞춰주고 그런 거 잘하잖냐. 너도 담배 피우잖아? 나와."

"일단 안에서 얘기 먼저 하자." 이선이 시키는 대로 하지 않고 반항하는 낌새가 보이자 트레버의 얼굴이 이내 굳어졌다. "그럼 안에서 기다릴게." 그러고는 답변을 듣지도 않고 이선은 문을 쾅 닫았다.

방으로 들어온 이선은 소파에 앉아 레인저스 경기를 틀었다. 오늘 오후에 데블스와 한판 붙는다는 걸 깜빡하고 있었다. 드디어 이번 주말 내내 처음으로 트레버와 전혀 관련 없는 무언가에 집중할 수 있는 순간이 왔다.

한편, 트레버는 실컷 시간을 끌었다. 잠시 후 문이 열리는 소리가 났고, 이선은 트레버가 방 안으로 들어왔다는 걸 알았다. 트레버는 이선에 비해 더 늘씬했어도 근육질이라 꽤 위협적이었다. 그래서 이선은 정면으로 맞서는 걸 포기해야 하나 순간 고민했다.

"그래, 이선. 무슨 일……."

아니었다. 트레버의 목소리를 듣자 울컥 화가 치밀었다. 이선은 앉은 자리에서 벌떡 일어나 트레버의 얼굴 가까이 다가갔다. 그러자 담배 냄새가 훅 끼쳐왔다. 당장 모가지라도 잡고 비틀고 싶었지만, 그러지는 않았다. "어젯밤에 한 짓은 대체 뭐야? 어떻게 그 사진들을 애들한테 다 보낼 수가 있어?"

트레버는 전혀 당황하는 기색 없이 그저 웃고만 있었다.

"그 사진에 나만 있었던 게 아니잖아." 이선이 분노에 찬 목소리로 낮게 말했다. "도대체 피오나한테 왜 그런 짓을 한 거지?"

트레버가 숨을 내쉬고는 한 걸음 뒤로 물러나 고분고분한 목소리로 대꾸했다. "알겠어, 알겠다고. 엠마가 그렇게 피오나한테 쫓아가서 소란을 피울 줄은 나도 몰랐지. 다 내 잘못이야. 엠마가 그렇게 불같은 성격일 줄이야." 그러더니 잠시 말을 멈추고는 빙그레 웃으며 눈썹을 치켜올렸다. "야, 내가 그걸 보냈다고 쳐. 어쨌든 연기해야 할 날이 하루 더 남았잖아, 이선. 너도 알지, 모두가 나라면 껌뻑 죽는 거. 게다가 그 사진을 보낸 게 나라는 거 아무도 모르잖아. 엠마나 다른 사람한테 입만 뻥긋 해봐. 그랬다가는 결혼식 케이크를 자르기도 전에 엠마한테 그 일기장을 확 보내버릴 테니까. 이제 다 끝나가니까 조금만 참으라고. 엠마가 널 용서해 주지 않던? 여기서 상황을 더 악화시키지 말란 말이야."

평생 이 정도로 누군가에게 주먹을 날리고 싶었던 적이 없었다. "진짜 내가 하느님께 맹세하는데, 트레버, 너 진짜……."

"아, 거기까지." 트레버가 손가락을 좌우로 흔들며 말을 끊었다. "그런 말은 집어치우고. 자, 이리 와서 한잔해. 저쪽 구석 바에 술이 가득 차 있어. 더치랑 비제이도 곧 올 텐데 말이야. 그리고 명심해. 좋은 말만 하는 거야. 좋은 말만. 알겠지, 신랑 들러리 씨?" 그러면서 이선의 어깨를 툭툭 쳤다. "그리고 그 재킷 좀 벗어라. 넥타이도 좀 풀고. 좀 편하게 있어, 이선. 결혼식이잖아."

34장

앨리

결혼식 당일, 13시 30분

앨리가 탄 리무진이 사우스 비치의 번화가를 미끄러지듯 달렸다. 그런데 차 안 에어컨이 너무 세서 몸이 덜덜 떨려왔다. 그래도 더운 것보단 나았다. 주변에는 눈길이 닿는 곳마다 비키니를 입은 여자들과 반바지 수영복을 입은 남자들이 가득했다. 간간이 조깅하는 사람들이 눈에 띄기도 했는데, 이 더위에 조깅이라니 정말 자살 시위라도 하는 걸까? 리무진 안은 편안하다기보다 외려 갑갑했다. 앨리의 옆자리에는 당연히 엠마가 앉았고 피오나 옆에는 어머니와 할머니, 사촌, 그리고 화동인 스테이시와 트레이시 쌍둥이가 함께 앉았다. 오후 사진 촬영 자체가 무슨 여성의 힘을 보여주는 콘셉트라고 했다. 남자들은 다른 사진작가와 함께 호텔 안팎에서 따로 즐거운 시간을 보내고 있겠지. 창가 쪽에 앉은 앨리는 시커먼 유리창 너머로 지나가는 사우스 비치 주변 관광 명소들을 가만히 바라보았다.

"앨리, 무슨 일 있어? 왜 그렇게 조용해." 엠마가 말했다.

앨리는 입을 다문 채 밝게 웃었다. "아냐. 그냥 좀 피곤해서. 어젯밤에 잠을 한숨도 못 잤거든." 젠장, 하고 생각했다. "아니 미니 바가 자꾸 날 유혹하는 바람에."

사실은 속상한 일이 있었다. 하지만 그 이야기를 꺼내면 분명 울음이 터질 테고, 씨가 해준 화장이 다 망가질 터였다. 그 이상한 여자는 불친절했으나 화장 실력 하나만큼은 뛰어났다. 덕분에 앨리는 오늘 자신이 제법 예뻐 보인다고 생각했다. 그렇게 화장한 얼굴을 보고 흐뭇해하며 어젯밤 더치와 있었던 일을 되새기고 있었는데…… 한 시간 전쯤 아버지의 간호사인 발에게서 문자 한 통이 도착했다. 아버지가 통증을 호소하며 약을 더 달라고 했다는 내용이었다. 발은 의사에게 약을 더 줘도 되는지 물어보았으나 토요일이라 의사의 답이 늦다고 말했다. 메시지를 확인하자마자 곧장 아버지에게 전화를 걸었다. 하지만 이미 늦어버렸다. 잠든 아버지를 대신에 발이 전화를 받았다.

앨리는 다 해진 진홍색 가죽 의자에 앉아 있을 연약하고 왜소한 모습의 아버지를 떠올렸다. 그런 아버지를 안아주러 몸을 숙일 때면 의자 바닥에 너덜너덜하게 튀어나온 가죽이 발목을 간지럽히고는 했다. 파란색과 베이지색 작은 천을 이어 만든 담요를 덮고 계실 게 분명했다. 어머니가 제일 아끼던 물건이었으니까. 원래는 월요일 아침에 코네티컷으로 갈 계획이었지만, 아메드에게 말해서 공항에 도착하자마자 바로 가는 걸로 마음을 바꿨다. 내일 저녁 6시쯤 도착할 테니 저녁 먹을 시간이 훨씬 지난 뒤에야 도착할 것이다.

하지만 그게 무슨 상관이랴. 어릴 적 쓰던 1인용 침대에서 눈을 붙이며 아버지가 깨어날 때까지 기다리면 될 것이다.

제발 아버지가 깨어나기를 기도하면서.

이윽고 리무진이 아르데코 지구에 멈춰 섰고 독특한 건물들을 배경으로 사진을 찍었다. 이미 오션드라이브에서도 포즈를 취했고 옥상 수영장에서도 웃으며 사진을 찍고 난 후였다. 앨리는 이 찜통 같은 더위에 당장 물에 뛰어들지 않는 피오나가 정말 대단하다는 생각이 들었다. 인조 머리카락을 족히 5킬로그램은 붙인 데다가 화장도 앨리보다 더 두껍게 했는데. 그뿐 아니라 드레스에도 구슬 장식이 달려있어서 무겁고 숨이 턱턱 막힐 텐데. 결혼식을 예약할 때만 해도 12월에 이렇게 폭염이 닥칠 줄은 몰랐겠지. 누군들 알았을까? 뭐 그냥 따뜻한 정도겠거니 했겠지. 어쨌거나 기록적인 찜통 더위는 정말 상상을 초월했다.

얼마 후 리무진으로 돌아온 앨리는 클러치를 열어 견과류 간식을 꺼내 입에 털어 넣었다. 여태껏 먹은 게 아무것도 없었다. 아침에 더치가 커피와 함께 가져온 대니시 페이스트리를 못 먹었기 때문이다. 그리고 립글로스를 다시 발랐다.

그 모습을 옆에서 보고 있던 엠마가 깔깔 웃었다. "왜 페이스북이랑 인스타그램에 나오는 그 멍청한 퀴즈 있잖아. 무인도 가면 뭐 가져갈 거냐고. 전 세계를 다 통틀어서 너랑 같은 답변을 하는 사람은 없을걸. 립글로스랑 견과류 간식. 어딜 가나 항상 들고 다니잖아."

앨리가 빙그레 웃었다. "립글로스는 중학교 때부터 갖고 다녔는걸. 뭐 다들 그런 물건 하나씩 있지 않나. 그러는 너는 발레 수업에

목매잖아. 난 립글로스에 환장하고." 제일 처음 앨리에게 립글로스를 준 건 어머니였다. 어떻게 바르는지도 알려주었는데, 거울 앞에 앉아 건조했던 입술이 반짝반짝 윤기 나는 입술로 바뀌는 모습을 지켜보던 기억은 어머니와의 소중한 추억이었다.

"발레 가지고 놀리지 마!"

"근데 임신 중에 발레해도 괜찮아?"

"응. 내 수업 듣는 학생 중에도 임신한 사람 많아. 얼마나 멋진데!"

그 순간 엠마에게서 앨리로서는 이해할 수 없는 어떤 열정 같은 게 느껴졌다. 엠마가 임신테스트기를 확인하자마자 자기한테 슬쩍 귀띔해 주지 않은 게 여전히 서운했지만, 어쩌면 앨리가 너무 이기적인 걸지도 몰랐다. 부부끼리 둘만의 미래를 꾸려나가는데 참견하는 걸 지도. 아니, 그래도 단짝 친구 아니냐고.

그러면서 앨리는 열정적이었던 어젯밤 일을 비밀로 간직했다.

35장

더치

결혼식 당일, 14시 30분

더치가 턱시도의 옷깃을 잡아당겨 여미자 목이 조여왔다. 이놈의 갑갑한 턱시도 때문에 서서히 숨이 막혀 죽을 것만 같았다. 그런 다음 굵게 웨이브 진 머리를 손으로 쓸었다. 어릴 때부터 여러 행사에 참석해 왔던 더치는 이렇게 근사한 옷을 차려입는 일에는 익숙했다. 아마 유치원을 다닐 때부터 맞춤 정장이 있었던 아이는 더치밖에 없었을 것이었다.

그런데 웬일인지 오늘따라 멋있어 보였다. 여느 날과 다를 게 없었는데 왜 오늘만 유독 달라 보이는지 그 이유를 몰랐다. 이 턱시도 때문은 분명 아닐 텐데. 트레버가 신랑 들러리 모두 똑같이 생긴 턱시도를 입어야 한다고 우겼기 때문에 돈을 주고 빌린 옷일 뿐이었다. 그렇다면 대체 뭐 때문일까? 그 순간, 실실 새어 나오는 웃음 사이로 두 뺨이 발그레 빛났다. 와, 앨리 때문이구나, 하고 생각

255

했다.

이런 일이 일어날 줄은 꿈에서도 상상하지 못했었다. 앨리가 위층으로 올라가자고 묻던 그 찰나에도 오로지 섹스 생각뿐이었다. 그건 앨리 역시 마찬가지였을 것이었다. 밤도 늦었고 술도 너무 많이 마신 데다 친구들 사이에 다툼까지 벌어진 상황이었으니. 그때 두 사람 모두에게 필요했던 건 육체적인 교감이었다. 그런데 앨리와의 섹스는 그 이상이었다. 무엇보다 편안했다. '20년간 함께 했어요' 같은 편안함이 아니라 앨리가 주는 특별한 무언가가 있었다. 제일 친한 친구 중 한 명이었고 열여덟 살 때부터 알아 왔기에 앨리에 관해서라면 모르는 게 없다고 생각했었다. 그런데 어느 순간 아는 게 전혀 없다는 생각이 들더니 그녀에 대한 모든 걸 알고 싶어졌다. 이건 대체 어디에서 오는 감정인 걸까?

그러다 시계를 힐끗 쳐다보자 벌써 나갈 시간이었다. 신랑 대기실은 호텔 반대편에 있었다. 북쪽에 있는 스위트룸으로 가려면 로비를 지나 전용 엘리베이터를 타야 했다. 비제이와 이선에게 5분 후에 방으로 갈 테니 만나서 같이 가자고 메시지를 보냈다. 그러자 이선은 이미 도착해서 아이스하키 경기를 보고 있다고 했다. 멋지네, 라고 생각했다. 이선은 그 머저리 같은 놈과 친구라도 먹기로 했나 보다. 더치는 이렇게 모두가 트레버를 좋아한다는 사실을 종종 잊고는 했다. 얼른 핸드폰을 재킷 주머니에 쑤셔 넣고 방을 나섰다.

비제이의 방문을 두드렸을 때, 문득 불안감이 엄습해 왔다. 과연 잘 버텨낼 수 있을까? 딸깍 소리와 함께 문이 열리더니 비제이가 눈앞에 나타났다. 셔츠 단추를 반만 채운 채 손에는 맥주를 들고서 있었다.

"친구야!" 더치가 큰소리로 외치고는 하이 파이브를 했다. "이야, 멋진데."

비제이가 이렇게 차려입은 모습을 본 건 이선의 결혼식에서 같이 신랑 들러리를 설 때 딱 한 번뿐이었다. 그때는 정말 원해서 들러리를 섰었지.

"그러네. 우리 완전 쌍둥이 같아." 비제이가 활짝 웃으며 말했다. 비제이의 까무잡잡한 피부와 어두운 머리칼은 더치의 웨이브 진 금발 머리칼과 차가운 파란 눈동자와 대비되어 사진을 찍으면 기가 막힐 것이었다. "들어와서 맥주 한잔해. 나 거의 다 해가."

어두침침한 방 안으로 들어온 더치가 방문을 닫으며 물었다. "너 무슨 뱀파이어냐?"

그러자 비제이가 암막 커튼이 드리워진 쪽을 쳐다보며 말했다. "아, 그게, 암막 커튼을 쳐놔서 그래. 아까 햄버거 사러 잠깐 나갔다가 왔더니 속이 좀 안 좋아서 낮잠을 좀 잤거든." 그러고는 침대 옆 탁자로 다가가 위에 놓인 리모컨을 집어 들고 버튼 몇 개를 눌렀다. 잠시 후 윙윙 소리를 내며 커튼이 올라갔다.

"아, 그래 이거지." 눈앞에 바다가 펼쳐지자 더치가 입을 열었다. "정말 끝내준다, 여기."

더치는 바다를 좋아했다. 어린 시절 콘크리트 건물만 빽빽이 들어찬 도시에서 펜트하우스 이곳저곳을 옮겨 다니며 자랐다. 그러다 마침내 1980년대에 부모님은 5번가 바로 옆에 있는 브라운스톤에 정착했다. 공원 근처에 있는 단독 주택이었는데, 말이 주택이지 여전히 뉴욕 시내 안에 있었다. 뉴욕에서도 좋은 지역에 있긴 했지만, 여전히 자동차 경적과 구급차 소리가 끊이지 않았다. 집 옆으로 는 다른 집들이 줄줄이 늘어서 있었는데, 그 사이엔 널따란 잔디밭 이 깔려 있어서 옆집이라기엔 너무 멀리 떨어져 있었다. 위풍당당 한 집들이 한 채씩 덩그러니 놓여 있는 구조였고, 몇몇 마당에는 그 네가 설치되어 있거나 채소가 심겨있기도 했다. 낮 동안 들리는 소 리라고는 막다른 골목에서 몇몇 아이들이 발 야구를 하는 소리가 전부였고, 밤이 되면 귀뚜라미 소리만 애처롭게 울려 퍼졌다.

그리고 매년 여름은 햄튼에서 머물렀다. 역시나 그곳도 마찬가 지로 주택은 아니었다. 대저택이었다. 옆집과 널따란 잔디밭을 사 이에 둔 게 아니라 광활한 대지를 사이에 두고 있었다. 햄튼에 있 지 않을 때는 그리스 산토리니, 프랑스 칸, 호주 멜버른, 하와이 마 우이, 남아프리카로 떠돌아다녔다.

그래서 평생 한곳에 살면서 같은 친구들과 지낸다는 게 어떤 느 낌인지 늘 궁금했다. 더치의 유년 시절 친구들은 정확하게 반반으 로 나뉘어 있었기 때문이었다. 햄튼에서 만난 여름 친구들은 그냥 말 그대로 여름에만 만나는 친구일 뿐이었다. 그래서 크리스마스 연휴 때 핫 토디 칵테일을 같이 마시자고 연락한 적도 없었다. 그 리고 전 세계 곳곳에 퍼져있는 친구들은 어디론가 훌쩍 떠나고 싶 을 때 간간이 만나 파티만 같이하는 사이일 뿐이었다. 그들 중 누 구와도 인생의 꿈과 같은 진지한 이야기는 나눈 적이 없었다.

그런 그에게 지금 남아 있는 가족이라고는 제일 친한 친구들뿐 이었다. 친형제 같던 로저는 이미 잃었으니까.

그리고 켈시도.

하지만 켈시를 잃은 건 트레버도 매한가지였다. 그 사실을 더치는 자꾸만 잊어버렸다.

"진짜 뷰 하나는 인정. 근데 너무 더워." 비제이가 화장실에서 손을 바삐 움직이며 대꾸했다.

더치는 선글라스를 끼고서 미니바에서 라이트 맥주 하나를 꺼내 뚜껑을 땄다. 그런 다음 구석에 있는 소파로 가서 편안하게 앉았다. "맞아. 이번 주말 날씨 한번 진짜 끔찍하다."

"아참, 어젯밤엔 잘 놀았어? 그 여자들이랑?"

그래. 비제이에게 사진을 보냈었지. 아직 화장실에서 옷을 입고 있길 천만다행이었다. 더치가 거짓말하는 모습을 보지 못할 테니까. "아무 일도 없었어. 여기저기서 다 삼진아웃이네." 젠장, 하고 그 순간 무언가가 뇌리를 스쳤다. 이선이 오늘 아침 커피 두 잔을 들고 있는 더치를 보고서 혼자 상상의 나래를 펼쳤었더랬다. 더치는 바로 말을 바꿨다. "그러니까 호텔로 돌아와서 로비 바에서 누굴 만나긴 했는데, 뭐. 별일은 아니라서."

"당연히 그러셨겠지. 너라면 충분히 그러고도 남지."

비제이가 낄낄대며 웃는 소리가 들려왔다. 그러더니 수도꼭지에서 물 흐르는 소리가 났다가 금세 멈췄다. 어느새 옷을 다 차려입은 비제이가 수건에 손을 닦으며 방으로 들어와 선글라스를 꼈다. 더치는 맥주를 한 모금 꿀꺽하고서 얼른 비제이 옆에 가 섰다. 그리고 문 뒤에 달린 전신 거울에 비친 두 사람의 모습을 바라보았다.

"우리 무슨 타란티노 영화에 나오는 배우들 같지 않냐." 더치가 말했다. "참, 나 오늘 아침에 이선이랑 마주쳤는데, 너랑 엠마랑 같이 있다고 하던데. 걔네 둘은 뭐 괜찮대?"

비제이가 너무 크게 움찔거리는 바람에 순간 더치까지 당황케

했다. 둘 다 내 친구들인데 헤어지게 만들 순 없지, 하고 비제이는 생각했다.

"응. 걔네 둘 사이는 아무 문제 없어. 걱정할 필요 없어." 비제이가 대답했다.

더치가 맥주를 한 모금 더 마시고 한숨을 내쉬며 물었다. "근데 그 사진은 대체 어디서 난 거래? 아니, 너는 알고 있었어?"

"이선이랑 피오나 말이야? 아니, 전혀! 알았으면 이선 그 녀석부터 확 죽여 놨겠지. 너는 알았어?"

더치가 방어하듯 손을 휘둘렀다. "절대 아니지, 야." 비제이와 엠마가 매우 친한 사이라는 걸 잘 알고 있었다. 마지막으로 맥주를 한 모금 더 마신 뒤 탁자 위에 올려두고는 친구들과 나눠 피울 시가가 담긴 상자를 집어 들었다. "출발하자. 쇼를 시작하러 한번 가볼까."

36장

트레버

결혼식 당일, 오후 15시

트레버 본은 테라스에 서 있었다. 또 한 명의 꼭두각시, 피오나의 삼촌과 함께 신랑 들러리들이 도착하기를 기다리는 중이었다. 트레버가 결혼하는 날이니만큼 당연히 오늘도 날씨는 살인적으로 더웠다. 골초인 이선마저 밖에서 담배를 같이 피우자니 거절할 정도로 푹푹 쪘다. 문득 거절한 이유가 과연 날씨 때문인지 일행 때문인지 궁금해졌다. 아니면 텔레비전 바로 앞에 앉아 시청 중인 저 레인저스 대 데블스 경기 때문일까.

한편으론 더치에게는 고맙다는 생각이 들었다. 인생에 하나뿐인 사랑이었던 사람을 식물인간으로 만들긴 했어도 피오나 호손과 막역한 사이라는 점이 큰 도움이 되었으니까.

이제 잠시 후면 피오나와 결혼을 한다. 매력이라곤 눈곱만치도 없고 지루해 빠진 전직 교사에 불과했지만, 그녀의 삼촌이 누군지 알게 되자마자 곧장 의도적으로 접근했다. 어떻게 해서든 그녀의 가족이 되어 미국 대통령의 고문 자리까지 쭉쭉 치고 올라가고 싶었다. 그러려면 이 방법뿐이었다. 통통한 몸매에 곱슬머리, 게다가 웃을 땐 잇몸이 훤히 보이는 이 생명체만이 유일한 방법이었다. 피오나를 계속 지켜보던 어느 토요일 밤, 드디어 그녀가 어디로 가는지를 알아냈다. 그리고 파티에서 탈출했다는 이야기를 꾸며내 그녀에게 접근했다. 그리고 그날 피오나는 트레버가 무슨 말을 지껄이든 곧이곧대로 다 믿었다.

하지만 트레버가 파티에 갈 일이라고는 없었다. 친구가 하나도 없는 데다 있을 필요도 없다고 생각했다. 한때는 꽤 사교적이기도 했지만 다 쓸데없는 짓이었다. 켈시와 사랑에 빠졌다가 한 번 호되게 당한 적이 있었으니까. 트레버를 두고 바람을 피운 것도 모자라 헌신짝처럼 버리고 떠나버렸다. 빌어먹을 5년이나 사귀어 놓고서. 그렇게 그 여자는 트레버의 젊음을 다 앗아 가버렸다. 그놈의 더치 하나 때문에.

그 후로 사람이란 아무런 쓸모가 없는 존재가 되었다. 그냥 물건일 뿐이었다. 사다리의 꼭대기까지 오르기 위해 밟고 올라갈 도구에 불과하달까. 지난 10년간 더치와 가까운 사람들에 관한 모든 걸 다 알아낸 이유도 그저 무참히 짓밟아 주기 위해서였다. 피오나를 고립시켜 자신을 위해 헌신하게 만들 계획이었다. 이런 치사하고 비열한 놈 같으니라고. 그래서 낮은 나뭇가지에 매달린 과일만큼 쉬운 상대를 골랐다. 자기 수준에 못 미치는 여자로. 하지만 그 덕분에 손가락에 건 전화선을 자유자재로 구부려 대듯 마음대로 구슬릴 수 있기도 했다.

"어이, 이선." 반쯤 열린 문 사이로 트레버가 외쳤다. "네 그 구 닥다리 팀은 잘하고 있냐?" 맙소사 네가 응원하는 하키팀마저 수준이 낮네, 하고 생각했다.

"두 팀 다 썩었어." 이선이 최대한 작게 말하려고 했으나 트레버의 귀에 가닿았다.

이선이 텔레비전을 보며 욕설을 내뱉는 모습은 이미 익숙했다. 그런데 마음속 깊은 곳에서 갑작스레 궁금증이 일었다. 그 순간 창문 너머로 방 안으로 들어오는 더치와 비제이가 보였다. 내 꼭두각시들, 하고 생각하니 피식 웃음이 흘러나왔다. 존 삼촌에게 양해를 구한 뒤 손님을 맞이하러 나섰다. 가는 길에 이선 앞을 지나치며 텔레비전을 힐끗 쳐다보았다.

"근데 왜 레인저스야, 이선?" 트레버가 텔레비전 쪽을 손짓하며 물었다.

"아버지 때문에." 이선이 대꾸했다. "팬이셨거든."

"아, 이셨어? 팀이 형편없어지기 시작하니까 팬이길 포기하셨나 보네. 뭐 다들 잘할 때만 팬이래."

그 말에 이선이 처음으로 텔레비전에서 시선을 뗐다. 그러고는 고개를 돌려 증오 가득한 표정으로 트레버를 차갑게 쳐다봤다. "우리 아버지 돌아가신 거거든, 이 개자식아."

아, 그렇군. 트레버조차도 이번엔 자기가 선을 넘었다고 생각했다. 이에 어깨를 으쓱대며 말했다. "난 데블스 팬이거든. 1995년, 예이! 첫 스탠리컵 우승. 최고의 해였지!"

"사기 시즌이겠지." 이선이 숨죽여 말했다.

"너 방금 뭐랬냐?"

그 순간, 이선이 자리에서 일어나더니 트레버에게 아주 가까이 다가갔는데, 이는 트레버도 전혀 예상치 못한 일이었다. 이선은 오후 내내 줄곧 공격적이었다. "1994년에 레인저스가 스탠리컵에서 우승하자마자 파업이 일어났잖아. 그 바람에 1995년에 경기를 반밖에 못 뛰었다고. 그걸 정당한 승리라고 볼 수는 없지."

이선이 뭐라건 트레버는 전혀 개의치 않았다. 그 말의 의미가 무엇이든 트레버의 화를 돋우기엔 역부족이었다. "그래도 1995년! 정말 최고의 해였다고." 그렇게 트레버와 이선이 서로 뚫어질 듯 째려보며 대치하는 동안 둘 사이엔 귀가 먹먹해질 정도로 시끄러운 침묵이 감돌았다. 이윽고 트레버가 몸을 움직여 새로 도착한 친구들을 맞이했다. "어서 와, 얘들아." 비제이와 빌어먹을 더치 자식을 향해 따뜻하게 웃으며 말을 건넸다. 그리고 이선은 아무 말 없이 다시 텔레비전으로 시선을 옮겼다.

"이야, 트레버." 더치가 악수를 청하며 시가를 문 옆 탁자 위에 올려두었다. "결혼식 날이네."

더치에게 친한 척하기가 싫어서 죽을 지경이었지만, 트레버는 기꺼이 그의 손을 마주 잡았다. 그런 다음 비제이를 쳐다보며 악수했다.

"별일 없지?" 트레버가 실실 쪼개며 비제이에게 물었다.

하지만 별일이 있다는 걸 비제이는 알고 있었다. 그래서인지 트레버는 비제이의 눈빛이 뭔가 살짝 달라졌다는 느낌을 받았다. 적어도 이번 주말 내내 봤던 그 눈빛은 아니었다. 지난 이틀 동안 자신의 비밀이 들통날까 봐 불안해하던 비제이의 얼굴에는 두려움이 가득했는데, 지금 굳게 다문 입에서 새어 나온 저 미소에는 왠지 모를 분노와 반항심까지 어려있었다. 네가 화내야 할 사람은 내가 아니야……. 쓰레기통을 뒤지듯 내 약혼녀를 헤집어 대고는 아무 말도 하지 않은 네 친구 이선이라고, 하고 트레버는 생각했다.

"진짜 몇 시간 안 남았네. 무를 수 있는 마지막 기회!" 비제이가 억지웃음을 지으며 말했다.

그래, 이런 게 진짜 남자들끼리의 대화지. "안 돼, 하지 마! 결혼 같은 거 하지 말라고!" 따위나 지껄여 대고. 대체 왜 이렇게들 격분해서 결혼하기 싫은 척을 하는 거지? 트레버는 그 작은 종이 한 장으로 곧 온 세상을 얻을 텐데 말이야.

"대체 뭐 때문에 내가 결혼하기 싫어한다고 생각하는 거야?" 누가 우위에 있는지 상기시키듯 트레버가 비제이의 두 눈을 똑바로 바라보며 말했다. "결혼이 얼마나 좋은 건지에 관한 기사 하나를 읽었는데 말이야." 그러더니 무언가를 찾는 척 주위를 둘러보는 시늉을 했다. "여기 어딘가에 있을 텐데. 내가 예전에 신문에서 잘라 둔 게 있을 텐데. 옛날 기사들은 참 재미있단 말이지. 누구 옛날 신문 읽는 거 좋아하는 사람 없어? 옛날 기사 중에서도 외국 기사가 최고라고." 그러고선 비제이를 노려보며 말을 이어갔다. "문화가 달라서 아주 진기한 상황이 펼쳐진다고."

비제이는 바지에 똥이라도 지린 듯 당황하다가 얼굴이 굳어지더니 금세 다시 완벽하게 편안한 표정으로 바뀌었다. 그러고는 심지어 한 손을 가슴 위에 얹고는 다음 말을 내뱉었다.

"정말이지, 트레버. 이런 좋은 날 함께 할 수 있게 해줘서 정말 고마워. 네가 피오나를 잘 보살펴 줄 거라고 생각하니 진짜 든든해."

옳지, 시키는 대로 하라고, 하고 트레버는 생각했다.

비제이도 결혼이 정말 하고 싶을 테지. 트레버가 보기에 비제이는 엠마를 마음속 깊이 사랑하고 있는 듯했다. 절대 이루어지지 않을 테니 그냥 접으라고, 하고 생각했다. 이처럼 피오나의 친구들은 정말 하나같이 수준이 너무 낮았다.

더치만 해도 그렇다. 이 친구야말로 정말 구제 불능이었다. 우리 불쌍한 부잣집 도련님은 수없이 많은 여자와 하룻밤을 즐겼지만, 애초에 만족이라는 걸 모르는 인간이었다. 심지어 켈시의 인생을 송두리째 망쳐놓은 후에도 마찬가지였다. 그게 다 엄마가 아기일 때 충분히 안아주지 않아서 그런 거겠지. 그리고 더치가 조금 더 컸을 때는 샴페인 잔과 까르띠에 상자를 끼고 살게 했을 테고. 뭐 그러고 난 다음에는 쭈그렁 할머니가 아니라는 걸 증명하기라도 하듯 로저를 끼고 살았으니까. 두 사람이 공유했던 여자친구 켈시가 식물인간이 된 이후 방황하던 더치가 얻은 거라고는 새카맣게 타들어 간 심장뿐이었다. 트레버는 더치가 칸 영화제가 열리던 어느 해, 오스카상 후보에 오른 여배우와도 잤다는 사실 역시 알고 있었다. 심지어 먼저 작업을 건 사람은 그 여자였다! 그런데도 그는 여전히 만족하지 못했다.

그래, 모두 다 지옥에나 떨어지라지. 트레버에게는 아무런 의미도 없는 인간들이었다. 피오나 역시 친구들이 지금껏 숨기고 있던 비밀들을 알게 되면 싫어하게 될 터였다. 그러면 자연스레 트레버에게 더 매달리게 될 테고, 그런 그녀를 두 팔 벌려 환영해 주는 거다. 주위에 아무도 없게 되면 트레버를 행복하게 해주려고 무슨 일이든 기꺼이 하겠지.

"골!" 그 순간 이선이 소리를 지르며 소파에서 벌떡 솟아올랐다.

"드디어 파워 플레이로 한 골 넣었다!" 허공을 향해 혼자 소리치더니 오른쪽으로 고개를 휙 돌렸다. 그리고 그제야 친구들이 왔다는 걸 깨달았다. 공중에다 혼자 주먹을 휘두르고서 몸을 돌려 더치와 비제이와 하이파이브를 했다. 그리고서 웃으면서 트레버와도 하이파이브를 했다.

착하기도 하지, 트레버는 생각했다.

"야, 나중에 보게 우리 비디오 하나 찍자." 트레버가 말했다. "왜, 남자들끼리 남자답게 말이야. 어제 골프 치러 갔을 때처럼." 그러더니 손목시계를 흘끔 보고서 "사진작가가 올 시간이 다 되긴 했는데. 더치야. 네 아이폰으로 비디오 좀 찍어줄래? 네가 감독해. 너 그런 거 좋아한다며."

그러자 더치가 한쪽 발에서 다른 발로 체중을 옮기며 물었다. "나도 나오게 찍어? 신랑 들러리로?"

꼭 필요한 게 아니라면 굳이 더치와는 어떤 영상도 같이 찍고 싶지 않았다. "아, 왜 그래 더치. 넌 비디오라면 이미 찍을 만큼 찍지 않았냐? 늘 그렇게 주인공이 되고 싶나 봐, 어?"

스케이트가 얼음을 가르는 소리와 샘 로젠이 경기 해설을 하는 목소리만 더치의 귀에 들려왔다. 하지만 이내 잠시간의 정적을 깨고 재킷 주머니에서 아이폰을 꺼내 동영상을 찍기 시작했다. 더치는 흔들리는 손으로 트레버를 가리키며 외쳤다. "액션!"

착하기도 하지. 봤지? 날 건드리면 어떻게 되는지, 하고 트레버는 생각했다.

37장

엠마

결혼식 당일, 17시

엠마는 다른 친구들과 함께 야외 바 한쪽에 서 있었다. 그러고는 야외 수영장 너머 저 멀리 격자 장식물이 설치되어 있는 해변 쪽으로 목을 쭉 빼고 쳐다봤다. 그곳에서 트레버가 신부를 기다리며 서 있었다. 그리고 그 옆으로 이선과 비제이, 더치가 서 있었다. 다들 더위에 절어 매우 힘들어하는 표정으로 이마에 송골송골 맺힌 땀을 손수건으로 연신 훔쳐댔다.

그리고 그 반대편에는 하객들이 자리에 앉아 있었다. 절반 정도는 안절부절못하는 표정을 하고서 결혼식이 빨리 끝나 실내로 돌아가 칵테일을 즐기고 싶어 하는 눈치였다. 술 그리고 에어컨 생각이 간절하겠지. 나머지 절반은 통로 반대쪽 끝에 있는 잘생긴 신랑 트레버와 바다를 바라보고 있었다. 그리고 저 멀리 시커먼 먹구름이 해안가로 빠르게 다가오고 있었다.

얼핏 보기엔 아직 해변에서 80킬로미터 넘게 떨어진 먼바다에 있는 듯했지만, 그래도 불길하기는 마찬가지였다. 구름은 몇 분마다 검은색에서 회색으로 바뀌었다가 다시 검은색으로 바뀌길 거듭하며 번개도 번쩍여 댔다. 안 그래도 이선이 이 찜통더위를 몰아낼 거대한 폭풍우가 몰아칠 거라고 하긴 했지만, 저녁 늦게나 상륙할 거라고 했었다. 그런데 폭풍우도 이 결혼을 말리고 싶은지 이렇게나 일찍 와버렸다. 기상학자가 아니었기에 엠마는 폭풍우가 얼마나 빨리 이동하는지는 몰랐다. 다만, 저 먹구름이 마치 결혼식 하객으로 초대받기라도 한 양 무서운 속도로 해변을 향해 돌진하고 있다는 사실은 알 수 있었다.

그 순간, 주변에 설치된 스피커에서 잔잔하게 흘러나오던 음악이 바뀌었다. 엠마가 걸어 나갈 시간이었다. 숨을 깊게 들이마신 뒤 고개를 돌려 눈을 동그랗게 뜨고서 앨리를 쳐다보았다. 그러자 앨리가 싱긋 웃으며 엠마더러 얼른 걸어 나가라고 재촉했다. 이에 그녀는 바비인형처럼 어색하게 웃으며 통로를 따라 걸어 나갔다. 갑자기 가슴이 두근거리기 시작했다. 때마침 눈이 마주친 이선은 두 사람이 결혼할 때처럼 눈물이 그렁그렁한 채 엠마를 향해 미소 짓고 있었다. 그런 그를 보자 가슴 속 분노가 헬륨 풍선이 하늘 위로 훨훨 날아가듯 말끔히 사라져 버렸다. 무슨 수를 써서라도 트레버를 오늘 꼭 죽여야 했다. 세상에서 가장 사랑하는 이 남자를 지킬 수만 있다면 마땅히 해야 할 일이었다. 순간 카메라가 자신을 찍고 있다는 걸 의식한 엠마는 어색한 가짜 미소를 버리고 지금 자기가 느끼는 감정을 표출하기라도 하듯 자연스럽게 활짝 웃어 보였다.

엠마가 자기 자리에 가서 서자마자 앨리가 뒤따라 걸어왔다. 엠마와 마찬가지로 환하게 빛이 났다. 앨리는 더치와 비제이를 향해 밝게 웃으며 엠마 옆 자기 자리를 찾아갔다. 그러자마자 결혼 행진곡이 울려 퍼졌고 모두가 자리에서 일어났다. 피오나가 모습을 드러내기 직전에 엠마는 왼쪽을 바라보았다. 그리고 그녀만을 바라보고 있는 이선과 눈이 마주쳤다. 사랑해, 하고 이선이 소리 없이 외쳤다. 글자 하나하나에 담긴 그의 진심이 엠마에게 와닿았다.

그리고 남편을 향해있던 엠마의 시선이 트레버에게 향했다. 그 순간 그녀의 윗입술이 저절로 실룩거렸다. 트레버는 얼굴에 미소를 머금은 채 존 삼촌이 피오나의 손에 입을 맞추는 모습을 바라보다가 피오나의 손을 맞잡았다.

그렇게 두 사람이 결혼 서약을 읊는 모습을 멍하니 바라보고 있는데, 바람이 점점 거세지기 시작했다. 그러더니 바람이 휘파람 소리를 내며 휘몰아치며 앨리와 엠마의 드레스 자락을 마구 흔들어 댔다. 거센 바람에 하객석에 앉은 여자들이 "엄마야!"라고 외쳐대며 머리가 망가지지 않게 손으로 감쌌다. 이내 빗방울이 툭툭 떨어지기 시작하자 남자들이 임시방편으로 재킷을 벗어 옆에 앉은 여자들 머리 위로 가림막을 만들어 주었다. 마침내 주례가 "이제 신부에게 키스해도 좋습니다."라고 선언하는 순간 우르르 쾅쾅 천둥이 치고 하늘에서는 두 사람에게 축복을 내리듯 본격적으로 비가 내리기 시작했다. 하지만 이내 바다에서 몰려온 빗방울을 무섭게 쏟아내며 두 사람의 결혼에 대한 불만을 여실히 드러냈다. 두 사람이 부부가 되었다는 주례의 말이 끝나기가 무섭게 트레버는 재킷을 벗어 피오나의 머리 위에 씌워 주고는 아까 입장했던 통로를 거꾸로 질주하기 시작했다. 그러고는 야외 공간에 마련된 콘크리트 중앙까지 내달려 정자 아래로 피신했다. 조금 전만 해도 아름답게 펼쳐진 푸른 바다를 배경으로 사진을 찍으려 했던 곳이었는데, 지금은 뿌연 하늘이 뿌려대는 비를 피할 곳을 찾아 하객들이 허둥지둥 뛰어다니는 장관이 펼쳐졌다.

그리고 저쪽에서 앨리가 오른쪽 팔은 비제이에게, 왼쪽 팔은 더치에게 붙잡혀 뛰어왔다. 그러면서 비 따위는 전혀 거슬리지 않는지 고개를 뒤로 젖혀 깔깔 웃어댔다. 그런 다음 세 사람이 함께 피오나와 트레버 다음으로 정자 안으로 들어왔다. 마지막으로 엠마가 이선이 내민 한쪽 팔에 팔짱을 끼고 걸어오고 있었는데, 서두르는 기색이라고는 전혀 보이지 않았다. 그렇게 이선의 어깨에 머리를 기댄 채 나머지 친구들 쪽으로 다가갔다.

이윽고 모든 하객 대부분이 흠뻑 젖은 채로 실내로 뛰어 들어갔다. 그 와중에 사진작가는 보조가 받쳐 든 커다란 우산 아래 서서 친구들이 물기를 털어내는 모습을 꾸밈없이 사진으로 담아냈다. 앨리의 금발 머리카락은 엉겨 붙어있었고, 엠마가 옆으로 묶은 머리는 풍성함이라곤 온데간데없이 갓 목욕을 마친 강아지의 꼬리처럼 축 처져 매달려 있었다.

한편, 트레버는 폭풍우로 아수라장이 되어 가는 모습을 바라보며 팔을 이리저리 흔들어 댔다. 그런 트레버를 보며 엠마는 생각했다. A형 성격(1950년대 프리드만(Friedman)과 로젠만(Rosenman)의 A형-B형 성격 이론에 따른 분류로 A형 성격은 적개심과 성취욕, 경쟁심, 성급함 등으로 요약할 수 있다.-옮긴이)이신 우리 불쌍한 트레버, 네 뜻대로 되지 않는구나, 하고. 폭우가 쏟아져 내리는 데다 바람까지 강하게 불자 묶어 두지

271

않은 가구들이 컨베이어 벨트라도 탄 듯 수영장 왼편에서 오른편으로 일제히 휩쓸려 갔다. 파라솔이 구부러지고 식탁보가 날아다녔으며 쟁반 위에 놓인 샴페인 잔들이 서로 건배라도 하듯 부딪히며 산산이 부서졌다.

그렇게 모든 게 엉망이 되었다. 그리고 엠마의 계획도 엉망이 되어버렸다. 하늘은 그녀가 지은 죄가 몇 개든 모조리 씻어내 버릴 기세로 비를 퍼부었다. 그 때문에 그녀가 준비한 살인 도구들도 모조리 폭풍우에 함께 씻겨 내려가 버렸다.

"진짜 순식간에 몰아닥치네." 트레버가 중얼거리며 멀리서 다가오는 먹구름을 바라보다가 피오나에게로 시선을 돌렸다. "폭풍우가 본격적으로 해변으로 몰아치기 전에 얼른 우리도 안으로 들어가자. 지금 이건 그냥 비구름일 뿐이야. 다들 뛸 준비 됐어?"

순간 알 수 없는 정적만이 흘렀다. 바로 그때 앨리가 친구들의 대답을 기다리지 않고 정자 밖으로 혼자 뛰어나갔다. 굵은 비가 몸에 닿자 비명을 내지르더니 친구들을 마주하고 우뚝 멈춰서서 깔깔대며 크게 웃기 시작했고, 그런 앨리 주변으로 빗방울이 부서져 내렸다. 그러더니 심술부리는 아이처럼 부케를 하늘로 냅다 내던지고는 그 부케가 물웅덩이로 곤두박질치는 모습을 바라보며 또다시 깔깔대고 웃었다. 그러고 나서 두 손을 머리 위로 번쩍 쳐들고 위아래로 신나게 뛰었다. 그렇게 앨리의 머리와 얼굴, 드레스가 점점 엉망진창이 되어갔다.

하지만 앨리는 무척 행복해 보였다. 적어도 그 순간만큼은 아버지 몸속의 암 덩어리가 빗물에 모두 씻겨가기라도 한 것처럼 행복해했다. 두 눈을 꼭 감고 그 자리에 꿋꿋이 서서 폭풍우에 정면으로 맞섰다. 두 팔은 십자가에 못 박힌 것처럼 양쪽으로 활짝 벌리고서.

"에라 모르겠다."

더치는 재킷을 벗고 옷깃을 검지 끝으로 세워 올렸다. 그러고는 올가미 밧줄처럼 재킷을 빙글빙글 돌려대며 앨리를 향해 뛰어갔다. 그 와중에 손에서 풀려난 재킷은 바람에 휘날려 바닷물과 모래가 범벅된 채 야외 바의 벽에 처박혔다. 머리카락이 비에 흠뻑 젖은 채 고개를 마구 흔들어대는 모습이 마치 목욕을 끝내고 물기를 털어내는 강아지 같았다. 두 사람은 손을 맞잡고서 위아래로 방방 뛰며 폭풍우에 함께 맞섰다. 마치 세상에 맞서 싸우기라도 하는 것처럼. 그 순간, 더치가 앨리를 잠자는 숲속의 공주처럼 번쩍 안아 올렸고, 앨리는 두 팔로 더치의 목을 부드럽게 감싸 안았다. 그렇게 잠시간 서로의 눈을 지긋이 바라보았다. 그러다가 정신이 퍼뜩 들었는지 더치가 대뜸 호텔 문을 향해 내달리기 시작했다. 그런 그의 품에 안긴 앨리는 제 자리를 찾은 퍼즐 조각처럼 편안해 보였다. 그렇게 앨리를 안고 미친 듯이 뛰어가는 더치 역시 당황한 게 아니라 외려 다정해 보였다. 그 모습을 바라보던 엠마는 문득 두 사람이 참 잘 어울린다는 생각이 들었다. 저 둘 사이에 여태 아무 일도 일어나지 않았던 게 새삼 신기했다.

어쨌거나 지금 당장 엠마는 친구들을 안으로 끌고 들어갈 방법을 궁리해야 했다. 어서 빨리 트레버에게 알레르기를 일으킬 땅콩으로 다시 무장해야 했다. 머리와 팔다리에 발라뒀던 땅콩기름은 이미 비에 싹 씻겨 나간 지 오래였고, 자기 드레스는 물론이고 피오나의 드레스 주름을 펴주면서 뿌려둔 땅콩 가루도 몽땅 사라져 버렸기 때문이다. 어서 안으로 들어가서 처음부터 다시 시작해야 했다. 트레버가 서 있는 주변으로 땅콩 가루가 우수수 떨어져 내리도록 하면 될 터였다.

"지금 반짝이 뿌리면 진짜 대박이겠다!" 엠마가 소리쳤다. "우리 다 흠뻑 젖었잖아. 반짝이가 온몸에 다 달라붙을 거라고. 쿨 앤 드 더 갱 노래 틀어달라고 하자. 빨리 가서 잊지 못할 추억을 만들어 보자고!"

"근데 반짝이는 칵테일파티 다음 순서인데. 뭐 가서 바꿔달라 하면 되겠지." 피오나가 말했다. "자, 그럼 얼른 들어가서 술부터 마시자. 다들 한 잔씩은 마셔줘야지!"

38장

이선

결혼식 당일, 18시

이선은 정말 뼛속까지 흠뻑 젖었다. 호텔 안으로 뛰어올 때 엠마에게 걸치라고 줬던 재킷도 흠뻑 젖긴 매한가지였다. 사진작가 하나가 이 재미난 장면들을 다 동영상으로 찍었고, 다른 작가는 빗방울이 떨어지기 시작한 순간부터 칵테일파티 시간에 맞춰 극적으로 호텔 안으로 들어오는 지금까지 친구들의 자연스러운 모습을 순간 포착하여 사진으로 담았다.

친구들이 정자에서부터 열심히 달려 마침내 칵테일파티가 열리는 위층 연회장으로 들어서자 모두가 일어나 박수갈채를 보냈다. 친구들은 꾸벅 인사를 한 뒤 바퀴벌레처럼 뿔뿔이 흩어졌다. 남자들은 바로 향했고, 여자들은 다른 몇몇 친구들과 인사를 나누었다. 그러고는 어김없이 화장을 '고치러' 가겠지. 저렇게 행복하고 자연스러운 모습이 얼마나 아름다운 줄도 모르고. 여자들이란, 하고 이선은 생각했다.

바로 곧장 향한 이선은 맥주를 받아 들고 비제이와 더치 옆에 가 앉았다. 쨍, 하고 병목을 부딪쳐 건배부터 한 다음 다 같이 안도하며 맥주를 들이켰다. 그런 다음 담배를 찾으려고 몸을 더듬거리다가 재킷 왼쪽 주머니에 넣어뒀던 게 기억났다. 그리고 그 재킷은 지금 엠마에게 있었다.

"나 잠깐 어디 좀 갔다 올게." 이선이 친구들에게 말했다.

이윽고 이선이 엠마를 발견했을 때 엠마의 곁에는 앨리뿐만 아니라 대학 친구들 몇몇도 함께였다. 지금까지 연락하고 지내는지 몰랐던 여자애들이었는데, 누군지 이름도 기억나지 않았다. 뭐, 원래 이름을 잘 기억하는 편이 아니긴 했다. 지금 엠마와 앨리는 물에 빠진 생쥐 같았다. 흠뻑 젖은 드레스가 피부에 딱 달라붙어 있었고, 대화하는 도중에 손등으로 얼굴을 문질러대는 탓에 화장이 자꾸만 지워져 갔다. 이선의 재킷은 아래쪽이 바닥에 질질 끌린 채로 엠마의 왼손에 아무렇게나 들려있었다. 엠마를 향해 곧장 걸어가다 말고 이선은 금세 트레버에게 붙잡히고 말았다.

"야, 이선!" 트레버가 이선의 목에 팔을 감고서 히죽대며 말했다. "스마일!"

그러고는 두 사람이 뒤로 돌자 찰칵, 사진 찍는 소리가 들렸다. 카메라를 들고 있는 사람이 누군지 이선은 몰랐다. 트레버의 가련한 가족 중 한 명이겠지. 딱 봐도 친구는 많이 없는 것 같았다. 탐정이 아니더라도 쉽게 알아챌 수 있을 만큼. 이선은 모르는 사람을 향해 억지웃음을 짓는 것도 모자라 오른손으로 평화를 상징하는 브이도 만들어 보였다. "이 자리에 함께해서 너무 행복해!"라고 말하듯이.

"어딜 그렇게 급하게 가?" 트레버는 대답은 듣지도 않고 갑자기 바 쪽으로 홱 몸을 돌리더니 이선을 끌고 비제이와 더치에게 다가갔다.

"왔냐?" 더치가 물었다.

"쿠바산 시가 피우러 안 갈래?" 트레버가 말했다.

"아, 좋지." 그러더니 이내 더치가 당황한 표정을 지었다. "젠장. 신랑 대기실에 놔두고 왔나 본데. 문 바로 옆 탁자 위에 올려놓고 깜빡했나 봐. 안 그래도 아까 가지고 오려 했는데 잠깐 딴 데 정신이 팔리는 바람에."

"그래. 그러셨겠지." 트레버가 노려보자 더치는 옴짝달싹 못 했다. "그래서?"

더치가 카운터 위에 맥주병을 올려놓으며 말했다. "아, 근데 시가 커터도 안 가져왔네."

"나한테 있어." 이선이 끼어들었다. 그러고는 옆에 놓인 통에서 샴페인 한 병을 꺼내 더치에게 건넸다. "스위트룸 열쇠 너한테 있지? 내가 커터 가지러 갔다 오는 김에 들려서 시가도 가져올게."

그러자 더치가 몸 여기저기를 더듬다 말고 갑자기 주먹으로 바 카운터를 쾅 내리쳤다. "제기랄. 핸드폰이랑 열쇠 다 재킷 안에 들어 있어." 그러더니 손가락으로 창문 쪽을 가리켰다. "저기 밖에. 아까 내가 빙빙 돌리다가 놓치는 바람에. 젠장."

그러자 이선이 손바닥을 내보이며 말했다. "걱정 마. 내가 가서 가져올게." 트레버와 같이 있는 시간을 줄일 수만 있다면 뭐든 환영이었다. "야, 샴페인 미지근해지겠다."

그 말을 끝으로 이선은 자리를 떴다. 나선형 계단을 따라 1층으로 내려와 뒷문을 열고 밖으로 나갔다. 이제 비는 거의 다 잦아들어 가벼운 이슬비만 흩날리고 있었다. 호텔에서는 마치 바다를 통째로 옮겨놓은 듯한 냄새가 났다. 바닥에 난 콘크리트 길은 모래로 뒤덮여 걸을 때마다 발바닥에 울퉁불퉁한 감촉이 느껴졌다. 그뿐 아니라 폭풍우로 바닷물이 넘치는 바람에 야외 공간 전체가 대서양 밑바닥으로 변해있었다. 외려 주변에 숨을 헐떡대는 물고기가 없다는 게 더 신기할 정도였다. 정말이지 인류의 종말이라도 닥친 것 같았다.

이윽고 정자가 눈에 들어왔고 바 쪽으로 시선을 돌리자 그곳에 더치의 재킷이 떨어져 있었다. 다행히 바람에 날아가지 않고 종잇장처럼 구겨져 바닥에 널브러져 있었다. 재킷을 주워 들자 물을 흠뻑 먹어서 그런지 두 배는 더 무거웠다. 비틀어 물기를 짜내고서 방 열쇠와 더치의 핸드폰을 찾아냈다. 그런 다음 핸드폰의 홈 버튼을 눌러 화면이 켜지는지부터 확인했다. 부엌으로 달려가 쌀 한 봉지만 달라고 부탁해야 하나 싶던 순간, 다행히 전원이 들어왔다.

그러고 나서 앨리가 집어던진 부케를 찾았다. 물에 젖은 채 꽃잎이 반밖에 남아 있지 않았지만, 이선은 결혼식에 있어 부케가 굉장히 중요하다는 걸 익히 알고 있었다. 부케 하나 때문에 엠마한테 지난 몇 달간 시달려 봤기 때문이었다. 크기는 뭐로 할지, 색깔은 뭐가 좋은지, 어떤 꽃이 제철인지, 드레스 색과 잘 어울리면서도 사진에 잘 나오고 테이블 장식과도 어우러지는 게 뭔지 계속 물어보는 탓에 미쳐버릴 지경이었다. 어쨌거나 부케란 여자들에게 중요한 물건이었기에 앨리에게 가져다주려고 바닥에서 주웠다. 그리고 더치의 핸드폰을 주머니에 찔러넣고 시가를 가지러 나섰다.

잠시 후, 시가를 손에 쥔 이선은 시가 커터를 찾으러 자기 방으로 향했다. 가져온 게 분명하니 방 안 어딘가에 있을 터였다. 작년 크리스마스에 엠마는 남자를 위한 작은 선물 세트라며 각인이 새겨진 휴대용 술병과 시가 거치대, 시가 커터, 방풍 라이터를 사줬다. 하나하나 다 공항에서 확인하고 골프 가방에다 넣었던 기억이 났다. 분명 주머니 어딘가에 쑤셔 넣었던 것 같았는데. 그리고 그 생각이 맞았다.

이미 엉망이 되어버린 오늘 밤을 생각하자 더치가 준비한 이 소중한 선물만은 절대로 망치고 싶지 않았다. 그래서 트레버의 아버지와 존 삼촌 것까지 해서 시가 여섯 개를 꺼내 방 안에서 미리 잘랐다. 시가 하나에는 '신랑'이라고 적힌 고리가 씌워져 있었는데, 더치가 그 새끼를 위해 특별히 준비한 것 같았다. 트레버만을 위한 특별한 시가라니, 딱 보는 순간 자기 것이라는 걸 알아채겠지. 자기가 제일 특별한 줄로만 아는 놈이니까.

더치의 젖은 재킷을 책상 옆 의자에 걸어두고 짐가방에서 담배 한 갑을 챙겼다. 그리고 방을 나오기 전, 이선이 한 일이 한 가지 더 있었다.

39장

앨리

앨리는 엠마와 피오나랑 같이 다시 미용실에 앉아 있었다. 머리와 화장을 빠르게 다시 손보기 위해 아침에 입었던 보송보송한 가운을 다시 입은 모습이었다. 세 사람이 입었던 드레스는 여러 사람이 붙어 드라이기와 종이 휴지를 들고 손수 열심히 말리는 중이었다. 씨라는 이름의 그 끔찍한 여자가 수정 화장을 해주려고 기다리고 있었는데, 안타깝게도 혼자서 세 사람 모두를 비바람에 다 지워지기 전과 똑같은 모습으로 되돌려 놓아야 했다. 순간 앨리는 뭔가 가슴이 따뜻해지고 몽글몽글해지는 느낌이 들었다. 아까 세차게 쏟아진 비를 맞으며 더치와 춤을 춘 것도 좋았고, 불친절한 씨가 앨리의 화장을 처음부터 싹 다시 시작해야 한다는 점도 내심 통쾌했기 때문이다.

"아까도 말했죠. 파밀라 앤더슨처럼 샤피 형광펜으로 그린 듯한

280

아이라인은 안 돼요." 씨를 약 올리듯 앨리가 말했다.

이에 씨는 침묵으로 대신 답했다. 그러고서 앨리의 뽀얀 얼굴에 보습 오일을 먼저 톡톡 두드려 흡수시킨 뒤 프라이머와 파운데이션을 발랐다. 동시에 미용사가 앨리의 젖은 머리카락을 백만 가닥 같은 스무 가닥으로 얇게 땋고는 드라이기 앞에 디퓨저 노즐을 달아 뜨거운 바람으로 말렸다.

"너 무슨 연예인 같다." 엠마가 의자 몇 개 너머로 피오나를 쳐다보며 말했다. "이 많은 사람이 다 대기하고 있네."

"그게 말이지." 피오나가 손질을 받으며 대꾸했다. "트레버가 항상 사진을 좀 있어 보이게 찍는 걸 좋아해. 그래서 미용실 패키지에 메이크업이랑 헤어 전문으로 해주는 사람들 여덟 시간 추가로 더 쓸 수 있는 옵션도 넣었거든. 너도 알다시피 내 머리가 좀 부스스하잖아. 습도 높으면 더 심해지고. 게다가 얼굴도 지성이라 기름기도 많고 말이야. 결혼 앨범 나왔는데 얼굴이 디스코 볼처럼 번질대면 큰일일 거 아냐."

"그런 거도 다 보정하면 돼." 앨리가 말했다. 그러더니 두 사람한테 손질을 받는 자기 모습을 사진으로 찍어댔다. #3일간신나게 #슈퍼스타 #일상화장 같은 해시태그를 달아서 인스타그램에 올리겠지. 그야 물론 사진에 필터도 적용하고 보정도 다 하고 난 뒤에.

"나 드레스 다른 걸로 갈아입어야 할까 봐. 저건 상태가 좀." 피오나가 말했다.

"다른 드레스 뭐?" 엠마가 물었다.

"왜 내가 저번에 드레스 사진 두 개 보냈었잖아? 안 그래도 피로연 때 좀 더 캐주얼 해 보이는 드레스로 갈아입으려고 했었거든.

저 드레스는 너무 많이 젖어서. 아무래도 내 몸에 착 예쁘게 안 떨어질 것 같아."

"이야. 난 네가 드레스 바꿔입는 줄도 몰랐네." 엠마가 말했다. "내가 갈아입는 거 도와줄게. 이번에도 손으로 앞이랑 뒤에 라인 잡아줄게."

"그래 주면 너무 좋지. 고마워."

피오나가 드레스를 갈아입는 걸 도와주겠다니. 앨리는 전혀 그럴 마음이 없었다. 신부 들러리와 친구로서 마땅히 해야 할 일을 하지 않겠다는 게 아니라 그저 얼른 밖에 나가서 다른 사람들과 함께 어울리고 싶었다. 그리고 더치와 함께.

조금 전 빗속에서 더치가 다가왔을 때 앨리는 설렜다. 그리고 그의 품 안에 안겼을 때는 그 품 안에서 영원히 떠나고 싶지 않았다. 그녀를 바라보는 더치의 눈빛으로 인해 온몸에 전율이 이는 듯했다. 더치 역시 이 결혼식만 없었더라면 그녀를 품에 안은 채 그대로 호텔 방까지 내달려 밤새도록 함께 했을 것이었다.

이윽고 앨리의 땋았던 머리를 풀어내자 구불구불한 웨이브가 모습을 드러냈다. 그 모습이 마치 여신 같았다. 인정하고 싶지는 않지만 씨가 다시 해준 화장은 완벽했다. 지금 당장 드레스로 갈아입고 더치에게 달려가고 싶었다. 엠마는 남아서 피오나를 돕겠다고 해서 앨리는 혼자 미용실을 먼저 나가기로 했다. 프로세코 와인한 잔과 배를 채울 음식이 간절했다.

"나 먼저 칵테일 파티장에 가 있을게. 뭐 좀 먹어야 할 것 같아."

"응. 금방 뒤따라갈게." 엠마가 말했다. "드레스 입는 것만 잠깐 봐주면 되니까. 한 15분 정도면 될 거야. 혹시 가는 김에 저 재킷 이선한테 갖다줄 수 있어? 나 곧 끝난다고 얘기 좀 해줘."

앨리는 의자에서 재킷을 집어 들고 거수경례를 하며 외쳤다.
"예썰, 캡틴."

아래층 복도를 미끄러지듯 걸어 나온 앨리는 로비를 지나 나선형 계단 위로 올라갔다. 바다와 마주한 통창 너머의 호텔 밖 풍경은 아수라장이었다. 소형 허리케인이라도 지나간 듯했다. 억수처럼 쏟아지던 비는 다 그쳤고, 저 멀리 바다에서는 태양이 먹구름에게 인제 그만 비키라고 애원하고 있을 테지. 칵테일 파티장 안으로 들어가기 전 앨리는 먼저 아버지에게 전화를 걸었다. 다행히 반대편에서 아버지의 목소리가 들려왔다.

"아빠!" 앨리가 큰소리로 외쳤다.

"안녕, 우리 착한 딸." 아버지는 늘 애정을 듬뿍 담아 앨리를 이렇게 불렀다. 쉰 목소리로 말을 이어갔다. "그 마이애미에 있지 않니?"

앨리가 빙그레 웃었다. 아버지는 '그'라는 말을 여기저기 다 붙였다. 십 대 시절엔 그럴 때마다 눈동자를 굴리곤 했었는데 이젠 사무치게 그리워하게 되겠지.

"네. 결혼식 방금 끝났어요. 갑자기 폭풍우가 들이닥쳤는데, 야외 결혼식이었지 뭐예요. 그래서 나랑 여자애들이랑 방금 미용실에서 화장이랑 머리랑 다시 받고 나왔어요. 이제 칵테일 파티하러 가려는데 아무래도 밤늦게까지 있을 것 같아서 아빠 자기 전에 목소리 들으려고 전화했어요."

"미용실 가서 그런 거 받을 필요가 있니. 넌 항상 예쁘기만 한걸."

이 말을 들은 앨리는 얼른 핸드폰을 가슴 위로 가져다 댔다. 자신이 흐느끼는 소리가 아버지에게 들리지 않도록. 하지만 이내 마음을 가다듬고 통화를 이어갔다.

"아이, 고마워요, 아빠. 참, 저 내일 밤에 비행기에서 내리자마자 아빠 집으로 바로 갈게요. 이번엔 좀 오래 있으려고요."

"정말이니? 그럼 나야 너무 좋지."

전화기 너머로 아버지가 웃는 모습이 눈에 선했다. 잘됐다고 생각하던 그 순간 갑자기 아버지가 기침을 심하게 하기 시작했다. 그리고 1분가량 지속됐다.

"네, 정말요. 보고 싶어요."

"나도 보고 싶구나." 또다시 기침 소리가 들려왔다. "그 플로리다에서 재미있게 놀다 오렴. 그래도 걱정되니까 내일 비행기 타기 전에 문자 보내다오."

"그럴게요. 사랑해요, 아빠."

"나도 사랑한다. 그럼 내일 보자꾸나, 우리 착한 딸."

그리고 뽀뽀 소리를 마지막으로 전화가 끊어졌다. 앨리는 그 자리에 서서 잠시간 마음을 추슬렀다. 그런 다음 오늘 저녁 맡은 임무를 수행하러 갔다.

칵테일 파티장의 문을 열고 들어가자 가벼운 음악 소리가 울려 퍼지고 반대편에서 사람들의 대화 소리가 희미하게 들려왔다. 친구들을 찾아 고개를 이리저리 돌려보아도 아무도 보이지 않았다.

그래서 고개를 길게 빼고 바 쪽을 살펴보았다. 당연히 거기에 있을 줄 알았던 이선이 보이지 않았다. 정말 그 자체로 기적 같은 일이었다. 앨리는 사람들 사이를 뚫고 지나가 테라스 쪽을 살폈다. 그곳에서 더치가 버네사, 릴리와 이야기를 나누고 있었다. 두 사람은 대학교 때 앨리와 같은 동아리 친구였지만, 인스타그램과 페이스북에서 말고는 따로 연락을 주고받지는 않았다. 앨리는 주기적으로 만나지 않는 사람들이 어떻게 사는지에는 전혀 관심이 없었다. 하지만 버네사와 릴리는 앨리가 올린 게시물에 종종 댓글을 달곤 했었다. 알프스 산기슭에 서서 찍은 사진에 '그냥 스키가 타고 싶었어!'라고 써서 올린 게시물이나 파리에 있는 카페에서 찍은 사진에 '짠? 크루아상이 먹고 싶지 뭐야!'라고 쓴 게시물에.

앨리는 아까 폭풍우를 제일 먼저 뚫고 물에 빠진 생쥐 꼴로 호텔로 들어왔을 때 두 사람과 잠깐 이야기를 주고받았다. 버네사 파슬리는 결혼해서 아기 천사처럼 포동포동한 남자아이 어거스트를 키우고 있었고, 곧 세 번째 소설이 출간될 예정이라고 했다. 똑똑하고 큰 키에 단정한 차림의 그녀는 모든 면에서 어른으로 성장해 있었다. 아이비리그에서 받은 교육이 확실히 진가를 발휘한 듯했다.

앨리의 졸업장은 이제 종이 쪼가리일 뿐이었는데.

반면, 릴리 지라드는 여전히 대학생 수준에 머물러 있었다. 범죄학 학위를 받은 후 법학 전문 대학원에 지원했지만, 입학시험 점수가 한참 모자라 계속 떨어졌다. 다시 치고 싶은 마음은 굴뚝같은데 주중에는 메트로폴리탄 미술관의 기부금 창구에서 일하고 주말에는 로어 이스트사이드의 클럽에서 바텐더로 일하느라 공부할 시간이 없으시단다. 게다가 릴리는 몸에 딱 달라붙고 기장이 아슬아슬하게 짧은 빨간색 원피스를 입고 있었는데, 원피스의 가슴 쪽이 바느질 땀이 다 보일 정도로 팽팽한 걸 보니 대학원 등록금을 다른 곳에 써버린 게 분명했다. 릴리는 한쪽 손을 더치의 팔에 얹어 그의 팔꿈치를 감싸 안고 있었다. 그 모습이 지나치게 다정해 보였다. 그뿐 아니라 더치는 릴리가 무슨 말을 할 때마다 귀를 쫑긋 세우고 집중하고 있었다. 더치가 릴리를 향해 홀딱 반할 만한 미소를 머금은 채로 이야기를 듣고 웃으며 옆에 놓인 술을 건네주는 모습을 앨리는 가만히 지켜보았다.

그런데 버네사가 남편을 데리고 다른 사람과 이야기를 나누러 떠난 뒤에도 더치는 릴리와 함께 계속 시시덕거렸다. 앨리가 없어도 아무렇지 않아 보였다. 이기적인 생각일지는 몰라도 더치가 왜 자기를 찾아다니지 않는지 궁금했다. 젠장, 겨우 30분 자리를 비웠을 뿐인데. 저 튼튼한 두 팔로 앨리를 품에 안고서 친구들 앞에서 입을 맞출 뻔하고 겨우 30분 지났을 뿐인데. 남들 눈 때문에 자제하는 거겠지 싶다가도 어젯밤 일을 이미 까맣게 잊어버린 건 아닌지 내심 걱정됐다.

"어, 여기 있었네." 그때 뒤에서 목소리가 들려왔다. 비제이였다. "늘 그렇지만 오늘도 예쁜데."라고 말하고는 빙긋이 웃었다.

"안녕." 앨리의 관심이 비제이에게로 향했다. 그러고는 저 엉큼한 릴리와 대화 중인 더치를 보지 못한 체하며 물었다. "다른 애들은 다 어디 있어?"

"이선은 더치가 다 같이 피우려고 갖고 온 시가 가지러 갔어. 아마 금방 올 거야. 그리고 더치는 저기 있네." 비제이가 손가락으로 더치와 저 헤픈 계집애를 가리키며 히죽거렸다. "아까 너희들 준비하러 갔을 때 저기 로비 바에서 릴리랑 잠깐 얘기했거든. 더치한테 애인이 있는지 묻더라고. 그래서 두 팔 벌려 환영할 테니 가보라고 했지."

비제이가 잘못한 건 아니었다. 그런데도 왠지 모르게 화가 났다. 옆으로 늘어뜨린 두 손을 꽉 움켜쥐자 매니큐어를 바른 손톱이 손바닥을 파고들었다. 그러다가 앨리는 갑자기 비제이의 손을 덥석 잡고서 더치를 향해 성큼성큼 걸어갔다. 가슴에 커다란 풍선 두 개를 달고 있는 릴리가 한 농담에 건성으로 웃던 더치는 두 사람을 보자마자 표정이 싹 바뀌었다. 릴리와의 대화는 안중에도 없이 파란 눈으로 앨리의 눈이 뚫어질 듯 쳐다보았다.

"어, 왔구나." 더치의 관심이 온전히 앨리에게로 쏠렸다.

그 순간, 앨리는 둘 사이에 아무 문제가 없다는 걸 깨달았다. 더치가 앨리를 보고 씩 웃더니 고개를 살짝 까딱하고는 눈을 크게 떠 보였다. 비제이도 전혀 눈치채지 못할 정도였으니 저 헤픈 계집애가 알 리가 없었다. 더치의 행동이 무슨 뜻인지 하마터면 앨리도 놓칠 뻔했지만, 그의 소리 없는 간청을 금세 알아들을 수 있었다.

"아니 대체 뭐 하길래 이렇게 오래 걸리나 했더니, 딱 보니까 알겠네. 이렇게 엄청 예쁘게 해주느라 그랬구나." 더치가 앨리의 손을 잡고는 손등에 입을 맞추었다.

그러더니 두 사람 사이를 다른 사람에게 들킬까 봐 앨리가 초조해하는 걸 눈치챘는지 곧바로 비제이의 손을 잡고 손등에 입을 맞추었다.

"너도 오늘 완전 멋진데." 더치가 빙그레 웃으며 말했다.

"별말씀을요, 디트리히 경." 비제이가 머리를 조아리며 대꾸했다.

"그랬더니 말이야." 릴리가 앞에 있는 두 사람을 무시한 채 계속 말을 이어갔다. "걔가 '온종일 레몬이랑 라임만 잘랐잖아' 하길래 내가 '그러냐, 근데 그게 내 탓은 아니지'라고 말했지. 아니, 금요일 날 제시간에 출근했으면 토요일에 그렇게 시간 낭비를 하지도 않았겠지."

"와, 정말 직장 스트레스가 어마어마하겠는걸." 앨리가 몸을 앞으로 불쑥 내밀며 끼어들었다. 그러고는 아무것도 모르는 릴리가 너무 웃겨 웃음이 빵 터지는 바람에 얼른 몸을 돌려 비제이의 가슴팍에 얼굴을 묻었다. 비제이도 웃음을 참느라 애쓰는 중인지 그의 가슴이 움찔대는 게 앨리의 뺨에 느껴졌다. 그러고는 두 사람의 웃음을 짜내 없애려는 듯 앨리의 어깨 위에 두른 팔을 꽉 움켜쥐었다.

"뭐야, 너희 둘이 그렇고 그런 사이야?" 릴리가 손가락으로 앨리와 비제이를 가리키며 물었다. "너네 둘이 완전 잘 어울려."

"뭐 종종 그렇지." 비제이도 릴리 놀리기에 가담했다. "마이애미에서 일어난 일은 마이애미에 남는 법이니까."

"인정." 앨리가 말했다. "완전 인정이지."

"아참." 더치가 손목시계를 보며 말했다. "우리 그 결혼식 파티 뭐 한다고 하지 않았어?" 그러더니 앨리의 머리 너머를 바라보았다. "저기. 이선이 네 부케 갖고 왔다. 우리도 어서 가자."

그 말에 고개를 돌리자 이선이 거기에 있었다. 앨리는 이번 한 번만 더치를 봐주기로 마음먹었다. "그래. 원래 너 데리러 온 거였는데 릴리 이야기에 빠져서 그만."

그러자 더치가 릴리를 곁눈질로 쳐다봤는데, 역시나 웃음을 참고 있는 게 분명했다. 이내 더치가 릴리 쪽으로 돌아서며 말했다. "그럼 우린 나중에 또 보자?"

"밤새 여기 있을 텐데 뭐." 릴리가 윙크를 날리며 말했다.

더치는 자기보다 3미터 정도 앞장서 가던 비제이와 앨리에게 다가섰다. 두 사람은 미친 듯이 웃고 있었다. 앨리는 넘어지지 않으려고 비제이의 팔에 거의 매달리다시피 걸어가고 있었다.

"밤새 여기 있을 텐데." 앨리가 카랑카랑한 목소리로 흉내를 냈다.

"그만해. 쟤 좀 그만 놀려." 비제이가 더치에게도 잘 들리도록 소리 높여 말했다. 그러고는 웃음을 참으려 애쓰며 다음 말을 이었다. "좀 있으면 급히 칵테일이 당긴다고 할지도 몰라."

"맞아. 더치 쟤 병 터트리는 거 좋아하잖아."

"칵테일 위에 올릴 장식은 신경 안 써도 되겠다. 릴리가 그쪽으론 전문가인가 보던데."

"하하하. 뭐가 엄청 재미있으신가 봐?" 세 사람이 이선이 있는 곳에 다다를 즈음 더치가 앨리와 비제이에게 물었다.

더치를 보자마자 이선은 주머니에서 더치의 핸드폰과 카드키를 꺼냈다. "자 여기. 네 재킷은 우리 방에 두고 왔어. 완전 엉망이더라." 이선이 웃으며 더치에게 말했다. 그런 다음 겨드랑이에서 반쯤 망가진 부케를 꺼내 앨리에게 건넸다. "아무래도 필요할 것 같아서."

"고마워, 이선." 진심이었다. 그리고 앨리는 재킷을 이선에게 건네며 말했다. "근데 너 진짜 타이밍 예술이었어. 릴리가 더치한테 막 들이대는 중이었거든."

이선이 어깨를 으쓱대며 말했다. "릴리가 오늘 밤 상대를 잘 골랐네. 남의 결혼식 날 섹스라니. 멋진데."

앨리는 더치가 조금 전 릴리와 대화하던 곳을 바라봤다. 그곳에서 릴리가 오늘 밤 아무 조건 없이 섹스하자고 더치를 유혹했다. 갸름한 얼굴에 윤기 나는 두꺼운 머리카락을 길게 늘어뜨린 릴리는 앨리가 보기에도 매력을 제법 풍기긴 했다. 물론 인조인간 같긴 했지만, 앨리가 알기로 더치는 섹스에 있어서 그런 걸 가리는 성격은 아니었다.

이선의 말에 더치가 코를 찡긋하더니 얼굴을 일그러뜨리며 말했다. "아니거든. 나 어젯밤에 만났던 여자한테 전화할 거거든."

"우와. 이거 진짜 뉴스감인데. 더치가 좋아하는 여자가 생겼대요!" 비제이는 마지막 문장을 노래를 부르듯 말했다.

더치가 어깨를 으쓱했다. "나도 좀 놀라긴 했어. 어떻게 될지는 보면 알겠지."

그렇게 앨리에게 결혼식을 빨리 끝내야 할 또 다른 이유가 생겨버렸다.

40장

비제이

결혼식 당일, 18시 40분

비제이가 칵테일 파티장으로 들어오는 엠마를 보자마자 곧장 다가갔다.

"왔네. 나랑 얘기 좀 해."

"걱정 마. 피오나가 드레스를 갈아입긴 했는데. 이미 내가 다 손 써뒀어. 그거 다 뿌려놨다고. 그리고 반짝이 통에 넣을 양도 충분하고. 조금만 있으면 다 끝이야."

"진짜 아니기만 해." 비제이가 다소 위협적인 목소리로 말했다. 그럴 의도는 아니었는데.

그러고 나서 비제이는 초조하게 방 안을 둘러보았다. 저쪽에 트레버가 있었고, 그의 옆에는 피오나가 담쟁이덩굴처럼 매달려 있었다. 그리고 그 둘 주변으로 피오나의 어머니와 존 삼촌, 제시, 헥터, 트레버의 부모님이 옹기종기 모여 서 있었는데, 모두 뿌듯하고 애정 어린 얼굴을 하고 있었다. 덕분에 먼발치에서 보면 트레버는 영락없이 모든 사랑을 한 몸에 받는 새 신랑으로 보였다.

가족애, 라고 비제이는 생각했다. 피오나는 이미 트레버에게 푹 빠져있었다.

"근데 왜 아무런 반응이 없어?" 비제이가 엠마에게 물었다.

엠마가 미간을 찡그리며 되물었다. "그게 무슨 말이야?"

"피오나가 땅콩 가루를 뒤집어쓰고 있는데 왜 아무 일도 안 일어나냐고? 지난번에 점심 먹을 땐 먹자마자 바로 경련 일으키면서 쓰러졌었잖아." 비제이가 이마를 쓱 닦았다. "양이 부족한 거 아냐?"

"괜찮을 거야, 비제이. 정말이야." 엠마가 비제이 너머를 쳐다보고는 고개를 내저었다. "여기서 이러면 안 돼. 이선이 금방 돌아올 거라고. 있지, 진짜 나만 믿으라니까."

"너만 믿어라. 나 참. 미안한데 지금 그러기가 참 힘드네."

"와." 엠마의 눈에서 눈물이 솟구쳤다. "내가 두려워하던 게 바로 이거야. 이러나저러나 널 잃게 되는 거 말이야. 근데 비제이, 진짜 부탁이야. 날 조금이라도 생각한다면, 정말 눈곱만큼이라도 생각한다면 제발 이선만은 잃지 않게 도와줘."

정말이지 무슨 말만 하면 항상 이선 타령이었다. 그래서 예전엔 종종 거슬리기도 했었다. 늘 엠마 곁에 있던 사람은 비제이였으니까. 그렇다고 일방적이었던 아니었다. 엠마도 늘 비제이 곁에 있었다.

비제이가 제일 오래 '연애'를 했던 여자는 제시카였다. 그리고 그녀와 1년 가까이 사귀다가 헤어진 지 얼마 되지 않았을 때 엠마와 그런 일이 생겨버렸다. 그리고 비제이는 열정적이었던 그 밤을, 아이가 생겼던 그 순간을 머릿속에서 합리화했다. 자신도 외로웠고 엠마도 외로웠고, 두 사람 모두 사랑에 상처를 받아서 그랬을 뿐이라고. 거기다 술까지 마셔가며 서로의 고통을 공유했으니, 자기 인생을 불행하게 만들어 버린 그런 끔찍한 일이 일어나기에 딱 좋은 상황이었다.

그렇게 그날 밤일을 계속해서 합리화했다. 그래야만 했으니까. 엠마를 사랑한다거나 해서 그랬던 건 아니었다. 정말 아니었다.

가끔은 이런 생각에 너무나도 심취한 나머지 제시카와도 진지한 관계를 유지할 수 있을 줄 알았다. 하지만 두 사람은 애초부터 잘 될 수가 없는 관계였다. 그 당시에는 깨닫지 못했지만, 둘이 아닌 셋이서 데이트한 적이 얼마나 많았던가. 게다가 이선 때문에 힘들어하던 엠마에게서 연락이 올 때면 제시카와의 약속을 제쳐두고 한달음에 달려갔다. 그러면서도 엠마는 친동생 같은 사람이라고, 자신은 그저 좋은 친구일 뿐이라고 되뇌었다.

하지만 그 당시 솔직한 심정을 말하자면, 엠마를 위해서라면 뭐든지 해줄 수 있었다. 뭐든지. 그게 사랑이었을까? 아니면 헌신이었을까?

그것도 아니면 그냥 멍청해서?

엠마의 결혼식에서 이선 옆에 서 있으면서도 불꽃 같은 그 감정을 계속 품고 있었던 걸지도 몰랐다. 엠마가 신혼여행에서 돌아와 이선과 함께 살 집으로 이사하는 걸 도와줄 때도 그 불꽃이 활활 타오르지 않게 억누르고 있었던 것뿐일지도. 친구들 앞에서는 티내지 않으려고 숨겨왔지만, 그 불꽃 같은 감정이 마이애미까지 따라와 오늘 아침 엠마가 그의 심장을 통째로 도려내 버리기 전까지 가슴속 깊은 곳에 꼭꼭 숨어있었던 것일지도 몰랐다.

엠마를 아끼는 마음이야 지금도 똑같았지만, 그보다 자신의 문제를 해결하는 일이 더 시급했다. 지금 당장은 엠마의 걱정거리 따위에 신경 쓸 여유가 없었다. 더는 자신보다 엠마를 우선시해서는 안 되었다. 그러다가 어떻게 되었는지 한번 보라지. 여기저기 비밀투성이였다. 비제이는 그를 잃고 싶지 않다는 엠마의 말을 곧이곧대로 믿고 싶긴 했지만, 한 남자와 사랑에 빠진 채 다른 남자의 아이를 가진 엠마의 감정 따위를 이해하는 척하고 싶지 않았다.

그러면서도 엠마가 자신이 원하는 걸 이루려고 트레버와 같이 잤다는 사실이 자꾸 거슬렸다. 그 개자식과 섹스하다니. 친구의 약혼자와 말이다. 그것도 결혼한 여자가!

어쩌면 엠마가 어떤 사람인지 몰랐던 걸 수도 있었다. 누군가를 죽이겠다고 마음먹고 후회하는 기색도 없는 걸 보면 그녀에 대해 전혀 몰랐던 것 같았다.

이윽고 비제이가 머리를 쓸어 넘기며 대답했다. "어, 그래. 모든 게 다 이선을 위해서지. 내 감정 따윈 개나 줘버려라." 물도 팔팔 끓일 수 있을 만큼 화가 불같이 활활 솟구쳤다. 그리고 그 감정을 거침없이 내보였다. 그 단어를 또다시 입 밖으로 내뱉으면서.

"너 오늘따라 되게 이상하다, 비제이?"

"네가 뭔데." 비제이가 고개를 아래로 떨군 채 천천히 저으며 작은 목소리로 말을 이었다. "네가 뭔데 나한테 그딴 말을 해?"

그렇게 두 사람이 냉랭하게 대치하고 있는 사이 이선이 다가와 엠마에게 생수 한 병을 건넸다. "어, 너희 둘이 무슨 일 있어?" 둘 사이에 흐르는 긴장감을 느낀 이선이 물었다.

"없어." 엠마가 이선의 허리에 팔을 두르며 대꾸했다. "그냥 이 결혼식이나 좀 빨리 끝났으면 좋겠다. 집에 가고 싶어. 정말 이런 데 두 번 다신 오고 싶지 않아."

이에 이선의 얼굴이 시무룩해졌다. "자기야, 혹시 그 사진 때문에 아직도……"

"내가 보기에는 그냥 엠마가 좀 예민한 거 같은데." 비제이가 말을 끊으며 끼어들었다. 아까처럼 어색한 분위기를 만들고 싶지는 않았다. "뭐 그 사진 때문에 아직도 속상할 수야 있겠지만. 그냥 앞으로 딱 두 시간만 더 버티자. 내일이면 집으로 돌아가는 날이잖아."

엠마와 한 약속도 약속이지만, 이 허술한 술수에서 발을 빼기에는 이미 너무 깊숙이 들어와 버렸다. 더군다나 그녀에게 땅콩을 건네준 장본인이 비제이이지 않은가. 잠시 후면 벌어질 일을 함께 도모한 공범이었다.

"맞다. 이선. 시가는 잘 가져왔어?"

41장

더치

결혼식 당일, 18시 55분

더치는 메인 응접실 밖에 있는 테라스에서 비제이와 이선, 트레버와 함께 서 있었다. 존 삼촌과 트레버의 아버지는 시가를 피우자고 했더니 거절했다. 그래서 또다시 이렇게 네 사람만 덩그러니 남겨졌다.

조금 전 트레버와 피오나는 하객들 앞으로 불려 나가 피로연을 시작하는 춤을 함께 추었다. 그러고 나서 피오나는 존 삼촌과 크리스티나 아길레라Christina Aguilera의 노래에 맞춰 춤을 추었고, 트레버는 어머니와 〈미스터 원더풀Mr. Wonderful〉이라는 노래에 맞춰 춤을 췄다. 저런 쓰레기 같은 놈이 멋진 남자라는 제목의 노래를 선택하다니. 하객들은 여전히 느긋하게 돌아다니며 술을 마시는 중이었고, 잠시 후면 가벼운 댄스 타임을 가진 뒤 연설과 함께 저녁 식사가 시작될 예정이었다.

안 그래도 더치가 이선과 비제이에게 그 연설 이야기를 꺼낸 적이 있었는데, 세 사람은 각자 짧게 몇 마디만 하고 말기로 합의를 봤다. 한 사람이 나서서 길고 장황한 연설을 늘어놓는 대신에 "트레버 같은 남자를 만나다니 피오나는 참 행운아죠."라든지 "두 사람이 부부가 된 걸 축하합니다." 따위의 뻔한 이야기만 하기로. 어차피 감동적인 이야기를 할 정도로 트레버를 잘 알지도 못했다. 어린 시절을 함께 보냈다거나, 고등학교 대학교를 같이 다녔다거나, 성인이 되어 직업에 관해 함께 고민해 본 적도 없어서 딱히 뭐라 할 얘기가 없었다.

세 사람에게 트레버란 되려 모르는 사람에 더 가까웠다.

바로 그때 트레버가 왼손을 들어 올렸다. 결혼반지가 조명에 반짝거렸다. "피오나랑 결혼도 했으니, 이제 날 어디 갖다 버릴 생각일랑 말라고!" 그가 실실 쪼개며 말했다.

"걱정 마. 우리가 잘 데리고 다닐 테니." 더치가 대답했다. 하지만 마음속으로는 트레버의 손아귀에서 벗어날 수 있기만을 바랐다.

이선이 방에서 미리 잘라 온 시가를 집어 들었다. "이 시가는 널위해 특별히 준비한 거야. 여기 고리에 신랑이라고 적혀 있어." 그러면서 시가 하나를 트레버에게 건넸다.

"고마워, 친구." 트레버가 이선을 향해 대꾸하고는 바로 더치에게로 시선을 돌렸다. "아니지, 고마워해야 할 사람은 너잖아. 이 시가 구해온 게 너니까 말이야. 정말 능력자라니까." 그러고서 더치의 어깨를 토닥거리자 더치가 몸을 움찔거렸다. "아, 배고파 죽겠다. 사람들하고 인사하느라 여태 아무것도 못 먹었어."

이선이 방풍 라이터를 켜서 트레버가 물고 있는 시가 앞에 갖다

댔다. 그런 이선을 빤히 쳐다보며 트레버가 두어 번 깊게 숨을 들이마셨다. "어때?"

"끝내주는데." 트레버가 기침을 하며 대답했다.

다들 시가에 불을 붙이고 두어 번 빨아들이려는 찰나 갑자기 문이 벌컥 열렸다. 피오나였다.

"트레버, 들어와! 지금 쿨 앤드 더 갱 노래 틀 거야. 반짝이 통도 다 준비됐고, 인스타그램 영상 찍어야지! 빨리 들어와!"

트레버가 고개를 돌려 친구들을 힐끗 쳐다보고는 기침을 하며 목에 손을 잠깐 가져다 댔다. 그러더니 코를 찡긋하며 눈썹을 치켜올렸다. "아내가 행복해야 내 인생도 행복하겠지, 안 그러냐?"

그의 말에 다 같이 밖에 놓인 재떨이에 시가를 올려두고 트레버를 따라 안으로 들어갔다.

너무나도 유명한 노래의 앞부분을 듣자마자 모두가 무대로 우르르 쏟아져나왔다. 멀리 무대 가장자리에 놓인 커다란 상자 안에는 반짝이가 가득했다. 모두가 소리를 지르면서 분홍색, 금색, 은색, 보라색, 파란색 반짝이를 공중으로 집어 던지며 노래에 맞춰 방방 뛰었다. 그리고 영상 전문 사진작가가 반짝이가 떨어지는 무대 위에서 모두가 춤을 추는 장면을 촬영했다. 반짝이는 미러볼 불빛에 반짝거리며 바닥으로 떨어져 내렸다. 그렇게 모든 사람의 옷과 머리가 반짝이로 뒤덮여 갔다.

더치와 친구들은 모두 다 함께 춤을 췄다. 이번 주말을 통틀어 처음으로 신나게 온전히 즐기는 순간이었다. 아니, 두 번째. 앨리와 보낸 그 밤이 최고였으니까. 앨리는 너무나도 예뻐서 천사 같았다. 앨리가 환하게 웃으며 빙글빙글 돌자 반짝이 덕분에 분홍빛 드레스와 금발 머리칼이 대조되어 더욱더 눈이 부셨다. 그 순간, 더치는 앨리의 손을 덥석 잡고 함께 위아래로 뛰기 시작했다. 놀란 그녀가 눈을 동그랗게 뜨더니 한쪽 눈을 찡긋해 보이고서 다른 손으로 엠마의 손을 잡았다. 그리고 엠마는 이선의 손을, 이선은 비제이를, 비제이는 피오나를, 피오나는 더치의 손을 잡았다. 그렇게 여섯 명이 대학교 때처럼 이 밤을 불사를 기세로 춤을 췄다. 그리고 트레버가 그들 곁을 맴돌았다.

"이거 진짜 잘 생각했다!" 앨리가 시끄러운 음악 소리 사이로 크게 소리쳤다. "인스타그램에 올리면 진짜 난리 나겠는데! 순식간에 쫙 퍼질 거야!"

"방금 하는 말 들었지, 트레버?" 피오나가 새신랑을 향해 말했다. "진짜 끝내준대!"

피오나는 활짝 웃고 있었지만 트레버는 웃지 않았다. 꼰대 같은 놈, 하고 더치는 생각했다. 아니 좀 더 솔직하게 말하자면, 입술이 말려 들어가고 얼굴이 시뻘건 것이 다소 혐오스럽다고 생각했다. 그러더니 트레버가 이내 기침을 해대며 나비넥타이를 느슨하게 풀었다.

"쟤 괜찮은 거야?" 더치가 물었다.

뭔가 잘못됐다. 트레버는 전혀 괜찮지 않아 보였다. 그 순간, 바닥에 쾅당 넘어지더니 경련을 일으키기 시작했다.

"트레버?" 피오나가 바닥에 널브러진 트레버를 보며 고함을 질렀다. "트레버!" 허공에 대고 큰 소리로 외쳐댔다. "도와주세요!"

소리를 들은 사람들이 이내 트레버 주위로 몰려들었다. 그중 몇몇은 트레버가 바닥에서 꿈틀대며 몸부림치는 모습이 마치 최신 버전의 브레이크 댄스라도 추는 줄 아는지 여전히 웃고 있었다.

"대체 왜 저러는 거죠?" 트레버의 어머니인 마고 본이 겁에 질린 채 물었다.

"무슨 일인데 그래?" 하객 한 명이 물었다.

"공간을 좀 마련해 줍시다!" 다른 사람이 말했다.

"뒤로 좀 가세요!"

"좀 도와줘요!"

"트레버!"

"무슨 일인데?"

"에피펜 어딨어?" 피오나가 눈물을 주룩주룩 흘리며 울부짖었다. "누가 저 테이블 위에 내 가방 좀 갖다줘!"

"내가 가져올게!" 앨리가 소리쳤다.

앨리가 허둥대며 뛰어가는 바람에 테이블 위에 놓인 치즈 접시와 샴페인 잔이 넘어지며 바닥으로 굴러떨어져 와장창 깨졌다. 이윽고 앨리가 돌아오자 피오나는 가방을 바닥에 뒤집어엎었다.

"대체 에피펜은 어딨는 거야?" 피오나가 비명을 질렀다. "누가 좀 도와주세요!"

더치와 친구들이 어쩔 줄 몰라 하며 피오나 곁으로 다가가자, 하객들 몇몇이 트레버가 숨 쉴 공간이 필요하다며 가까이 오지 말고 외쳐댔다. 하지만 그것도 아무런 도움이 되지 않는 듯했다. 트레버의 다리는 여전히 떨리고 있었고 입술은 부풀어 올라 평소보다 두 배는 더 커 보였다. 숨을 쉬어보겠다고 입을 크게 벌렸지만, 안타깝게도 공기가 통하지 않는지 목을 움켜쥐며 숨을 헐떡였다. 이내 두려움이 가득한 트레버의 두 눈이 뻘겋게 충혈되었다. 그러다가 갑자기 움직임이 멈추자 피오나가 그의 얼굴을 세게 두드려 댔다.

"혹시 여기 의사 없어요?" 피오나가 눈물을 펑펑 흘리며 소리쳤다. "트레버! 눈 좀 떠봐. 어서, 눈 좀 떠보라니까!"

트레버의 얼굴이 점점 붉어져 갔다. 하지만 피오나가 계속 때려서 그런 건지 아니면 수 분간 산소 공급이 안 돼서 그런 건지 더치로서는 알 길이 없었다.

이윽고 디제이가 음악을 멈추자 피오나의 목소리가 연회장 가득 울려 퍼졌다. 손톱으로 칠판을 긁는 듯한 그녀의 절규는 삼사 분 정도 계속되었다. 그러는 사이 하객 하나가 심폐소생술을 시도했고, 호텔 연회 담당자가 응급 에피펜을 손에 들고 돌아왔다. 하지만 이미 트레버가 숨이 멎고도 한참이 지난 후였다. 어쨌거나 에피펜은 하릴없이 10초 동안 그의 다리에 꽂혀있다가 뽑혀 나왔다. 시체에다 찌른 셈이나 다름없었다. 효과가 있을 리 만무했다. 트레버의 머리를 무릎에 얹은 채 바닥에 주저앉아 있던 피오나는 트레버가 에피펜에도 아무 반응을 보이지 않자 공포에 사로잡혀 마구 질문을 해댔다.

"왜 이러는 거예요? 왜 깨어나지 않는 거죠?" 피오나가 비명을 지르며 울부짖었다. 깊은 슬픔이 그녀를 덮쳐오는 동안에도 트레버는 바닥에 미동도 없이 누워있을 뿐이었다.

그 혼란스러운 장면을 모두가 우두커니 서서 바라만 볼 뿐이었다. 주방 직원들이 나와 신랑 신부 자리 주변에 앨리가 깨트린 유리 조각들을 치우고 있었고, 여기저기 모인 하객들이 소리를 질러대거나 울고 있었다. 그 와중에 몇몇 사람들이 사진이나 영상을 찍기도 했는데, 소셜 미디어에 올리려고 이 상황에 그러고 찍어대고 있었겠지? 예식전문가가 서둘러 사람들을 연회장 밖으로 안내했고, 구급대원이 안으로 들어갔다. 피오나는 가족들, 그리고 트레버의 부모님과 함께 연회장 안에 남아 있었다. 그리고 하객들은 로비 바에서 기다리라고 안내를 받았다.

더치는 방금 일어난 모든 일을 눈앞에서 직접 보고도 믿을 수가 없었다. 너무 끔찍했고 충격적이었다.

그리고 너무 황홀했다.

이런 생각을 한다니 죄책감이 들었다. 아니, 딱히 그렇지도 않았다.

곧 친구들이 모두 바에 모였고, 더치는 바텐더에게 재빠르게 상황을 설명한 뒤 보드카를 병째로 빨리 가져다 달라고 했다. 그리고 누가 뭘 시키거든 모두 자기 방 앞으로 달아두라고 덧붙였다.

잠시 후, 술병을 손에 쥐고서 친구들이 서 있는 칵테일 테이블로 돌아온 더치는 병을 내려놓고서 카운터로 되돌아가 작은 유리잔을 두 손 가득 들고 왔다. 그러고는 보드카 아홉 잔을 따라 주변에 있는 사람들에게 나누어주었다.

"진짜 보고서도 믿을 수가 없네."라고 말하고서 더치는 고개를 젖혀 보드카 한 잔을 입에 털어 넣었다.

"불쌍한 피오나." 비제이도 보드카를 한 번에 입에 털어 넣었다.

뒤따라 술잔을 비워낸 이선이 곧바로 잔을 다시 채웠다. 그리고 그 옆에서 엠마가 바로 앞에 놓인 보드카 잔을 멍하니 바라봤다. 현재 임신 중이라는 생각을 잠시 골똘히 하다가 이내 결심한 듯 술잔을 집어 들었다. 그런 엠마를 말리려고 나서는 사람은 아무도 없었다. 이선의 뒤를 이어 앨리가 술잔을 비워내고는 곧바로 다시 채웠다.

바로 그때, 들것을 든 구급대원 한 명이 바 옆을 황급히 지나 연회장 안으로 들어갔다. 그리고 채 5분도 지나지 않아 방 안에서 비명이 크게 울려 퍼지더니 굳게 닫힌 문을 타고 흘러나왔다.

"세상에." 더치가 입을 열었다. "혹시 그러면……"

하려던 질문을 마저 끝맺지 못했다. 아니 그럴 필요가 없었다. 말을 마치기도 전에 시신 가방이 들것에 얹혀 방 밖으로 나왔다. 그 모습을 보며 모두가 고개를 숙이고 몸을 돌렸다. 구급대원들은 기다리고 있던 구급차에 트레버를 실었다.

트레버의 부모님은 비통에 빠진 채 시신과 함께 구급차에 올라탔다. 공식적으로 신원을 확인하고 부검 일정을 잡아야 할 것이었다. 피오나의 어머니와 존 삼촌의 부축을 받고 연회장 밖으로 나온 피오나는 화장이 얼굴에 전부 번지고 머리는 또다시 엉망진창이 된 채로 로비 바를 지나 허니문 스위트룸으로 올라갔다. 그리고 그 뒤를 경찰 두 명이 따라갔다.

"이럴 수가." 피오나의 동생 제시가 친구들 곁으로 다가와 술잔에 보드카를 따르며 말했다. "이게 대체 뭔 일이래요?"

"세상에. 알레르기 때문에 그런 거래?" 앨리가 물었다.

"그랬겠지. 트레버 땅콩 알레르기 있잖아. 내가 제대로 기억한 게 맞다면." 엠마가 대답했다.

그러자 제시가 고개를 흔들어 대며 말했다. "아뇨. 나무 견과류 알레르기예요. 땅콩은 아니고요." 그러더니 테이블 위에 놓인 술병을 집어 들어 한 잔을 더 따랐다. "그게 완전 다른 거더라고요. 땅콩은 먹어도 아무 문제 없었어요. 진짜 뭐 때문인지 전혀 모르겠다니까요."

Part. 3

42장

엠마

결혼식 당일, 19시 55분

"나 토할 것 같아." 엠마가 말했다. "술을 안 마시다 마셔서 그런가 봐. 마시지 말걸." 로비 바 바닥에 금방이라도 토할 것 같다는 말은 사실이었지만, 보드카 때문은 아니었다. 얼른 입을 손으로 틀어막은 채 화장실 쪽으로 몸을 돌렸다.

"잠깐만, 기다려. 내가 같이 갈게." 앨리가 말했다.

"아냐. 따라와봤자 구역질 소리만 들을 텐데 뭐. 이러다 여기서 토하겠어. 제발, 그냥 여기 있어. 아니면 물이나 좀 챙겨서 화장실 문 앞에서 기다려 줄래. 고마워."

또각또각, 구두가 대리석 바닥에 부딪히는 소리를 뒤로 한 채 엠마는 화장실로 내달렸다. '내가 죽인 게 아니었어. 땅콩 알레르기가 아니었다니. 나랑 비제이가 한 짓이 아니야.'

그럼 대체 누구 짓이지? 무엇으로 트레버를 죽인 거지?

트레버가 죽기를 바라는 다른 사람이 누굴까?

화장실 안에 들어온 엠마는 거울 속에 비친 자기 자신이 누구인지 알아볼 수조차 없었다. 곧 경찰 조사가 시작될 것이다. 그녀가 트레버를 죽이려고 시도했다는 걸 눈치챈 사람이 있으면 어떡하지? 트레버가 죽은 게 결국 그녀 때문이었다면 어떡하지? 그것도 비제이의 도움을 받아서? 아니면 트레버의 알레르기가 바뀌어서 갑자기 땅콩도 먹어선 안 되는 음식이었다면? 그런 일도 실제로 일어난다고 했다. 만약에, 만약에, 만약에…… 이렇게 만약에 일어날 상황들을 밤새도록 나열할 수도 있을 것 같았다. 그 순간, 문득 정말 나쁜 생각들이 상상의 나래 속으로 비집고 들어왔다.

만약에 엠마가 두 달 전에 트레버와 같이 잤다는 사실이 경찰에게 밝혀지면 어쩌지? 트레버가 엠마와 비제이를 협박할 때 썼던 자료들도 다 찾아낸다면? 비밀을 지키려고 저지른 일 때문에 외려 비밀이 탄로 나 버리면 어떡하지?

누군가에게 다 털어놔야 했다. 믿을 수 있는 누군가에게.

앨리. 앨리에게 모든 걸 처음부터 다 사실대로 털어놔야 했다. 비제이랑 잔 얘기와 아기를 낳은 얘기, 그리고 트레버와 잔 얘기까지. 맙소사, 머릿속으로 떠올리기만 했는데도 자기 자신이 정말 헤픈 여자처럼 느껴졌다. 오늘 밤 더치한테도 확 달려들지 그래? 그럼 네 명의 남자 모두와 잔 여자가 되는 거야! 그러자 내면의 살인자를 쥐어짜 없애버리려는 듯 속이 뒤틀려 왔다. 곧장 화장실 칸막이 문을 열어젖히고 무릎을 꿇고서 변기 아래쪽을 움켜쥐었다. 그리고 보드카와 함께 칵테일파티 때 먹었던 음식들을 모두 다 토해냈다.

그렇게 다 게워 낸 뒤 걸어 나와 물로 입을 헹구고 나서 세면대 위에 놓인 손님용 구강 청결제로 한 번 더 입을 헹궈냈다. 그런 다음 코를 풀고 손을 씻은 다음 화장실 문을 열고 나갔다. 속에 담아 둔 이야기 전부를 앨리에게 다 털어놓을 작정이었다.

그런데 예상과 달리 밖에서 기다리고 있는 건 비제이였다.

"괜찮아?"

"우리가 한 짓이 아니었어. 우리가 그런 게 아니라고, 비제이."

"알아." 비제이가 엠마 너머 로비 바 쪽으로 시선을 돌렸다. 충격에 휩싸인 채 기다리고 있는 사람들이 눈에 들어왔다. 그 모습을 지나가던 누군가가 본다면 결혼식에 온 하객인지 고급 장례식에 온 조문객인지 구분하기 힘들 것이었다. 하객 절반 정도는 울고 있었고 나머지 절반은 술을 마시고 있었다. 모두가 멋지게 차려 입었지만 갈 곳이 사라져 버렸다. "그렇다면 다른 누군가가 저질렀단 얘긴데. 우리 말고 또 협박당한 사람이 있었던 걸까." 비제이가 말했다.

엠마는 한 번도 해본 적 없었던 생각이었다. 어째서 그 생각을 못 했을까? 세상에, 트레버가 오늘 결혼식에 초대한 모든 사람 뒤를 캐서 서류로 작성해 둔 건 아니겠지. 그래서 친구가 하나도 없었던 걸지도 모르지.

친구들, 하고 엠마는 생각했다.

트레버가 엠마와 비제이의 과거에 대해 알고 있었던 건 확실했다. 그렇다면 다른 친구들에 대한 정보도 알고 있었을까?

"비제이, 나 앨리에게 말할까 싶어. 다 털어놓으려고."

"안돼, 엠마. 그럴 수는 없어."

"트레버가 다른 애들도 협박했을 수 있잖아? 더치랑 이선도 너처럼 좋아서 신랑 들러리를 선 게 아닐지도 모르잖아?" 그러고는 엠마가 지난 일을 돌이켜 생각해 보았다. "이선이 트레버가 마음에 든다고 대놓고 말한 적이 한 번도 없었어. '트레버 참 괜찮은 사람이야.'라는 식으로 말한 건 매번 나였지. 이선은 피오나가 행복하니 잘됐다고만 했어. 너랑 더치가 결혼식에 엄청 신난 거 보고 되레 놀라는 눈치였다고."

"근데 난 안 신났는데."

잠시 머뭇거리다 엠마가 말했다. "이선이랑 더치도 그랬을 수도 있잖아."

그리고 엠마와 비제이가 일제히 바 쪽을 쳐다보았다. 이선은 보이지 않고 더치와 앨리만 서 있었다. 두 사람은 테이블 위에 놓인 손가락이 거의 맞닿을 듯한 거리에서 서로를 마주 보며 밝게 웃고 있었다. 그런 두 친구를 엠마는 유심히 쳐다봤다. 마치 그 공간에 오로지 두 사람만 있는 듯 서로의 이야기에 몰두하고 있었다. 조금 전 트레버가 죽었다는 사실도 까맣게 잊은 듯했다. 15년 가까이 알고 지냈으면서도 두 사람 사이에 오가는 뜨거운 눈빛을 느낀 건 이번이 처음이었다. "우와. 잘은 모르겠다만 쟤네 둘이 우리 싹 다 속이고 있는 거 같지 않냐? 사랑에 빠진 애들 같지 않아?" 엠마가 비제이에게로 다시 시선을 돌리며 말했다. "근데 네 말이 맞아. 앨리한테 말하지 말라는 거 말이야. 근데 모든 게 다 들통나 버릴까 봐 너무 무서워. 그거 감추려고 내가 진짜 무슨 짓까지 했는데."

바로 그때 이선이 카운터에서 유리잔을 더 챙겨 들고 앨리와 더치에게 돌아갔다. 엠마는 먼발치에서 세 사람을 쳐다봤다. 옆에 있던 이선조차 볼 수 없던 앨리와 더치의 모습들이 엠마의 눈에 선명히 들어왔다. 이선이 돌아오자 깜짝 놀라 서로에게서 떨어진 두 사람의 모습. 그리고 이선 몰래 서로를 바라보며 웃다가 이선이 라임을 가지러 간 사이 앨리가 더치의 팔을 찌르는 모습을.

하지만 앨리에게 더치와 무슨 사이냐고 묻는 일은 나중으로 미뤄야 했다. 지금은 더 시급한 문제를 해결해야 했으니까. "가자. 로비 바로 돌아가야지."

그리고 여느 때와 똑같이 자연스레 비제이의 팔을 잡았는데, 그가 곧바로 엠마의 팔을 밀어냈다. 물론 겉으로는 아무 문제가 없는 듯 보였기에 두 사람이 로비 바로 돌아왔을 때는 여전히 절친한 친구로 보였다. 엠마는 레몬 장식이 올려진 물 잔을 발견하고서 한 모금 들이켰다. 레몬 향이 은은하게 퍼지며 상쾌해지는 느낌이 들긴 했지만, 지금 당장 술이 너무 간절했다.

"고마워, 앨리." 엠마가 말했다. "기분이 훨씬 나아졌어."

"근데 우리 피오나한테 가봐야 하지 않을까?" 앨리가 물었다.

"별로 좋은 생각 같지는 않은데." 스카치를 손에 들고 테이블로 돌아온 이선이 대답했다.

"아무래도 올라가 봐야 할 것 같아. 나랑 엠마 둘만이라도. 신부 들러리잖아." 앨리가 말을 이었다. "그리고 절친이기도 하고. 같이 있어 줘야지."

"그럼 우린 신랑 대기실 가서 기다릴까?" 더치가 물었다. 그 말에 겁을 먹은 이선의 얼굴을 보고는 말을 덧붙였다. "스위트룸이라 거기 바에 술 종류별로 꽉 차 있던데. 여기 이 하객들 좀 피해 있고 싶어서 그래. 내가 트레버 절친인 줄 착각하고 자꾸 와서 위로해

주는데 이제 뭐라고 대꾸해야 할지도 모르겠다고. 키 아직 너한테 있지?"

이선이 슬며시 고개를 끄덕였다. "거기가 더 낫겠다."

"잘 다녀 와." 엠마와 앨리를 향해 비제이가 말했다. "가서 좀 잘 보듬어줘. 피오나한텐 트레버랑 좋았던 기억들만 얘기하는 거 명심하고."

그 말이 엠마에게는 입을 다물라는 경고로 들렸다.

43장

앨리

결혼식 당일, 19시 45분

앨리는 엘리베이터 안에서 엉뚱한 층의 버튼을 눌렀다.

"젠장, 내 방 있는 층 눌렀네. 허니문 스위트룸이 아니라." 앨리의 검지 아래로 또 다른 버튼에 불이 들어왔다. "오늘 손가락이 자꾸 말을 안 듣네."

"그래." 엠마가 대꾸했다. "근데 너랑 더치랑 둘이 엄청 오붓해 보이더라."

앨리가 어깨를 으쓱대며 말했다. "그게 뭐? 너랑 비제이도 똑같잖아. 무슨 뜻으로 하는 말이야?"

인정.

"근데 트레버가……." 엠마는 그 단어를 내뱉기가 힘겨웠다. "트레버가 죽었다니 정말 거짓말 같아."

엘리베이터에서 복도로 발을 내딛자마자 비명과 울음소리가 들려왔다. 두 사람은 좁은 보폭으로 조심스레 걸어가면서도 문 앞에 도착하면 무슨 말을 하고 또 뭘 해야 할지 도통 감이 오지 않았다. 그렇게 나란히 팔짱을 끼고서 걷다가 문 앞에 다다라 걸음을 멈춰 섰다. 하지만 문을 두드릴 엄두가 나지 않아 서로 눈치만 보며 가만히 서 있었다.

결국 앨리가 숨을 깊게 들이마시고는 큰 소리로 한숨을 내쉬며 문을 똑똑 두드렸다.

"누구세요?" 방안에서 목소리가 들려왔다. 피오나의 삼촌인 것 같았다.

"아무도 들여보내지 마세요." 이번에는 여자 목소리였다. 피오나의 목소리인가. 분간하기가 힘들었다. 피오나 어머니인 것 같기도 하고.

안쪽 문 앞에서 인기척이 들리는 듯하더니 나지막하게 속삭이는 소리가 흘러나왔다. 그러다 문이 벌컥 열렸는데, 도어체인이 채워져 있었다.

"어서 와요. 그런데 지금 피오나가 아무도 만나고 싶지 않다네요." 존 삼촌이 말을 이었다. "조금 있다가 다시 올래요?"

"저희가 뭐 도울 수 있는 게 있나 해서요." 엠마가 말했다. 그러고서 얼굴을 문 앞 가까이 대고서 목소리를 높였다. "피오나, 나랑 앨리 둘뿐이야. 잠깐 얼굴만 보자."

"피오나 지금 경찰이랑 얘기 중이에요." 존 삼촌이 말했다.

"저기요, 친구들 얘기도 좀 들었으면 하는데요." 방 안에서 굵은 목소리가 말했다.

그리고 존 삼촌이 문을 닫았다. 이내 체인이 쟁그랑거리며 긁히는 소리가 들리더니 다시 문이 열렸다.

"피오나한테 말들 조심해 줘요." 존 삼촌이 속삭이듯 말했다. "알다시피 오늘 저녁에 너무 끔찍한 일이 있었으니까요." 그러고서 고개를 돌려 거의 친딸처럼 키워온 조카 피오나를 바라보았다. "다들 트레버를 참 마음에 들어 했었는데."

피오나만큼 트레버를 좋아했었다는 존 삼촌의 말이 다소 기계적이라는 느낌을 받았다. 희한하게 앨리는 요즘 들어 이런 느낌을 제법 자주 느꼈다.

방으로 들어온 앨리와 엠마가 거실에 놓여 있는 소파 쪽으로 시선을 돌리자 피오나가 몸을 웅크린 채 어머니의 어깨에 기대어 있었다. 드레스는 아까 입고 있었던 그대로였지만, 단정하게 묶어두었던 올림머리는 다 헝클어져 아까보다 두 배는 더 커 보였다. 그리고 얼굴에는 여러 색깔이 마구 뒤엉켜 있어 마치 미술가가 쓰다버린 팔레트나 유치원생이 엉망진창으로 칠해놓은 그림 같았다. 피오나의 어머니 수잔은 드레스 위에 티셔츠 한 장을 걸치고 올림머리는 다 헝클어진 채로 소파 한쪽에 앉아 있었다. 그리고 두 사람의 맞은편에는 경찰 한 명이 있었는데, 무슨 말을 해야 할지 몰라 머뭇거리고 있었다.

"안녕하세요. 앨리 위튼입니다." 앨리가 총대를 메고 문 옆에 서 있는 다른 경찰에게 자신을 소개하며 손을 내밀어 악수를 청했다.

그러자 경찰은 악수한 뒤 수첩에 무언가를 끄적이더니 고개를 끄덕이며 말했다. "모리스 형사입니다. 저쪽은 고메즈 형사고요." 모리스 형사가 손으로 소파에 앉아 있는 남자를 가리키며 굵은 목소리로 말했다. 그런 다음 그의 호기심 어린 시선이 엠마를 향했다.

"엠마 피어스입니다."라고 말하고서 엠마는 형사와 악수했다. "저희가 뭘 도와드리면 될까요?"

한편, 앨리는 모리스 형사를 평가하기 시작했다. 키는 더치만큼 컸고 머리는 매우 짧게 깎아서 누가 봐도 형사인 줄 단번에 알 수 있었다. 옷은 사복 차림이었는데, 검은 바지에 검은 폴로티셔츠를 입고 벨트 버클에 경찰 배지를 차고 있었다. 눈동자는 비제이와 같은 연한 갈색이었지만, 머리카락은 앨리가 협박당해 바꾼 색과 거의 똑같은 백금색이었다. 검게 그을린 피부에 다부진 체격이었고 나이는 아직 마흔은 안됐고 그 언저리 즈음으로 보였다.

그리고 결혼반지는 끼고 있지 않았다. 물론 그냥 무의식적으로 눈길이 갔을 뿐이었다. 그리고 역시나 무의식적으로 모든 사람이 보는 앞에서 립글로스를 덧발랐다.

"저, 먼저 친구를 잃게 되어 참 유감이라는 말씀부터 드립니다." 모리스 형사가 운을 뗐다.

앨리는 반짝이는 위아래 입술을 서로 비벼댔다. 하지만 그뿐이었다. 앨리와 엠마 둘 다 온몸이 돌처럼 굳은 듯 가만히 서 있기만 했고, 형사는 그런 두 사람을 번갈아 쳐다보았다.

"네. 감사합니다." 앨리가 경직된 분위기를 깨려는 듯 재빨리 말했다. 그러고는 갑자기 눈물을 글썽이더니 호들갑스럽게 닦아냈다. "정말 힘든 저녁이었죠. 우리 피오나 불쌍해서 어떡해요."

"돌아가신 분이랑은 잘 아는 사이였습니까?"

아무래도 이 일을 진지하게 조사할 모양이었다. 그렇다면 앨리는 트레버를 해칠 이유가 전혀 없다는 걸 확실하게 보여줘야 했다. 형사가 자신의 과거를 파헤치도록 내버려 둘 순 없었으니까. 감사하게도 트레버가 이렇게 갑작스레 죽어버렸는데도 불구하고 친구들에게 자기 비밀을 들킨다는 건 안 될 말이지.

무엇보다 아버지가 알아서는 안 되었다. 앨리에게 가장 중요한 건 이것 하나뿐이었다.

"솔직히 그렇게 잘 아는 사이는 아니었죠. 둘이 사귀기 시작하고 얼마 안 됐을 때 피오나가 트레버를 따라서 마이애미로 이사 갔으니까요. 사실 저희 둘 다 트레버를 그렇게 잘 알진 못해요." 앨리가 대답했다.

"흠." 그러면서 수첩에 또 뭔가를 끄적였다. "근데 신랑 들러리선 친구들이랑은 대학 동기 아닙니까?" 형사가 종이를 앞으로 넘기며 말했다. "디트리히 본 라이언, 비제이 라나, 이선 피어스, 이분들이랑요?" 그러고는 궁금한 표정을 하고서 엠마를 쳐다보았다. "남편분인가요?"

"네. 이선 피어스가 제 남편입니다."라고 대답하고는 엠마가 자기 배 위에 손을 얹었다. "그리고 저희 첫 아이가 이 배 속에 있고요."

뜬금없이 뭔 소리래, 하고 앨리는 생각했다.

"축하드립니다." 모리스 형사가 눈썹을 추켜세우며 다음 질문을 던졌다. "그럼 그 친구들은 신랑과 친한 사이였습니까?"

"아, 그건 저희가 대신 답할 질문은 아닌 것 같네요. 그냥 다들 피오나를 도와주고 싶었을 뿐이에요." 앨리가 말했다.

그런 다음, 앨리는 피오나를 가만히 쳐다보았다. 예전의 모습에서 빈 껍데기만 남은 채로 앉아 있었다. 그 예전 모습도 이미 오래전 피오나의 빈 껍데기에 불과했었는데. 세상에, 뭘 어떻게 해야 할지 난감했다. 게다가 모리스 형사는 뭔가를 캐내고 싶어 안달인

316

눈치였는데, 딱히 할 말이 없었다. 모두가 그럴 것이었다. 트레버의 죽음은 사고였을 뿐이니까. 아닌가?

"어젯밤 약간의 다툼이 있었다고 들었습니다." 형사가 엠마를 쳐다보며 물었다. "결혼식 전날 만찬에서 소란이 약간 있었다고요?"

순간 엠마의 낯빛이 하얗게 질렸다가 금세 원래대로 돌아왔다. "제가 그냥 과민 반응한 것뿐이에요. 여자들끼리 유치하게 티격태격한 거죠."

그 말에 형사가 이번에는 한쪽 눈썹만 치켜올리며 말했다. "제가 들은 얘기는 좀 다른데요."

그러자 엠마가 피오나를 가리킨 뒤 방 한쪽 구석을 향해 고갯짓했다. 그런 다음 형사가 엠마를 쫓아갔다. 그리고 앨리도 얼른 뒤따라갔다. 그러면서도 엠마가 무슨 얘길 하려고 이러는지 도무지 그 속셈을 알 수 없었다.

"그게요." 엠마가 속삭이듯 말했다. "다 같이 술 마시고 있는 도중에 피오나가 제 남편이랑 같이 잤다는 걸 알게 됐어요. 저랑 남편이랑 헤어졌을 때요. 근데 뭐 백 년 전 얘기나 다름없으니 전혀 문제 될 게 없었는데. 그냥 제가 욱해서 과민 반응한 거예요. 피오나는 저랑 제일 친한 친구이고 지금도 여전히 그 사실은 변함없어요. 그게 다 임신 호르몬 때문에 일어난 해프닝일 뿐이에요."

"혹시 피오나랑 잠깐 얘기 좀 해도 될까요?" 앨리가 끼어들었다. "사실 저희는 피오나랑 같이 있어 주려고 온 거거든요. 결혼하고 불과 몇 시간 만에 남편을 잃었잖아요. 저희가 옆에 있어 줘야죠."

"물론이죠." 형사가 대답했다. 두 사람이 여기에 온 진짜 이유를 듣고 나자 그의 얼굴이 한결 부드러워졌다. "신랑 들러리분들은 어

317

디 가면 찾을 수 있는지 아실까요?"

"네, 아래층 로비 바 아니면 호텔 반대편에 있는 신랑 대기실에 있을 거예요."

"알겠습니다."

착, 하는 소리와 함께 모리스 형사가 수첩을 접고서 고메즈 형사 쪽으로 부드러운 휘파람 소리를 냈다. 그 소리에 고메즈 형사가 자리에서 일어났는데, 그 역시 전형적인 형사의 모습을 하고 있었다. 모리스 형사와 똑같은 옷차림에 바지는 남색, 티셔츠는 흰색으로 색깔만 달랐다. 경찰 배지는 체인에 매달아 목에 걸고 있었고 머리는 엄청 짧았다. 그리고 갈색 눈 위로 직사각형 모양의 검은 뿔테 안경을 쓰고 있었다. 모리스 형사의 시선을 눈치챈 고메즈 형사는 이내 피오나의 어깨를 가볍게 두드리고서 피오나와 그녀의 어머니를 지나쳐 걸어왔다. 그런 다음 앨리와 엠마에게도 고갯짓으로 인사를 건넸다. 그렇게 두 형사가 밖으로 나가고 난 뒤 문이 쿵 닫혔다.

한편, 앨리와 엠마는 소파에서 조금 떨어진 곳에서 아무 말 없이 쭈뼛쭈뼛 서 있기만 했다. 피오나의 어머니가 눈물을 글썽이며 두 사람을 올려봤다. 남편을 먼저 보내는 기분이 어떤지 어머니는 이미 잘 알고 있었기에 똑같은 처지의 딸을 보며 가슴이 미어지겠지.

"이리 와요, 수잔. 커피 한잔해요." 존 삼촌이 피오나의 어머니에게 말했다. "애들끼리 따로 얘기 좀 하게 비켜줍시다."

"괜찮겠니, 아가?" 수잔이 피오나에게 물었다.

이윽고 피오나가 어머니의 어깨에 기대고 있던 고개를 들었다. 그녀의 왼쪽 눈꺼풀에는 인조 속눈썹이 금방이라도 떨어질 듯 위태롭게 매달려 있었고, 얼굴에는 눈물 자국이 선명했다. 그리고 코는 빨갛게 부어 있었다. 앞에 놓인 테이블 위에 휴지가 스무 장은 넘게 쌓여있었고 소파 주변 바닥에도 몇 장 떨어져 있었다.

"응. 그래도 내 친구들은 여기 같이 있잖아." 피오나가 휴지를 또 한 장 집어 들며 말했다.

수잔이 자리에서 일어나 피오나의 이마에 입을 맞추고는 자신의 턱을 피오나의 머리 위로 얹고 말했다. "금방 올게. 존 삼촌이랑 같이 아래층에 내려가서 하객들한테 이야기 좀 하고 해야 할 것 같아."

"아무도 못 올라오게 해요." 피오나가 훌쩍대며 말을 이었다. "제발요. 그냥 다들 집에 가라 그래요."

수잔과 존이 애처롭다는 듯 서로 눈빛을 주고받았다. 그런 다음 수잔은 자기 앞으로 지나가는 앨리의 팔에 손을 얹었다.

"와줘서 고마워요." 수잔이 속삭였다. "피오나가 지금 제정신이 아니라. 나도 정말 믿을 수가 없어요. 정말 너무 힘드네요." 그녀는 고통스러운 표정으로 고개를 돌려 피오나를 다시 한번 쳐다봤다. "그게 우리 남편이, 그러니까 피오나 아빠가 죽고 나서 정말⋯⋯."

"알아요. 말씀 안 하셔도 돼요." 앨리가 수잔에게 속삭이듯 말했다. 죽음에 대한 이야기라면 이미 충분히 들었다. 앨리의 아버지도 죽음을 앞두고 있었기에 곧 자기도 피오나와 같은 처지가 될 예정이었다. '애도'라는 말만 떠올려도 가슴이 아렸다. 세상에는 이런 비극이 너무나도 많이 일어났다. "존 삼촌이랑 가서 좀 쉬세요. 저희가 피오나 옆에 있을게요."

"고마워요."

수잔은 문 옆에 놓인 거울을 보면서 눈 밑에 너구리처럼 시커멓

게 번진 아이라이너를 문질러 지웠다. 그러고는 검지 옆쪽에 침을 묻혀 눈그늘이 살굿빛을 띨 때까지 문질러댔다. 마지막으로 밝고 숱이 적은 머리칼을 매만져 어깨 뒤로 넘기고서 방을 나섰다. 드레스 위에 고양이 티셔츠를 입고 있다는 사실은 아랑곳하지 않았다. 그보다 더 중대하게 해결해야 할 일이 남아있었으니까.

앨리와 엠마는 소파에 앉아 있는 피오나의 양옆으로 가 털썩 앉았다. 그리고 세 사람은 다 함께 얼싸안고 울었다. 트레버를 싫어하기는 했어도 친구가 이런 고통을 겪는 걸 바란 적은 결코 없다. 비록 그 고통의 원인을 제공하긴 했을지라도. 그러게 앨리는 왜 진즉에 피오나에게 솔직하게 털어놓지 않았을까?

그래. 다 아버지 때문이었지.

"진짜 너무 안됐어." 엠마가 말했다. "이런 뻔한 소리나 하다니 참 쓰레기 같은데, 이거 말고는 무슨 말을 해야 할지 모르겠어. 이런 비극이 일어나다니."

"그러게." 앨리가 피오나를 두 팔로 감싸 안으며 말했다. 그러자 엠마도 덩달아 피오나를 두 팔로 감싸 안았다. "진짜 말이 안 돼. 진짜 믿기지도 않는다니까. 트레버가 죽……."

"그 말만은 하지 말아 줘." 피오나가 경고하듯 말했다. "근데 너무 이해가 안 가." 두 사람의 품에서 빠져나온 그녀가 휴지 한 장을 집어 들며 말을 이었다. "그냥 춤만 추고 있었잖아. 근데 대체 뭐 때문이었을까? 보통은 접촉하자마자 바로 알레르기 반응이 나타났거든. 정말 이해가 안 가." 그러고는 손수건에다 꽉 막힌 코를 푸는 노인처럼 큰 소리로 코를 팽, 하고 풀었다.

그 모습을 본 엠마가 앨리를 쳐다보며 눈을 동그랗게 떴다. 그리고 자리에서 일어나 화장실로 가서 휴지 두 갑을 손에 들고 돌아왔다.

"오늘 여기서 나랑 같이 자면 안 돼?" 피오나가 물었다. "결혼식 첫날 밤인데 나 혼자서는 절대 못 잘 거 같아. 첫날밤을 위해 결혼 전까지 진짜 손만 잡고 잤단 말이야. 근데 내가 결혼한 게 맞긴 해?" 그러고선 또다시 울음을 터뜨렸다. 그러다 문득 말을 잘못했다는 생각이 들었다. "아니네, 결혼한 게 아니네. 난 그냥 과부가 된 거네. 이 나이에."

앨리는 피오나의 무릎 위에 놓인 휴지 갑에서 휴지 한 장을 뽑아 건넸다. 그래, 오늘은 피오나와 함께 있어 주어야 했다. 그 말인즉 오늘 밤 더치와는 함께할 수 없다는 말이었다. 두 사람 사이의 일은 뉴욕으로 돌아가서 해결해야 할 것이었다.

그 순간, 피오나가 제법 충격적인 말을 내뱉었다. "지금 이 상황을 종합해 보니까 뭔가 미심쩍은 부분이 있긴 해. 트레버가 존 삼촌이 나쁜 짓을 저질렀다는 증거를 갖고 있었거든. 오래전 대학 다닐 때였는데. 삼촌에 관한 서류를 내가 트레버 서재 청소하다가 우연히 봤어. 설마 우리 삼촌이 이런 짓을 벌인 건 아니겠지?"

"너희 삼촌?" 엠마가 무심한 표정으로 물었다. "뭐 어떤 거였길래?"

"젠장." 피오나의 눈에서 또 눈물이 주룩 흘러내렸다. "너희 진짜 아무한테도 말하면 안 돼. 비밀로 하겠다고 약속해."

앨리가 한 손은 하느님을 향해 머리 높이 들고 다른 한 손은 가슴 위에 얹었다. 반면, 엠마는 고개만 끄떡여 보였다.

"삼촌이 친구 몇 명하고 부정행위에 가담했더라고. 사실 주도적으로 이끌었어. 그러고선 들키지도 않고 우수한 성적으로 졸업한 거지. 우리 할아버지가 보니까, 그 학교에 힘을 좀 썼나 보더라고."

그러고는 천천히 고개를 가로저었다. "그렇게 그 일에 대한 정보를 싹 다 비밀로 했는데 트레버가 무슨 수로 찾아냈는지 모르겠어. 너희도 알잖아, 삼촌이 정치에 완전 진심인 거. 그래서 트레버가 시키는 대로 다 했나 보더라고. 둘이 한 방에 있으면 정말 누가 윗사람인지 의심스러울 정도였다니까."

앨리가 침을 꿀꺽 삼켰다. "네가 본 게 그게 다야? 삼촌에 대한 것만 있었어?"

"응. 트레버가 갑자기 서재로 들어오는 바람에. 그래서 서류 주변에 먼지 터는 척만 하고 트레버한테는 아무것도 안 물어봤어. 그게 처음이자 마지막으로 본 거야. 어차피 모르는 게 약이잖아." 피오나는 팔로 콧물을 쓱 닦고는 코를 훌쩍이며 말을 이어갔다. "근데 만약에 트레버가 삼촌을 협박한 거면 어쩌지?"

"아닐 거야." 엠마가 대답했다. "트레버랑 너네 삼촌 엄청 친해 보이던데 뭐. 그리고 트레버가 협박하고 그런 사람이었으면 삼촌이 너랑 결혼하라고 허락하지도 않았겠지. 형 딸내미인데 그럴 리가 없잖아." 그리고는 피식 웃었다. "협박이라니. 무슨 영화 찍냐."

그 말을 듣는 순간 앨리의 머릿속에 문득 이런 생각이 들었다. 엠마가 지금 경찰에게 가서 협박 운운하지 말라고 피오나를 설득하고 있는 건가. 경찰이 트레버 주변을 조사하지 않길 바라는 사람처럼. 근데, 듣고 보니 조금 수상하긴 했다. 존 삼촌이라면 이 일을 꾸미고도 남을 만큼 힘이 있는 사람이었으니까. 그런데도 엠마는 계속 우겨댔다. "그냥 안타까운 사고였을 뿐이야! 조사할 필요도 없어!"라고 자기 생각을 자꾸만 토해냈다.

그런 엠마가 앨리는 내심 고마우면서도 한편으론 궁금했다. 엠마가 이러는 이유가 트레버가 엠마에 관한 정보도 갖고 있었기 때문일까? 절대로 들켜서는 안 되는 무언가를?

44장

이선

이선이 신랑 대기실 문에다 카드키를 가져다 댔다. 그리고 이선을 선두로 더치와 비제이가 스위트룸 안으로 들어갔다. 세 사람은 재킷을 벗어 문 옆에 있는 의자 위에 집어 던지고는 한숨들을 내쉬었다. 그러고 나서 이선은 작은 냉장고에서 자기가 마실 맥주 한 병을 꺼내 들고서 비제이와 더치에게도 한 병씩 던져주었다. 그런 다음 담배 한 개비를 입에 문 채로 손가락으로 바깥쪽을 가리켰다. 그러자 나머지 두 사람이 고개를 끄떡였다.

밖으로 나가려고 창문을 열자 시원한 바람이 안으로 슬며시 불어 들어왔다. 폭풍우가 이렇게 날씨를 확 바꿔놓다니 놀라울 따름이었다. 피로연 전까지만 해도 덥고 습해서 정말 끔찍했었는데 어젯밤 폭풍우와 함께 무더위가 싹 사라지고 지금은 모든 게 다시 완벽한 상태로 돌아왔다.

그런 날씨처럼 트레버 역시 숨 막힐 듯한 더위였다가 천둥 번개였다가 세찬 바람이었다가 억수 같은 비처럼 몰아쳤었다.

그리고 이제는 사라지고 없었다.

이선은 담배 연기를 가슴 깊숙이 빨아들이고서 이내 뒤따르는 어지러움을 눈을 감고 잠시 즐긴 다음 연기를 후 내뱉었다. 이 담배 맛이 그리워지겠지.

"나 인제 담배 끊으려고." 이선이 말했다. "뉴욕으로 돌아가자마자 딱. 엠마랑 아기를 위해서 말이야."

"그 역겨운 걸. 어차피 끊었어야 했어." 비제이가 말했다. "아기가 태어나든 말든."

이선이 의자를 뒤로 잡아당겨 바닥을 긁는 소리를 내며 질질 끌고 갔다. 그런 다음 그 위에 앉아 친구들에게도 똑같이 하라며 손짓했다. "쉴 수 있을 때 편하게들 쉬어두라고. 아직 오늘 밤이 끝난 게 아니야."

몇 분 후면 경찰이 스위트룸으로 들이닥칠 것이다. 그래서 어떻게든 더치와 비제이가 빨리 편히 앉아 있게 만들어야만 했다. 피오나의 일기장이나 그 안에 들어 있던 증거들 모두 이 스위트룸 안에 있을 게 분명했으니, 빨리 찾아서 모조리 다 없애 버려야 했다. 트레버도 죽은 마당에 일기장에 적혀 있는 다른 내용들이 밝혀지기라도 한다면 억울해 미쳐버릴지도 몰랐다. 아무리 사소하고 오래되었다고 할지라도 둘 사이에 어떤 감정이 개입되어 있었다는 것만은 엠마가 죽을 때까지 몰랐으면 했다. 지금 와서 생각해 보면 정말 아무런 의미도 없는 감정이었다. 이선에게는 줄곧 엠마뿐이었다. 게다가 다이어리에 적힌 그 감정들은 이선이 느꼈던 감정도 아니지 않은가.

그런 생각을 하며 맥주를 벌컥벌컥 들이켰다. 그러자 아래층에서 마신 보드카 탓인지 술기운이 살짝 올라왔다. 이선이 담배를 재떨이에 비벼 끄며 말했다.

"나 화장실 좀 갔다 올게. 그리고 맥주도 더 가져올 테니 여기 앉아서 기다리고 있어. 금방 올게."

그러고 나서 방문을 밀고 나온 다음 다시 닫으면서 더치와 비제이 쪽을 힐끗 보았다. 고맙게도 두 사람 모두 그 자리에 그대로 앉아 트레버가 죽고 나서 찾아온 평화를 즐기는 중이었다. 그러고 보니 둘 다 딱히 이렇다 할 반응도 보이지 않았는데, 왜 그런지 그 이유가 궁금했다. 하지만 직접 물어볼 정도로 궁금하진 않았다. 그에겐 당장 처리해야 할 임무가 있었으니까.

이윽고 침실로 들어간 이선은 곧장 옷장으로 향했다. 그리고 그 안에서 금고 하나를 발견했는데, 잠겨있었다. 제길. 비밀번호가 뭘까? 비밀번호를 연이어 잘못 입력하다가 들키고 싶지 않았다. 그래서 일단 추측부터 해보기로 했다. 결혼식 날짜인가? 1214를 눌렀는데도 꿈쩍도 하지 않았다. 당연하지, 낭만이라곤 눈곱만큼도 없는 놈이었으니. 트레버처럼 생각해야 했다.

"1995년! 최고의 해!"라고 트레버가 말했었지!

데블스 팀이 스탠리컵에서 우승했던 연도. 제발, 제발, 열려라, 하고 생각하며 떨리는 손으로 버튼을 하나씩 눌렀다.

1-

9-

9-

5—

순간, 잠금장치가 돌아가더니 탁하고 금고가 열렸다. 안에는 유에스비가 여러 개 들어있었는데, 모두 이름표가 붙어있었다.

'존 호손' 존 삼촌 아냐? 맙소사. '캐머런 트리벳' 누구지? '그레고리 핸슨' 이건 또 누구지? '브랜던 웨더리', '베스 브룩스', '케일럽 잭슨' 이게 다 누구지?

그리고 다음 순간 그의 심장이 멎는 듯했다.

'신부 친구들'

제기랄.

하지만 다이어리는 금고 안 어디에도 보이지 않았다. 아무래도 트레버가 유에스비에 디지털 복사본을 만들어놨을 거라는 예상이 맞았던 것 같았다. 이선은 얼른 유에스비를 집어 주머니에 넣고 금고를 다시 잠갔다. 1, 9, 9, 5. 그런 다음 옷장 바닥에 떨어진 러닝셔츠 하나를 집어 버튼을 문질러 닦았다. 지문을 남기면 안 되었으니까.

그러고 나서 화장실로 향했다. 이마에 땀이 송골송골 맺혀 있길래 물로 세수를 했다. 이 유에스비 안에 또 뭐가 들어있을까? 트레버가 저 사람들도 다 협박했던 걸까?

그 안에 뭐가 들었는지 이선이 왜 그렇게 궁금해하냐고? 엠마 때문이지.

띵, 그때 문 옆에서 소리가 울렸다. 재킷 안에 넣어뒀던 핸드폰에서 나는 소리였다. 엠마로부터 문자 메시지가 도착했다.

'어디야? 경찰이 너희들 찾고 있어.'

아, 망할. 드디어 시작이구나. 이선은 답장을 써 내려갔다.

'우리 스위트룸에 있어. 이리 오라고 해줘.'

엠마에게 곧바로 답장이 왔다.

'안 그래도 바에 가보고 없거든 스위트룸으로 가라고 했어. 참, 어젯밤 일 말인데, 자기가 백 년 전에 피오나랑 잔 걸 듣고 내가 과민 반응한 거라고 둘러댔으니까 혹시 자기한테 물어보거든 그렇게 말해 줘. 괜히 긁어 부스럼 만들 필요 없잖아.'

젠장. 이선은 얼른 주머니에서 유에스비를 꺼내 양말 속 발바닥 아래 쑤셔 넣었다. 그런 다음 신발을 다시 신고는 최대한 자연스레 걸으려 애쓰며 테라스 쪽으로 향했다.

"어이, 얘들아." 열린 문틈 사이로 친구들을 향해 말했다. "엠마한테 문자가 왔는데. 경찰들이 우리 찾으러 바에 들렀다가 여기로 올라 올 거래."

"우리한테 캐낼 게 뭐가 있다고." 더치가 말했다.

"내 말이. 우리가 결백하다는 걸 보여주자고. 언제 온대?" 비제이가 물었다.

바로 그때, 문을 두드리는 소리가 들렸다.

45장

비제이

결혼식 당일, 20시 15분

비제이가 자리에서 일어났다. "헐, 타이밍 장난 아니네."

이선이 담배에 불을 붙인 뒤 미끄러지듯 의자에 앉아 테라스에서 움직일 생각이 없다는 걸 온몸으로 표현했다. "난 안 나간다."

이에 비제이는 더치 쪽으로 시선을 돌렸는데, 바다만 쳐다보고 있었다.

"내가 나갈게." 비제이가 눈동자를 굴리며 말했다.

문 앞에 경찰이 서 있다는 건 이미 알고 있었고, 자신에게 잘못이 하나도 없다는 것 또한 잘 알고 있었다. 없는 게 맞겠지? 자연스럽게만 행동하자, 라고 스스로 되뇌며 문에 난 작은 구멍을 들여다보았다. 반대편에 정말로 형사 두 명이 서 있었다. 그중 하나는 경찰 배지를 목에 두르고 있었다. 이내 비제이가 문을 열었다.

"안녕하세요." 문을 활짝 열고서 안으로 들어오라고 손짓하며 말했다. "비제이 라나라고 합니다."

"모리스 형사입니다. 그리고 이쪽은 고메즈 형사고요." 모리스 형사가 펜을 들고 있는 손으로 키가 더 작은 남자를 가리키며 말했다. 다른 손에는 수첩이 들려 있었다.

비제이는 고메즈 형사와 악수를 했다. 모리스 형사는 수첩을 뒤적거리느라 두 손이 바빴다.

"이선 피어스 씨와 디트리히 본 라이언 씨도 여기 함께 계십니까?"

"네. 테라스에 있습니다. 밖으로 나가실까요?"

"안으로 들어오라고 하시죠. 밖은 어두워서요."

얼굴에서 표정을 읽고 싶은 게지.

"네. 가서 불러올게요." 서두르지 않으려 애쓰며 테라스 쪽으로 걸어가 문을 열고는 밖으로 고개를 내민 채 말했다. "저기, 얘들아. 형사 두 명이 왔는데. 안으로 들어오래."

그러고 나서 몸을 돌리자 모리스와 고메즈 형사가 서로 다른 소파에 이미 앉아 있었다. 그래서 비제이는 문 옆으로 가 의자에 올려두었던 턱시도 재킷 세 벌을 바 옆에 놓인 작은 탁자 위로 옮겨두고는 의자를 소파 옆으로 가져와 그 위에 앉았다.

"이선 피어스입니다." 두 형사와 악수를 하며 말했다.

"더치예요. 아, 디트리히. 본 라이언이요." 더치가 자기 이름도 헷갈려 하며 인사를 건네고 두 형사와 악수를 했다.

그런 다음, 더치는 모리스 형사 옆에 앉았고 이선은 고메즈 형사 옆에 앉았다.

"오늘 밤에 참 비극적인 일이 있었네요?" 모리스 형사가 세 사람을 번갈아 쳐다보며 말했다.

"믿을 수 없는 일이죠." 비제이가 고개를 저으며 대꾸했다. 그 순간 갑자기 목이 심각하게 가려워 왔지만, 차마 긁을 엄두도 내지 못한 채 말을 이었다. "끔찍해요."

"맞아요. 피오나가 참 안됐죠." 이선이 말했다.

"근데 대체 무슨 일이랍니까?" 더치가 물었다.

"음, 그걸 찾으려고 조사 중입니다. 아무래도 알레르기 반응 같긴 한데, 그래도 확실히 조사할 건 해야 하니까요. 여자분들, 그리고 아내분과는 이미 이야기 나눴습니다." 모리스 형사가 이선을 쳐다보며 말했다. "아내분 말로는 다들 트레버 씨를 그렇게 잘 알지는 못했다고 하던데 맞습니까?"

"그게." 비제이가 끼어들었다. "걔, 아니 트레버가 우리 다 같이 브런치 먹을 때 신랑 들러리 좀 서달라고 부탁했어요. 우리 셋이랑 앨리, 엠마, 피오나도 다 같이 있을 때요. 트레버가 프러포즈하던 날에요. 그때 진짜 좋았었는데."

모리스 형사는 속기를 배웠는지 놀랍게도 이 모든 걸 단 3초 만에 다 적고는 고개를 들고 물었다. "모두가 보는 앞에서 프러포즈했다는 말씀이시죠?"

"네. 피오나가 마이애미로 이사하고 한 달 정도 있다가 트레버랑 같이 뉴욕에 잠깐 왔었거든요. 제 생각엔 피오나가 친구들을 보고 싶어 하니까 트레버가 프러포즈할 때 저희를 다 부른 거 아닐까요?"

"아." 모리스 형사가 말했다. "그럼 그날 트레버가 프러포즈할 거라는 사실을 사전에 알고 있었나요?"

"아뇨." 비제이가 쏜살같이 대꾸했다. "전혀 몰랐습니다."

"나머지 두 분은요?" 모리스 형사가 이선과 더치를 바라보며 묻자 두 사람 모두 고개를 내저었다.

"제가 샴페인을 한 병 시켜서 다 같이 축하해 줬어요. 트레버 괜찮아지고 바로요." 더치가 말했다.

"그게 무슨 말이죠?"

"아. 트레버한테 알레르기 반응이 나타났었거든요. 근데 피오나한테 에피펜이 있어서 금방 해결했죠. 그 자리에서 바로 치료해서 괜찮아졌어요. 뭐, 병원에 가서 진찰을 받기는 했지만, 그래도 다시 살아났어요."

"맞아요." 이선이 거들었다. "우리 회사에도 땅콩 알레르기 있는 사람이 있는데요. 근데 그것 때문에 죽을 수도 있다는 걸 그날 처음 알았다니까요. 트레버도 그때 자기한테 무슨 일이 일어나는지 알고 있었을지 궁금하네요. 불쌍한 녀석. 세상에"

"뭐 그렇긴 한데 트레버 씨한테 땅콩 알레르기는 없었습니다." 모리스 형사가 말했다. "신부분이랑 과거에 잠깐 만났었던 사이라 들었는데 맞습니까?"

모두의 시선이 이선에게 꽂혔다. 이선은 눈을 감고 한 손을 허공에 든 채로 자기를 비하하듯 고개를 끄떡였다. "아, 예. 한 번 잔 적이 있긴 한데. 엠마와 헤어졌을 땝니다. 오래전 일이기도 하고요. 5년, 아니 더 오래됐을걸요."

"그러시군요." 모리스 형사가 메모를 휘갈기며 말했다. "미련 같은 건 없습니까?"

"피오나한테요?" 이선이 거의 웃다시피 대답했다. "미련이 남고 그럴 관계가 아니었습니다. 그냥 평소 알던 여자랑 테킬라 다섯 잔 마시고 술김에 딱 한 번 실수한 것뿐이에요."

"피오나 씨가 갖고 있던 에피펜이 사라졌다면서요." 이번에는 고메즈 형사가 말했다. "피로연 전까지만 해도 가방 안에 있었다고 하던데."

그 순간, 비제이는 당황해하지 않으려 노력했다. 엠마가 에피펜을 알아서 처리하겠다고 말했던 게 생각났다. 그리고 엠마는 자기 말을 지켰다. 아마 비를 맞고 나서 정신없었을 때 빼돌리기가 더 쉬웠을 것이었다. 피오나가 머리와 화장을 다시 받고 드레스를 갈아입느라 완전 녹초가 되었을 테니. 비제이는 표정을 그대로 유지하려고 애썼다. 잠깐만, 이 말인즉 지금 에피펜의 행방을 쫓고 있다는 건가? 지금 당장 목을 좀 긁어야 하나? 기침이라도 할까? 아니면 제자리에서 팔 벌려 뛰기라도?

"맞아요. 트레버가 쓰러졌을 때 피오나가 그랬어요. 에피펜이 가방에 없다고. 그런데 그전에 가방을 열어서 바닥에 엎는 바람에 내용물들이 여기저기에 다 널브러졌어요. 혹시 정신없던 와중에 어디로 굴러간 거 아닐까요? 테이블 밑이라던가 그런 데로요." 비제이가 형사들을 도와주려 한다는 티를 팍팍 냈다.

"그 당시 상황이 담긴 영상을 이미 다 보고 왔습니다. 금발 머리, 그 앨리 위튼 씨가 가방을 가져오자마자 피오나 씨가 열어서 안에 있는 걸 다 꺼내더군요. 위튼 씨한테 가방을 받아 뒤집어엎는 순간까지 다 영상으로 찍혀있습니다. 그런데 에피펜이 어디로 굴러간 장면은 없었습니다. 애초에 가방 안에 없었다는 의미죠." 모리스 형사가 말을 마쳤다. 그런 다음 바지 뒷주머니에서 명함 세 장을 꺼내 탁자 위에 올려두었다. "그럼 뭐 생각나는 게 있으시거든 이쪽으로 전화 주세요. 친구분 일은 참 유감입니다."

"감사합니다." 셋 모두 제 나름대로 진지한 표정을 하고서 중얼거리듯 말했다.

두 형사는 모두와 악수하고 나서 방을 떠났다. 그걸로 끝이었다. 이제 집으로 돌아갈 수 있었다. 이선이 문 앞에 서서 오른쪽 눈을 작은 구멍에 대고 두 형사가 엘리베이터에 탈 때까지 지켜보다가 방 안으로 돌아왔다.

"음, 얘들아. 얘기 좀 하자." 이선이 말했다.

"무슨 얘기?" 비제이가 물었다.

"너희 둘한테 좀 물어볼 게 있어."

그러더니 이선의 눈빛이 이내 심각하게 변했다. 그리고 모르는 사람을 쳐다보듯 더치와 비제이를 번갈아 쳐다보기만 할 뿐 아무 말이 없었다.

"뭐야, 갑자기 긴장되게 왜 이래." 더치가 말했다. "뭔데 그래?"

이선은 몸을 숙여 신발을 벗은 다음 양말을 벗어 흔들어댔다. 그러자 카펫에 뭔가가 툭 떨어졌다. 금속과 플라스틱으로 만들어진 작은 물건이었다. 비제이는 그 물건이 유에스비라는 걸 단번에 알아차렸다.

"그게 뭐야?" 비제이가 물었다.

"물어볼 게 있어." 이선이 방금 했던 말을 되풀이하더니 바닥에 놓인 유에스비를 집어 들어 공중에 들어 보였다. "너희들 진짜 솔직하게 트레버에 대해 어떻게 생각해?"

헉, 들켰다, 비제이는 생각했다.

지난 다섯 달 동안 애썼던 그의 노력이 전부 물거품이 되어버렸다. 이선이 자신이 저지른 사고에 대해 알고 있다고 생각하자 비제이의 낯빛이 하얗게 질렸다. 게다가 자신과 엠마 사이의 일도 알고 있는 게 분명했다. 아주 먼 곳에서 풍겨오는 피 냄새도 맡을 수 있다는 상어처럼 이미 다 알고 있다는 표정으로 저렇게 자신을 노려보고 있는 걸 보면.

"너부터 말할래, 비제이?" 이선이 비제이를 똑바로 바라보며 물었다.

"아니 그 유에스비가 뭔데 그래, 이선?" 곧이곧대로 다 부는 대신 그에게 되물었다.

"솔직히 나도 잘 모르겠어. 근데 우리랑 관련된 거라는 건 확실해. 우리 모두 말이야."

이 말에 두려웠던 마음이 금세 진정되었다. 자신이 저지른 사고뿐만 아니라 엠마와 있었던 일도 하나도 모르고 있었다. 그리고 아기에 대해서도.

"그건 어디서 찾았어? 무슨 일인데 그래?"

"어디서 찾았는지가 뭐가 중요해. 지금 우리 모두 뭔가 곤란한 상황을 겪고 있고 그 중심에 트레버가 있다는 것만은 확실해."

그 말을 들은 더치가 불편한 기색을 내비쳤다. 비제이는 진실을 밝히더라도 모두가 다 같이 있는 자리에서 같이하고 싶었다. 많을수록 안전할 테니까.

"근데 내 생각에는 말이야. 엠마와 앨리도 불러서 같이 얘기해야 하지 않을까?" 비제이가 말했다. "그게 정말 우리 모두에 관한 거라면 다 여기로 불러야지."

46장

엠마

결혼식 당일, 20시 30분

'나 지금 비제이랑 더치랑 같이 있는데 앨리랑 같이 신랑 대기실로 좀 넘어와. 최대한 빨리, 자기야. 급한 일이야. 피오나한텐 말하지 말고.'

이선이 보낸 문자 메시지를 읽고서 엠마는 지레 겁을 먹었다. 형사들이 대체 무슨 말을 한 거지? 정말이지 지금은 누구와 말하고 싶은 기분이 아니었다. 한 시간 내도록 앨리와 함께 피오나가 우는 소리를 듣느라 지쳤기 때문이었다.

두 사람은 먼저 피오나를 티셔츠와 운동복 바지로 갈아입히고 클렌징 티슈로 얼굴에 줄줄 흘러내린 색조 화장을 닦아냈다. 그런 다음 앨리가 세포라 매장에서 구매한 에비앙 미스트를 피오나의 얼굴에 뿌려 피부에 촉촉하게 수분을 공급해 주고, 머리카락을 뒤로 싹 넘겨 하나로 묶어 줬다. 고작 두 시간 사이에 옷이 확 커져

버리기라도 한 듯 피오나는 유난히 더 작고 연약해 보였다.

그러다가 기분이 조금 나아졌는지 갑자기 피오나가 술로 고통을 이겨내자며 샴페인 병을 집어 들었다. 그런데 술병을 따자마자 갑자기 결혼식 기념 샴페인인데 트레버 없이 마시는 게 말이 되냐며 또다시 엉엉 울기 시작했다.

결혼식 기념 어쩌고 따위야 전혀 문제 될 게 없었던 앨리는 샴페인을 연거푸 들이켰다. 그리고 앨리가 피오나에게 정신이 팔린 틈을 타 엠마도 몰래 샴페인을 홀짝였다. 이쯤 되니 술을 마시다 들키든 말든, 임신 중에 술을 마신다고 뭐라 하든 말든 상관없다는 생각이 들었다. 어차피 애초에 임신한 것도 아닐뿐더러 술을 마시지 않고서는 이 혼란스러운 상황을 더는 버텨낼 수 없었다.

한편, 이선의 메시지를 확인한 엠마는 곧바로 앨리를 쳐다보며 눈을 크게 뜨고는 검지를 입에 대고서 아무 말도 하지 말라는 신호를 보냈다. 그런 다음 고갯짓으로 핸드폰을 가리키고는 피오나의 머리 뒤로 들어 올려 앨리에게 메시지를 보여주었다. 메시지를 읽은 앨리는 "대체 이게 뭔 소리야?"라고 소리 죽여 말하고서 다시 피오나에게 주의를 기울이며 엠마를 향해 어깨를 으쓱해 보였다. 마치 "그래서 너랑 나랑 뭐 어째야 하는데?"라고 말하듯이.

엠마가 답장을 보냈다. '노력해 볼게. 피오나 어머니 돌아오실 시간 됐거든. 혼자 두고 갈 수는 없잖아.'

곧바로 이선에게서 답장이 왔다. '가능한 한 빨리 와.'

이선이 두 사람을 오라고 하는 이유를 상상했을 뿐인데 엠마의 눈시울이 금세 뜨거워졌다. 제발 비제이와의 일 때문이 아니기를 간절히 기도했다. 그러자 또다시 속이 메스꺼워졌다. 참을 만큼 참

다가 끝내 화장실로 내달렸다. 앨리와 피오나는 그날 하루에만 엠마가 토하는 소리를 두 번째로 듣는 중이었다. 엠마는 피오나의 구강 청결제로 입을 헹구고 나서 다시 소파로 돌아와 두 사람 옆에 앉았다.

"저기, 너네 어머니께 문자 보내서 언제 오시나 좀 여쭤봐 줄래?" 엠마가 피오나에게 물었다. "오늘 여기서 자야 하니까 방에 가서 잠옷으로 갈아입고 화장도 좀 지우고 오게. 앨리도 그러고 싶을 거고."

"그래, 그거 좋은 생각이다." 앨리가 말했다.

"너 먼저 갔다가 돌아오면 그때 앨리가 가면 되지 않아?" 피오나가 물었다.

"아, 그래. 그래도 되지." 제길, 하고 엠마는 생각했다. 그러면서 앨리를 쳐다보며 또 한 번 눈을 크게 떠 보였는데, 앨리 역시 엠마에게 똑같은 신호를 보냈다.

바로 그때, 마치 신이 선물을 보내기라도 한 듯 현관문이 열리는 소리가 났다. 수잔과 존이 쿠키와 각종 디저트가 담긴 접시와 커피를 손에 들고 방으로 들어왔다.

들고 있던 것들을 탁자 위에 올려놓으며 수잔이 말했다. "혹시나 배고플까 해서 아래층에서 좀 가져왔어요. 디저트 파티가 그걸…… 이후에 있었거든요. 케이크는 자르지 않고 그대로 뒀어요. 왜 그랬는지는 잘 모르겠지만, 내 생각엔, 다 쓸데없다는 거 알지만, 그래도 난……."

"고맙습니다. 어머님." 엠마가 말했다. "사실 배고팠거든요. 오늘 밤 여기서 자기로 했어요. 앨리랑 저랑 금방 가서 옷만 갈아입고 올게요." 그러고는 쿠키 하나를 집어 들었다. "가져다 주셔서 정말 감사합니다. 나머진 갔다 와서 먹을게요. 앨리야?"

"응. 감사합니다. 그럼 어서 가자. 얼른 갔다 오려면 빨리 나가 야지."

두 사람이 방을 나오고 그 뒤로 문이 닫혔다. 엠마는 이선에게 가는 중이라고 메시지를 보냈다.

"근데 뭐 때문에 그러는지 알아?" 앨리가 물었다. "형사는 아직 거기 있대? 뭐 찾아낸 거라도 있대?"

"나도 모르겠어." 엠마가 대답했다. "그냥 우리보고 빨리 오라는 말만 했어. 갑자기 좀 무섭네."

"왜 그래? 네가 잘못한 게 뭐가 있다고."

"앨리야……." 잠시 정적이 흐르고 엠마가 말을 이었다. "앨리, 나 걱정되는 게 하나 있는데."

"뭔데? 무슨 일 있어?"

"트레버, 개가……." 엠마가 머릿속에서 거짓말을 빼내기라도 하 듯 머리를 이리저리 흔들어 댔다. 비제이를 배신하고 싶진 않았다. 다만, 자기 자신을 지키려는 욕망이 그녀를 또 한 번 사로잡았다. "나에 대해 뭔가를 알고 있었어. 아무도 모르는 뭔가를 말이야."

그러자 앨리가 걸음을 멈춰 서서 엠마의 팔을 움켜쥐었다. "뭐 라고?"

앨리가 걱정스러운 눈빛으로 바라보자 엠마의 눈시울이 촉촉해 졌다. "어떡해야 할지 모르겠어. 이선을 잃게 될지도 몰라."

"대체 무슨 짓을……. 아니다. 나한테 말하지 마." 앨리가 거절의 의미로 손을 허공에 들어 보였다. "네가 뭔 짓을 했든 그건 중요하지 않아. 내가 상관할 바도 아니고. 근데 내가 뭐 하나 물어볼 테니까 솔직하게 답해줘. 할 수 있겠어?"

"응. 이제 거짓말이라면 정말 지긋지긋해."

"혹시 트레버가 너 비밀 지켜준다면서 자기랑 결혼하게 피오나 막 몰아붙이라고 했어?"

엠마가 눈을 크게 뜨며 인정한다는 뜻을 표했다. "너도야?"

앨리가 고개를 끄덕였다. "나도야. 네가 무슨 짓을 했는지는 알고 싶지 않아. 다만 그 개자식 때문에 네가 남편이랑 헤어지면 나 진짜 빡칠 거 같은데. 얼른 가보자."

47장

더치

결혼식 당일, 20시 45분

이선이 담배를 피운 후 방 안으로 다시 들어오면서 핸드폰을 얼굴 앞에 대고 흔들며 말했다. "애들 지금 오는 중이래. 방금 엠마한테 문자 왔어." 그러면서 테라스 문을 밀어 닫았다.

그러자 더치의 시선이 유에스비로 향했다. 저 안에 쓰레기 같았던 자신의 과거가 들어 있었다. 한때 사랑했던 여자이자 트레버의 연인이기도 했던 여자를 거의 죽이다시피 한 자신의 비밀 말이다.

하지만 그보다 더 심각한 문제가 있었다. 과연 저 안에 또 어떤 정보가 들어있을까? 이선이 우리 모두라고 말하지 않았던가. 설마 이선과 피오나의 사진보다 더 심각한 게 들어있나? 이선이 대체 또 무슨 짓을 했길래? 그리고 비제이는? 엠마는?

그리고 앨리는?

혹여나 감당하기 힘든 일에 휘말리게 되면 어쩌지? 더치는 앨리와 어떤 사이인지도 아직 정확히 몰랐다. 오늘 밤 내내 두 사람의 관계에 관해 이야기할 시간이 없었다.

"있지. 그 안에 뭐가 있는지 한번 봐도 돼?" 더치가 물었다.

"이 안에?" 이선이 유에스비를 들며 물었다. "안 돼. 일단 애들 올 때까지 기다렸다가 트레버 얘기부터 하고."

바로 그때 문을 두드리는 소리가 들렸다. 이선이 문을 열고 아내와 앨리를 맞이했다.

"어서 와." 이선이 말했다. 그러고는 엠마의 이마에 입을 맞추었다.

"무슨 일이야?" 엠마가 물었다. "급한 일이라는 게 대체 뭐야?"

"일단 앉아." 이선이 두 사람에게 명령하듯 말했다.

아무런 토도 달지 않고 이선이 하라는 대로 순순히 따르는 두 사람을 보면서 더치는 적잖이 놀랐다. 엠마는 비제이 옆에 앉았는데, 밤새도록 거의 말이 없었던 그는 엠마가 앉은 쪽은 거들떠보지도 않았다. 그리고 앨리는 더치의 옆에 앉았다. 그리고 이선은 무슨 대장 행세라도 하듯 혼자서만 일어서서 두 손을 주머니에 꽂은 채 이리저리 서성이고 있었다. 유에스비는 아무도 볼 수 없게 손안에 숨겨 쥔 채로.

근데 저건 대체 어디서 난 거지?

"자." 이선이 입을 열었다. "우리 다 같이 할 얘기가 좀 있는데, 다들 솔직하게 말했으면 해. 비제이랑 더치, 일단 너네 둘한테 먼저 물어볼 게 있는데 진짜 솔직하게 말해 줘." 이에 두 사람은 침묵으로 응했다. 그리고 이선은 이를 긍정의 의미로 받아들였다. "오늘 신랑 들러리 서는 거 왜 오케이 했어?"

아무런 대답도 없이 침묵만 흘렀다. 그 순간 갑자기 엠마가 울음을 터트렸다. 그러자 옆에 있던 비제이가 엠마의 손을 꼭 잡았다. 엠마의 반응을 본 더치는 그녀도 이 일에 깊게 연루되어 있다고 짐작했다.

"아무도 말 안 할 거야?" 이선이 다시 물었다.

"내가 먼저 말할게." 비제이가 한쪽 손을 들며 말했다. 그리고는 깊게 숨을 들이마셨다. "난 그냥 억지로 시켜서 한 것뿐이야. 트레버 진짜 극혐이야."

그러자 피식, 모두가 일제히 웃었다. 안도와 분노가 뒤섞인 웃음이었다.

"내 말 좀 들어보라니까!" 비제이가 목소리를 높였다. "맞아, 나 협박받아서 들러리 선 거야. 트레버가 많은 걸 알고 있었다고. 난 그냥 입 닥치고 걔가 시키는 대로만 하면 쉽게 끝날 줄 알았지. 하지만 그게 말처럼 쉽지 않았어." 그리고서 하던 말을 멈추고서 몸을 앞으로 숙여 엄지손가락을 맞대고 빙빙 돌리기만 할 뿐 친구들을 똑바로 바라보지도 못했다. 창피하다, 하고 생각했다. "다섯 달 전부터 날 협박했어. 피오나랑 약혼하기 바로 직전부터 말이야. 피오나랑 관계가 멀어졌는데, 트레버는 피오나의 가족이 되길 원했지. 그래서 나보고 피오나를 설득하라고 했어."

방안에는 정적만이 흘렀다. 어떻게 그런 말도 안 되는 일에 동참할 수 있냐고 따지는 이는 아무도 없었다. 그럴 필요가 없었으니까. 모두가 다 똑같은 짓을 저질렀으니까.

"내 생각엔 트레버가 우리 모두의 뒤를 캤던 거 같아." 그리고는 이선이 주머니에서 유에스비를 꺼냈다. "이게 트레버 금고 안에 들어있었어."

"그게 무슨 소리야? 그건 또 뭐고?" 앨리가 물었다.

"그걸 찾아낸 게 대체 언제야?" 그 물건의 정체를 익히 알고 있는 더치가 긴장한 목소리로 물었다. 쳐다보지 말자, 하고 속으로 되뇌며.

이선이 더치를 보며 대답했다. "좀 전에. 우리 다 같이 이 방에 들어왔을 때. 트레버 죽고 나서 말이야." 잠시 멈칫하고서 말을 이었다. "어쨌건 대체 이게 다 무슨 뜻일까?"

"금고는 어떻게 열었어, 너?"

이선이 코끝을 살짝 꼬집으며 대꾸했다. "비번을 알아냈어. 딱 생긴 대로 일차원적이더라고. 근데 이거 말고도 안에 유에스비가 많더라. 우리 말고도 트레버가 뒤를 캔 사람이 많은 것 같아." 그러더니 믿지 못하겠다는 듯 고개를 이리저리 흔들었다. "다른 사람들 건 안에 그냥 내버려 뒀어. 어차피 우리가 상관할 바도 아니고."

"근데 왜 그랬어?" 엠마가 이선에게 물었다. "그 금고를 왜 몰래 열었어? 대체 찾으려던 게 뭐야?"

엠마의 질문에 이선이 몸무게를 1킬로그램은 뱉어내듯 깊은 한숨을 내쉬며 대답했다. "왜냐하면 나도 다섯 달 전에 트레버한테 협박받았으니까. 결혼식 때 자길 좋아하는 티를 팍팍 내라고 시켰어. 피오나가 트레버에 대해 나쁜 생각을 하는 게 다 혼자만의 착각이라고 생각하도록 말이야. 그리고 이걸로 이번 주말 내내 날 협박했다고. 피오나랑 관련된 자료들." 그러면서 유에스비를 공중에다 흔들어 보였다. "근데 지금 보니까 트레버가 너희들 모두에게도 똑같은 짓을 했나 본데." 이선이 친구들과 아내를 가리키며 말했다. "봐봐, 우리 모두 다 한배를 탄 거라고. 그러니까 아무나 빨리 털어놓지 그러냐." 그런 다음 비제이를 쳐다보며 말을 이었다. "누구 다른 사람 중에 말이야."

"트레버가 나도 협박했어." 앨리가 아주 작은 목소리로 속삭였다.

너한테도? 하고 더치는 생각했다. 앨리가 대체 무슨 짓을 했길래?

이선이 눈을 지그시 감았다. "뭘로?"

그러자 앨리의 태도가 돌변했다. "그러는 넌 뭘로 협박하든? 그리고 넌?" 그러면서 앨리가 비제이를 쳐다보자, 그는 얼른 두 손을 공중에 올리고 방어하는 자세를 취했다. "어쨌건 그게 다 뭔 상관이야? 어차피 다 형편없는 인간들끼리."

"야! 서로 헐뜯고 그러진 말자!" 엠마가 소리쳤다. 그리고 더치를 쳐다보며 말했다. "넌?"

어떡하지? 소리 내어 대답하고 싶지 않았던 더치는 대신 고개만 끄떡여 보였다.

마지막으로 이선이 아내를 쳐다보며 물었다. "자기한테도 그랬어?"

엠마는 고개를 푹 떨궜다. "응." 그러고는 기어들어 가는 목소리로 대꾸했다.

그러자 이선의 눈에서 눈물이 흘러내렸다. 트레버 같은 놈이 아내를 협박했다는 사실에 화가 치밀어 오르기도 할 테지만, 한편으론 진실이 뭔지 알고 싶을 테지. 엠마는 이선에게 성녀와도 같은 사람으로 통했다. 그런 그녀가 협박을 받을 만한 일을 저질렀다니 도대체 그게 뭘까?

역시나 이선은 곧바로 아내 가까이 다가가 몸을 숙이고는 두 손을 잡으며 물었다. "뭘로 협박했어, 자기야? 무슨 짓을 했길래?"

"얘들아!" 더치가 버럭 소리쳤다. 더는 가만히 보고만 있을 수가 없었다. 엠마가 무슨 짓을 했든 그게 뭐가 중요하단 말인가. 그게 뭐든 친구들이 상관할 바가 아니었다. "아니, 우리가 무슨 짓을 저질렀든 그게 뭐가 중요해?" 이번 주말 내내 죄책감에 시달렸던 더치는 모두가 다 같은 심정일 거라고 생각했다. "로저는 혼자서 트레버에게 맞섰는데, 우린 그러지도 못했잖아. 그 개자식이 시키는 대로 다 해놓고 되레 유일하게 양심 있던 친구를 우리가 저버린 거라고." 내심 그 사실이 부끄러웠던 나머지 더치는 갑자기 로저와 어머니 사이에 있었던 일이 뭐가 그리 대수냐 싶었다.

하지만 로저와 화해해야겠다고 다짐하면서도 켈시에게 저지른 짓만은 친구들이 몰랐으면 했다. 그리고 켈시가 트레버와 사귀었다는 사실도, 트레버가 모두를 협박하게 만든 장본인이 바로 더치라는 사실도 다 몰랐으면 했다. 모두가 조용히 생각에 잠겼다. 이 사기 결혼식을 어떻게 성사시켰고, 마음속에 얼마나 끔찍한 악마가 숨어있었는지, 그리고 로저를 어떻게 버렸는지 곱씹었다.

그 순간 더치의 눈에 이선이 엠마 옆에 무방비 상태로 앉아 있는 모습이 들어왔다. 그래서 단번에 소파에서 일어나 순식간에 유에스비를 빼앗았다. "내 눈엔 이게 뭘로 보이는 줄 알아?" 더치는 모두가 볼 수 있도록 하늘 높이 쳐들었다. "골칫덩어리로밖에 안 보여."

그러더니 탁자 위에 올려진 물 잔 안으로 던져넣었다.

"이런 미친, 더치!" 유에스비를 빼내려고 시도하는 이선 앞을 더치가 가로막았다.

"야, 그만해."

더치는 말만큼이나 단호한 눈빛으로 이선을 쳐다봤다. 그런 다음 유에스비가 물 잔 밑바닥으로 가라앉을 때까지 기다렸다. 그 순간 문득 아이폰을 물에 빠트렸을 때처럼 누군가 쌀 한 봉지에 유에스비를 집어넣어 고치면 어쩌나 하는 생각이 들었다. 그럴 수는 없지. 더치는 얼른 물 잔에서 유에스비를 빼내 바닥에 내던지고는 신발을 벗어 뒷굽으로 세게 내리쳤다. 그러자 빠지직 소리를 내며 부서진 파편이 사방으로 튀었다. 이에 놀란 엠마와 앨리는 비명을 질러대며 얼굴을 가렸고, 이선은 몸을 움찔거렸다. 그리고 비제이는 더치와 이선 사이에 멀뚱히 서 있었다.

"파편들 주워야겠다." 앨리가 한 치의 망설임도 없어 일어나 두 손을 바닥에 댄 채 무릎을 꿇고 앉았다. "변기에다 버려야 해."

"다들 진짜 미쳤어?" 이선이 물었다. "다들 얼마나 나쁜 짓들을 했길래 그 자식한테 피오나를 팔아넘긴 거야? 난 진짜 쓰레기라도 된 기분이라고."

더치가 공감한다는 듯 이선의 어깨에 손을 올리며 말했다. "야, 그만해." 그러고선 아까 했던 말을 되풀이했다.

그러고는 앨리가 바닥에 혼자 있는 모습을 보기가 언짢았던 더치는 그녀 옆에 같이 무릎을 꿇고 은색 금속 조각들을 주워 탁자 위에 올려놓았다. 그리고 그런 두 사람을 이선과 엠마와 비제이가 조용히 바라보았다. 이내 다 주웠다고 생각한 두 사람이 자리에서 일어났고, 더치가 탁자에 놓인 파편들을 왼손에 싹 쓸어 담고는 화장실로 향했다. 그리고 그 뒤를 앨리가 쫓아갔다.

"더치?" 화장실에 단둘만 있게 되었을 때 앨리가 그를 불렀다.

그 부름에 더치는 몸을 돌려 앨리를 바라보았다. 그의 얼굴에 죄책감이 가득했다. 앨리가 알아버렸다. 자신이 잘못을 저질렀다는 사실을, 그것도 협박을 당할 정도로 끔찍한 일을 저질렀다는 사실을. 그래도 그동안 참 짜릿했었는데.

마지막으로 키스 정도는 한 번 더 해도 되겠지.

더치는 파편들을 잠시 세면대 위에 올려두고는 두 손으로 앨리의 얼굴을 붙잡고 짧게 입을 맞추었다. 두려우면서도 애처로운 키스였다. 그리고 더치가 뒤로 물러나자 곧바로 앨리가 그의 셔츠 앞섶을 잡아당기며 다시 한번 입을 맞췄다. 이번에는 좀 더 열정적으로.

"여기서 이러면 안 돼." 더치가 그녀와 입술을 맞댄 채 속삭였다. "밖에 친구들 다 있잖아." 그러고는 고갯짓으로 바깥쪽을 가리켰다. "그리고 이것들도 다 없애야 하고."

앨리는 입술을 앙다문 채 뒤로 물러섰다.

파편들을 다 없애기까지 변기 물을 네 번이나 내려야 했다. 이제 모든 것이 사라졌다. 모두가 저지른 나쁜 짓에 대한 증거들이 다 사라져 버렸다.

하지만 이대로 완전히 끝난 것은 아니었다. 트레버가 다른 사람들도 협박했다면 친구들의 비밀이 다 발각될 위험 역시 여전히 남아있었다. 나머지 유에스비를 찾아낸 경찰에게 누군가 입을 열기라도 한다면? 더치는 이를 막을 방법이 뭔지 알 것 같았다.

이윽고 더치와 앨리가 화장실에서 방으로 다시 돌아왔다. "나머지들도 다 가져와." 더치가 이선에게 말했다. "싹 다 없애버려야 해."

"말도 안 돼. 그게 우리랑 무슨 상관인데."

"그럼 내일 형사들이 다 가져가게 그냥 내버려 둬? 그러면 거기 있는 사람들 전부 조사할 텐데? 그리고 트레버가 컴퓨터에 저장해 둔 파일이 더 있으면 어쩔 건데? 우리 파일들도 다? 혹시 모르니까 경찰이 조사할 만한 건 그냥 미리 다 없애버리자." 더치가 계속해서 자기주장을 펼쳤다. "알레르기 때문이라고 생각하게 내버려 둬야지. 트레버에 대해 조사라도 하는 날엔 우리 모두 다 끝장이라고."

"더치 말이 맞아." 비제이가 말했다.

"나도 동의해." 여전히 더치 옆에 서 있던 앨리가 말했다.

이선이 동의를 구하려 엠마를 바라보았지만, 엠마는 그저 자신의 발만 쳐다보았다. 그러다 마침내 입을 열었다. "자기도 쟤들 말이 옳다는 거 알잖아."

"트레버한테 일어난 일은 그럼 뭐야?" 이선의 질문에 아무도 답하지 않았다. 트레버가 죽어서 모두가 속으로 안도하고 있다는 걸 더치는 잘 알고 있었다. "그럼 오늘 밤 일이 그냥 재수 없는 사고였단 말이야?"

"그렇지. 우리가 나머지 유에스비도 다 없애버리기만 하면 말이야." 더치가 대답했다. "가서 금고나 열어."

분에 찬 이선이 씩씩대봤자 4대 1이었다. 이선이 앞장서자 모두가 침실 안 금고로 향했다. 비밀번호를 입력하자 문이 열렸고, 트레버의 여권과 현금 옆으로 유에스비 여섯 개가 나란히 놓여있었다. 모두가 열려있는 금고를 가만히 쳐다보기만 했다. 그래서 더치가 손을 뻗어 유에스비 모두를 한 손 가득 꺼내 들었다. 더치를 따라 거실로 나온 나머지 친구들은 그가 아까와 마찬가지로 구두 뒷굽으로 유에스비를 하나씩 부수는 모습을 구경했다. 그러고는 모두가 무릎을 꿇고 부서진 조각들을 같이 주운 다음, 여자애들은 작은 화장실 변기에, 남자애들은 욕실이 딸린 큰 화장실 변기에 내려보냈다.

여러 번 물을 내리고 나서야 모든 일이 기억 속으로 묻혔다. 금고를 다시 잠그고 나서 깨끗이 닦아냈다. 이제 일상으로 돌아갈 일만 남았다. 오늘 일은 머릿속에서 싹 지워버린 채, 그들 사이에 있었던 끔찍한 비밀들을 뒤로한 채 떠날 일만 남았다.

그렇게 트레버를 죽인 범인이 그들 안에 있다는 사실도 모른 채.

48장

엠마

결혼식 당일, 21시 15분

"그럼 난 이만 가서 편안한 옷으로 좀 갈아입어야겠다. 오늘 밤에 피오나 방에서 자기로 했거든. 앨리도 같이." 엠마가 누구에게 말하는지도 모른 채 중얼거렸다.

"내가 바래다 줄게." 이선이 말했다. 그러고는 비제이와 더치를 쳐다보았다. "이따가 바에서 만나자. 자연스럽게 행동해."

"이제 그 자연스럽다는 게 뭔지도 잘 모르겠다." 비제이가 대꾸했다.

"앨리야, 15분 후에 네 방 앞으로 갈게." 엠마가 말했다.

"그래." 앨리가 더치를 힐끗 쳐다보고서 말을 바꿨다. "30분 후에 와. 나 얼굴에 마스크팩 좀 하게. 천천히 와."

"그럼 출발할 때 문자 보낼게." 엠마가 이선의 손을 잡아 이끌었다. "가자." 두 사람이 방을 나오고 문이 닫히는 소리가 들리자 엠마는 두려움에 배가 지레 아팠다.

두 사람은 나란히 잡은 손을 흔들며 엘리베이터를 향해 말없이 걷기만 했다. 남편은 엠마가 끔찍한 일을 저질렀다는 사실을 알고 있었다. 그리고 그 비밀이 절친한 친구 하나를 팔아넘길 정도로 끔찍하다는 것도. 하지만 그게 무엇인지는 알지 못했다.

그러니까 언제가 됐든 그 일에 관해 물어볼 것이었다. 나머지 친구들이 숨기고 있는 거짓말이며 비밀이 뭐가 됐든 전혀 중요하지 않았다. 이선은 비제이나 더치, 앨리가 뭘 했는지 따위엔 안중에도 없을 테니까. 오로지 아내가 무슨 짓을 했는지가 중요할 뿐이었다.

잠시 후 이선과 엠마는 로비에 다다라 바 옆을 지나갔다. 결혼식 하객들이 아직도 바 안에 있었다. 그중 몇몇이 두 사람에게 다가와 그날 밤일에 대해 캐묻자 이선은 손바닥을 들고는 고개를 내저으며 상처받은 친구인 척 연기를 했다. 그리고 두 사람은 서로 아무 말도 하지 않은 채 호텔 맞은편 끝자락까지 걸어가 엘리베이터를 탔다. 호텔 방 안으로 들어오자마자 엠마는 곧장 화장실로 가 수도꼭지에 물을 틀었다. 그러다 몸에 덕지덕지 묻은 죄를 다 씻어내려면 세면대로는 부족할 것 같다는 생각이 들었다. 그래서 수도꼭지를 잠그고 샤워기를 틀었다. 그런 다음 엠마가 화장실 문을 닫자 이선은 침대 위에 앉아 두 손으로 머리를 감쌌다.

엠마는 유리로 된 샤워 부스 안으로 들어가 머리 위에서 얼굴로 물을 흘려보냈다. 화장을 제대로 지울 생각일랑은 애초부터 하지도 않았기에 호텔에서 제공하는 비누를 얼굴에 대고 손바닥으로 문질렀다. 그러고 나서 인조 속눈썹을 떼어냈다. 그 와중에 진짜 속눈썹도 몇 개 딩달아 딸려 뽑혔다. 그리고 얼마 지나지 않아 뜨거운 수증기가 그녀를 감쌌는데도 피부가 건조한 느낌이 사라지지 않았다. 작은 샴푸 통의 절반을 머리 위에 바로 짠 다음 거품을 내어 땅콩기름과 폭풍우가 남긴 흔적을 모두 씻어냈다. 그러고 나서 컨디셔너로 머리에 윤기를 더하고 바디 워시로 몸을 씻어 낸 다음 샤워기를 끄고 부스 밖으로 나왔다.

그러고는 세면대로 다가가 그 위에 놓인 보습제를 찾아 피부에 스며들도록 문질렀다. 그러자 속 땅김이 진정되고 피부에 복숭앗빛이 돌면서 윤기가 흘렀다. 그런 다음 빗살이 성긴 커다란 빗으로 머리를 빗은 후 목 뒤로 단단히 올려 묶었다. 마지막으로 몸에 두르고 있던 수건을 바닥에 벗고 놓고 호텔 가운으로 갈아입고는 방으로 나가 옷을 뒤적였다.

한편, 이선은 일찍이 청바지와 티셔츠로 갈아입고 레인저스 모자까지 쓴 채 리모컨을 한 손에 들고서 멍하니 텔레비전을 바라보고 있었다. CNN 방송이 켜져 있었지만, 이선이 뉴스 내용에는 아무런 반응도 보이지 않았기에 정신이 딴 데 팔려있다는 걸 엠마는 금세 알아챌 수 있었다. 눈앞에서 다채로운 색채를 띤 영상이 매 순간 바뀌는 모습을 마치 만화경에 넋을 잃은 사람처럼 쳐다보고 있었다.

이윽고 서랍을 열고 운동복 바지와 민소매 티셔츠를 꺼내 재빠르게 갈아입었다. 그런 다음 조리 슬리퍼를 찾으려고 뒤로 돌아선 순간, 엠마는 심장이 멎을 뻔했다. 문 옆 탁자 한복판에 작은 유리병에 든 땅콩기름이 놓여 있는 게 아닌가. 엠마라면 저렇게 잘 보이는 곳에 두고 나갔을 리가 없었다. 아까 낮에 이선이 잠든 사이 땅콩기름을 머리와 다리에 바르고는 분명 화장실에 두고 갔던 기억이 퍼뜩 났다.

그런데 그게 어떻게 저기에 있지?

"이선?"

아내가 부르는 소리에 이선이 곧바로 고개를 홱 돌렸다. 그리고 엠마의 손에 들린 땅콩기름을 쳐다봤다. 그게 무엇인지 안다는 듯한 기색이 이선의 얼굴에 슬며시 비치는가 싶더니 이내 죄책감이 깃들었다.

"아, 참. 그거 아까 내가 좀 썼어. 미안."

"어디에다?"

이선이 하라는 대답은 하지 않고 반대로 질문을 해왔다. "엠마, 대체 네가 한 짓이 뭐야?" 눈물을 머금은 채 머리를 이리저리 천천히 저으며 말을 이었다. "아무것도 모르니까, 진짜 궁금해 미쳐버릴 것만 같아."

이선에게 모든 걸 사실대로 말하기로 마음은 이미 정한 상태였다. 좋은 일, 나쁜 일, 그리고 추한 일 모두 다 숨김없이. 하지만 지금은 때가 아니었다. 그리고 비제이와 함께 털어놓아야 했다. 하지만 지금 당장 무슨 말이라도 해야 했다. 이선의 호기심을 충족시킬 수 있는 동시에 엠마가 왜 트레버가 시키는 대로 했는지 이선이 납득 할 만한 이야기가 필요했다. 잠시 후 엠마는 소파로 가 이선 옆에 앉았다. 그런 다음 텔레비전의 소리를 죽이고 이선의 눈을 지그시 바라보았다.

이 얼굴 좀 보라지. 이선의 얼굴과 광대뼈, 검은 머리와 밝은 눈동자 그리고 뽀얀 피부까지, 엠마는 그 모든 걸 사랑했다. 정말 이토록 누군가를 사랑해 본 적은 단 한 번도 없었다. 초등학교 5학년 때 마이키 밀러를 좋아한 적이 있긴 했어도 이선만큼은 아니었다. 밤잠 설치며 밀러에게 줄 밸런타인데이 선물을 준비하고 결혼식과 자녀 계획을 세우며 인형 놀이를 한 적은 있지만. 그리고 언젠가 마이키와 결혼할 거라며 자신이 사랑하는 유일한 사람은 마이키뿐이라고 생각하기도 했지만.

아이들이란 참 우습기도 하지.

"이선, 내가 사랑하는 거 알지?"

이선이 고개를 끄떡였다. "나도 이 세상에서 자길 제일 사랑해. 피오나 일은 정말 미안해. 자기한테 또 상처 주면 진짜 내가 코 박고 확 죽어 버릴 거야."

"나도 자기가 상처받지 않았으면 해. 그래서 말하지 않았을 뿐이야."

이선이 고개를 끄떡이며 얼굴을 옆으로 돌렸다. 그러고는 눈물이 가득 고인 눈으로 다시 엠마를 쳐다보았다. "그냥 다 말해줘."

엠마가 숨을 깊게 들이마셨다. "우리가 헤어졌었을 때 있잖아. 그때 다른 사람이랑 잤어. 그리고 트레버가 그걸 알아냈고. 어떻게 알아냈는지는 잘 모르겠지만, 알아냈더라고. 미안해. 근데 정말 나한텐 아무 의미도 없었어. 정말 딱 한 번 그랬을 뿐이야. 너무 화가 났었고. 그리고 자기가 그리웠어. 그래서 뭐라도 해야 살 것 같아서."

이선의 얼굴에는 상처받은 기색이 역력했다. 더는 자신이 엠마를 품었던 유일한 남자가 아니라는 걸 깨달은 표정이었다.

하지만 지금은 엠마가 자신의 옆에 있다는 게 중요했다. 비록 이선 역시 피오나와 한번 만났던 적이 있긴 했지만, 지금은 이렇게 두 사람 모두 서로의 곁에 있었으니까.

이윽고 이선이 자기 이마를 엠마의 이마에 맞대고 그녀의 목뒤쪽에 손을 얹으며 말했다. "나도 자기한테 할 말이 있어."

"말해."

엠마가 두 눈을 질끈 감았다. 그리고 이내 차오른 눈물이 얼굴을 타고 주룩 흘러내렸다. 이선에게 상처를 주려던 건 아니었지만, 그녀가 마지막으로 한 말에 상처를 받았을 것이었다. 그래서 복수의 의미로 엠마에게 상처 주는 말을 하려는 게 분명했다. 그게 엠마가 치러야 할 대가였다. 이렇게 앞으로도 서로에게 화내고 질투하며 모질게 상처 주는 말을 주고받는 사이로 살게 되겠지.

하지만 다 그녀가 자초한 일이었다. 그러니 상처를 받아 마땅했다.

"난 자기가 상처받지 않았으면 해, 엠마. 어떤 일이 있어도 말이야. 그런데 트레버가 주말 내내 날 계속 협박하는 거야. 피오나랑 나에 대해 더 많은 걸 가지고 있다면서. 우리 둘 사이를 갈라놓으려고 했어. 그래서." 이선이 하던 말을 잠시 멈추고는 심호흡을 했다. 그리고 다음 말을 이어갔다. "그 땅콩기름 있잖아. 그걸 트레버 시가 안에 넣었어. 죽여버리고 싶었거든. 그리고 내가 죽였다고 생각했어. 다 자길 위해서 그런 거라고."

49장

앨리

결혼식 당일, 21시 45분

앨리의 핸드폰에서 메시지 알람음이 울렸다. 엠마가 3분 후에 도착한다고 메시지를 보내왔다.

"더치야, 너 빨리 가. 엠마 지금 오는 중이래."

더치가 그녀를 방까지 데려다주겠다고 했을 때, 앨리는 흔쾌히 받아들였다. 섹스할 정도로 시간이 넉넉하진 않았지만, 그래도 같이 있고 싶었다. 하지만 그럼 그렇지, 두 사람은 방에 들어가자마자 서둘러 옷을 벗고 짧게 몸을 맞댔다. 어쨌거나 둘 다 기분 전환이 필요했으니까.

이윽고 앨리가 실크로 된 긴 나이트가운을 재빠르게 걸치자 그 모습을 본 더치가 흡족해하는 표정을 지으며 말했다.

"그래 놓고 지금 나보고 나가라고?" 말이 끝나기가 무섭게 이불을 덮고 앉아 있던 더치가 앨리를 자기 품 가까이 끌어당겼다.

순간 앨리는 막 잠자리에 들 준비를 하는 중이라고 착각할 뻔했다. 이 아름다운 남자와 함께 잠자리에 들 거라고. "안돼. 이러고 호텔 복도를 활보하고 다닐 순 없잖아." 그러고는 머리 위로 나이트가운을 벗었다.

더치의 파란 눈이 그녀의 벌거벗은 몸을 음미하다가 바로 요가 바지와 티셔츠로 가려지자 실망하는 눈초리로 바뀌었다. 앨리는 재빨리 머리를 빗은 뒤 운동화를 찾았다.

"난 그럼 바에 애들이나 만나러 가야겠다."라고 말한 다음 더치가 침대에서 일어났다. 이번에는 앨리가 그의 몸을 감상할 차례였다.

마치 이탈리아 대리석을 깎아낸 조각상이 눈앞에 서 있는 듯했다. 어렸을 때부터 가라테며 각종 운동을 배우고 훈련을 받으며 자랐고 지금도 지도교사로 봉사하며 학생들과 농구를 한다는 정도야 알고 있었지만, 지금 보니 더치의 몸은 앨리가 전날 밤 생각했던 것보다 훨씬 잘 조각되어 있었다. 그가 몸을 숙여 속옷과 바지를 주섬주섬 입는 동안 앨리는 근육 하나하나를 감상했고, 셔츠의 단추를 채우는 순간에는 당장 달려가 셔츠를 찢어 버리고 가슴을 애무하는 상상을 했다.

"있지. 내일 밤에 뭐 해?" 더치가 숙였던 고개를 들자 구불거리는 백금색 머리칼이 새파란 눈 옆에서 찰랑거렸다. "우리 도착하면 말이야. 같이 술이나 한잔할까?"

응, 이라고 말하고 싶었다.

"안돼." 앨리가 살짝 침울해하며 대답했다. "도착하자마자 아메드가 코네티컷으로 데려다주기로 했어. 아버지 보러 가려고. 요즘 상태가 좀 나빠지셔서."

"아, 이런. 많이 속상하겠네, 앨리."

그녀가 괜찮다는 듯 어깨를 으쓱해 보였다. 하지만 아버지의 죽음을 생각하면 속이 타들어 가는 것만 같았다. 더치는 아버지 일을 이미 다 알고 있는 데다가 딱히 숨기려는 의도도 아니었지만, 아직 속마음을 다 내보이고 싶진 않았다. 둘 사이엔 선이 있는 법이었다. 남녀관계와 아버지를 돌보는 일은 결코 공존할 수 없다는 게 앨리의 생각이었다.

"몇 달 전쯤부터 마음의 준비를 하긴 했는데, 발이라고 아버지 간호사한테서 오늘 전화가 와서……." 말하는 도중에 목소리가 갈라지는 바람에 앨리가 하던 말을 멈추었다.

더치가 가까이 다가가 두 팔을 활짝 벌리자 앨리는 그 품에 폭 안겼다. 아무 말도 필요하지 않았다. 그렇게 두 사람이 시간 가는 줄 모르고 있을 때, 어느새 문을 두드리는 소리가 들렸다.

"젠장. 엠마 왔다. 나 이만 갈게." 그리고는 손가락을 입술 위에 대고 말을 이었다. "알아서 보고 나가. 그럼 내일 아침에 봐. 뭐 브런치 파티를 할는지는 모르겠다만, 어쨌건 다 같이 가보긴 해야 할 테니까. 그럼, 변동 사항 생기면 바로 문자 할게."

더치가 고개를 끄덕였다. 그에게 작별 키스를 하는 건 까먹었어도 립글로스를 덧바르는 건 잊지 않은 앨리가 문밖으로 나섰다.

"안녕." 엠마에게 인사를 건네면서 앨리는 문손잡이를 흔들어 문이 확실히 닫혔는지 다시 한번 확인했다.

한편, 샤워를 마치고 온 엠마는 깨끗하고 산뜻하고 피부도 촉촉하고 옷도 깔끔한 걸로 갈아입고 온 상태였는데도 완전히 우울해 보였다. 아무래도 이선과 또 다투고 온 듯했다. 이번 주말은 어쩜 이렇게 갈수록 끔찍해지기만 하는지. 엠마와 이선이 이 고난을 이겨내라고 응원하게 될 줄은 정말 꿈에서도 생각해 본 적이 없었는데 트레버가 이기라고 보고만 있을 수는 없었다. 뭐 이미 트레버가 진 거나 다름없는 게임이었지만.

엠마가 숨기는 게 뭐고 트레버가 손에 넣은 비밀이 뭔지 정말 궁금해 미칠 지경이었지만, 그게 뭔지는 절대 물어보지 않았다. 때가 되면 말해 주겠지 싶었다. 그러면서도 엠마에게 지저분한 과거가 있다는 게 내심 믿기지 않았다. 거의 수녀와도 다름없는 애인데. 하긴 겉으로 보이는 모습이 다는 아니니까. 그렇다고 자신의 부업 이야기를 먼저 털어놓을 생각은 추호도 없었다. 어차피 자기가 저지른 끔찍한 일들과 함께 과거로 묻혀버릴 이야기였다. 그냥 앞만 보고 나아가고 싶었다. 가능하다면 더치와 함께. 물론 더치가 원한다는 전제하에 말이다.

"아무 문제 없는 거지?" 앨리가 물었다.

엠마가 웃으며 고개를 끄덕였다. "그냥 얼른 집에나 갔으면 좋겠다."

"나도."

"발한테 뭐 다른 연락 온 건 없어?"

"응. 그래도 아까 아빠랑 잠깐 통화했어. 내일 밤에 아빠 만나러 가려고. 뉴욕에 도착하자마자."

"잘 생각했네." 엠마가 잠시 머뭇거리는가 싶더니 숨을 길게 내쉬며 말했다. "혹시라도 뭐 필요한 거 있으면……."

"알겠어. 고마워."

이윽고 피오나의 방문을 두드리자 어머니 수잔이 문을 열었다. 그녀 역시 결혼식 드레스에서 잠옷용 긴 원피스로 갈아입고 있었는데, 분홍색 원피스의 앞면에는 '살자, 웃자, 그리고 사랑하자.'라고 적혀 있었다. 아무래도 피오나의 옷인 듯했다. 앨리는 피오나가 지금 저 문구를 본다면 어떻게 받아들일지 문득 궁금했다.

"어서들 와요. 들어와요." 그녀가 옆으로 비켜서며 속삭이듯 말했다. "큰 소리 나지 않게 조심하고. 피오나가 막 잠들었거든요. 신경 안정제를 좀 먹였어요. 내가 해줄 수 있는 게 그것뿐이라." 그러고는 목을 길게 빼고 침실이 있는 쪽 복도를 힐끗 쳐다본 다음 문을 닫았다. "내일 집으로 가는 비행기표는 취소했어요. 이 문제가 다 해결될 때까지는 피오나랑 여기 같이 있으려고요. 그리고, 그러고 나선 집으로 데리고 가야 할 것 같아요. 어차피 이젠 마이애미에는 맘 붙일 데도 없고. 뭐 그전에도 없었지만."

"저희도 같은 생각이었어요." 엠마가 말했다.

앨리는 평상시처럼 행동하자고 되뇌었다. 그렇지만 굳이 밤새도록 피오나의 어머니 옆에 앉아 있을 필요가 있을까. 더군다나 그녀에게는 하고 싶은 일도 따로 있는데. 그래서 요가 스트레칭을 하듯 두 팔을 머리 위로 쭉 뻗으며 하품을 크게 하며 말했다.

"정말 힘든 하루였네요. 피오나가 이미 잠들었다니까 저도 그냥 제 침대에 가서 눈 좀 붙일까 봐요. 그럼, 내일 브런치는 취소된 걸로 알고 있으면 될까요?"

수잔이 손목시계를 보았다. "그래, 가 봐요. 조카들이 어린애들 재우고 금방 오기로 했어요. 큰 애들이 어린 동생들 잘 자는지 봐주기로 했대요. 존도 곧 올 테고. 그리고 브런치는 이미 돈 다 냈으니까 비행기 타러 가기 전에 뭐라도 좀 챙겨 먹고 가요."

"감사합니다, 어머님." 앨리가 자리에서 일어서며 말했다. 그러고는 엠마를 쳐다봤다. "이선이 너 기다리고 있을 텐데."

"응. 그럼, 저도 이만 가보겠습니다."

"고마워요." 수잔이 두 사람을 안아주고는 문 앞까지 배웅했다. "그럼 잠들 푹 자요." 두 사람이 방 밖으로 나오자 그들 뒤로 방문이 육중한 소리를 내며 쿵 닫혔다.

복도로 나오자마자 앨리가 한숨을 내쉬며 중얼거렸다. "하느님, 감사합니다. 빨리 방에 가서 좀 쉬고 싶다."

"응. 나도." 엠마가 맞장구쳤다. 그런 다음 핸드폰을 꺼냈는데, 아마 이선에게 문자를 보내려는 듯했다. 그렇게 말없이 걷다가 엘리베이터에 다다랐을 즈음 엠마의 핸드폰에서 알람 소리가 울렸다. "이선이 그러는 데 걔들도 다 피곤하다네. 막잔하고 다 자러 가기로 했대."

듣던 중 반가운 소리였다. 앨리는 얼른 더치에게 방으로 돌아가는 중이라고 메시지를 보냈다. 그러자 흔쾌히 그녀의 방으로 오겠다는 답변이 왔다. 더치와 함께 아침을 맞이하는 것도 좋겠지만, 그보다도 어서 빨리 내일이 와서 집으로 돌아가기만을 간절히 바랐다.

50장

비제이

결혼식 다음 날, 9시

비제이는 어젯밤 자기 전 암막 커튼을 닫는 걸 깜빡했다. 그래서 아침에 눈을 뜨자마자 두 눈이 화상을 입은 듯 쓰라렸다. 어제 모두를 비참하게 만들었던 폭풍우는 온데간데없고, 태양이 얇은 커튼 사이로 집중 조명을 드리우듯 방 안을 환히 비추고 있었다.

하지만 숙취로 괴로웠던 비제이는 손을 까딱하기는커녕 이 편안한 침대에서 몸을 일으키고 싶지 않았다. 게다가 새로운 세상을 마주하고 싶지도 않았다. 하루아침에 있는 줄도 몰랐던 딸아이의 아버지가 되었다. 당최 이 감정을 어떻게 받아들여야 할지 여전히 얼떨떨했다.

그래도 어젯밤 일을 통해 앞으로 뭘 해야 할지 결심이 섰다. 피오나가 잠에 곯아떨어졌다는 소식을 듣자마자 이선이 바로 엠마한테 달려갔다. 그리고 한 잔 더 마시고 나자 대뜸 더치가 자러 갈 시간이라며 가버렸다. 하지만 혼자 있고 싶었던 비제이는 외려 잘됐다 싶었다.

"지금 몇 시야?" 그 순간, 옆에서 이불을 덮고 누워있던 릴리가 물었다. 두 사람 모두 실오라기 하나 걸치고 있지 않았다. "나 12시 비행기인데."

다행이다, 하고 비제이는 생각했다.

"9시 좀 지났어. 너 빨리 서둘러야 할 것 같은데." 비제이가 대답했다.

비제이는 어젯밤 더치가 간다고 했을 때 릴리에게 작업을 걸러 가는 줄 알았다. 그런데 어디로 갔는지 홀연히 사라지고 없었다. 그렇게 홀로 남겨진 비제이는 혼자서 바에서 술잔을 기울이며 생각에 잠겼다. 자기 인생과 오늘 일었던 일들, 트레버와 엠마, 비앙카, 피오나, 그리고 땅콩 가루를 떠올리며 한 잔, 또 한 잔 연거푸 들이켰다. 그러는 사이 결혼식에 참석했던 수많은 사람이 다가와 친구 잃은 슬픔을 달래려 그에게 말을 건넸다. 그러자 문득 더는 거짓말을 하기 싫다는 생각이 들었다. 그래서 비제이는 하객들과 대화를 나누는 대신 새벽 늦게까지 술을 얻어 마셨다. 그렇게 술을 너무 많이 탓에 릴리에게 방으로 가자고 한 일은 물론이고 둘 중에 누가 먼저 추파를 던졌는지도 전혀 기억이 나지 않았다.

어쨌거나 릴리가 옆에 누워있었다. 그가 어제 신나게 놀려댔던 전문 바텐더 릴리가.

그래, 비제이도 나쁜 남자였다. 그리고 지금은 그런 말을 들어도 싸다는 생각이 들었다.

이윽고 릴리가 침대에서 일어나더니 바닥에 떨어진 수건을 집어 들고는 몸을 감쌌다. 그런 다음 조용히 자기 옷을 챙겨 화장실로 들어갔다. 그리고 이내 세면대에 물이 떨어지는 소리가 들렸다. 비제이는 침대에서 벌떡 일어나 운동복 반바지를 주워 입고는 냉장고에서 물 한 병을 꺼내 들었다. 그러고는 길게 한 모금 쭉 들이켰다. 그러고 나서 발코니 문을 열고 밖으로 걸음을 옮겼는데, 비제이가 착각한 건지 몰라도 아침 공기가 시원하다 못해 쌀쌀하게까지 느껴졌다.

하루 만에 이렇게나 확 바뀌어 버리다니.

비제이는 바로 앞 난간에 두 팔을 대고 몸을 기댄 채 눈을 감고 아침 공기를 깊이 들이마셨다. 야자수가 바람에 흔들리는 소리가 귓가에 감돌고 코코넛과 바다 냄새가 코끝을 간질였다. 그렇게 몇 초 정도 머릿속을 비워내자 엉망진창이 된 자기 인생도 잠시 잊었다. 3일 전 공항으로 갈 때만 해도 절친한 친구 넷과 함께 낙원으로 향하려던 참이었지. 하지만 잠시 후 오후에 공항으로 갈 때는 분명 그와는 다른 여정이 될 것이었다.

"혹시 치약 남는 거 없어?"

숙취로 인한 두통을 뚫고 릴리의 목소리가 비집고 들어왔다. 이에 비제이는 아스피린을 가지러 방 안으로 들어왔다. 릴리는 화장실에서 딱 붙는 빨간 원피스로 다시 바꿔입고서 머리는 뒤로 빗어 짧게 하나로 묶은 채 구강 청결제로 입을 헹구고 있었다. 비제이가 화장실로 들어가 휴대용 주머니를 뒤적거려 치약을 찾아 건네주자 그녀는 손가락 위에 치약을 짜 치아 위를 문지른 다음 뱉어내고 물로 헹궈냈다. 그렇게 릴리가 양치를 다 끝내자 이번에는 비제이가 칫솔을 들어 그녀가 했던 동작을 그대로 반복했다. 어떠한 잡담도 나누고 싶지 않았기에 묵묵히 양치만 했다. 지금도 이렇게 어색해 죽겠는데 다시 만나자는 약속 따위는 하고 싶지 않았다. 그리고 해 봤자 어차피 지키지도 않을 약속이었고 다시 만나고 싶지도 않았다.

그렇게 비제이가 양치질에 심취해 있는 사이 릴리가 화장실 밖으로 나갔다. 하지만 그녀가 침대에 앉아 기다리는 모습이 거울에 비쳤다. 그래서 되레 더 시간을 끌었다.

"나 빨리 가야 해, 비제이." 릴리가 그를 향해 소리쳤다.

칫솔을 잡지 않은 다른 손으로 브이를 만들어 보이며 잘 가라는 인사를 대신하고 싶은 마음이 굴뚝같았지만, 비제이는 그런 남자가 아니었다. 큰 소리로 한숨을 내뱉고서 입을 헹궈냈다. 그런 다음 아스피린 두 알을 먹고 다시 방으로 나갔다. 릴리가 아무런 말도 하지 않길래 한쪽 입꼬리만 올려 씩 웃으며 말했다.

"음, 재미있었지?" 딱히 다른 할 말이 생각나지 않았다.

"응." 릴리가 부드러운 목소리로 대답했다. "내가 너무 들이대서 미안해. 그리고 갈 데까지 가기 전에 말려줘서 고마워. 네 말이 맞았어. 내가 어제 너무 취해서 그만." 그러고는 비제이를 정면으로 바라보았다. "넌 정말 좋은 남자야. 뉴욕에 도착하거든 전화 줄래?"

아. 어젯밤에 아무 일도 없었구나. 잘 됐다, 하고 생각했다. 이미 충분히 엉망진창인 인생인데 이런 일에까지 휘말리고 싶지는 않았다. 아무래도 비제이는 뼛속까지 바른생활 사나이인 모양이었다.

곧바로 릴리가 한 손에 구두를 쥔 채 침대에서 일어났고, 두 사람은 가볍게 포옹을 했다. "물론이지, 릴리. 전화할게."

"그래. 책상 위에 내 번호 남겨놨어."

"응."

그렇게 릴리를 문 앞까지 배웅해 주고 뺨에 가볍게 입을 맞추어 인사를 한 뒤 문을 닫았다. 그때 핸드폰에서 알람 소리가 울리며 이선에게서 메시지가 도착했다.

'브런치 먹으러 가게 10시 30분까지 아래층으로 나와. 13시에 리무진이 데리러 오기로 했어.'

그들이 탈 비행기는 15시쯤 마이애미에서 출발해 19시 전에 뉴욕에 도착할 예정이었다. 그리고 브런치에 참석하는 게 그 기다리는 시간을 조금이라도 덜 따분하게 만들어 준다면 기꺼이 참석할 참이었다. 그런 다음 집에 도착하면 딸에 대해 생각할 시간을 가지고, 엠마와의 관계를 회복할 수 있을지도 몰랐다. 그럴 수 있기를 바랐다.

심지어 앨리에게 무슨 말을 할지도 이미 다 연습해 두었다. 어젯밤 술을 거나하게 마시고 난 뒤 다 털어놓기로 결심이 섰다. 물론 앨리가 그와 절교한다면 매우 괴롭겠지만, 더는 어떤 것도 숨기고 싶지 않았다. 그리고 엠마와도 잘 이야기해서 이선에게도 과거 두 사람 사이에 있었던 일을 다 말해야 했다. 당장은 아니더라도 그게 옳은 일이라고 엠마를 잘 설득해야 할 것이었다. 앞으로 갈 길이 멀었다.

그건 그렇고 어젯밤 일어났던 일이 정말 사고였는지도 너무 궁금했다. 만약 사고가 아니라면, 과연 트레버를 죽인 범인이 누구일까?

51장

엠마

결혼식 다음 날, 10시 30분

엠마는 이선과 함께 브런치가 열리는 개별 연회장으로 들어서자마자 가슴이 철렁 내려앉았다. 전날 밤에 미리 다 꾸며두었는지 테이블마다 분홍색과 흰색, 은색으로 된 하트 풍선과 꽃들이 장식되어 있었다. 심지어 족히 1미터는 넘고도 남을 듯한 거대한 사진까지 걸려 있었다. 피오나와 트레버가 약혼했을 때 바닷가 노을을 배경으로 찍은 사진이었다. 사진 속 트레버의 왼손이 피오나의 오른손을 맞잡고 있었다. 피오나는 어깨끈이 없는 하얀색 레이스 드레스를 입고서 베이지색 웨지 샌들을 신은 채 모래사장 위에 선 모습이었다. 눈을 가느다랗게 뜨고 광대뼈가 승천할 듯 함박웃음을 짓고 있었다. 그리고 트레버는 검은 바지 주머니에 오른손을 푹 찔러 넣은 채 자랑스러운 표정으로 피오나를 바라보고 있었다. 사진 테두리 쪽에는 하객 모두가 결혼하는 두 사람에게 축복을 빌어주는 글귀와 이름을 적을 수 있도록 두꺼운 종이가 덧대져 있었다.

하지만 사인펜이 사진 아래쪽에 대롱거리고 있기만 할 뿐, 누구도 사진 가까이에는 갈 엄두를 내지 못하고 있었다. 엠마가 조심스레 사진 앞으로 다가가 트레버를 마지막으로 바라보았다.

사진 속 트레버는 엠마가 한 번도 보지 못한 표정을 짓고 있었다.

설마 트레버에게 개자식이 아닌 다른 모습도 있었던 걸까? 피오나를 진심으로 사랑해서 미래를 함께하고 싶은 마음에 그녀를 잃을까 두려워 그런 어리석은 협박을 한 거라면? 하지만 그런 모습의 트레버는 상상조차 할 수 없었다. 아니면 일부러 상상하지 않으려고 애쓰는 걸지도 몰랐다. 순간 그를 죽이려고 했었다는 죄책감이 솟구쳐 또다시 배가 꿀렁댔다.

어젯밤 이선이 트레버의 시가에 땅콩기름을 뿌렸다고 고백하고 난 뒤, 엠마는 이선과 단둘이 이야기를 나누고 싶었다. 이선은 몸까지 떨며 약한 모습을 내보이면서도 그녀를 위해서라면 무엇이든 할 수 있다고 말했다. 그리고 엠마는 그 말을 믿었기에 자신이 저지른 죄들과 가짜 임신에 대한 혐오감과 수치심이 한꺼번에 밀려왔다. 그래서 그 모든 걸 이선에게 털어놓기 전에 얼른 자기도 트레버에게 알레르기 반응을 일으키려고 몸에다 고의로 땅콩기름을 발랐다고 실토했다. 이러면 이선 혼자서가 아니라 둘이서 함께 저지른 셈이 될 테니까. 살인 미수라고. 이렇게 크리스마스카드에 넣을 새로운 소식이 생겨버렸네.

게다가 엠마 역시 이선을 위해서라면 기꺼이 살인까지도 범할 수 있었다. 그리고 이선도 그 사실을 알았으면 했다. 아니 알기를 바랐다. 그렇게 하룻밤 사이 두 사람의 관계는 완전히 바뀌어버렸다. 더욱 단단해졌다고 할까. 그래서 엠마는 좋았다. 두 사람이 서로를 위해 무슨 짓까지 할 수 있는지 확실해진 셈이니까. 그 때문에 엠마는 비제이와 긴 대화가 필요할 것 같다는 생각이 들었다. 비제이와는 이미 내일 밤 뉴욕에서 저녁을 같이 먹기로 했으니 그때 이선에게 다 털어놓자고 설득해야 했다. 그러고 나면 누구도 다시는 이 문제로 자기 자신과 비제이를 협박하지 못할 테니까.

다행히 아직 브런치에는 사람이 그리 많지 않았다. 뷔페식이었는데, 더치는 이미 4번 테이블에 자리를 잡고 홀로 앉아 핸드폰을 들여다보고 있었다. 그리고 엠마와 이선이 도착하고 몇 분 뒤 비제이가 나타났다. 그리고 마지막으로 앨리가 부스스한 머리에 입술에는 립글로스를 바른 채로 도착했다. 그러고는 사진 옆에 서 있는 엠마를 멀뚱히 바라보았다. 그때 엠마가 사인펜을 집어 들고 뭔가를 써 내려가기 시작했다.

'사랑해, 피오나.'

그리고 자기 이름을 썼다. 화려하고 과장되게. 다음으로 앨리가 '항상 네 곁엔 우리가 있다는 거 명심해.'라고 쓰고는 하트를 여러 개 그려 넣었다. 그러는 사이 남자애들이 나타나 자기 차례를 기다렸다. 이선은 '삼가 고인의 명복을 빕니다.'라고 썼고, 더치는 '힘내, 친구야, xoxo.'라고 썼다. 그리고 비제이는 가장 진실한 마음을 담아서 '그래도 우리는 모두 변함없이 절친들이야. 영원히.'라고 썼다.

그런 다음, 접시에 음식을 가득 담아 자리에 앉은 친구들은 모두 밥을 먹는다는 핑계로 서로 아무런 말도 하지 않았다. 그렇게 더치는 와플 한 접시를 금세 먹어 치웠고, 이선과 비제이는 달걀과 베이컨, 소시지, 프렌치토스트를 가득 담아왔으며, 엠마와 앨리는 과일과 요구르트만 먹었다. 엠마는 심지어 오믈렛 코너에도 가지 않았다.

그리고 모두가 초조하게 시선을 입구 쪽에 고정한 채 피오나가 오기만을 기다렸다. 마침내 그녀가 어머니와 삼촌과 함께 모습을 드러내자 방 안의 분위기가 확 바뀌었다. 피오나를 쳐다봐야 할지 말아야 할지 모두 눈치만 살폈다.

한편, 4번 테이블에 앉은 모두는 서로 눈도 마주치지 않은 채 괜스레 커피 컵만 쳐다봤다. 모두가 은제 식기가 쩽그렁대는 소리와 커피를 꿀꺽대는 소리만 내며 피오나라는 허깨비를 본 양 행동했지만, 전혀 도움이 되지 않았다.

"피오나한테 다 말하자." 마침내 더치가 침묵을 깨며 말했다. "친구라면 당연히 그래야지. 지금 당장은 아니고, 뉴욕에 돌아가거든 피오나한테 다 말하자." 그가 같은 말을 반복했다.

"뭐라고 할 건데? 피오나가 결혼한 사람이 괴물이었다고?" 앨리가 끼어들었다. "왜 이참에 아예 친구라고 하는 작자들이 피오나를 팔아넘겼으니 트레버보다 더 끔찍한 인간들이라고 다 말해버리지?"

더치가 고개를 흔들며 대답했다. "그래도 트레버가 우리 모두를 협박했다는 것 정도는 알아야지. 다 내 잘못이야. 내가 피오나를 저렇게 만든 거라고. 피오나도 알 자격은 있잖아. 진짜 우리가 이런 짓을 했다니 믿을 수가 없다. 피오나 좀 보라고."

엠마는 더치가 "우리가 한 짓"이라고 한 게 무슨 뜻인지는 이해했지만, 자기가 한 짓이 아니라는 것도 잘 알고 있었다. 트레버를 죽게 만든 건 엠마도, 비제이도 아니었다. 그리고 이선도 죽이려고 시도만 했을 뿐이지 정말로 죽인 건 아니었다. 하지만 트레버가 어떤 사람이었는지는 피오나도 응당 알아야 했다. 그리고 친구들이 어떤 사람인지, 무슨 짓을 저질렀는지도. 엠마는 자신이 한 행동에 따른 모든 대가를 치를 준비가 되어있었다.

"좋아." 엠마가 고개를 끄덕이며 말했다. "더치 말이 맞아. 우린 쟤 친구들이잖아. 피오나도 알아야지."

"있잖아." 이선이 엠마의 손을 꼭 쥐며 말했다. "혹시 내가……." 그러면서 고갯짓으로 피오나 쪽을 가리켰다.

"그래. 다녀와, meu amor, 내 사랑." 진심으로 한 말이었다.

그러자 이선이 냅킨으로 입을 닦고 나서 의자에서 일어나 피오나에게 다가갔다. 그리고 10초 정도 이야기를 나눈 뒤 피오나가 그의 품에 안겨 위로를 받았고, 그 모습을 보고도 엠마는 아무런 질투도 느끼지 않았다. 이미 다 끝난 일이었으니까. 그러더니 더치가 테이블 주변을 한번 둘러본 다음 자리에서 일어났고 비제이가 그 뒤를 쫓았다. 엠마와 앨리는 서로 눈빛을 주고받고는 빨리 끝내버리자고 마음먹었다.

그렇게 친구들이 다 같이 부둥켜안았고, 방 안에 있는 모두가 그들을 쳐다보았다. '저런, 일곱 번째 멤버가 빠진 신부 친구들이네.'라고들 생각하겠지.

"괜찮아?" 엠마가 피오나에게 물었다.

"아니. 근데 괜찮아지겠지. 너희들이 이렇게 여기 같이 있어 줘서 얼마나 기쁜지 몰라."

"어젯밤에도 같이 있으려고 했는데 네가 이미 잠들었다고 해서." 앨리가 말했다. "우리가 너 절대로 버리지 않을 거란 거 너도 잘 알지."

"알지. 트레버도 너희들 모두 소중하게 여겼어. 항상 너희들 이야기만 했거든."

그랬겠지, 라는 생각이 들면서 엠마의 죄책감이 살짝 고개를 내밀었다. 하지만 트레버는 친구들에 대해 좋게 말해야 했을 것이었다. 그래야 나중에 친구들과 갈라놓을 때 피오나가 더 아파할 테니까. 그런데도 피오나에게 진실을 밝히는 게 옳은 일이라는 더치의 말에는 여전히 동의했다. 비록 그 진실이 밝혀지면 모든 걸 무너뜨리고 모두를 갈라놓게 될지라도.

"엄마가 마이애미에 잠시 같이 있어 주기로 했어. 이 상황이 다 정리될 때까지 말이야." 피오나가 말했다. "정리하고 나면 집으로 돌아갈 것 같아."

집. 뉴욕. 원래 그래야 했던 것처럼 모두가 다시 함께할 것이다.

"무슨 일 때문이었는지는 알아냈대?" 엠마가 물었다.

"응, 알아냈대. 사고였다고 하더라고. 트레버 치아랑 목구멍에서 아몬드 성분이 발견됐대. 어떻게 된 일인지, 내 에피펜이 왜 사라졌는지는 모르고. 어제 폭풍우 때문에 완전 아수라장이 되는 바람에." 그러더니 손등으로 코를 쓱 훑었다. "다 내 잘못이야. 내가 조금 더 주의를 기울였어야 했는데, 좀 더 찾아봤어야 했는데 말이야."

"아냐, 피오나. 자책하고 그러지 마. 그냥 사고일 뿐이야."

엠마는 이제야 이해했다. 단지 사고였을 뿐이었다.

우연히 일어난 사고.

52장

이선

결혼식 다음 날, 12시 30분

피오나와 작별 인사를 하기란 힘들었지만, 한편으로는 그저 빨리 집에 가고 싶은 심정이었다. 브런치를 먹고 와서 짐을 싸는 내내 자신이 트레버를 죽이려 했다는 생각이 머릿속에서 떠나질 않았다. 자신이 죽인 건 아니었어도 결국에는 트레버가 죽었다. 하지만 그러다가도 문득 중요한 건 그게 아니라는 생각이 들었다. 이번 주말 내내 그가 원했던 건 자신이 사랑하는 사람은 엠마 하나라고, 그녀에게 전하는 것이었다. 비록 더는 자신이 엠마 인생의 유일한 남자가 아니라는 사실이 이선을 갉아먹는 기분이었지만 말이다.

엠마가 옆에서 짐가방을 닫자 이선은 그녀 뒤로 가서 목덜미에 입을 맞추고서 배 위에 두 손을 올려 아기를 부드럽게 문질렀다.

"조심해." 엠마가 말했다. "요새 자꾸 아랫배가 좀 많이 당기네."

"신경을 너무 많이 써서 그런 걸 거야." 이선이 엠마의 머리카락

사이로 속삭였다. "주말 내내 좀 편하게 쉬려고 했었는데 완전 그 정반대였잖아."

"맞아, 그렇긴 하지." 엠마가 부드러운 목소리로 대답했다. "아기한테 문제만 없었으면 좋겠어."

"자기야." 이선이 엠마의 몸을 돌려 자신을 바라보게 했다. "사랑해."

그 어떤 말보다도 진심을 담아 한 말이었다.

"나도 사랑해." 그러면서 엠마는 화장실 쪽으로 시선을 떨궜다. "근데 땅콩기름 아직 화장실에 있는데. 치워야 할 것 같아. 피오나한테 트레버가 나쁜 놈이었다고 다 털어놓기야 하겠지만, 저걸 여기 저렇게 두고 가기가 좀 그렇네. 우리의 몹쓸 짓을 피오나가 알게 되는 건 상관없는데, 자기랑 나랑 트레버를 죽이려고 했었다는 건 절대 알아선 안 되잖아." 비제이는 쏙 빼놓고 말했다. 어제 비제이와 살인을 공모했다는 사실을 이선은 몰라도 되었으니까.

"아. 그러네."

그렇게 이선이 세면대로 가서 땅콩기름을 집어 들어 화장실 휴지로 둘둘 말아 휴지통에 넣으려던 찰나, 더 좋은 생각이 떠올랐다. 이선은 포장용 커피 컵을 힐끗 쳐다보고는 뚜껑을 열어 안에 남은 커피를 세면대로 흘려보내고 유리병을 안에 넣은 뒤 뚜껑을 다시 닫았다.

"나중에 후회하지 않게 지금 없애버리면 되지 뭐. 이 안에 병이 들어있다고 누가 의심이나 하겠어. 아래층 로비에 가서 공용 쓰레기통에다 버리면 돼. 가자."

이윽고 두 사람이 로비에 도착하자 더치가 앨리와 비제이와 함께 리무진을 기다리고 있었다. 이선은 마지막 남은 커피 한 모금을 마시는 척하고는 옆에 있는 쓰레기통에다 버렸다. 여러 종류의 컵들과 봉지들, 자외선 차단제 통들과 뒤섞인 채 그렇게 자신의 살인 무기도 함께 사라져 버리길 바라며. 당시에는 어쩔 수 없는 선택이라고 생각했었지만, 앞으로 다시는 그런 짓을 하고 싶지 않았다.

엠마를 다른 친구들과 함께 남겨두고서 밖으로 나가 담뱃갑에 남아있는 마지막 세 개비 중 하나를 꺼내 들고는 불을 붙였다. 비흡연자로서의 새로운 삶이 곧 시작될 터였다. 그리고 아버지로서의 삶도. 과연 이보다 더 좋은 일이 또 있을까 싶었다. 이선이 담배에 불을 붙이고 얼마 지나지 않아 리무진이 도착했다. 올 때 타고 왔었던 것과 똑같은 허머 리무진이었다. 더치가 나가서 운전사에게 뭐라 말을 건네자 운전사가 쌓여있는 짐가방을 하나씩 차에 싣기 시작했다. 이선은 제일 마지막에 리무진에 올라타고서 문을 쿵 닫았다. 그리고 신나게 놀자던 지난 3일 간의 휴가를 머릿속에서 모조리 지워버리고 싶었다.

53장

더치

결혼식 다음 날, 14시 30분

더치가 일등급 좌석에 편안하게 앉았다. 모두가 지난번과 똑같은 좌석에 앉았다. 더치를 기준으로 비제이가 바로 옆에 앉았고, 엠마와 이선이 복도 건너편에 앉았으며, 앨리가 대각선 뒤쪽으로 이선 뒤편에 앉아 있었다.

리무진을 타고 오는 내내 모두 말이 없었다. 아무래도 모두가 피곤해서 그런 듯했다. 더치는 완전히 피곤했으니까. 잠을 많이 못 잔 거야 여느 주말과 똑같았지만, 이번 주말에 다른 점이 있었다면 앨리와 함께 밤을 지새웠다는 것이었다. 모두의 보금자리인 뉴욕에 도착하는 오늘 밤에도 그녀를 만나고 싶은 마음이 간절했지만, 앨리는 바로 코네티컷으로 가야만 했고 더치도 그런 그녀를 이해했다. 아버지에겐 그녀가 필요할 테니.

앨리와 함께하는 내내 더치조차도 스스로 매우 놀랐다. 함께 있는 게 너무나도 자연스럽게 느껴졌다. 처음에는 지레 나쁜 생각이라고 여겼었는데, 알고 보니 두 사람은 보드카와 올리브처럼 죽이 잘 맞았다. 동시에 앨리는 둘도 없는 친구이기도 했다. 트레버를 위해 특별히 '신랑'용으로 준비한 시가를 말면서 밑부분에 으깬 땅콩도 같이 넣었다는 사실을 털어놓을지 말지 고민할 정도로 친한 친구.

한편으론 그런 생각도 들었다. 트레버를 죽이려고 했던 그때 어떻게 그렇게 태연할 수 있었을까. 트레버가 친구들도 모자라 다른 가엾은 사람들까지도 협박해 왔다는 사실을 알게 된 그날 밤에는 정말이지 죽어도 싼 놈이라는 생각마저 들었다. 하지만 결국 트레버를 죽인 사람이 자신이 아니었다니 어쩜 이리 기이한 우연이 다 있을까. 때마침 그때 아몬드를 먹다니.

그런가 하면 로저 생각도 났다. 자기를 포함해 친구들 모두가 하루아침에 그를 버렸다. 그리고 그렇게 깨져버린 우정을 생각하니 가슴이 아팠다. 로저 역시 다른 친구들과 마찬가지로 그저 피해자일 뿐이었다. 더치와 나머지 친구들 모두 인제 그만 자존심을 내려놓아야 했다. 그 누구도 완벽하지 않다는 게 이미 분명하게 밝혀졌지 않은가. 더군다나 친구들 중 정직하게 행동한 사람은 로저 하나뿐이었다. 다른 친구들과 마찬가지로 협박에 시달리던 와중에도 피오나를 위해 유일하게 나섰던 사람이었다.

그러니까 친한 사람들에게 버림받는 게 아니라 외려 훈장이라도 줘야 마땅했다.

그리고 용서를 받아야 마땅했다. 아무리 힘들지언정 자존심을 내려놓고 자기가 저지른 실수를 인정해야 했다. 로저가 한 짓을 완전히 잊을 수야 없겠지만, 용서할 수는 있으리라. 더치라면 그럴 수 있을 것이다. 잘못을 저지른 건 매한가지면서 로저를 그렇게 버린 자신이 너무 부끄러웠으니까.

한편, 더치가 복도 쪽으로 고개를 돌리자 이코노미석으로 가려고 기다리는 사람들 사이로 앨리의 모습이 보였다. 한 손에는 아이패드를, 다른 한 손에는 핸드폰을 들고서 이마 위에 수면 안대를 올린 채 두 눈을 감고 있었다.

그러다 옆자리에 앉은 비제이가 조용하길래 슬쩍 봤더니, 헤드폰을 끼고서 마이애미에서 쉬면서 읽으려고 샀으나 한 장도 읽지 못한 책에 푹 빠져있었다. 더치는 슬그머니 핸드폰을 꺼내 앨리에게 문자를 보냈다.

'보고 싶어.'

그러자 곧바로 앨리가 앉은 좌석에서 뒤척이는 소리가 들려왔다. 손에서 진동을 느끼고 잠에서 깼겠지. 그리고 이내 핸드폰 화면에 뜬 점 세 개가 앨리가 메시지를 입력하고 있다는 걸 알려주었다.

'이렇게 귀여운 짓도 할 줄 아네. 빨리 출발했으면 좋겠다. 코네티컷까지 가려면 차 엄청 밀릴 텐데.'

딱한 앨리는 어서 빨리 아빠의 마지막 모습을 보러 가고 싶은 마음뿐이었다.

'곧 출발할 거야. xx.'

그런 다음 더치는 파블로프에게 문자를 보내 예약을 잡았다.

이윽고 비행기가 활주로를 달리기 시작했고, 더치는 두 눈을 감은 채 깊은 잠에 빠져들었다. 그러는 동안 꿈을 여러 개 꾸었는데, 용과 칼이 등장하고 피가 낭자했다. 모두 배신을 의미하는 것들이었다. 자기 자신과 친구들, 그리고 죄책감에서 비롯된 꿈일 테지. 그렇게 꿈을 꾸다가 착륙과 동시에 눈을 떴다. 그리고 새사람이 되어 뉴욕으로 다시 돌아왔다. 더치는 비행기가 탑승교에 도착하기도 전에 핸드폰을 꺼내 전화번호부를 스크롤 했다. 그러고는 지우지 않았던 번호 하나를 찾아 문자 메시지를 보냈다.

'안녕. 오랜만이지. 보고 싶다, 친구야. 우리 만나서 얘기 좀 할까?'

곧바로 로저에게서 답장이 왔다. '나도 보고 싶어. 지금 만날까?'

더치는 미소를 머금은 채 답장을 써 내려갔다. '오늘 밤에 전화할게.'

두 사람 사이는 괜찮아질 것이었다. 핸드폰을 셔츠 주머니에 찔러 넣고서 안전벨트를 풀었다.

54장

앨리

앨리는 작은 알림 소리를 내며 안전벨트 표시등이 꺼지자마자 곧바로 자리에서 일어나 기지개를 켰다. 솔직히 말하면 비행기가 무사히 착륙했다는 사실이 너무 감격스러웠다. 막 잠이 들자마자 난기류를 만나 기체가 흔들렸을 때는 정말이지 자신과 친구들이 저지른 죄를 벌하려고 그대로 비행기가 추락해 버릴 줄로만 알았다. 문이 열리기 전까지는 아무 데도 갈 수 없다는 걸 알지만, 너무 급한 나머지 마음이 불안했다. 그렇게 이선의 좌석 뒤쪽을 손가락으로 톡톡 두드리며 통로로 밀고 들어갈 기회만 엿봤다. 이 비행기에서 제일 먼저 내리고 싶었다. 기다리고 있을 아버지를 빨리 보러 가야 했으니까.

얼마 후 비행기에서 내려 수화물을 다 찾고 난 뒤에도 친구들 모두는 컨베이어 벨트 주변에 쭈뼛쭈뼛하게 서 있기만 했다. 떠나고 싶은 마음이야 다 똑같았지만, 아무도 먼저 가겠다는 말을 꺼내지 못했다. 그러다가 한꺼번에 다 같이 부둥켜안고는 누구도 먼저 놓으려 하지 않았다. 친구들끼리의 우정, 함께해 온 시간, 골치 아픈 일들과 축하할 일들, 애틋하고 티격태격하던 감정들로 끈끈하게 뭉친 친구들은 하나의 가족이 되어 영원히 함께할 것이었다. 게다가 이제는 다 같이 협박까지 당한 사이가 아닌가.

하지만 앨리는 서둘러 가야만 했다. 그렇게 친구들에게 인사를 고한 뒤, 그녀를 기다리고 있을 아메드의 차를 찾기 위해 내달렸다.

"야, 앨리. 기다려." 더치가 소리쳤다. 그러고는 골프가방과 짐가방을 질질 끌면서 앨리를 쫓아왔다. "95번 도로에서 사고가 났대. 그래서 지금 몇 시간째 꽉 막혀 있다네."

그 말을 듣자마자 앨리의 눈에서 눈물이 차올랐다. 이제 무슨 수로 아버지에게 가야 하지?

"에이, 걱정 마." 더치가 앨리를 살포시 안으며 말했다. "따라와."

그 말에 두말하지 않고 더치를 따라갔더니 전용 출입구라고 적힌 곳에 도착했다. 그리고 남자 하나가 나와서 더치와 이야기를 나누더니 신분증을 확인했다. 그러고는 또 다른 남자 하나가 나와 두 사람의 가방을 가지고 갔다.

"무슨 일이야?" 앨리가 물었다.

"신분증 좀 줘." 감탄할 만한 미소를 띠며 더치가 말했다. "너 지금 공짜로 헬기 타러 가는 거야."

앨리는 와튼과 함께 관광 여행을 하거나 지금처럼 교통 체증을 피해 햄튼까지 빠르게 이동하고 싶을 때 헬리콥터를 타 본 적이 있었다. 잠시 후 두 사람은 안내를 받아 전용 차량에 올라타 더치 아버지가 소유한 헬리콥터가 대기 중인 곳으로 향했다. 그 사이 앨리는 아메드에게 메시지를 보내 라과디아 공항까지 헛걸음하게 해서 미안하다면서 임금을 두 배로 쳐서 송금해 주었다. 그리고 더치와 함께 헬리콥터에 올라탔다. 두 사람이 안전벨트를 착용하자 문이 닫혔고, 그렇게 하늘 위로 멀리멀리 떠 올랐다.

아래로 내려다보자 도로에는 차들이 수십 킬로미터에 걸쳐 쭉 늘어서 있었다. 그러다가 아버지를 몇 시간이 아니라 몇 분만 지나면 만날 수 있다는 생각에 문득 더치의 손을 꼭 잡았다. 이 고마운 마음을 어떻게 말로 표현할 수 있으랴.

이윽고 아버지 집에서 20분 거리에 있는 착륙장에 헬리콥터가 내렸는데, 그곳에는 더치가 미리 준비해 둔 검은 차 한 대가 기다리고 있었다. 앨리가 헬리콥터에서 내린 다음 뒤따라 내린 더치가 그녀가 안전하게 차에 오르는 모습을 바라보았다.

"괜찮겠어?" 열린 창문 틈 사이로 안전벨트를 매는 앨리에게 더치가 물었다.

"더치야, 나, 정말이지, 이걸 어떻게 갚아야 할지 모르겠어. 정말 네가 생각하는 것 이상으로 너한테 고마운 거 있지."

"어떻게 갚을지는 천천히 생각해 봐." 더치가 눈을 찡긋하며 말했다. "그럼, 도착하거든 연락 줄래?"

"물론이지." 그러고는 더치를 잡아당겨 오래도록 키스를 나누었다. 그러다 그를 놓아주고 싶지 않은 마음을 억누르고서 앨리가 그만 입술을 떼며 말했다. "나 뉴욕으로 돌아가면 우리 좀 만날까?" 앨리는 지금 자기 표정이 마치 개구리를 삼킨 얼굴 같을 거라고 생각했다. "너한테 할 말이 있어. 이번 주말과 관련된 얘기야." 더치와 진지하게 관계를 시작하기 전에 트레버가 알고 있던 그녀의 비밀을 먼저 털어놓고 싶었다.

"당연하지. 기다리고 있을게. 그리고 있잖아, 나도 이번 주말 관련해서 할 얘기 있어. 우리 얘기뿐만 아니라. 네가 알아야 할 다른 이야기들도 있어."

"알겠어. 근데 언제 돌아갈지는 아직 잘 모르겠어."

"그런 걱정은 하지 마. 기다리고 있을게." 더치가 고개를 갸우뚱 기울여 앨리와 눈을 맞추었다. "아까 로저한테 문자 보냈거든. 오늘 밤에 만나기로 했어. 이제 다들 로저를 용서해 줘야 하잖아, 앨리."

잘 알겠다는 듯 고개를 끄덕이는 앨리의 입가에 미소가 번졌다. 그녀도 내심 그러길 바랐다. 로저 역시 가족과도 같은 친구였기에 그렇게 절교하게 되어 가슴이 찢어지는 것 같았다. 그리고 지금은 더욱더 그랬다. 모두가 완벽하진 않아도 친구들은 가족과도 같았고, 그중 중요한 순간에 트레버에게 꺼지라고 말할 수 있을 만큼 배짱이 있는 사람은 로저 하나뿐이었다. 그걸 이 모든 일이 벌어지고 난 후에야 깨닫게 되었다는 게 너무 속상했다.

더치는 얼굴에 미소를 띤 채 앨리가 자동차의 창문을 올리는 모습을 바라보았다. 그리고 앨리는 더치가 헬리콥터에 올라타 뉴욕으로 돌아가는 모습을 지켜보았다.

드디어 차가 미끄러지듯 시골길로 빠져나와 아버지를 향해 출발했다. 그리고 앨리는 자신에게 가장 소중한 한 사람, 아버지에게 뉴욕에 무사히 잘 도착했고 집에 다 와 간다고 문자를 보냈다. 자동차는 자갈길 위를 바퀴를 덜컹거리며 달렸다. 앨리는 문득 가방으로 손을 뻗어 마지막 남은 견과류 간식을 꺼내 먹어 치웠다. 그러자 가슴이 다시 한번 벅차올랐다. 이제 아버지에게 그녀가 저지른 나쁜 짓들이 영영 알려지지 않을 테니까.

그녀가 저지른 범죄들도.

그녀가 이혼했다는 것도.

그리고 그녀가 견과류 간식에 들어있던 아몬드를 트레버가 시가를 피우는 틈을 타 체더 치즈 큐브 속에 집어넣었다는 사실까지도.

그날, 앨리는 인스타그램 라이브 영상을 찍기 시작하면 분명 트레버의 주의가 흐트러질 거라는 걸 알고 있었다. 트레버는 친구들과 시가를 피우러 가던 길에 그녀와 피오나 옆을 지나쳐 가며, 갔다 오면 바로 먹을 수 있도록 음식을 준비해 두라고 했다. 그리고 피오나가 다른 하객에게 정신이 팔린 사이 앨리는 자기가 대신 가서 음식을 가져오겠다고 했다. 그렇게 앨리에게 첫 번째 행운이 찾아왔다. 트레버가 먹을 음식을 앨리 마음대로 할 수만 있다면, 더는 트레버가 그녀를 마음대로 부릴 수 없었기 때문이었다.

음식을 가지러 가는 길에 앨리는 가방에서 표면이 울퉁불퉁한 견과류 두 봉지를 무심히 꺼내 들었다. 사람들 대부분이 어슬렁대며 칵테일 파티장에서 빠져나와 연회장으로 향하고 있었다. 아무도 앨리 따위에겐 관심도 기울이지 않았다. 그 사이를 틈타 얼른 아몬드 하나를 으깨 치즈 큐브 안에 넣고 또 다른 하나를 으깨 다른 큐브에 넣었다. 그리고 큐브 두 개 모두 다시 네모지게 모양을 잡아줬다. 그런 다음 갖가지 육류와 채소를 접시에 담은 뒤 치즈를 맨 위에 올려두었다. 그래야 치즈 큐브에 제일 먼저 손이 갈 테니까. 마지막으로 태연하게 접시를 신랑 신부 테이블 위에 놓고서 자리를 떴다.

얼마 후 무대 위로 춤을 추러 끌려가는 길에 접시 옆을 지나가 던 트레버는 만족한 표정을 지으며 맨 위에 올려진 치즈를 한 손에 집어 먹었다. 그리고 입에 넣자마자 곧바로 영상 촬영이 시작되고 주변이 소란스러워지는 바람에 치즈 안에 들어있던 아몬드를 씹으 면서도 그 단단한 식감을 전혀 느끼지도 못한 듯했다. 그러다 트레 버의 얼굴이 붉어지고 기도가 막혀 숨을 쉴 수 없게 된 그 순간, 앨 리는 성공했다는 걸 알 수 있었다.

게다가 자진해서 피오나의 가방을 가지러 갈 때 테이블 위에 놓인 모든 걸 넘어트리고 유리를 바닥에 깨트려 댔던 것도 다 계획 적이었다. 그래야 모든 증거가 사라져 버릴 테니까. 그리고 그녀의 뜻대로 몽땅 사라져 버렸지. 무엇보다 에피펜이 사라진 것이야말 로 그날 앨리에게 찾아온 두 번째 행운이었다. 트레버가 바닥에 누 워 죽어가는 동안 그녀는 가식적으로 호들갑을 떨어댔다. 그러던 중 앨리는 자기를 고문하던 트레버와 한순간 눈이 마주쳤는데, 트 레버의 두 눈이 그녀를 정면으로 바라보고 있었다. 그런 그를 쳐다 보며 앨리는 미소를 지어 보이고는 소리 죽여 말했다. "죽어 버려."

그렇게 트레버는 숨이 멎기 바로 직전에 앨리가 범인이라는 걸 알았다. 그리고 트레버의 몸이 바닥에 축 처지던 그 순간, 앨리의 비밀도 그와 함께 모두 다 사라져 버렸다. 앨리는 트레버가 죽기 직전 마지막으로 느낀 감정이 그녀와 그녀가 사랑하는 모두를 엿 먹이려 했다는 것에 대한 후회이길 바랐다.

그렇게 트레버는 죽었고 그녀는 들키지 않았다. 그리고 앞으로 도 아무도 모를 것이다. 마이애미에서 있었던 일과 과거에 저지른 죄를 모두 수천 킬로미터 떨어진 저 멀리 버려둔 채 이렇게 무사히 코네티컷까지 왔으니 말이다.

띵, 바로 그때 알림 소리가 들려왔다. 자동차 뒷좌석에 앉아 있던 앨리는 가방 속에 들어있던 핸드폰을 꺼냈다. 아버지였다.

'무사하다니 참 다행이구나. 빨리 보고 싶구나, 우리 착한 딸.'

감사의 말

출판이라는 이 치열한 업계에서 항상 파트너가 되어준 제 에이전트 앤 티베츠에게 특별히 감사드립니다. 쉬워 보인다고 해도 당신이 하는 일이 정말로 쉽지 않다는 걸 잘 알고 있습니다. 그렇기에 늘 제 곁에서 응원해 줘서 고마울 따름입니다.

뛰어난 편집자인 루이사 스미스에게: 음, 이 소설은 정말 사랑을 담아 만든 작품이네요, 그쵸? 다시 한번 저를 믿어줘서 감사하다는 말씀드립니다. 이 책을 멋지게 만들기 위해 당신이 제안했던 방안들은 하나같이 모두가 다 최고였습니다. 처음부터 끝까지 모든 문제를 자비롭게 해결해 주셨고(힘든 일이었다는 걸 알고 있기에 너무 감사합니다!) 그렇게 탄생한 우리의 자식 같은 이 결과물이 제 마음에 쏙 듭니다. 빨리 다시 함께 작업하고 싶네요! 제 담당 출판 업자인 오토 펜즐러와 찰스 페리, 그리고 제 홍보 담당인 제이컵 셔피로에게 감사의 말 전합니다. 그리고 저를 도와주신 팀 분들인 린다 비아기와 캐시 스트릭맨, 찰스 브룩에게도 감사의 말씀을 드립니다.

버네사 릴리와 제니퍼 파슬리, 다니엘 지라르드에게: 로디 작가 수련회 문자는 여전히 신이 주신 선물과도 같으며 여러분들과 함께 이 모든 것을 위로하고 축하할 수 있어 기쁩니다. 메리 켈리코아와 제시카 페인 작가님, 두 분을 비평 파트너이자 친구로 맞이하게 된 일은 제 인생에서 정말 보물과도 일이었고 두 분 덕분에 제 세 번

388

째 책이 훨씬 더 훌륭해졌어요.

제가 우상처럼 여기는 작가분들에게서 책 두 권의 서평을 받았습니다. 미쉘 캠벨, 사만다 베일리, 메리 쿠비카, 제네바 로즈, 로빈 하딩, 웬디 워커, 애기 블룸 톰슨 등 여러분의 특별한 책 덕분에 저 역시 더 나은 사람이 되기 위해 꾸준히 노력하게 됩니다.

그리고 북스타그램 여러분 모두의 덕분입니다. 작년 한 해 동안 많은 분을 알게 되었습니다. 여러분이 기발한 방법으로 책을 전시하고 부지런히 리뷰를 작성하는 걸 보면서 항상 경외심을 느끼고 있습니다. 그리고 모든 작가 여러분께도 감사를 표합니다! 특히 다음 몇 분께 감사의 인사를 전하고 싶습니다. firepitandbooks, @thriller_chick, @gareindeedreads, @darkthrillsandchills, @jayme_reads, @blondethrillerbooklover, @whatshesees, @the_reading_beauty, @bonechillingbooks

플로리다의 직원들에게: 쇼비뇽 블랑 와인이 떨어질 때마다 항상 때맞춰 리필해 주시는 더 덱 바 앤 그릴 레스토랑의 훌륭하고 지칠 줄 모르는 직원분들에게 고맙다는 말 전합니다. 세드릭, 로라, 존, 새디, 크리스, 사넬라, 제이 모두 다 정말 고마워요. 그리고 제이미와 케플린, 스티브와 사치, 아몬과 리, 미쉘과 톰, 그리고 첫날부터 저희를 반겨준 새로운 베이웨이 이웃들과 더 많은 시간을 보낼 수 있어서 행복합니다. 로렌과 데이비드, 두 사람 모두 교체되지 않았으니 걱정하지 마세요.

앞서 제 첫 책인 《테사를 찾아서》에서 언급한 제 가족과 친구들에게 사랑한다는 말 전합니다. 올해는 가족 중 특별히 언급해야 할 사람이 한 명 더 있는데, 바로 아름다운 미아 줄리엣 슬리닝거입니다. 말로 표현할 수 없을 만큼 사랑합니다!

제가 하는 모든 일을 함께 응원해주는 저희 부모님 행크와 게리 스보르도, 가장 친한 친구 앤 마리 드폴리스, 든든한 남편 존에게 특별히 감사드립니다. 6주마다 뉴저지와 플로리다를 오가며 이틀을 연속으로 차 안에서 보내야 할 때 존 당신은 함께하기 더할 나위 없이 좋은 사람이에요. 코스모 당신도 마찬가지입니다.

독자 여러분께: 이 세상에서 가장 중요한 사람들은 바로 여러분들입니다.

IT COULD BE ANYONE

죽은 자의
결혼식

초판인쇄 2024년 7월 31일
초판발행 2024년 7월 31일

지은이 제이미 린 핸드릭스
옮긴이 정미정
발행인 채종준

출판총괄 박능원
국제업무 채보라
책임편집 조지원
디자인 서혜선
마케팅 안영은
전자책 정담자리

브랜드 그늘
주소 경기도 파주시 회동길 230 (문발동)
투고문의 ksibook13@kstudy.com

발행처 한국학술정보(주)
출판신고 2003년 9월 25일 제406-2003-000012호
인쇄 북토리

ISBN 979-11-7217-380-7 03840

그늘은 한국학술정보(주)의 소설 출판 전문브랜드입니다.
더운 여름날 그늘 밑에서 편하게 읽을 수 있는 책이라는 의미를 담았습니다.
세상에 없던 이야기를 발굴하고, 우리가 닿지 못한 세계의 그림자를 찾아봅니다.
스토리 속 일상의 즐거움을 발견할 수 있도록 이야기의 쉼터가 되겠습니다.

@geuneul_book